OEUVRES

DE

HENRI FONFRÈDE.

ŒUVRES

DE

HENRI FONFRÈDE,

RECUEILLIES ET MISES EN ORDRE

PAR CH.-AL. CAMPAN,

SON COLLABORATEUR.

❖

TOME SEPTIÈME.

❖

BORDEAUX,

CHAUMAS-GAYET,
LIBRAIRE,
fossés du Chapeau-Rouge.

LAWALLE JEUNE,
LIBRAIRE,
allées de Tourny

PARIS,
LEDOYEN, LIBRAIRE,
31, Galerie d'Orléans, Palais-Royal.

1846.

Avis de l'Éditeur.

Les écrits économiques de **H**. Fonfrède sont infiniment moins nombreux que ses écrits politiques : sauf quelques sujets spéciaux, comme ceux des sucres, de la conversion des rentes, etc., sur lesquels il est revenu à plusieurs reprises, ses publications les plus importantes, sur les questions dont il s'agit, ont eu lieu du mois de novembre 1833 au mois de janvier 1835.

A cette époque, il y eut un instant de calme politique en France : la vigoureuse administration de Casimir Périer, continuée par le ministère du 11 octobre, semblait avoir vaincu les factions qui avaient

agité la France depuis 1830.—Sans abandonner la
mission de résistance à laquelle il s'était voué, Fonfrède crut que l'heure était venue de diriger les esprits
vers les questions d'intérêt matériel. L'enquête industrielle ordonnée par M. Duchâtel, alors ministre du
commerce, fut le point de départ de ses travaux sur
le système prohibitif, qui eurent un grand retentissement. Jamais ces graves questions n'avaient été
présentées avec plus de clarté ; la pratique des affaires
éclairait chez lui la théorie, et la connaissance approfondie du commerce lui fournissait des arguments
de fait impossibles à combattre et à réfuter.

J'ai reproduit, presque textuellement, ses diverses
publications sur ces matières si ardues et si fort à
l'ordre du jour en ce moment; mais il y avait, dans
cette partie des écrits de Fonfrède, des lacunes trop
considérables pour qu'il fût possible de les coordonner
en corps d'ouvrage complet, ainsi que je l'ai fait pour
son système politique. Je me suis borné, en conséquence, à diviser en *questions*, ses opinions sur cette
partie essentielle de l'organisation sociale, en conservant
toutefois un ordre rationnel dans leur classification.

Le titre de *Questions d'Économie publique* que j'ai donné à cet ouvrage est celui que Fonfrède avait adopté, et qu'il avait placé en tête de quelques-uns des écrits réunis dans les deux volumes qui suivent.

QUESTIONS
D'ÉCONOMIE PUBLIQUE.

PREMIÈRE QUESTION.

DE L'ÉCONOMIE PUBLIQUE ET DE LA LIBERTÉ SOCIALE.

§ 1er.

De l'Économie publique ou sociale.

PAR ce mot *économie sociale*, je n'entends pas seulement cette portion de l'économie qui s'occupe de la production des richesses par le travail, et des moyens de
crédit qui peuvent activer cette production.

Mais j'entends la vaste et profonde science qui, d'après
les antécédents et l'organisation de chaque société, calcule
la destinée du pays, soit pour la production des richesses,
soit pour la distribution la plus juste et la moins inégale
possible de ces richesses produites, soit pour l'influence
de cette production et de cette distribution sur le bien-
être des masses, sur la sécurité intérieure des citoyens,

sur la défense de la patrie contre ses ennemis extérieurs et contre les factions qui peuvent l'agiter.

Dans la plupart des questions d'économie, quand le mal est démontré, le premier mouvement est de s'adresser aux indices apparents, aux faits palpables, et d'y chercher le remède au mal lui-même. Cela doit être ainsi, car dans beaucoup d'esprits qui se croient spéciaux parce qu'ils sont étroits, il y a une répugnance calculée à embrasser le vaste ensemble de l'organisme social. Ils se jettent sur une question, s'y cramponnent, s'y parquent, la plient, la déplient, la tournent, la retournent; mais ils se gardent bien d'en sortir pour voir si le mal qu'ils combattent a toutes ses causes, a ses causes principales et agissantes, dans l'objet même du débat, ou si ce mal ne se rattache pas à des causes bien plus générales, bien plus profondes, qu'un remède local, renfermé dans l'étroite spécialité de la question, ne guérirait pas.

J'ai une répulsion universelle, invincible pour cette étroite et fausse philosophie. Qu'on me reproche tant qu'on voudra de prendre une grande marge dans mes discussions; de faire de la politique, de la stratégie, de la morale à propos d'une question de finances, par exemple, je persisterai toute ma vie à procéder ainsi. Je crois que c'est le seul moyen de ne pas égarer les progrès de la civilisation dans une voie fausse. Je crois qu'en se limitant sous le seul point de vue de la spécialité que l'on traite, on court le double risque de manquer pour cette spécialité le but qu'on se propose, parce que la réaction des autres parties de l'organisme social sur cette spécialité n'a pas été prise en considération, et de nuire à toutes les autres parties de l'organisme social, par les changements imprudents faits dans la spécialité dont on s'est trop exclusivement occupé.

Toute recherche philosophique sur un point spécial d'économie publique, doit donc être étendue de sa spécialité proprement dite à l'ensemble de l'organisme social, à cause de la liaison de toutes les parties spéciales entr'elles, et de leur mutuelle réaction.

Un écrivain définissait l'économie publique par ces paroles : « Produire pour consommer, et consommer de » manière à reproduire plus que la richesse détruite par » la consommation, voilà toute l'économie ». — J'avoue que je ne saurais trouver cette définition exacte, parce qu'elle est trop incomplète. — Les peuples les plus ignorants en économie, à mesure qu'ils sont entrés dans les voies de la civilisation, ont toujours produit pour consommer et ont reproduit plus qu'ils n'ont consommé. Et, toute nation qui reproduirait chaque année moins qu'elle ne consomme, disparaîtrait bien vite, ou, à la lettre, mourrait de faim.

C'est qu'en effet la civilisation avance et l'aisance des peuples augmente, malgré leurs fautes. Ainsi, la France a marché de faux systèmes d'économie en faux systèmes d'économie depuis deux cents ans, et cependant comparez sa fortune actuelle avec celle qu'elle avait il y a deux siècles ?....... C'est qu'elle a toujours reproduit plus qu'elle n'a consommé, quoique dans une proportion moindre qu'elle n'aurait dû : quand elle aurait dû reproduire comme dix ou comme huit, elle ne reproduisait que comme quatre, à cause du mauvais emploi de ses forces productives et de leur déperdition. Cela ne l'empêchait

pas de s'enrichir, mais cela lui faisait perdre une partie
de ce qu'elle aurait dû gagner.

L'économie publique n'est donc autre chose que la reproduction de la richesse à un degré plus élevé que sa
consommation. Elle doit, sans doute, produire pour consommer et reproduire plus qu'elle ne consomme ; mais là
ne s'arrète pas sa tâche : elle doit calculer ses moyens de
production, de consommation et de reproduction, de manière à obtenir le plus grand résultat possible des forces
productives qu'elle emploie. Elle doit éviter d'en faire
une déperdition inutile ; et c'est en cela précisément que
le système prohibitif, quoiqu'il produise pour consommer,
et qu'il reproduise plus qu'on ne consomme, est un
mauvais système d'économie, la déperdition des forces
qu'il opère par la cherté de la production, détruisant à
l'avance une grande partie de cette production.

D'après moi, l'économie sociale a, en outre, comme je
l'ai dit, une bien grande tâche à remplir : c'est de diriger la distribution de la richesse produite, consommée, et
reproduite, de manière à éviter la trop grande fortune
dans certaines classes, et la trop grande misère dans certaines autres.

L'économie sociale n'est donc pas une science isolée, et
si on la sépare de l'organisation politique du pays, des
mœurs publiques de la nation, on courra le risque de
n'arriver que bien tardivement à des résultats utiles.

De même qu'il n'est pas possible d'établir dans l'homme-
individu une scission interne, un dualisme moral, qui
permette d'en faire un être double, libre dans la moitié
de son àme, esclave dans l'autre moitié ; de même le corps
social, qu'on me permettra de nommer par néologisme

l'homme-société, ne peut être scindé dans son existence morale, ne peut être vraiment libre dans la moitié de sa vie, s'il est vraiment esclave dans l'autre moitié.

Il est donc essentiellement vrai de dire que la liberté politique, la liberté municipale, la liberté de l'enseignement, la liberté religieuse, la liberté commerciale, ne sont que des modifications différentes, mais fraternelles, du même principe, de la même vie morale donnée à l'homme par la Providence, lorsqu'elle l'a fait intelligent et libre pour qu'il pût être heureux et moral. — Appliqué à l'homme-individu, c'est le libre arbitre. — Appliqué à l'homme-société, c'est la liberté sociale. — Sous cette seule désignation, toutes les autres modifications de la liberté sont comprises.

— ◆ —

§ II.

De la Liberté sociale.

—

Il faut tirer les conséquences des principes que je viens de poser.

Le grand et salutaire principe de la liberté sociale, source, base, mobile de la sainte révolution de 1789, n'a rien de commun avec les préjugés démocratiques que l'école de nos médiocrités révolutionnaires y a joints pour le dénaturer et le corrompre. Dans notre généreuse, mais encore bien ignorante patrie, les mots et les choses ont été mis, depuis quarante ans, et surtout depuis la révolution de Juillet, en contradiction flagrante les uns avec les autres; de telle sorte que la fausse direction où l'opposition

démocratique, — qu'on l'appelle dynastique ou républicaine, peu m'importe, — pousse ce qu'elle nomme le progrès de la liberté politique, détruit positivement toute possibilité de progrès dans la liberté sociale, remplissant ainsi
la France d'une multitude innombrable de préjugés dis-
solvants, qui ont produit et qui fomentent l'anarchie morale où nous la voyons encore plongée.

Depuis la révolution de 1830, le gouvernement s'est
graduellement raffermi, malgré ses fautes et malgré les
médiocrités individuelles dont il a été parfois contraint de
s'étayer; et l'opposition, foyer naturel des talents actifs
et passionnés, appuyés sur le mouvement révolutionnaire
lui-même, forts de leur propre valeur et du concours de
mille sentiments nationaux, s'est cependant affaiblie et
déconsidérée. Comment a-t-elle trouvé la mort dans la popularité où elle devait puiser et régénérer sa vie? Un mot
explique tout. — C'est que, malgré des fautes inévitables,
le gouvernement dans son ensemble a compris et pratiqué,
en partie, le vrai principe de la révolution, la liberté sociale; et que l'opposition a déserté ce principe créateur, *
pour s'attacher uniquement aux préjugés révolutionnaires,
qui tous découlent de la même source, l'extension des
droits politiques.

C'est en effet une bien grande erreur que de confondre
les droits politiques avec la liberté sociale : — c'est même
déjà une erreur que de confondre les droits politiques avec
la liberté politique. De cette double erreur découlent toutes les autres.

Mon but n'est pas d'exposer ma théorie entière. Il faudrait pour cela une analyse trop forte et trop étendue. Je
n'ai ni le temps, ni la place. Je ne traiterai qu'un des cô-

tés de la question : — le rapport de la liberté commerciale
et de la liberté politique.

La liberté politique, a-t-on dit souvent, ne peut être
séparée de la liberté commerciale. Accorder l'une et refuser l'autre, c'est mettre la révolution de Juillet en contradiction avec elle-même; c'est vouloir qu'un principe ne
produise pas sa conséquence, c'est vouloir qu'un arbre ne
porte pas ses fruits.

Cela est vrai, et cela est faux, selon qu'on entend les
mots dans leur véritable ou dans leur fausse acception. —
Si vous les comprenez dans le sens véritable des principes
immortels de la révolution, cela est vrai. Si vous les comprenez suivant les préjugés révolutionnaires de l'opposition, cela est faux, absolument et complètement faux.

Aussi ne vous étonnez pas de voir les membres les plus
remarquables de cette opposition, les promoteurs de la
propagande européenne fondée sur la souveraineté du peuple, ne rien entendre à la liberté commerciale, et regarder
le principe de la protection, comme le germe qui doit féconder ce qu'ils appellent la production nationale. Ne les
accusez pas d'inconséquence. Ils sont au contraire très-
conséquents, mais ils sont très-ignorants; et, raisonnant
avec une logique rigoureuse, mais qui part du faux principe qui leur est fourni par leur ignorance, ils prennent
pour base un despotisme aveugle qu'ils appellent *liberté
politique*, et ils arrivent à une conséquence despotique,
qu'ils appellent *protection*.

Mais si, reniant le drapeau des préjugés révolutionnaires, vous voulez revenir à la sainte et primitive source
de la révolution sociale, alors en effet la liberté commerciale redeviendra sœur de la liberté politique et de toutes

les libertés de l'homme, noble créature qui doit conserver sa liberté individuelle sans se révolter contre la direction morale de la puissance publique, et qui ne doit pas cher- cher la liberté sociale dans la dissolution anarchique de la souveraineté!

Si vous voulez juger la question par les faits, ils sont assez nombreux et assez connus. Vous avez en Europe bon nombre de monarchies basées sur le dogme conven- tionnel de la souveraineté royale, dogme tout aussi faux que celui de la souveraineté du peuple, et chez lesquelles les droits politiques exercés par les citoyens sont à peu près nuls comme facultés, et tout-à-fait nuls comme droits, puisqu'ils ne sont qu'une simple concession ou tolérance de l'autorité absolue. Selon les préjugés de notre école ré- volutionnaire, il n'y a donc dans ces États aucune liberté politique, et cependant si vous voulez aller au fond des choses, vous y trouverez beaucoup plus de liberté d'ins- truction, beaucoup plus d'indépendance municipale, beau- coup plus de liberté commerciale surtout, que vous n'en trouverez en France.

D'où vient cet étrange contraste?

Je vous l'ai dit : c'est que l'école démocratique appelle liberté ce qui n'est point la liberté, et despotisme ce qui n'est point le despotisme. Elle ne commet que cette seule erreur. Mais lors même qu'elle s'efforce le plus de la dis- simuler, vous la retrouvez au fond de tous ses actes et de toutes ses paroles.

Pour donner le change, elle a certainement à son ser- vice un sophisme spécieux; elle peut nous montrer des peuples où il y a tout à la fois ce qu'elle appelle *liberté politique*, et ce que nous appelons *liberté commerciale*, —

la Suisse, par exemple. — Je ne renie pas l'argument ; je l'explique, et l'on verra qu'il ne prouve rien.

Nous ne soutenons pas, en effet, et que Dieu nous en préserve à jamais! nous ne soutenons pas que l'exercice des droits politiques accordés aux citoyens, principalement par l'élection, soit destructif de la liberté sociale ; nous sommes, au contraire, bien profondément convaincus que les droits politiques sont un des moyens les plus efficaces de fonder et de constituer cette liberté. — Mais nous disons, et nous prouverons mille fois s'il le faut, que seuls, ils ne suffisent pas ; qu'il leur faut le concours de plusieurs autres forces morales ; qu'il leur faut une borne et une direction d'autorité puisées dans la statistique intellectuelle, morale, religieuse des populations ; que cette direction, quand elle est intelligente et morale, peut même quelquefois suppléer à l'absence des droits politiques chez les citoyens, et leur procurer une liberté sociale, jamais complète, il est vrai, mais cependant tutélaire ; et nous ajoutons qu'il n'en est pas de même des droits politiques, car ils ne peuvent pas suppléer aux autres conditions morales de la liberté ; de sorte que lorsqu'ils manquent de bornes sages, et de direction par l'autorité, ils détruisent la liberté sociale — dont la liberté commerciale fait partie — au lieu de l'établir et de la conserver.

Et comme, selon nous, le gouvernement, tout en résistant à l'extension des préjugés révolutionnaires, n'a eu ni assez de force légale, ni surtout assez d'intelligence et de force morale pour les vaincre complètement, nous croyons que la liberté commerciale trouve un grand, un immense obstacle dans la fausse tendance imprimée à la liberté politique depuis cette époque. C'est ainsi que nous expliquerons en grande partie l'impuissance de nos efforts; c'est ainsi que nous montrerons le mur d'airain que les monopoleurs nous opposent comme une égide impénétrable; c'est ainsi que nous ferons voir la nécessité d'un grand enseignement moral, d'une grande activité de prosélytisme organique, si nous voulons enfin entrer dans une voie qui conduise à quelque chose, et où l'on ne nous montre pas pour but une chimère éternellement insaisissable.

Sans doute le mal ne se borne pas à cette seule cause. — Mais les autres causes qui existent dans certaines influences gouvernementales, remontent toutes à la même source.

Le gouvernement, d'abord, est à peu près aussi ignorant que l'opposition, en ce qui touche, non pas la liberté politique, dont selon moi il suit la véritable route, mais en ce qui touche la liaison de cette liberté politique avec la liberté commerciale. — Le gouvernement sent bien qu'en commerce, comme en organisation politique, l'anarchie résultant de l'indépendance complète de chaque individu, n'est pas la liberté, et que dans ces deux branches sociales, il faut borner cette indépendance par une direction qui émane du gouvernement lui-même. — Mais cette direction, il est incapable de la donner; et il est incapable de la donner, parce qu'il est malheureusement le reflet et la fidèle représentation de l'ignorance nationale sur tout ce qui touche cette grande question d'économie.

En outre de son ignorance, dont nous ferons voir bientôt que le mauvais usage des droits politiques est cause en grande partie, je sais que les antécédents personnels, les conséquences du despotisme industriel, établi principalement depuis 1814, les égoïsmes ambitieux,

qui, par les individus, dominent également la partie mi-
nistérielle et lapartie opposante du gouvernement, sont
encore un des grands vices de notre organisation ou plutôt de notre désorganisation commerciale. — Mais ces vi-
ces ne |sont cependant que secondaires. Tous, ils dispa-
raîtraient ou seraient frappés d'impuissance, dès le jour
où la nation, dissipant enfin les ténèbres de son ignorance
économique, dissiperait par ce progrès même les erreurs
où le mauvais vouloir de certaines influences entraîne l'i-
gnorante bienveillance du pouvoir.

C'est ici qu'il convient d'examiner l'action des droits
politiques des citoyens, et de tracer nettement leur liaison
avec l'établissement de la liberté commerciale.

L'effet naturel du gouvernement représentatif, c'est de
transporter, par l'élection, dans le pouvoir législatif, les
mêmes connaissances, les mêmes erreurs, les mêmes volontés qui animent la nation elle-même.

Plus les droits électifs sont étendus, plus leur exercice
est sincère, et plus le gouvernement représentatif devient
ainsi le reflet, l'image fidèle de l'état moral du pays.

Supposez complète cette transformation de l'état moral
du pays en direction gouvernementale, vous avez, selon
l'école de notre opposition démocratique, le beau idéal,
la perfection de la liberté politique.

Or, il résulte de cet exposé bien simple et bien incontestable, que plus les droits politiques des citoyens sont
développés et exercés dans ce sens, plus les erreurs répan-
dues dans la nation sont fidèlement reproduites dans son
gouvernement, et de là, réagissent de nouveau sur la nation elle-même avec toute la force des lois et de l'autorité.

Maintenant, confessez-vous tout haut, ou bien, moi, je

vais faire publiquement votre confession. Croyez-vous que
les principes de la liberté commerciale soient généralement
répandus et compris dans la nation? Croyez-vous qu'à part
quelques grands centres de population, tels que Lyon, Bordeaux, Marseille, le Havre, etc., le préjugé aveugle du nationalisme industriel ne prédomine pas, et de beaucoup, et
presque partout, l'esprit général de nos populations? — Si
vous en doutez, voyagez en France, examinez attentivement, et vous serez convaincu que l'immense majorité des
convictions est contre la thèse de liberté commerciale que
nous soutenons; que la masse électorale est profondément
imbue de nationalisme industriel; et que, de plus, dans
les notabilités éligibles, tout autant qu'en dessous d'elles,
vous rencontrez, sinon du mauvais vouloir, au moins une
apathie complète et une ignorance presque égale sur cette
partie de l'organisation sociale. — Or, vous m'expliquerez
ensuite comment la représentation fidèle dans le gouvernement de cette aberration morale des populations, pourra
lui donner l'intelligence de la question, et la volonté de
faire triompher la vérité, dans sa lutte contre les mille
voix intéressées qui plaident la cause de l'erreur?

Ce n'est point, je le répète, le procès des droits politiques, de l'action électorale, que je fais ici. C'est le mauvais côté de leurs effets que je signale, tout en reconnais-
sant, autant que qui que ce soit, les autres avantages des
droits politiques. Mais j'ai voulu vous faire sentir qu'ils
sont impuissants par eux-mêmes, s'ils sont dépourvus des
autres conditions morales de la liberté.

Et que serait-ce donc, si au lieu d'une action bornée
par le cens électoral, nous vivions sous un régime où l'é-
lection émanât de tous, et constituât tout?.... Que serait-

ce donc si nous avions laissé la logique de la souveraineté
du peuple tirer ses conséquences, éminemment anti-sociales, parce que le principe lui-même est essentiellement
faux, est essentiellement destructif de la véritable souveraineté ?...

Il faut donc, pour que l'action des droits politiques seconde les efforts des défenseurs de l'économie véritable,
que les citoyens acquièrent deux choses : la volonté de
faire usage de leurs droits dans ce sens, et l'instruction
nécessaire pour que cet usage de leur volonté soit intelligent pour devenir efficace ;—il faut que tous les hommes
avancés en organisation sociale réunissent leurs efforts et
parlent à la France, enfin dégagée de la tutelle des doctrines imposées, le langage de la raison, de l'étude grave
et consciencieuse, de l'examen impartial 'et réfléchi. Il
faut que la presse soit infatigable et dévouée; il faut que
l'économie publique soit une sorte d'enseignement religieux, parce qu'il sera éminemment philanthropique et
bienfaisant, qui, de la tribune nationale et de la plume
de tous les vrais philosophes, rayonne sur la patrie entière, et pénètre dans les ateliers, dans les hameaux, tout
autant que dans les salons et les grandes villes. Il faut que
les véritables patriotes prêchent aux populations la véritable liberté, celle qui place la législation dans les majorités intellectuelles, et non pas dans les majorités numé-
riques des forces ignorantes. Alors les mots reprendront
leur analogie avec les choses. Alors la liberté politique
sera vraiment la liberté. Alors elle sera vraiment le principe corrélatif de la liberté commerciale. Alors les préjugés
révolutionnaires de la démocratie, et les préjugés hostiles
du nationalisme paraîtront à tous les yeux ce qu'ils sont

réellement, — c'est-à-dire le fléau le plus cruel que la fausse
science et le faux patriotisme puissent déchaîner aujour-
d'hui sur la race humaine !.....

Nous devons donc considérer la tribune et la presse
comme un moyen d'enseignement efficace pour impres-
sionner l'esprit public et modifier les convictions générales.
C'est à quoi nous devons travailler avec énergie, avec ensemble. — Négociants, propriétaires, écrivains, députés !
la route est ouverte devant vous ; les obstacles sont grands,
mais la récompense qui vous attend est bien plus grande
encore. — Votre conscience, d'abord et avant tout, l'estime
de vos concitoyens ensuite et plus que tout, vous prépa-
rent un bonheur intime dont ma faible plume est impuissante à vous dire le prix !

---

§ III.

Liaison de la liberté politique et de la liberté commerciale.

Dans le paragraphe qui précède, nous avons montré
comment les droits politiques accordés aux citoyens ne
constituent pas seuls la liberté, comment les autres conditions morales de l'humanité devaient nécessairement y
concourir.

Il suit de nos principes une conséquence que je vais
proclamer hautement, bien loin d'en rougir ou de la nier ;
c'est que les apologistes enthousiastes ou les détracteurs
acerbes du régime représentatif, ceux qui voient dans son
extension l'unique source du progrès, ou ceux qui voient

dans son action la cause unique de l'anarchie sociale, sont également dans l'erreur. Mais, il est vrai de dire que le régime représentatif est le meilleur ou le pire des gouvernements, selon qu'il est bien ou mal organisé, selon qu'il est en harmonie avec les mœurs et la civilisation des peuples, ou qu'il s'est aveuglément attaché à réaliser une idée abstraite et fausse de souveraineté populaire, sans tenir compte des antécédents de chaque pays et de leur état actuel.

Sans traiter à fond cette question que je reproduirai ailleurs sous un nouvel aspect, je me borne à dire que si le régime représentatif réalise la volonté nationale, en plaçant le droit électoral dans la portion la plus morale et la plus instruite de la population, il donne à l'action publique du gouvernement, non pas une direction parfaite, mais la meilleure direction qu'elle puisse suivre dans l'état actuel du pays; que si, au contraire, il cherche l'expression de la volonté nationale, en faisant prédominer la souveraineté du peuple, en la prenant pour base décisive de l'extension des droits politiques, un peu plus tôt, un peu plus tard, selon qu'il sera plus ou moins conséquent à ce faux principe, il fera prévaloir la force numérique sur la morale et l'intelligence; il placera au centre et à la tête du gouvernement toutes les erreurs et tous les préjugés populaires, et de cette sorte le régime représentatif sera le pire de tous les gouvernements, parce qu'il en sera, tout à la fois, le plus inepte pour diriger, le plus fort pour agir, et le plus faible pour durer.

Mais, en supposant même le gouvernement représentatif organisé selon toutes les règles de sa bonne nature, en supposant qu'il place la puissance électorale dans la

partie la plus éclairée et la plus morale de la population,
il ne s'ensuit pas que tous les progrès sociaux puissent
être, par cela seul, accomplis par la législation. Il s'ensuit
seulement qu'ils éprouveront, dans l'action du gouvernement, le moins d'obstacles possible, vu l'état actuel de
la civilisation du pays.

Car si la nation est dans un état de civilisation tel que
sa portion même la plus éclairée n'ait pas des données
complètes et justes sur le point d'économie sociale dans
lequel le progrès doit agir, le gouvernement, constitué
par cette majorité électorale, sera momentanément impuis-
sant à réaliser le progrès désiré. Il faudra d'abord que le
progrès des idées s'accomplisse dans la nation, et quand
cette révolution morale sera faite, quand cette transformation sociale sera accomplie, le gouvernement suivra.
Telle est la marche rationnelle du gouvernement représentatif.

La liberté politique, telle qu'elle est aujourd'hui conçue, c'est-à-dire l'intervention électorale des citoyens dans
le gouvernement, ne pourra donc nous donner la liberté
commerciale que lorsque la majorité électorale sera désabusée des préjugés protecteurs qui, jusqu'à présent, pré-
dominent dans l'opinion ; lorsque les doctrines de la liberté
industrielle, qui maintenant retentissent seulement par
les organes isolés des opinions avancées, seront popula-
risées, et pénétreront dans la conscience publique. Ainsi,
dans les temps du fanatisme religieux, croyez-vous que le
gouvernement représentatif vous aurait donné la liberté
de conscience ? Non, sans doute ; la représentation des
masses fanatiques aurait fait des lois fanatiques comme
elles, et la race humaine se serait martyrisée de ses pro-

près mains, de plus en plus excitées. Mais quand le progrès moral des idées de tolérance a été accompli, la société, réagissant elle-même sur son gouvernement par l'usage de la liberté politique, le despotisme religieux s'est évanoui (1).

Eh bien, il en sera de même du despotisme industriel. Mais croyez-moi, son heure fatale n'est pas encore venue. Nos justes colères, nos réclamations généreuses, nos démarches incessantes auprès du gouvernement, ne peuvent instantanément lui donner ce qui lui manque et à nous aussi. Tout cela ne peut valoir que comme moyen d'enseignement public, comme chaire de propagande morale, comme transmission graduelle de la vérité dans l'esprit des masses qui, jusqu'à présent, ne la connaissent pas encore, pour ce qui touche l'économie commerciale. Ne vous impatientez pas contre la lenteur du progrès; n'essayez pas de donner un démenti à la nature des choses; ne tentez pas de faire voile contre vent et marée. Mais travaillez sans relâche, sans faiblesse, sans emportement, avec un esprit de prosélytisme infatigable, à faire pénétrer dans les convictions électorales les grandes vérités économiques qui doivent présider désormais à l'amélioration de la société; qui doivent créer du bien-être pour les classes pauvres sans dépouiller les classes riches; qui doivent établir entre elles une égalité relative, fruit de la justice et de la cordialité, au lieu de ce nivellement absurde du radicalisme, mélange funeste de misère et d'iniquité. Dans cette grande armée de l'industrie et de la

---

(1) Notez bien qu'on aurait également la liberté religieuse dans un pays où il n'y aurait pas de liberté politique, si les mœurs et les opinions de la nation étaient tolérantes. Car il faut pour appui à l'exécution des volontés fanatiques des chefs, le fanatisme de la multitude. Ils ne peuvent s'en passer.

morale, nous sommes tous chefs et soldats. Chacun peut prendre dans l'enseignement universel la part que lui assigneront son intelligence et sa volonté. Mais, souvenez-vous que celui d'entre nous qui trouvera une forme vive, puissante, populaire, de propager dans la nation les principes de la liberté commerciale, fera plus pour le progrès de la civilisation, que ces mille propagateurs des droits politiques et de souveraineté du peuple ne feront jamais, en dépit de leur libéralisme prétendu, et de leurs chimériques calculs.

Mais, que dis-je ?... Je devrais aller bien plus loin, et je vais le faire. Dans l'état actuel des choses, une nouvelle extension de droits politiques serait précisément le moyen de rendre de plus en plus difficile le succès de la liberté commerciale, et d'ajourner indéfiniment le triomphe de cette grande cause.

Car si la majorité des colléges électoraux n'a pas encore d'idées nettes, complètes, bien formulées sur la liberté commerciale ; si l'opinion indécise penche encore dans l'ensemble vers les préjugés prohibitifs ; si, surtout, la masse électorale est bien plus dépourvue encore de toutes connaissances organiques de la liberté commerciale qu'elle n'est privée de saine critique sur l'état actuel de l'organisation industrielle, il faut reconnaître qu'en dessous des colléges électoraux l'opinion est encore bien moins fixée, bien moins instruite sur ces immenses questions. On nous dira peut-être : —Quarante ans de révolution ont affranchi le peuple français, ont éteint ses préjugés ; il est maintenant majeur, il peut lui-même diriger ses destinées, administrer ses affaires, organiser son avenir. —Certes, je voudrais bien que cette assertion fût

une vérité, mais elle n'est qu'une insigne flatterie. Non,
en fait d'économie politique le peuple n'a point les connaissances qu'on dit. Le régime impérial, l'accroissement
factice des travaux manufacturiers par l'aiguillon fatal
des prohibitions, la masse de travail établie dans cette
voie fausse, ont plutôt ajouté de nouveaux préjugés aux
erreurs anciennes, qu'ils n'ont rectifié les idées, qu'ils
n'ont éclairé les esprits. Ajoutez à cela l'ignorance politique des masses, leur facilité à se laisser capter par les
intrigants rusés et actifs, l'ébranlement général de la machine politique aussitôt que la puissance électorale serait
donnée à la multitude, et vous verrez, à moins que vous
n'ayez juré de ne rien voir et de ne rien comprendre,
que toute tentative de réforme électorale dans le sens de
la souveraineté du peuple, serait de plus en plus destructive de toute possibilité de liberté commerciale.

Sans doute les intérêts du peuple seraient favorisés
par la liberté commerciale. Telle est au moins ma profonde conviction : conviction sincère comme toutes celles
de ma vie. Ma volonté de faire triompher la liberté commerciale pour laquelle je combats depuis vingt ans, ne
sera jamais ébranlée si l'on ne change d'abord mes convictions par des arguments meilleurs que ceux qu'on
nous a opposés jusqu'à présent. Mais je ne mettrai jamais
ma dignité dans l'entêtement, ni en économie, ni en politique. Si l'on me prouve que j'ai tort, n'importe sur
quelle partie de mes opinions, j'en changerai à l'instant
et je publierai hautement mes motifs. Je laisse à d'autres
l'orgueil de dire qu'ils n'ont jamais changé et qu'ils ne
changeront jamais : ce qui suppose qu'ils se croient in-
faillibles dans le passé et dans l'avenir ; ou bien que, par

entêtement, ils persisteront dans les erreurs qu'ils ont commises. Telles ne sont point mes résolutions, ce n'est pas ainsi que je comprends le progrès. J'ose même dire qu'ainsi il serait absolument impossible : car si l'homme pensait, parlait, agissait à quarante ans, comme il pensait, parlait, agissait à vingt, — à quoi bon l'étude, à quoi bon la discussion, à quoi bon l'expérience? — A rien.

Mais ma conviction bien sincère et bien désintéressée, formée par vingt ans de travail et de réflexion, est, tout à la fois, que le peuple a un immense intérêt à l'établissement de la liberté commerciale, et qu'il serait d'une immense incapacité pour l'établir lui-même, si l'extension des droits politiques lui confiait ce soin. D'abord, dans une grande partie de la France, dans la partie manufacturière, la population croit au régime prohibitif autant qu'à Dieu. Ensuite, les difficultés à vaincre pour l'établissement de la liberté commerciale sont si grandes et d'un ordre si élevé, que le peuple n'en a pas même la plus légère idée dans les provinces où il désirerait cette liberté. — Le peuple trouve les salaires trop bas?... Il imposerait un tarif par la force pour les élever. — Le peuple trouve les denrées trop chères?... Il imposerait un tarif forcé pour les avoir à plus bas prix. — Le peuple trouve les charges publiques trop lourdes?... Il rognerait tous les salaires administratifs (1) sans prévoir qu'en s'engageant dans cette voie tous ses intérêts seraient désormais gérés par

---

(1. Je n'entends point par là demander le maintien des salaires trop élevés ou des sinécures, mais faire sentir la nécessité d'une juste rétribution, si l'on veut que les affaires de la nation soient bien faites.

des médiocrités incapables. — Le peuple trouve la dette
publique, cause principale des impôts, horriblement onéreuse à l'État? — Pour sortir d'embarras, il aurait recours à une banqueroute partielle ou totale. Rien ne serait plus facile que de lui persuader que les créanciers de
l'État sont des voleurs, des accapareurs, des sangsues publiques auxquels il serait patriotique et moral de faire
rendre gorge. — Ainsi de suite, dans tout le rouage social. Telle est l'éternelle nature de la démocratie, quand
elle réagit contre un gouvernement précédemment établi
sur des bases prises en dehors d'elle. Elle n'agit point par
transition, mais par démolition. Elle est essentiellement
dissolvante, d'autant que tout le mal qu'elle fait, elle le
fait sans mauvaise intention, sans croire mal faire. Elle
tue la patrie 'par patriotisme, comme les filles de Pélias
tuèrent leur père pour le rajeunir. Le peuple ne procède
point par voie organique ; ce calcul est trop lent, trop
indirect, trop inefficace à ses yeux, et, pour tout dire,
trop au-dessus de sa portée ; il voudrait aller plus droit
au but. Il mettrait, comme on dit, la hache dans les abus.
Il décréterait peut-être la liberté du commerce, mais au
préalable il tuerait tout commerce, car avec un tel déchaî-
nement de sophismes furieux, il n'y a pas de commerce
possible dans le monde.

Dans l'état actuel des choses, avec nos droits politiques modérés, nous rencontrons de graves obstacles à l'é-
tablissement de la liberté commerciale ; je le sais. Mais
sur la partie de la population où sont placés ces obstacles,
nous avons prise par le raisonnement, par la publicité,
par toutes les voies libérales de la discussion. Sur les passions populaires une fois armée des droits politiques, il

n'y a plus de prise possible. Il faut laisser ce fleuve vol-
canique se faire son lit à sa guise, et tout ce qu'il touche
en passant doit crouler. Ce n'est pas en quarante ans que
la perfectibilité humaine a pu agir assez pour changer
cet état de choses. Il faudrait bien des siècles, vraiment ;
et je conseille même aux politiques futurs de ne pas trop
s'y fier.

C'est donc par la transfusion des idées, par la propagande intellectuelle, par le progrès moral qui ne peut
s'accomplir qu'à l'aide de la sécurité publique et de la stabilité gouvernementale, que le régime représentatif doit
nous conduire à la liberté commerciale. Souvenez-vous
que c'est dans cette voie qu'il faut passer, non dans une
autre. Hors de là, point de succès possible. Puis, quand
le progrès moral sera complet dans les idées, soyez sûr
qu'il se traduira facilement en fait organique et gouvernemental. Alors vous verrez tout le monde faire à la fois
ce qu'aucun de nous ne serait capable de concevoir isolé-
ment. C'est là le mystère éternel de la sociabilité humaine. C'est là ce qui a fait dire qu'il y avait un génie
plus grand que celui de Napoléon : — celui de tout le
monde ! — Oui, de tout le monde !... Mais quand le moment est venu !...

Mais lorsque le moment n'est pas encore venu, ne
comptez pas avec tant de crédulité sur ce génie occulte
qui ne vous a pas révélé ses secrets. Votre vue est trop
faible pour plonger jusque dans l'intimité morale de tant
de millions d'hommes qui vivent sous un même gouvernement, et pour discerner, d'une manière fixe et précise,
la réaction spontanée qui en jaillirait, si vous laissiez
tout-à-coup la règle et la loi sortir des rangs les plus in-

fimes, pour prédominer les influences sociales, que le
cours des choses a successivement menées jusqu'à nous à
travers les siècles. — Déjà, dans notre loi municipale, vous
avez, malgré bien des précautions, trouvé les bornes de
votre infaillibilité. Déjà l'administration communale dans
son ensemble se trouve assez mal de votre essai. Déjà
dans les communes rurales où le budget local est voté les
trois quarts du temps par ceux qui ne le paient pas, ou
du moins qui n'en paient que la plus minime partie, les
affaires réelles du pays sont loin de s'être améliorées. Déjà
vous avez vingt mille communes qui repoussent l'enseignement primaire. Vous en avez je ne sais combien de
milliers où il a fallu soigneusement chercher un secré-
taire électoral qui sût lire et écrire, et pour cela passer
aux communes voisines !... Hélas ! bon Dieu ! ne flattez
donc plus le peuple, et travaillez à l'éclairer !

2me QUESTION.

DU CRÉDIT PUBLIC.

———

§ Ier.

Du Crédit public.

—

Le crédit public d'une nation doit s'entendre en ce sens, qu'il donne le résultat exact de la proportion qui existe entre ses besoins et ses ressources, de sorte que sa prospérité civile, politique et industrielle s'accroissant par l'effet d'une sage administration, la confiance que l'État inspire s'accroît dans le même rapport. Le crédit ainsi compris établit une heureuse relation d'intérêt entre les gouvernants et les gouvernés, puisque la fortune individuelle devient alors le gage dont la raison publique donne la direction au gouvernement : heureuse puissance ! dont les moyens d'action augmentent en raison des bienfaits qu'elle répand.

Voilà la théorie, voilà le beau idéal ! Par malheur la réalité n'est pas toujours d'accord avec cette théorie.

Il y a, en effet, une distinction essentielle à faire, entre le véritable crédit d'une nation déjà riche, et le crédit momentané de l'administration qui la dirige. C'est que le crédit de la nation dépend de sa prospérité réelle, au lieu que le crédit de son administration politique peut seulement dépendre du plus ou moins de force que les agents ministériels ont pour mener la nation à leur guise, et pour en extraire les masses d'argent nécessaires à leurs dispendieuses exigences, à leurs folles prodigalités. Ce principe une fois posé, on peut concevoir facilement, comment le crédit d'un gouvernement peut être tout-à-fait indépendant de la richesse du pays.

D'où vient donc cette déplorable confusion d'idées, entre deux choses si différentes, qui a conduit beaucoup de citoyens estimables (et dont, sur tout autre sujet, on doit honorer les lumières et le talent), à préconiser, comme salutaire et presque divin, ce que l'on a nommé le *crédit public,* c'est-à-dire le système le plus fatal qui ait pesé sur les hommes depuis la naissance de la civilisation moderne? Hélas! il faut reconnaître ici, avec une humilité douloureuse, une des plus tristes infirmités de la race humaine!

Il est, à chaque époque de l'histoire des peuples, quelque mot magique qui les rend insensibles et sourds aux conseils de la sagesse; une sorte d'engoûment enivre alors les triomphateurs et les victimes; de fausses considérations politiques ne se font pas attendre, elles s'empressent d'exploiter ces déplorables illusions, et la raison publique réclame en vain ses droits envahis et dévorés par sa sophistique sœur, *la raison d'État.*

———

§ II.

Le Crédit public ne crée point de capitaux.

—

Tout le monde répète, et répète depuis long-temps avec raison, que les finances forment la base d'un empire; cependant peu de personnes en examinent le système avec des yeux attentifs. Les apparences sont satisfaisantes, on ne va pas au-delà. On s'inquiète peu de savoir si la prospérité factice du moment ne couve pas une ruine inévitable, une catastrophe universelle. Peu importe que l'embonpoint des finances publiques se compose du dépérissement matériel de l'industrie agricole, commerçante et manufacturière. Les fonds ont dépassé le pair! les ministres sont des gens habiles, le pays est heureux, tout est bien.

En effet, si l'accroissement des dettes publiques, marchant d'accord avec la hausse des capitaux fictifs que ces dettes ont créés, prouve le bonheur d'un peuple, les promoteurs d'emprunt et les protecteurs de la hausse sont nos bienfaiteurs; et l'Europe, dût-elle derechef payer de quelques centaines de millions leurs efforts désintéressés, elle resterait encore leur débitrice. Nous voudrions donc examiner le système actuel des finances européennes; nous voudrions savoir si leur enflure extraordinaire n'est pas, au fond, une véritable hydropisie; nous voudrions savoir quelle est, des deux politiques, celle qui mérite la reconnaissance des nations; celle qui tend à augmenter et à propager les effets de ce système financier, ou celle qui tend à l'arrêter dans sa marche, à le fixer au *statu quo* si toutefois on est convaincu qu'il est impossible de le faire rétrograder.

Dans l'ancien régime de la France et de l'Europe (l'Angleterre exceptée), les dettes n'étaient point des dettes publiques : elles étaient les dettes des rois absolus. Elles n'avaient généralement pour causes que les caprices, les prodigalités, les folies des ministres, des courtisans, des favoris mâles ou femelles, qui seuls occupaient les avenues du pouvoir. Quelquefois aussi elles naissaient des malheurs publics; mais ce cas était rare, car le plus souvent, loin d'en naître, elles les occasionaient : la différence est grande.

Dans la politique actuelle, les dettes naissent des malheurs ou des besoins nationaux; telle est, du moins, leur source officielle; aussi sont-elles les dettes de la nation entière.

Dans la politique ancienne, les dettes, par leur nature, n'avaient de garanties que dans le caractère personnel des administrateurs de chaque époque. Nées du caprice, le caprice les régissait. Elles étaient payées, atermoyées, réduites ou supprimées, selon les inspirations du bon plaisir.

Dans la politique actuelle, il n'en est plus de même. Les dettes nées des besoins des nations, sont garanties par les nations entières. Leur intérêt annuel est un article irrévocablement fixé dans leur budjet; aucune opposition ne le censure, et lors même que des dilapidations eussent détourné de leur véritable emploi les sommes procurées par les emprunts, on ne verrait aucun homme d'État, de quelque opinion qu'il fût, proposer de nuire à la confiance publique, en diminuant ou en altérant le gage des prêteurs. Un seul exemple de cette aberration financière peut être cité; mais il est donné par l'Espagne, ce qui dispense de toute réflexion.

On sera peut-être étonné qu'en parlant du système actuel des finances, nous attribuions aux états de l'Europe, encore régis par des gouvernements absolus, la même économie politique qu'aux gouvernements constitutionnels; mais la contradiction n'est qu'apparente. Certainement, les formes de la société diffèrent; mais, quant aux finances, l'impulsion générale est si forte, les changements survenus dans les mœurs des gouvernés sont si grands, la confiance est tellement nécessaire, que les gouvernements absolus sont obligés d'agir, malgré eux, presque dans le même sens que les gouvernements constitutionnels eux-mêmes. Sans cela, point d'argent. Or, on sait qu'il en faut partout et pour tout.

Cela posé et bien conçu, voici comment la ruine très-véritable des peuples a causé la prospérité mensongère dont les berce leur système financier.

Chaque fois qu'un désastre, une révolution, une guerre, une invasion à faire ou à souffrir, nécessitent une forte dépense, les ressources ordinaires devenant insuffisantes, le gouvernement emprunte. On lui donne de l'argent. Il donne du papier en échange, et ne paie annuellement que l'intérêt dont il charge l'impôt. L'argent est dépensé, et retourne à sa source. Le papier reste. Le capital est donc doublé dans la circulation. Vous avez à la fois, dans la nation, le capital réel et le signe représentatif de ce capital.

Voilà ce qui arrive si le gouvernement emprunte *au pair*; mais comme, souvent, il emprunte au-dessous, le capital fictif est, dès l'abord, plus considérable que le capital réel.

Observez, de plus, que si les prêteurs sont étrangers, une forte partie du capital réel, c'est-à-dire tout le bénéfice de l'opération, sort du royaume, et que la nation reste, en échange, chargée d'un trésor en papier.

Nouveau malheur ou nouveau besoin, de suite nouvel emprunt. Or, que prête-t-on au gouvernement cette seconde fois? Les mêmes capitaux, les mêmes écus qui ont déjà passé par ses mains, et qu'il a rendus aux peuples, d'une manière ou d'une autre, en les dépensant. Il donne un nouveau papier en échange, et dépense de nouveau le capital prêté; mais le nouveau papier reste encore, et voilà le capital, toujours unique, au moins triplé dans la circulation.

Admettez une série d'opérations financières semblables, la masse des capitaux fictifs sera énorme, quoique la fortune réelle n'ait pas augmenté d'une obole; bien plus, quoiqu'elle ait probablement diminué par l'effet des malheurs mêmes qui ont nécessité les emprunts, et par l'effet des impôts qu'ils ont forcé d'établir.

Je pose donc en principe que le crédit, de quelque importance qu'il soit, dans quelque région qu'il s'exerce, ne crée jamais rien, c'est-à-dire que le crédit le plus étendu ne produit jamais la moindre création de capital pour la nation. Je le prouve.

Effectivement, que le crédit soit exercé par un individu ou par l'État, il est impossible d'en concevoir l'action sans imaginer un emprunteur et un prêteur. L'emprunteur demande un capital, le prêteur le lui procure, et reçoit en échange un signe quelconque auquel s'attache sa confiance, à tort ou à raison, n'importe, pour le moment.

Mais pour que le prêteur puisse transmettre un capital

à l'emprunteur, il faut que ce capital existe déjà ; il faut, antérieurement au crédit qu'il accorde, que ce capital ait été créé par l'agriculture ou par l'industrie, car on ne connaît pas encore d'autres ressources aux richesses humaines.

Le crédit n'opère donc pas la création d'un capital, mais seulement la translation d'un capital existant d'une main dans une autre.

Or, le crédit peut être exercé de deux manières.

Ou l'emprunteur cherche un capital pour l'employer utilement à un travail quelconque, soit agricole, soit industriel, ou pour le consommer à son usage, pour le dépenser, pour le détruire.

Dans le premier cas, si le travail auquel l'emprunteur se livre, à l'aide du capital emprunté, est raisonnable, bien calculé, et favorisé par les chances de la fortune, le crédit lui a été utile, ainsi qu'à la société : son travail produit de nouvelles richesses.

Dans le second cas, l'emprunteur se ruine ; il détruit, par ses dissipations, le capital que le prêteur lui a confié. S'il peut le rembourser de sa propre fortune, c'est lui qui perd ce capital. S'il ne peut le rembourser, il fait faillite, et c'est le prêteur qui perd ce capital. De toute manière, il est perdu pour l'État.

Appliquons ces maximes au crédit public, et développons-en les conséquences pas à pas, afin de n'oublier aucune objection.

Le gouvernement emprunte un capital quelconque : fixons-le à cinquante millions ; il donne en échange son papier ; il importe peu, pour le moment, de savoir à quel taux.

Que fera de ce capital le gouvernement emprunteur? De même qu'un particulier, il ne peut l'employer que de deux manières, soit à un travail industriel ou agricole, soit à des dépenses improductives, à des consommations, à une véritable destruction, le plus souvent nécessitées par l'ambition et la guerre, auxquelles le crédit public fournit des tentations, des aliments et des armes.

Si le gouvernement emprunteur emploie les cinquante millions en travaux agricoles ou industriels (ce qui ne se voit presque jamais), il devient producteur, il entre en concurrence avec les citoyens : premier malheur. S'il produit avec autant d'intelligence et d'économie que les particuliers, il n'est d'aucun avantage à la nation qui aurait tout aussi bien employé dans ses travaux le capital qu'elle lui a prêté. Mais je crois pouvoir affirmer que, dans cette concurrence, le gouvernement ne fera jamais aussi bien que les particuliers, et cela est évident par la nature même des choses. Les dilapidations, les négligences, les intérêts privés de ses employés, lui nuiront incontestablement beaucoup. Il ne pourra avoir la même surveillance, la même expérience des affaires que chaque industriel. Dès-lors l'industrie du gouvernement opère pour la société une diminution de profits, et le crédit qui a porté dans ses mains un capital antérieurement existant aura un effet nuisible pour la nation. Que sera-ce si le gouvernement, comme tout porte à le croire, pour soutenir son industrie défaillante, établit un monopole en sa faveur? Alors, les conséquences funestes à la fortune publique sont incalculables.

Or, nous venons d'examiner l'hypothèse la plus favorable et la plus rare. Examinons la seconde.

Si le gouvernement emprunteur, au lieu d'employer en travaux industriels ou agricoles, les cinquante millions empruntés, les dépenses, soit dans une guerre, soit de tout autre manière improductive, le capital est radicalement détruit pour la société; le papier, qui en est le signe, ne représente et ne produit plus rien; les intérêts qu'il procure au porteur ne sont pas le fruit du crédit, mais, au moyen de l'impôt, sont prélevés sur les autres valeurs créées par la nation. Les fonds d'amortissement, destinés au remboursement successif, soit qu'on les forme de réserve sur le premier capital, de dotation annuelle, ou des intérêts successivement acquis à la caisse d'amortissement, ne sont point créés par le crédit, mais créés par les travaux du peuple, et arrachés à ses besoins; de sorte que la société, après avoir fourni le capital qu'on a détruit, en paie encore les intérêts et le remboursement. Telle est l'hypothèse où nous sommes en réalité.

Ici, je dois réfuter une objection qui trompe beaucoup de monde. Le gouvernement, dira-t-on, dépense le capital emprunté; il rend donc, par ce moyen, à la nation, l'argent qu'il a reçu, et rien n'est perdu; elle a, de plus, le papier qu'il a donné en échange.

Ceci est une erreur grossière. Le papier par lui-même n'est rien, puisque le débiteur ne possède plus le capital dont il est le signe, et il ne produit rien, ainsi que nous venons de le voir, car ses intérêts et son amortissement sont fournis par la nation. Tous les budjets en font foi.

Quant à l'argent emprunté, qui est rendu, dit-on, à la société par les dépenses du gouvernement, souvent ces dépenses ont lieu hors du territoire national. Par exemple,

dans les guerres, il est bien évident que les millions trans-
mis au gouvernement par la machine du crédit public,
sont radicalement perdus pour le pays. Mais ceci n'est pas
la question véritable, et la perte serait la même en dernier
résultat, lors même que la dépense serait faite dans l'intérieur du royaume.

Effectivement, il est vrai qu'en dépensant dans l'intérieur les cinquante millions empruntés, le gouvernement
rend à la nation l'argent qu'il en a reçu (1). Mais le lui
rend-il gratuitement? Non, sans doute; il en obtient en
échange une valeur capitale équivalente, en marchandises,
en denrées, peu importe de quelle nature. Cette nouvelle
valeur, il la consomme, il la dépense, il la détruit dans
son entreprise; de sorte que quoique la masse d'argent de
la nation n'ait pas diminué, l'ensemble des richesses qui
forment le capital général, est toujours diminué d'une
valeur égale à la somme empruntée; il en est de même
pour les impôts.

Tous les économistes sont d'accord sur ce point. M. Ro-
bert Hamilton, dans son écrit sur la dette d'Angleterre,
se sert, pour exprimer son opinion, de cette comparaison :
Il suppose qu'un individu prenne la caisse d'un négociant,
et lui dise : « Je vais employer tout cet argent à vous acheter des denrées de votre commerce. De quoi vous plaignez-

---

(1) Que l'argent emprunté ait été primitivement fourni par les capitalistes étrangers, c'est un fait qui n'est ici d'aucune importance, car en revendant les titres
dans le pays emprunteur, ils retirent leurs fonds à volonté, et reprennent à la
nation leur capital, augmenté de leur bénéfice. C'est une exception momentanée
qui ne change rien à la nature des choses, et à leur inévitable résultat. En définitive, c'est le plus souvent un malheur de plus. Il vaut mieux qu'un gouvernement
emprunte chez lui qu'au dehors, quand la chose est possible, témoin l'Angleterre.

vous? N'avez-vous pas tout votre argent, et, de plus, n'est-ce pas un encouragement pour votre industrie? »

Dans quelque hypothèse que nous nous placions, nous arrivons donc à cette conséquence inévitable :

Que le crédit public ne produit aucune création de capitaux ;

Qu'il produit seulement un déplacement des capitaux existants ;

Que si le gouvernement emploie productivement ces capitaux, il les emploie moins avantageusement pour la société, que si la société elle-même en eût conservé la disposition ;

Que si le gouvernement consomme le capital emprunté, il le détruit radicalement pour la société.

D'où je concluerai que les dettes publiques sont un moyen de faire hausser le taux de l'intérêt au lieu de le faire diminuer. Que si, néanmoins, le taux de l'intérêt diminue à mesure que la civilisation avance, c'est malgré le crédit public, et parce que l'agriculture et l'industrie se perfectionnant, ont créé plus de capitaux que le crédit n'a donné aux gouvernements le moyen d'en détruire.

§ III.

La hausse des effets publics n'opère aucune augmentation de capital.—Les emprunts diminuent le capital national.

Je crois avoir prouvé que le crédit public ne crée point la richesse, que les emprunts de l'État transportent entre les mains du gouvernement des capitaux qu'il détruit, et que le papier donné en échange n'a plus, par lui-même, aucune valeur réelle.

La démonstration qui doit m'occuper maintenant est celle-ci :

La hausse des effets publics n'opère aucune augmentation de richesses dans la nation ; elle opère seulement un déplacement de valeurs capitales.

Voilà la question nettement posée ; je cherche franchement la vérité : par conséquent j'aborde la difficulté de front, pour la résoudre, si j'ai raison ; pour être complètement réfuté, si j'ai tort.

Relativement à la dette flottante, au papier public en circulation, je ne pense pas que le premier point puisse être l'objet d'un doute pour toute personne impartiale. Qu'un titre qui a coûté soixante francs soit revendu soixante-quinze, il est manifeste que le capital de quinze francs n'a point été créé par le crédit, mais bien par l'agriculture ou l'industrie, et qu'il passe seulement de la bourse de l'acheteur dans celle du vendeur ; ainsi de suite, jusqu'au dernier terme de la hausse. La baisse produit l'effet contraire. La banqueroute, qui est certainement la plus forte baisse possible, est une grande injustice qui cause de grands déchirements et de grands malheurs, par un déplacement trop subit et trop considérable de capitaux ; mais il est clair qu'elle n'occasione aucune diminution de la richesse nationale dans son ensemble (1) ; les contribuables gagnent même plus que les rentiers ne perdent ; car l'État économise évidemment tous les frais de percep-

---

(1) Si les titres sont entre les mains des étrangers, l'État vole, mais il s'enrichit évidemment du capital de ces titres.

tion de l'impôt qui aurait servi à acquitter la dette, en capital et en intérêts, si la banqueroute ne l'avait anéantie.

La hausse des fonds ne prouve même pas toujours qu'il y ait en général, dans la nation, plus de capitaux et plus de liberté. Les révolutions du Piémont et de Naples, en 1821, n'occasionèrent à la France ni diminution de fortune, ni risques pour sa liberté; elles firent baisser les fonds de 12 à 15 p. 100; la réaction qui suivit et l'occupation autrichienne n'ont pas, que je sache, augmenté notre fortune et notre indépendance, et cependant les fonds reprirent leur niveau antérieur. La guerre d'Espagne, en 1823, nous a, si je ne me trompe, coûté quelques centaines de millions; son contre-coup a été fatal à nos libertés intérieures, et cependant, à mesure qu'elle s'est développée, une forte hausse s'est fait sentir sur les fonds publics. Je pourrais facilement multiplier les exemples de ce genre, et l'histoire de la Restauration en est remplie.

On raisonne donc assez juste en disant que la hausse et la baisse des fonds publics indiquent principalement que le parti qui domine acquiert ou perd la force politique, et que les capitaux créés par l'agriculture et par l'industrie se portent vers les fonds ou s'en éloignent, suivant que la confiance dans cette force augmente ou diminue, et selon qu'ils trouvent ailleurs un emploi plus ou moins lucratif. La prospérité ou le déclin du pays a bien aussi une influence réelle sur le cours des fonds, mais moins forte et surtout beaucoup moins prompte que les chances politiques qui ébranlent ou raffermissent le pouvoir. Tant que le gouvernement est fort, et que la nation est encore assez riche pour payer les impôts qu'il exige, le crédit de l'État se soutient. Il faut que la nation souffre considérablement pour qu'il s'en ressente; tel est, par exemple, le cas de guerre. Quant aux libertés nationales, il ne faut pas en juger par le thermomètre de la Bourse de Paris, car la corruption électorale et la septennalité ne l'ont pas fait chanceler d'un centime! la loi sur la police de la presse elle-même n'y a produit aucune variation! (1).

Mais, dira-t-on, quand le cours des effets publics en circulation hausse, toute la masse de la rente hausse à la fois, ce qui produit sur la rente casée une véritable augmentation de fortune pour la France.

Ceci ne repose que sur une confusion de termes. Un peu d'attention dissipera facilement cette fantasmagorie financière, cette prospérité merveilleuse ; et je dis merveilleuse, car ce serait un vrai miracle que, tout à coup, par la hausse de quelques papiers en circulation dont la valeur primitive n'existe plus, on créât, sans travail et sans peine, un capital véritable sur d'autres papiers également sans valeur réelle, et qui n'ont d'autre avantage, relativement aux premiers, que d'être hors de la circulation ! S'il en était ainsi, le crédit public serait effectivement une mine inépuisable, une source féconde en richesse, et il serait admirable que des mouvements de bourse pussent créer en quelques jours plus de capitaux qu'une nation économe et laborieuse ne pourrait en amasser dans un an, une fois sa consommation et ses impôts soustraits de ses produits !

Disons-le franchement, cette doctrine, démentie au premier coup d'œil par le simple bon sens, est entièrement illusoire et fausse.

---

(1) Ces lignes ont été écrites en 1827.

Pour le prouver, je vais me servir d'une comparaison dont nos mœurs commerciales feront immédiatement comprendre la force et la justesse. Supposons qu'il y ait vingt mille barriques de sucre brut sur la place, qu'on en retire dix-huit mille de la circulation, et que l'on fasse, sur les deux mille barriques qui restent seules en vente, une hausse d'autant plus facile et d'autant plus considérable, que des achats réels viendront aider les spéculateurs ; en ce cas, je le demande, quel négociant expérimenté croira que la hausse de 12 ou 15 francs par quintal qui a lieu sur les deux mille barriques, existe aussi sur la masse des dix-huit mille qui sont hors de la circulation ? Qui ne voit, au contraire, que pour accomplir la hausse sur cette masse, il faudrait de nouveau la remettre en vente, et par conséquent détruire un bénéfice chimérique en voulant le réaliser ? Ceci n'est pas une vaine hypothèse : il ne faut pas remonter bien loin derrière nous pour trouver un exemple semblable dans nos souvenirs commerciaux.

Pour les mêmes raisons, la hausse de la dette flottante n'a point d'action réelle sur la masse de la rente casée ; c'est au contraire celle-ci, qui, en se retirant de la circulation, fait hausser le papier public qui reste en vente sur le marché.

Mais la comparaison dont je viens de me servir a d'autant plus de force, que la rente casée est dans une position bien plus défavorable que la marchandise retirée de la circulation. Toute marchandise, en outre du prix qu'elle peut obtenir par la vente, a sa valeur intrinsèque, son existence matérielle ; on peut l'employer de mille manières, et l'utiliser comme capital sans la vendre. Il n'en est pas de même de la rente casée : elle ne peut servir à aucun emploi comme capital. Pour servir de capital à celui qui la possède, il faut forcément qu'il la vende (1), qu'il la mette en circulation. Alors il aura une valeur réelle, mais elle ne sera point créée par la hausse, elle ne sera que déplacée, et sortira des mains de l'acheteur, qui la tient de l'agriculture ou de l'industrie, pour passer dans les mains du vendeur. Jusque-là, la hausse de la rente casée n'existe point. Elle est idéale et sans réalité.

Et c'est précisément en cela que le papier de la dette est nuisible à la production des richesses. Il ne facilite pas la circulation des valeurs, comme les billets de banque, par exemple, qui, sans créer de véritables capitaux, augmentent cependant la masse de la monnaie, en remplaçant les espèces métalliques. Loin de pouvoir servir de monnaie, le papier qui représente une dette publique, par cela seul que sa valeur primitive a été détruite, absorbe la monnaie existante, soit métallique, soit de confiance, pour sa propre circulation.

Au surplus, il ne faut pas croire qu'une hausse quelconque, même réellement effectuée sur une marchandise qui a une valeur véritable, augmente toujours la richesse nationale. La hausse et la baisse des divers objets dont cette fortune se compose, varient dans leurs effets, suivant la nature des causes qui produisent l'augmentation ou la diminution des prix. Une courte digression à ce sujet ne sera pas sans intérêt pour la matière que nous examinons.

Quand la hausse a lieu par suite de l'amélioration de

---

(1) Ou qu'il la mette en gage, ce qui revient au même.

l'objet lui-même, elle enrichit l'état, car le producteur agricole ou industriel gagne l'augmentation du prix, et l'acheteur ne perd rien puisqu'en payant plus cher, il acquiert une utilité plus grande.

Quand la hausse a lieu par l'augmentation des frais de production ou de fabrication, il y a perte pour l'État. car le producteur ne gagne rien à la hausse, et l'acheteur perd en payant plus cher ce qui n'a pour lui aucune nouvelle utilité.

Quand la baisse a lieu par la diminution des frais de production ou de fabrication, il y a augmentation de richesse, car le producteur ne perd rien, et l'acheteur gagne, en payant meilleur marché la même utilité.

Quand la baisse a lieu par détérioration quelconque de la qualité, la nation perd : cela n'a pas besoin d'explication.

Enfin, quand la hausse ou la baisse sont produites par des circonstances étrangères à l'objet qui augmente ou diminue de prix, l'État ne perd, ni ne gagne. Supposons, par exemple, que le café, existant en France, vaille vingt sous la livre, et que, par quelques chances purement commerciales, il hausse jusqu'à quarante sous, l'État ne gagne rien, car le consommateur perd évidemment ce que gagne le vendeur : ce n'est qu'un simple déplacement de valeurs capitales. La baisse produit ce déplacement en sens contraire.

Or, n'est-il pas évident que la hausse et la baisse des fonds publics sont précisément dans cette dernière hypothèse ?

Une comparaison va le faire comprendre :

Qu'une action de banque hausse, il y a augmentation

de richesse dans l'État; le vendeur gagne la différence du prix, et l'acheteur ne perd rien, car il paie plus cher un titre amélioré, un titre dont le revenu a augmenté, les dividendes de la banque s'accroissant par la prospérité de ses travaux; mais que le papier de la dette publique hausse, il n'y a, par ce fait, aucune valeur de plus dans l'État : le vendeur gagne la différence du prix, mais l'acheteur perd évidemment cette différence (1), car il paie plus cher une utilité toujours la même, un titre dont le revenu n'a point augmenté : c'est un simple accroissement de prix du même objet. Et notez de plus que le revenu de la rente, l'intérêt invariable qu'elle donne n'est point produit par elle, mais arraché à la nation par l'impôt, au lieu que le revenu augmenté de la banque est produit par son propre travail, et ne coûte rien à personne : c'est ce qu'on ne saurait trop répéter.

Envisageons la question sous un autre point de vue, et nous jetterons une nouvelle lumière sur les vérités que j'ai voulu établir jusqu'à présent.

Tout emprunt se résout nécessairement en impôt; il faut donc se rendre compte de l'altération que l'impôt apporte à la valeur capitale de la propriété qu'il frappe, si l'on veut savoir comment le crédit public lui-même agit sur les valeurs capitales de la nation.

Tout impôt destiné à payer la rente, occasione, sur la propriété qu'il frappe, une perte immédiate, égale au capital dont la somme imposée serait l'intérêt.

Ainsi, admettons que l'intérêt soit à 5 p. 100, mille

_____

(1) Cette perte, au moyen de l'amortissement, est remboursée à l'acheteur par le contribuable. C'est sur ce dernier que tout tombe en définitive.

francs d'impôt occasionent, sur la propriété, vingt mille francs de perte en capital.

Une maison vaut, je suppose, cent mille francs; augmentez son impôt de mille francs, elle n'en vaudra plus que quatre-vingt mille, et personne certainement ne voudra la payer plus cher.

Remarquez que ceci s'applique non-seulement à l'impôt foncier, mais à tout impôt indirect qui, diminuant la valeur des produits du sol, atteint nécessairement la propriété elle-même. Tels sont les droits de consommation sur nos vins, et voilà pourquoi ils causent une si grande diminution capitale dans la valeur de nos terres !

On voit donc qu'en créant une rente quelconque, le gouvernement, par l'impôt équivalent (1) qu'elle nécessite, effectue sur la propriété une perte immédiate égale au capital nominal de la rente; et, c'est ainsi, pour le dire en passant, que le crédit public déplace les valeurs capitales, et les transporte, des propriétaires industrieux, à certains banquiers privilégiés, sans qu'il soit nécessaire pour cela qu'un déplacement de capital métallique s'effectue tout à coup. C'est la valeur même des choses qui augmente ou diminue, et non l'argent monnayé qui augmente ou diminue en quantité, circonstance très-secondaire dans une matière si importante.

Et n'oublions pas d'observer que la perte capitale éprouvée par la propriété est bien réelle, car le vendeur de la maison que nous avons prise pour exemple, perd vingt mille francs et l'acheteur ne les gagne pas, puisque le re-

---

(1) Plus, les frais de perception de l'impôt qui, diminuant le revenu, agissent sur la propriété de la même manière que l'impôt lui-même

venu de la maison a éprouvé une diminution équivalente :
il paic moins ce qui vaut moins. Il en est de même pour
le prix des terres atteintes par les impôts indirects.

Tel est, sur la propriété, l'effet terrible des impôts, et,
par conséquent, des emprunts. Si l'on ne s'aperçoit pas
immédiatement de cette déplorable conséquence, c'est que
l'agriculture et l'industrie luttent courageusement pour
remplacer ce que les gouvernements détruisent au moyen
du crédit public; mais que l'on marche quelque temps
encore dans la même voie, et le mal sera manifeste à tous
les yeux..... Et qu'on s'étonne, après cela, de la langueur
des affaires et des non-valeurs de propriété, dans un pays
qui s'est rapidement endetté de près de trois milliards, et
qui paie tous les ans un milliard d'impôt! Quant à moi,
si quelque chose m'étonne, c'est que notre situation ne
soit pas pire encore. Il faut que la nation soit bien laborieuse!

Néanmoins, l'action de l'amortissement, quand elle a
lieu au-dessous du pair nominal de la rente, diminue
d'autant le déplacement des valeurs capitales. Plus, au
contraire, les fonds haussent, plus l'amortissement, par
sa faiblesse relative, équivaut à une augmentation d'impôt sur la propriété, et plus le déplacement augmente,
au préjudice du propriétaire, en faveur du rentier, sans
aucun accroissement de la fortune nationale.

Je pourrais donner à ces démonstrations de nouveaux
développements; mais ils seraient, ce me semble, super-
flus. Je crois que mes lecteurs tiendront, dès à présent,
pour certain que la hausse des fonds publics n'opère dans
l'État aucune augmentation de valeurs capitales, mais
seulement un plus fort déplacement des capitaux produits

par l'agriculture et par l'industrie ; capitaux dont la production eût été plus abondante encore , si la dette publique
n'eût pas existé.

3ᵐᵉ QUESTION.

DE L'AMORTISSEMENT.

§ Iᵉʳ.

De l'Amortissement (1).

QUAND il m'est arrivé d'attaquer le système d'amortissement par intérêt composé, ce talisman, qui, selon quelques personnes, a le pouvoir magique de la lampe merveilleuse d'Aladin, les fanatiques du crédit public se sont écriés que je n'y entendais rien, et que je n'en comprenais pas les sublimes effets sur la prospérité nationale. Cependant ils me permettront de leur dire que cette théorie est si simple, qu'elle est à la portée de l'intelligence la plus vulgaire. Ce n'est pas parce que nous ne comprenons pas le crédit public tel qu'ils l'ont fait, que nous le repoussons; c'est, au contraire, parce que nous le comprenons trop bien.

Pour l'entière édification de mes lecteurs, je vais exposer le système avant de le réfuter.

Quand un État emprunte, ne voulant pas s'exposer à la nécessité de rembourser le capital, il se soumet seulement à en payer perpétuellement les intérêts. Cet intérêt n'est point stipulé relativement au capital réel qu'on lui prête,

---

(1) Cette question a été traitée par H. Fonfrède, en 1832.

Note de l'Editeur

mais relativement au capital nominal dont il se reconnaît débiteur, selon le cours de la rente auquel il a traité.

Mais sous prétexte d'alléger graduellement la dette, on constitue un fonds d'amortissement destiné à racheter annuellement les titres de rente délivrés aux prêteurs.

Les rentes ainsi rachetées ne sont point annulées ; elles sont seulement soustraites à la circulation. La caisse d'amortissement en reçoit les intérèts. Elle les cumule avec sa dotation, et consacre le tout à de nouveaux achats de rente. L'année suivante elle agit de même, de sorte que la somme avec laquelle elle rachète, augmente toujours, tandis que la masse des rentes en circulation diminue dans la même proportion : d'où il résulte que la puissance de l'amortissement s'accroît dans ce double rapport, et que, dans un nombre d'années calculé, il doit avoir racheté toute la dette.

Quelque flatteuse que paraisse cette perspective, les partisans du système ne se sont pas dissimulé ce qu'il présente d'absurde et de ridicule. Il serait plaisant d'arriver ainsi à une époque où l'amortissement se trouverait double, triple, décuple, centuple de la dette à racheter encore, et où, par conséquent, les porteurs du peu de titres de rente qui resteraient en circulation, pourraient y mettre le prix qu'ils voudraient, et même arrêter l'action de l'amortissement en refusant de lui vendre à quelque prix que ce fût (1).

Les conséquences de ce simple aperçu firent voir que, sans arriver à ce résultat extrême (par lequel il faudrait

---

(1) A moins qu'on ne les obligeât à recevoir un remboursement forcé, ce que je ne crois ni légal, ni juste, au lieu que l'annulation des rentes rachetées serait légale et juste, étant autorisée par l'institution de l'amortissement.

néanmoins passer si l'on s'en tenait à la rigueur du système), on arriverait cependant à une époque où l'amortissement serait hors de toute proportion. Alors on ajouta,
par forme de précaution, que lorsque l'on jugerait le moment convenable, les rentes achetées par la caisse d'amortissement pourraient être annulées par une loi. Ce cas ar-
rivant, les contribuables se trouveraient réellement sou-
lagés et dispensés de payer les rentes annulées; mais il
faut observer que, toutes les fois qu'il est question de faire
usage de cette faculté réservée par la loi, tous les apôtres
du crédit public jettent des cris épouvantables; la bourse
de Paris s'émeut, les orateurs de la haute banque affirment
que si l'on annule les rentes rachetées, on sape la base du
crédit, on arrête son développement, on perd tous ses bienfaits; qu'il faut acheter toujours sans annuler les rentes,
afin de conserver toute la puissance de l'amortissement.
Dans un de ses discours de 1832, M. Thiers assura que,
cinq ans après, la caisse d'amortissement, au lieu de quatre-
vingt-sept millions en aurait cent dix. — Ce qui signifiait
clairement que, dans la pensée de l'honorable orateur,
non-seulement il ne fallait pas annuler alors les rentes de
l'amortissement, mais qu'il ne faut même pas que les contribuables espèrent aucun allègement de ce genre; et toujours, depuis lors, les partisans du crédit public ont tenu
le même langage, ce qui rend la faculté d'annulation, réservée dans la loi primitive, tout à fait illusoire. Elle a
été mise là pour la forme : c'est une simple précaution
oratoire des banquiers.

Voilà le système. — Voyons maintenant quels en sont
les avantages. On nous dit :

1° Ce mécanisme, augmentant perpétuellement la puis-

sance de l'amortissement, doit nécessairement faire hausser
les fonds et améliorer le crédit ;

2° Les fonds haussant, le capital, représenté par la masse
des rentes, hausse dans sa totalité ; tous les porteurs de titre
voient augmenter leur fortune, et, par conséquent, la fortune nationale augmente dans le même rapport ;

3° Les capitaux augmentant dans l'État, et le cours des
fonds étant élevé, il en résulte deux choses : d'abord, que
l'intérêt des capitaux baisse dans le royaume ; secondement, que si l'État a des besoins, il peut emprunter à
meilleur marché ;

4° Que si le capital de la dette n'est pas éteint, puisque
les rentes rachetées sont toujours payées par le budget, il
résulte néanmoins de la hausse des fonds et de la baisse
de l'intérêt des capitaux, que l'État peut opérer une économie marquante dans l'intérêt de sa dette, en la réduisant à 4 p. 100 au lieu de 5.

Puis, continuant toujours le même système, on arrivera
à une seconde réduction du 4 p. 100 en 3 p. 100, et j'espère bien que quelque orateur hardi établira, tôt ou tard,
que l'action croissante de l'amortissement amènera l'intérêt
à 2 p. 100, puis à 1 p. 100, et enfin à zéro ; ce qui sera,
il en faut convenir, le beau idéal du crédit public. Quelque
chose m'embarrasse cependant, et je soumets mes scrupules
à ces Messieurs, sans oublier M. de Villèle, premier illustra-
teur de cette grande merveille. C'est que je ne sais trop, en
vérité, comment les rentiers feront alors pour vivre ! Mais
ce n'est point par une plaisanterie ironique que je veux réfuter ce système ; selon moi, tout en est faux, dangereux,
contradictoire, sophistique. Tout cet échafaudage repose
sur une illusion, sur une chimère, sur un néant, sur une

pétition de principe dont un enfant serait capable de discerner les vices. C'est ce qui paraîtra clairement, je l'espère, à mesure que j'exposerai le revers de la médaille.

Nous allons examiner d'abord l'amortissement sous le point de vue de l'extinction de la dette, par rachat du capital, ce qui était son but primitif ; puis, sous le rapport de la diminution des intérêts, modifications que les spéculateurs de la bourse et de la contre-révolution lui ont fait subir sous M. de Villèle, dont on ressuscite maintenant le système. Ces deux divisions renfermeront évidemment toute la matière, et nous donnerons les moyens d'y mettre l'ordre et la clarté nécessaires pour que les lecteurs les moins habitués aux discussions financières puissent suivre celle-ci avec facilité.

§ II.

De l'Extinction de la Dette.

Voici d'après quelle induction l'amortissement a été établi :

Lorsqu'un simple particulier est chargé d'une forte dette, nous dit-on, il lui est bien plus avantageux de consacrer chaque année une portion de son revenu à s'acquitter partiellement, que de se voir tout à coup obligé à payer la totalité de sa dette. Il diminue ainsi graduellement son passif, ce qui lui fournit aussi les moyens d'emprunter de nouveau s'il se trouve gêné. Singulière économie, soit dit en passant, que de s'acquitter pour emprunter. Tout le secret de la comédie est dans ces mots.

Or, ajoute-t-on, ce qui serait avantageux à un particulier, doit l'être aussi à la fortune de l'État. Consacrons donc une portion des revenus publics à racheter annuellement la dette (1); puis, de là, on est arrivé au cumul des intérêts composés, ce qui n'est qu'un moyen évasif d'arracher tous les ans aux contribuables un accroissement de dotation pour l'amortissement : de sorte que l'on parvient plus vite au rachat de la dette, parce qu'on prend plus d'argent au peuple pour effectuer ce rachat, que si l'on éteignait les rentes déjà rachetées. Vraiment, ce n'est pas un grand miracle !

Supposons pour un moment que le résultat de cette combinaison fût réellement d'éteindre la dette (ce qui n'est même pas vrai), il est facile de prouver qu'elle est fausse et mauvaise.

Effectivement, la comparaison de la dette publique à la dette d'un particulier manque de justesse, parce que la dette publique n'est jamais exigible en capital; on conçoit que le particulier ait un intérêt à s'acquitter peu à peu, plutôt que d'attendre le moment fatal où il faudrait tout payer à la fois, ce qui l'accablerait. Il n'en est pas de même de l'État auquel le remboursement capital ne peut jamais être réclamé; il n'est obligé de payer que l'intérêt.

Toute la question se réduit donc, pour la fortune publique, à savoir s'il lui est plus avantageux d'éteindre le capital de la dette que d'en payer l'intérêt. Ainsi, par exemple. dans le cas actuel, s'il lui est plus avantageux

---

(1) Il y a encore là une erreur énorme : c'est que ses revenus n'étant même pas suffisants aux dépenses, l'État ne peut économiser sur ses revenus pour payer sa dette.

d'accabler la population par le poids des impôts indirects et du monopole du tabac, que de payer annuellement les quatre millions cinq cent mille francs de rente, environ, que rachète l'amortissement avec le produit de ces impôts annuels.

Or, je soutiens qu'il est plus avantageux à la France de payer l'intérêt de sa dette que de la racheter par ce moyen.

L'amortissement cette année (1832) rachète pour 87 millions de la dette.

Mais pour faire parvenir à la caisse d'amortissement les 87 millions qu'elle emploie, il faut en prendre beaucoup plus aux contribuables ; car on ne doit pas perdre de vue que l'amortissement nécessite le maintien des impôts indirects dont la perception est si coûteuse, et dont le paiement est un obstacle si puissant à l'aisance du peuple, partant au travail et à la production de la richesse.

Examinons la question sous ce double point de vue.

La perception des impôts indirects coûte près de 20 millions (voir le budget), sans y comprendre les frais de l'enregistrement, des domaines, du timbre, de la loterie, des poudres, ni des douanes ; et en y comprenant seulement la très-petite partie des frais de perception de l'impôt du sel, le huitième à peu près. Le monopole du tabac coûte plus de 21 millions de frais d'exploitation.

Ces 41 millions de frais sont donc relatifs aux tabacs et aux boissons (1).

_____

(1) Excepté ce qui regarde la perception de la huitième partie de l'impôt du sel : j'ai négligé cette fraction, qui ne modifie que très-peu le chiffre total, et qui n'ôte aucune force au raisonnement. Je prends cette occasion de faire observer que la perception de l'impôt sur les boissons coûte maintenant 27 p. 100 du produit brut ! ! Admirable genre d'impôt !

Or, les tabacs rendent............. 67 millions.

Les boissons....................... 69

                        Total......... 136 millions

Déduisez les frais de perception..... 41

                        Reste......... 95 millions net,

ce qui n'équivaut à peu près qu'à l'amortissement, car
s'il ne s'élève encore qu'à 87 millions; à la fin de l'année
il sera à 92, et l'année suivante à 96, ainsi de suite en
augmentant toujours : de sorte qu'en réalité, nous sommes dans un régime financier où, pour racheter 95 millions du capital de la dette, il faut que le peuple des contribuables supporte un impôt de 136 millions, car la nation paie les frais de perception comme tout le reste.
Voilà le magnifique système dans lequel on se complait.
Or, je le demande, ne ferait-on pas interdire un particulier qui gèrerait ainsi sa fortune? Un particulier qui,
sans être obligé à rembourser, dépenserait volontairement 136 millions pour en rembourser 95? ou, si vous
l'aimez mieux, 128 millions pour en rembourser 87 (1).

Alors même qu'on critiquerait mes calculs, quand le
contre-sens financier ne serait pas aussi énorme que je le
représente (et je ne crois pas cependant me tromper, car
j'ai pris les chiffres du budget même) du plus au moins,
ce contre-sens existe toujours; cela est incontestable, et
même dans une très-forte proportion, car les frais de per-

---

(1) Il y a une petite différence parce que la rente est encore au-dessous du
pair; de sorte que l'amortissement rachètera, cette année, un peu plus de 87
millions de la dette : mais ce faible avantage disparaîtra aussitôt que la rente sera
au pair. Ce n'est donc pas la peine d'en tenir compte.

ception de l'impôt indirect qui alimente la caisse d'amortissement, feront toujours que la nation lui paie beaucoup plus en impôt que l'amortissement ne peut racheter. On peut disputer sur le chiffre de cette perte; mais quel qu'il soit, je le répète, il sera toujours énorme : or, réfléchissez que cette perte se renouvelle tous les ans; calculez-en les intérêts composés, et vous frémirez du résultat !

Et que gagne la nation par le rachat de la rente? Elle gagne seulement les 5 pour 100 d'intérêt; or, croit-on que le capital arraché aux contribuables dans l'industrie et le commerce, ne leur rendrait pas au moins 5 pour 100 si on le leur laissait? Croit-on que la gêne du commerce, la souffrance de l'agriculture, les entraves du monopole et de la circulation n'aggravent pas encore cette perte? Croit-on que la production de la richesse nationale n'en soit pas en outre altérée dans une proportion encore plus forte? Croit-on que les souffrances populaires ne soient pas puissamment accrues par un genre d'impôt qui, en résultat, est une capitation véritable, dont la grande masse pèse sur le pauvre?

D'où je conclus qu'il serait plus avantageux à la nation de payer l'intérêt de sa dette, que de racheter, par de tels moyens, le capital de cette dette, qui n'est jamais exigible;

1° Parce qu'il faut qu'elle paie en impôt, pour effectuer ce rachat, un capital beaucoup plus fort que celui qu'elle rachète;

2° Parce qu'elle perd ainsi en intérêt, en bénéfices, en production, une somme annuelle beaucoup plus forte que l'intérêt dont elle s'affranchit par le rachat du capital.

Ici l'on me fera deux objections spécieuses. Je les résoudrai facilement.

Une preuve, me dira-t-on, que les capitaux ne rendraient pas aux contribuables qui les fournissent plus de 5 pour 100, c'est que l'état trouve facilement des capitaux à 4 pour 100.

De plus, la dette diminuant, le crédit public augmente, tandis que si l'État restait perpétuellement obéré, la grandeur de sa dette éloignerait les prêteurs, qu'il ne pourrait plus trouver s'il survenait des besoins urgents.

Tout cela est faux et sophistique.

Les capitaux que l'État trouve à 4 p. 100 ne sont que les capitaux que, par l'ensemble de son système, et surtout par l'amortissement, il a rassemblés en quantité surabondante dans le foyer principal de son action. Il y a là surabondance; je le crois bien. C'est le résultat des bénéfices énormes qui, au moyen de la hausse des fonds et de l'amortissement, ont transporté les capitaux du pays entier sur un seul point, dans un petit nombre de mains. Alors les possesseurs de ces capitaux surabondants peuvent certainement les offrir à bon marché au gouvernement, et l'on espère, à tort peut-être, arriver au moment où, comme voulait le faire M. de Villèle, on leur empruntera à 4 p. 100 pour rembourser le 5 p. 100; mais ce serait une grande illusion que de croire que les banquiers se prêtassent à cet échange, en vue de l'intérêt qu'on leur promet, et pour y placer à demeure leurs capitaux à 4 p. 100. C'est en vue du bénéfice que la continuation de votre système d'amortissement leur présente sur le capital lui-même. Voici le marché de ces capitalistes tels qu'il avait été passé avec M. de Villèle, et tel qu'on nous donne la perspective de le voir se renouveler : ils diront au gouvernement : Nous vous avons prêté à 56, à 70, à 80. Grâce à votre amortissement, vous nous avez remboursé à 100. Ces capitaux énormes que, par ce système, nous avons gagnés sur les contribuables, nous allons vous les prêter de nouveau. Nous ne voulons que 4 p. 100 d'intérêt, mais vous spécifierez les titres de rente, de manière qu'ils soient au-dessous du pair, et vous conserverez un système d'amortissement qui les y fera forcément remonter : de sorte que nous ferons de nouveau un bénéfice énorme, et chaque année l'amortissement viendra porter à Paris quatre-vingt, cent, cent-vingt millions, etc., etc., pour réaliser ce bénéfice dans nos mains!..... Or, je le demande, un pareil mécanisme peut-il nous être opposé pour prouver que les capitaux arrachés aux contribuables ne leur rendraient pas un intérêt aussi fort que celui que rachète l'amortissement?... Tout cela est absurde.

Une preuve bien certaine que, s'il y a surabondance de capitaux chez les financiers que vous avez enrichis, il y a pénurie chez les contribuables auxquels vous prenez les 87 millions de l'amortissement (plus les 41 millions de frais de perception), c'est la grande difficulté avec laquelle les impôts sont payés, et l'impossibilité, par vous alléguée, de les augmenter! nouveau motif pour qu'il fût plus avantageux à l'État de laisser ces 128 millions aux contribuables ruinés, que de les leur prendre pour en porter 87 aux financiers enrichis!

Quant à ce qu'on dit que l'État ayant une dette moins forte aura plus de crédit, c'est encore une erreur. Le crédit d'un État ainsi que celui d'un particulier ne se règle pas seulement sur ce qu'il doit, mais sur la comparaison de ce qu'il a à ce qu'il doit, et de plus sur l'idée qu'on a de la bonne administration de sa fortune.

Or, s'il est vrai, comme je crois l'avoir prouvé, que les rachats de la caisse d'amortissement coûtent plus à la nation qu'ils ne lui rendent, cette manière d'opérer, loin d'augmenter la fortune publique, nuit à son développement, et par conséquent arrête l'extension du crédit véritable; du crédit fondé sur la richesse réelle et la bonne administration, pour lui substituer le crédit factice, qui, par un mécanisme mensonger, ruine les uns au profit des autres, et tôt ou tard doit inévitablement aboutir à la banqueroute, ainsi qu'il sera facile de le démontrer.

On voit donc que le prestige de l'amortissement, bien analysé et bien approfondi, s'évanouit pour faire place à une triste réalité. Encore ai-je raisonné dans cette hypothèse que l'amortissement a réellement pour effet d'amortir la dette. Que sera-ce donc quand nous aurons prouvé qu'il l'augmente au lieu de l'éteindre, et que, même sous le rapport de la réduction de l'intérêt, toutes les théories dont on s'efforce de nous endoctriner ne sont que des rêveries sans aucune vérité!... C'est ce dont nous allons nous occuper successivement.

§ III.

Extinction de la dette. — (Suite).

Dans le précédent paragraphe, nous avons raisonné contre l'amortissement à intérêt composé, en admettant la

supposition qu'il amortit réellement la dette. Nous allons
raisonner aujourd'hui dans la réalité ; c'est-à-dire, en prouvant que, loin de l'amortir, il l'accroît ; qu'il ne peut
avoir d'autre effet, et que c'est pour cela qu'on tient à sa
conservation.

J'ai déjà fait observer que l'amortissement, sans avantage alors même que l'État rachèterait le capital de sa
dette avec une portion de ses revenus, devient un contre-
sens épouvantable, quand l'État, n'ayant pas assez de revenus pour suffire à ses dépenses, se voit réduit à contracter de nouveaux emprunts ! Étrange folie qui s'amuse
à rembourser d'une main et à emprunter de l'autre ! Ce
qui, à supposer le remboursement égal à l'emprunt, laisse
toute chose en état (sauf la perte des frais, perte énorme),
et qui, à supposer que les nouveaux emprunts dépassent
la dette rachetée, obère de plus en plus la fortune publique. Or, c'est précisément ce que nous avons vu constamment, depuis que l'action de l'amortissement est établie
en France : c'est ce que l'Angleterre a vu constamment
avant nous ; c'est ce qui aura toujours lieu dans ce système ; c'est ce qu'on nous propose encore de faire à l'heure
qu'il est.

Expliquons en détail toutes les augmentations de la
dette effectuée par l'amortissement composé.

D'abord il est inévitable, si son action est librement
développée, qu'il oblige l'État à racheter la rente plus cher
qu'il ne l'a livrée.

Chaque hausse de la rente se résout ainsi en augmentation d'impôt, et, au moyen de l'amortissement, sort de
la poche du contribuable pour entrer dans celle du financier.

L'action inévitable du rachat, le but de l'amortissement étant d'élever la rente, augmente ainsi la dette dans une proportion effrayante : et comme nous avons vu que l'argent fourni à l'amortissement par les impôts indirects coûte 27 p. 100 de frais de perception, c'est 27 p. 100 de perte sèche qu'il faut ajouter à ce tableau tous les ans.

Observons maintenant que l'amortissement par intérêt composé n'a pas, même quant à la promptitude du rachat, cet immense avantage qu'il paraît avoir sur un amortissement simple ; car si l'intérêt composé donne une plus grande puissance pour acheter, il fait aussi augmenter beaucoup plus rapidement la valeur de la rente qui doit être rachetée ; et plus elle est chère, moins on en rachète. Si, au contraire, l'amortissement par intérêt composé n'avait pas donné cette impulsion de hausse, l'amortissement, borné à sa dotation, aurait sans doute eu moins de force de rachat ; mais la rente étant aussi moins chère, cela se serait compensé en partie. Alors les contribuables auraient eu deux avantages : d'abord, ils auraient été déchargés chaque année du paiement des rentes rachetées ; ensuite, ils auraient continué à racheter à bas prix, ce qui, d'un autre côté, aurait équivalu à une nouvelle diminution d'impôt.

Je sais qu'on m'objectera que la hausse des fonds publics a, sous d'autres points de vue, de grands avantages ; qu'elle augmente la masse des capitaux ; qu'elle fait diminuer l'intérêt ; qu'elle donne ainsi au gouvernement les moyens de réduire sa dette, etc., etc., etc. Je nie toutes ces assertions, et dans le prochain paragraphe je prouverai leur fausseté ; mais pour le moment, n'embarrassons pas la discussion par ce nouveau débat.

Sortant de l'amortissement simple, et rentrant dans l'amortissement à intérêt composé, nous verrons que dans ce dernier système les contribuables n'éprouvent du rachat de la dette aucun soulagement : elle demeure inscrite. Il faut qu'ils paient la rente. Toute la différence, c'est qu'ils paient entre les mains de la caisse d'amortissement, au lieu de payer entre les mains des tiers-porteurs dont les titres ont été rachetés.

Il n'y aura donc amortissement véritable que lorsque les rentes rachetées seront annulées.

Or, si je consulte les défenseurs du crédit public, je n'ai encore vu aucun d'entr'eux consentir à m'indiquer cette bienheureuse époque. Certains d'entr'eux nous ont expliqué qu'il ne faut annuler les rentes que lorsqu'on en approchera, et que lors même qu'on y parviendrait, il faudrait bien se garder de tout annuler, parce que l'État doit se réserver ainsi des ressources, afin de ne pas être à la merci des capitalistes, s'il lui survenait des besoins imprévus (1).

---

(1) Certains publicistes ont voulu comparer l'État avec un père de famille; c'est une comparaison tout-à-fait fausse :

D'abord, parce que la dette de l'État n'est jamais exigible en capital, et, sur ce point, je le renvoie à mon précédent article.

Ensuite, parce que le père de famille, toutes ses dépenses et les intérêts de sa dette payés, peut encore trouver sur ses revenus la somme qu'il emploie à racheter sa dette, tandis que l'État, au contraire, n'ayant pas assez de revenus pour suffire à ses dépenses, est obligé de se livrer à de nouveaux emprunts. Or, que dirait-on d'un père de famille endetté, n'ayant pas assez de revenus pour vivre et payer les intérêts, et qui, sous prétexte d'éteindre une dette non exigible, prendrait une certaine somme dans ses revenus à cet effet, et, en même temps, contracterait un nouvel emprunt plus fort destiné à couvrir ses dépenses? Dirait-on qu'il éteint ses dettes? On dirait qu'il agit comme un fou et qu'il se ruine. Or, l'État est encore plus fou, quand, en agissant ainsi, il perd en outre d'énormes frais de perception d'impôt!

La comparaison est encore fausse, je le répète, parce que le père de famille,

Je ne m'arrête pas à cette dernière considération ; car il est bien évident qu'un État comme la France, qui ne devrait rien, et aurait annulé la totalité de sa dette après rachat, ne pourrait être à la merci des capitalistes ; et quant à moi, si je pouvais annuler la dette, je le ferais de grand cœur, sans être arrêté une minute par cette crainte. Mais je sais aussi que les chefs de notre école financière ne sont pas de cet avis, parce qu'ils regardent les titres de rente comme un véritable capital circulant, et pouvant servir, à l'égal des valeurs de banque, à l'augmentation du crédit et du travail. Je crois cette théorie éminemment fausse, mais je la laisse de côté pour le moment.

Quoi qu'il en soit, les rentes ne sont point amorties, tant qu'elles ne sont pas annulées. Or, quand seront-elles annulées ? Je réponds : Jamais, si l'on n'abandonne pas les principes que je combats, et puisse l'avenir me donner un démenti !..... Malheureusement le passé m'offre la preuve trop évidente de la vérité de mon assertion !

En effet, qu'on ne perde pas de vue que le principal effet de l'amortissement est de donner au gouvernement le moyen d'emprunter de nouveau. Cela est si vrai que tous les défenseurs de la doctrine que je combats nous ont répété qu'il fallait bien se garder d'annuler les rentes rachetées.

Aussi la marche de l'amortissement est-elle toujours tellement combinée, qu'il s'effectue au moyen de nouvel-

---

en remboursant sa dette par intérêt composé, ne fait pas augmenter cette même dette, qui est invariable et fixe ; tandis que l'État, en agissant par intérêt composé, se voit obligé de faire enchérir la rente à mesure qu'il l'a rachète, ce qui rend son opération d'autant moins supérieure à celle d'un amortissement simple, ainsi que je l'ai expliqué ci-dessus.

les sommes empruntées. Voyez l'Angleterre, voyez la
France depuis la restauration et depuis la révolution de
juillet, il en a toujours été de même. Or, je l'ai déjà dit,
s'imaginer qu'on s'acquitte en empruntant, est le comble
de la folie. Quand on n'emprunterait tout juste que ce
que l'on rembourse, on perdrait toujours tous les frais.
Qu'est-ce donc quand la masse des emprunts dépasse inévitablement et toujours la masse des remboursements!
Et il en est toujours ainsi, car sans cela il ne servirait à
rien d'emprunter.

Pour justifier cet étrange renversement d'idées, on nous
dit que les dettes d'un État sont comme celles d'une maison de banque ou de commerce qui les solde et les renouvelle sans cesse. N'en déplaise à ceux qui ont fait cette
comparaison, elle est tout-à-fait fausse dans le sens qu'on
lui donne, et je m'en empare au contraire, en la rectifiant, pour prouver ma thèse.

Les dettes d'une maison de commerce et de banque sont
à échéances fixes, et il faut bien par force qu'elles se sol-
dent (1) : les maisons de commerce en contractent sans
doute de nouvelles, c'est-à-dire que de nouvelles affaires
mettent en leur main de nouveaux capitaux en argent ou
marchandises pour lesquelles on leur accorde du terme,
et au bout du terme elles paient le capital ainsi que les
intérêts, et gardent le bénéfice qu'elles ont fait. C'est ce
bénéfice qui les enrichit, et non pas le renouvellement de
leurs dettes.

Mais imaginez une maison de commerce qui doit, et
qui renouvelle ses engagements, non pas pour faire de

_____

(1) Il n'en est pas de même de la dette consolidée.

nouveaux bénéfices, mais pour acquitter ses anciennes
dettes et faire de nouvelles dépenses, et qui s'imagine que
cette circulation de papiers et de capitaux l'enrichit; il
sera évident qu'elle se ruine de la manière la plus expé-
ditive. Une telle façon de solder et renouveler ses dettes
est le moyen de faire des pertes énormes; et, en définitive,
le jour inévitable où la circulation s'arrête, tout croule.

Or, voilà précisément la marche que suivent nos finances, et j'ose dire que jamais commerçant sensé, maître de ses affaires, n'a volontairement opéré ainsi.

Renoncez donc à votre chimère d'extinction de la dette.
Pour qu'elle pût s'opérer, il faudrait que vos revenus
surpassassent vos dépenses, et que cet excédant de revenus
seul fût employé à l'amortissement. Mais s'il en était ainsi,
vous n'auriez plus besoin de crédit, et vous ne tiendriez
pas tant à en conserver, à en augmenter, à en perfectionner le mécanisme!

C'est précisément parce que les dépenses dépassent les
revenus, c'est parce que vous vous enfoncez dans cette
désastreuse situation que vous sentez la nécessité du crédit, c'est pour cela que vous tenez à conserver l'amortissement : donc vous avouez par cela seul que l'extinction
de la dette est impossible dans votre système, et que vous
n'y croyez pas vous-mêmes!

Mais arrivera-t-il un moment où les revenus de l'État
étant plus forts que les dépenses, l'amortissement cessera
d'être illusoire et deviendra véritable?

Telle est l'espérance des maisons de commerce qui se
livrent à des circulations de papier : elles s'imaginent que,
pendant cette circulation, quelques nouveaux bénéfices
les tireront de peine et couvriront le vide. Mais les gou-

vernements n'ont même pas cette chance ; ils n'ont de bénéfices à faire que l'économie dans leurs frais ; or nous avons vu au contraire que le mécanisme de l'amortissement composé nous coûte des pertes énormes sous ce point de vue, et que les économies de détail sur nos administrations sont insignifiantes tant qu'on restera dans ce système.

Les partisans de l'amortissement composé sentent si bien cette vérité qu'après avoir considéré les rachats comme moyen d'éteindre la dette, ils ont la maladresse de nous montrer les rentes de l'amortissement comme une réserve, une épargne, dont le gouvernement disposera à ses prochains besoins. En cela ils font preuve de trop de franchise, et ils montrent la plaie du système ; car c'est précisément pour se ménager cette réserve que le gouvernement ne veut pas annuler les rentes rachetées ; et le jour trop inévitable où il s'en servira pour ses dépenses extraordinaires, on verra dans tout son jour la vérité que je prêche, c'est que l'amortissement n'aura pas amorti, que les contribuables auront racheté une dette qui ne sera plus rachetée, et qu'en définitive ils en seront pour les intérêts composés qu'ils auront payés tous les ans à la caisse d'amortissement.

Ceci est l'abus, me dira-t-on, et non pas l'usage raisonnable de l'amortissement. Je réponds : point du tout ; c'est sa marche inévitable, tellement que c'est celle que vous indiquez vous-même, c'est celle qui a toujours dominé, c'est celle qui dominera toujours ; et si vous pressentiez que nous marchons à une ère financière où il en serait autrement, vous ne feriez pas de si prodigieux efforts pour conserver ce moyen de crédit. car, encore un

coup, lorsque le revenu dépasse les dépenses on n'a pas
besoin d'avoir recours au crédit.

Ainsi, sous la restauration, pendant que l'amortissement grimaçait le rachat de la dette, grâce à l'extension
du crédit qu'il favorisait, on l'absorbait, et dix fois au-
delà, pour la guerre d'Espagne, pour l'indemnité des
émigrés et pour mille autres dépenses ; de sorte que, malgré l'extinction prétendue de la dette, elle a doublé en
quelques années. Or, sans le fatal mécanisme de l'amortissement composé, nous n'aurions pas été exposés à ces
destructions de la fortune publique, destructions qui n'em-
pêchaient pas la hausse des fonds qui, ainsi combinée, n'a
rien de commun avec l'aisance du peuple !... Malheureux
jour que celui où, pour payer l'invasion de 1815, et acquitter la rançon de la France restaurée, on a introduit
en France ce système de crédit public !.... Oui, je veux
dire toute ma pensée : six mois de peste et la perte de dix
départements n'auraient pas été un aussi grand malheur
pour l'avenir de la patrie !

Vous vous flattez maintenant que le gouvernement
aura plus de modération et de sagesse, et qu'il ne fera pas
un aussi épouvantable emploi du levier terrible de l'a-
mortissement. Je le crois comme vous ; mais la machine
est montée ; mais nous sommes engagés dans une voie
fatale ; mais les habitudes prises en administration ne
s'effacent pas facilement ; mais je vous ai prouvé que l'a-
mortissement composé vous coûte infiniment plus qu'il
ne vous rend ; mais il est une tentation perpétuelle de passions dispendieuses, parce qu'il offre en perspective le
moyen de les satisfaire ; mais s'il n'augmente pas votre
dette avec autant de rapidité que sous la restauration, il

l'augmentera toujours, peu ou prou, et ne l'éteindra pas :
mais en attendant, il occasione la détresse du peuple, de
l'industrie et du commerce par les énormes impôts dont il
nécessite le maintien..... Tout cela n'est-il pas suffisant
pour vous ouvrir les yeux ?

Je sais qu'on peut me faire des objections graves. La
première est celle-ci :

Lors même que l'amortissement composé ne servirait
qu'à laisser une réserve entre les mains du gouvernement
pour le cas de guerre, par exemple, disent les défenseurs
de ce système, ne serait-il pas très-avantageux ? Car le
gouvernement aurait ainsi des ressources sûres sans avoir
nui à la circulation, comme si on avait gardé des capitaux enfouis dans des caves, et sans avoir recours à de nouveaux impôts.

C'est là une erreur complète, et il est facile de voir que
cette prétendue ressource n'existerait plus le jour où l'on
aurait besoin d'en user.

En effet, dans un moment de guerre, lors d'une catastrophe qui menace le pouvoir, le crédit se trouve tellement ébranlé, qu'il a besoin pour se soutenir de toute la
force de l'amortissement. La lui ôter dans ce moment critique, ce serait, comme on dit vulgairement, jeter la maison par les fenêtres, ce serait lui porter un coup terrible,
ce serait s'exposer à revendre à 75 fr., et peut-être au-
dessous, les rentes que, pendant la prospérité du gouvernement, il aurait rachetées à 100 fr. par le moyen de son
amortissement. Ne trouvez-vous pas que c'est un mécanisme financier bien avantageux ?....

Je crois donc qu'il vaudrait beaucoup mieux ne pas développer follement l'action de l'amortissement dans les temps

tranquilles, et ne pas se réserver de la restreindre dans les
temps de crise; le crédit serait ainsi dans son véritable
équilibre, et les contribuables, s'enrichissant pendant la
paix de tout ce que l'amortissement ne leur aurait pas ôté,
et de tous les frais de perception d'impôt, de tous les moyens
de production qu'il ne leur aurait pas fait perdre, seraient
en état de supporter beaucoup mieux les charges de la
guerre, sans compter que les réactions de baisse dans les
fonds seraient beaucoup moins fortes et n'occasioneraient
pas les malheurs épouvantables qui en sont ordinairement
la suite.

Mais, ajoutera-t-on, si on annule actuellement les rentes
rachetées, le crédit éprouvera une crise, les fonds baisseront, et les nouveaux emprunts que fera le gouvernement
nous seront onéreux. Je crois que l'on a beaucoup trop
exagéré les effets de cette mesure. C'est ce que je ferai voir
incessamment. En attendant, je me borne à une observation fondamentale sur laquelle je prie mes lecteurs de
réfléchir.

C'est qu'une fois le crédit porté à un certain degré, il
n'a pas besoin d'une augmentation de force dans l'amortissement pour se soutenir. Ainsi, nous avons vu les fonds
dépasser le pair sous la restauration, lorsque l'amortissement était bien au-dessous de quatre-vingt-sept millions,
avec lesquels il agit maintenant. Réduire l'amortissement
à ce qu'il était alors (1), ce ne serait donc pas porter un
coup fatal au crédit; et si nous empruntions désavantageusement, cela ne proviendrait pas de l'insuffisance de

_____

(1) Je crois qu'il serait prudent de faire, graduellement, l'annulation des rentes
de la caisse d'amortissement.

l'amortissement, mais de quelque autre cause à laquelle
il serait étranger. Nous développerons cette vue.

Je voudrais maintenant citer les faits à l'appui de tous
les raisonnements de cet article, mais sa longueur ne me le
permet pas. J'invite ceux de mes lecteurs qui en auront
la possibilité à rechercher ce qui s'est passé en France en
1831, ils apprendront les détails que je ne puis donner
en entier. Ils y verront que dans un seul trimestre de
1831, le rachat de l'emprunt fait à MM. Jacques Lefebvre, Odier, Aguado et Rotschild, a coûté à l'État quatre
millions de plus que si l'action de l'amortissement eût été
suspendue, et que l'emprunt eût été moins fort d'une
somme équivalente à cette réduction de l'amortissement.
De là ressort cette grande vérité, qu'emprunter de nouveau et amortir à la fois, est la plus dispendieuse de toutes
les folies ! C'est précisément ce que le ministère anglais
a fait pendant la guerre contre la France, et on a calculé
qu'il avait ainsi fait perdre à l'Angleterre 600 millions
de francs; en même temps l'amortissement se trouvait
gonflé jusqu'à égaler la quarante-quatrième partie de la
dette, et cependant la dette augmentait chaque année dans
une progression effrayante (1).

En résumé, voici le principe qui domine tout. C'est
que nul amortissement n'est réel que lorsqu'il est effectué
par l'excédant des revenus sur les dépenses (2).

D'où il suit que l'opération d'amortir, lorsqu'on n'a pas

---

(1) Aussi l'Angleterre s'est désabusée des illusions de l'amortissement, elle en
a reconnu les dangers et abandonné ce système, car elle n'amortit qu'avec l'excédant de ses recettes, et quand il n'y a pas d'excédant elle cesse ses rachats.
(2) Encore alors même, est-il nuisible si les revenus qui servent à amortir
coûtent 27 p. 100 de frais de perception, comme nos impôts indirects

assez de revenus pour suffire aux dépenses, est une illusion mensongère, car, en réalité, on amortit alors avec
l'emprunt; contradiction qui, loin de libérer l'État, le
constitue en perte et l'obère. — Or, c'est l'hypothèse où
nous sommes.

Dans le prochain paragraphe je ferai voir que les résultats de l'amortissement sur la réduction de l'intérêt par
la hausse des fonds et par la force de la puissance amortissante, sont absolument chimériques et faux.

§ IV.

Erreur des prétendus avantages attachés à la hausse des fonds publics (1) et à l'accroissement de la puissance amortissante.

Il faut que je revienne ici sur des explications déjà
données, mais cela est indispensable pour faire comprendre le sophisme sur lequel repose l'amortissement.

Si vous conservez tous les fonds de l'amortissement,
nous ont dit ses défenseurs, dans peu d'années les rentes
auront dépassé le pair, et l'amortissement se sera accru
jusqu'à la somme de cent-dix millions. Alors on réduira
l'intérêt de la dette à 4 p. 100. Ainsi, l'on fera une économie de trente-cinq à quarante millions.

A quoi quelques-uns ont ajouté que la rente était la

---

(1) Je n'examine ici la hausse des fonds publics que sous le rapport de la fortune nationale, et non pas comme indice de la stabilité politique du gouvernement, ce qui est son principal caractère.

mesure des autres valeurs; que par conséquent en faisant
baisser l'intérêt que paie l'État, on faisait baisser l'intérêt
que les particuliers paient dans leurs opérations commerciales.

C'est la fausseté de ces assertions que je vais prouver.
Je prétends, au contraire, que l'action de l'amortissement
composé fait hausser l'intérêt dans les transactions particulières, et nuit ainsi à la production des richesses. Je
prétends que tout système de finance qui s'appuie sur
les assertions que je viens de rappeler est une pétition de
principe et un contre-sens absolu.

En effet :

L'intérêt est le loyer que l'on paie pour un capital emprunté.

Il peut donc baisser de deux manières :

Ou parce que les capitaux existants ne trouvent pas
d'emploi :

Ou parce que les capitaux deviennent plus abondants.

La première sorte de baisse indique un Etat de souffrance sociale : la seconde indique une prospérité croissante chez les citoyens. C'est donc cette seconde baisse de
l'intérêt seule que nous devons appeler de nos vœux.

Or, je le demande, en quoi la hausse des fonds publics
et l'action d'un amortissement plus puissant augmentent-
elles la production des capitaux dans l'État?

En rien. Il y a déplacement de capitaux, voilà tout.
Les capitaux, au lieu d'être dans la caisse des contribuables, passent dans la caisse d'amortissement; de la caisse
d'amortissement, ils passent dans celles des possesseurs de

rentes. Mais il est visible qu'il n'y a pas en France une augmentation de capital d'un seul centime.

C'est qu'en réalité la hausse des fonds publics n'est point une cause de la baisse des intérêts, mais au contraire elle doit être l'effet de la baisse des intérêts. Lorsque, au lieu d'attendre que le travail et la prospérité croissante aient augmenté les capitaux dans l'État, vous voulez, pour faire baisser l'intérêt, opérer une hausse des fonds, et par suite une réduction des 5 p. 100 en 4 pour 100, à l'aide de l'exubérance de l'amortissement, vous agissez (ainsi que l'a dit avec tant d'esprit un des meilleurs économistes) comme des enfants qui, s'impatientant de la lenteur des heures, pousseraient avec le doigt l'aiguille qui les indique sur le cadran d'une montre, et s'imagineraient ensuite que les heures ont marché comme l'aiguille qu'ils ont poussée! La hausse des fonds doit indiquer la progression croissante des capitaux, comme l'aiguille de la montre indique la marche du temps. Mais si, par un moyen factice, vous faites hausser les fonds ou courir l'aiguille, votre indice devient faux et voilà tout. Les capitaux restent ce qu'ils étaient et le temps aussi.

Imaginer donc qu'en augmentant la force de l'amortissement, on donnera au trésor les moyens de réduire l'intérêt de la dette publique de 5 à 4 p. 100, c'est une illusion; car cette réduction ne peut s'opérer que si l'intérêt a réellement baissé dans l'État par l'augmentation des produits du travail. Or, si cette augmentation de capitaux a eu lieu dans l'État, pourquoi vous donner la peine d'en simuler les effets? Et si elle n'a pas eu lieu, comment croyez-vous qu'en simulant ses effets vous donnerez à leur cause la réalité qui lui manque?

D'ailleurs, il est incontestable que plus il y a d'emprunteurs en concurrence, plus l'intérêt doit hausser. Or, les États, en empruntant, absorbent une grande masse de capitaux, qui, sans cela se seraient offerts aux emplois particuliers; plus donc on agrandit la voie du crédit public, plus on donne aux gouvernements les moyens d'attirer facilement à eux les capitaux, plus l'intérêt doit hausser dans les transactions privées. Que si nous avons vu baisser néanmoins le taux de l'intérêt, ce n'est pas par l'effet de l'exaltation du crédit public par les intérêts composés : c'est au contraire malgré l'influence de ce crédit public, car les capitaux seraient bien plus abondants s'il n'avait pas absorbé tous ceux qu'il a détruits, par exemple, pour payer les étrangers en 1815, pour la guerre d'Espagne en 1823, etc., etc., ce qui n'empêchait aucunement la hausse des fonds.

C'est donc la plus évidente des erreurs que d'espérer la réduction de l'intérêt par l'effet de l'action croissante de l'amortissement, surtout lorsque, comme je l'ai déjà démontré, cet amortissement détruit de grands capitaux par les pertes et les frais qu'il nécessite! Plus je réfléchis à cette doctrine, moins je peux comprendre que des hommes d'État, auxquels je reconnais une grande capacité, aient pu s'en laisser séduire.

Si l'intérêt est bas en Angleterre, ce n'est point parce que son crédit, basé sur l'amortissement par intérêt composé (auquel elle a renoncé sagement quand les funestes effets de ce mécanisme lui ont été révélés par l'expérience); ce n'est pas, dis-je, parce que cette absorption financière lui a donné les moyens de contracter une dette énorme! C'est, au contraire, parce que le commerce du monde en-

tier lui a donné les moyens de se procurer assez de capitaux pour faire le service de cette dette, et pour suffire
aux transactions particulières. Imitez donc, si vous pouvez, ceux de ses procédés qui ont produit ses capitaux et
non pas ceux qui les ont détruits !

On insiste, et l'on nous dit : une rente de cinq mille
francs, au cours de soixante francs, ne représente qu'un
capital de soixante mille francs. Les fonds viennent au
pair. Cette inscription représente cent mille francs ; donc
il y a quarante mille francs d'augmentation capitale dans
l'État ! Appliquez ce raisonnement à la masse de la dette
publique, vous verrez que la hausse des fonds enrichit la
France, et par conséquent doit faire baisser l'intérêt.

Oh ! l'admirable découverte ! N'avais-je pas raison de
dire en commençant que, pour nos contradicteurs, le crédit était la lampe merveilleuse d'Aladin ? On avait cru
jusqu'à eux que les capitaux étaient enfantés par le travail, l'industrie, l'économie. Mais voilà qui va plus vite :
qu'une bonne nouvelle ou un habile agiotage occasionent une hausse de 25 p. 100 sur le cours de la rente,
par ce fait seul on crée dans l'État une augmentation équivalente de valeur capitale ! C'est une véritable féerie !

Mais si l'on revient au vrai, on saura que la rente n'a
aucune valeur intrinsèque autre que la valeur de la feuille
de papier sur laquelle elle est écrite. Son capital a été détruit par l'État quand il l'a dépensé ; elle n'a plus aucune
existence capitale, ni petite, ni grande ; elle ne produit
aucun fruit, aucun intérêt ; elle n'est qu'une sorte d'inscription hypothécaire accordée sur la production nationale, et dont le budget acquitte l'intérêt, dont l'amortissement paie le capital. La hausse ou la baisse de la rente

ne créent donc et ne détruisent rien dans l'État; seulement elles opèrent un déplacement de valeurs capitales, soit dans un sens, soit dans un autre. La plus forte baisse possible, la banqueroute, serait certainement un horrible malheur, par la commotion qu'elle ferait éprouver aux fortunes particulières; mais elle ne ferait pas perdre à la France, dans son ensemble, un sou de capital. Les contribuables gagneraient tout ce que perdraient les rentiers, car tout se solde par l'impôt. C'est pour cela que, dans l'histoire des peuples, les banqueroutes publiques, après avoir occasioné d'horribles souffrances dans le moment de leur accomplissement, voient leurs effets si promptement effacés. Ce n'est pas la banqueroute qui est le mal, c'est le gaspillage de capitaux qui l'a occasionée.

Pour se faire une idée exacte de ceci, imaginez une inscription hypothécaire de cent mille francs sur un immeuble; vous avez dans l'État les deux valeurs, l'immeuble et l'inscription hypothécaire : mais l'une ne vit qu'aux dépens de l'autre; si l'inscription subsiste, l'immeuble vaut cent mille francs de moins; si on la déchire, il reprend cette valeur de cent mille francs qu'elle lui ôtait.

Eh bien! une inscription de rente de cinq mille francs est payée au moyen d'un impôt de cinq mille francs; cet impôt diminue d'autant la valeur de l'objet qu'il frappe. La similitude est donc entière, et la rente n'a de valeur que celle qu'elle enlève à la fortune d'autrui.

Que cette rente hausse ou baisse, elle ne crée donc rien et ne détruit rien, car elle reste rien après comme avant. Si elle hausse, le détenteur, en la vendant, acquiert un capital plus fort, que le travail seul a créé, et l'acheteur paie plus cher l'avantage d'avoir cinq mille francs de rente, mais cela ne produit pas pour l'Etat un centime de plus ; c'est toujours les cinq mille francs payés par le contribuable qui sont en jeu, et pas autre chose.

Il ne faut donc pas attacher à la hausse des fonds publics la croyance qu'elle augmente la fortune nationale. Elle déplace l'augmentation et voilà tout. Je ne crois pas qu'on puisse citer un seul économiste qui soutienne le contraire, et c'est en général l'effet de tout crédit. Il porte d'une main dans une autre les capitaux créés antérieurement par le travail, mais il ne les crée pas. S'il les transporte dans des mains qui en fassent un bon usage, le crédit est favorable ; s'il les ôte aux mains laborieuses pour les porter dans les mains prodigues et improductives, il est désastreux. — Qu'on juge l'amortissement composé selon cette maxime, et l'on appréciera son influence désastreuse sur la prospérité nationale !

En résumé, l'espoir qu'en conservant la force croissante de l'amortissement, on accélérera la réduction de l'intérêt payé par l'Etat, est une illusion trompeuse ; car l'effet de cet amortissement, ne créant dans l'Etat aucune valeur capitale, ne peut pas faire baisser l'intérêt.

Je crois avoir démontré, dans tout le cours de cette discussion, qu'il n'y a aucune raison valable pour conserver à la caisse d'amortissement les rentes qu'elle a rachetées, et qu'en les annulant on soulagera les contribuables sans nuire à la fortune publique ; bien au contraire.

Une seule chose serait à craindre, c'est que les emprunts auxquels la position financière du pays peut l'obliger, ne se fissent plus difficilement, et l'on a prétendu que nous perdrions ainsi plus que nous ne gagnerions sur la réduction de l'amortissement. Je crois qu'on exagère ce danger.

Je pose d'abord en point de fait que ce danger ne serait que momentané : par toutes les raisons que j'ai données, la réduction de l'amortissement (et même sa suppression totale, si elle était possible) étant avantageuse au développement de la fortune publique, étant un acte de bonne administration, doit raffermir le crédit au lieu de l'ébranler ; car le crédit véritable que mérite un Etat comme un particulier, doit précisément se baser sur cette idée, qu'on croit qu'il s'enrichit et qu'il administre bien ses affaires ; et pour citer un exemple déjà rappelé, la suppression de l'amortissement en Angleterre n'a pas produit les fâcheux effets qu'on lui prédit chez nous.

Néanmoins, comme cette mesure contrariera vivement des intérêts puissants dans la haute banque, on peut raisonnablement craindre qu'ils ne se coalisent par ressentiment, et qu'ils ne déprécient les cours des fonds publics à Paris, ne fût-ce que pour obtenir les emprunts plus bas, et faire un nouveau bénéfice, quand, le premier effet de la mesure étant passé et sa portée véritable mieux appréciée, les fonds reprendraient leur niveau.

Toutefois, ce danger étant prévu, il me semble qu'il peut être facilement évité. Le signaler hautement suffit pour le détruire, et quand les prêteurs verront que le gouvernement juge la chose ce qu'elle est réellement, ils seront forcés de céder. La France, avec sa fortune, sa force, sa fidélité à remplir ses engagements, ne peut être décréditée. Il y a, d'ailleurs, un moyen que la prudence indique : c'est de n'annuler cette année que vingt millions de rentes, et d'annuler le surplus l'an prochain. Or, je

regarde comme certain que vingt millions de rente de
moins dans notre amortissement, ne peuvent produire aucune baisse sensible dans les fonds. Bien plus, quand M.
de Villèle constitua l'indemnité des émigrés, il annula
pendant cinq ans l'action totale de l'amortissement. La
dette existante s'en trouva absolument privée, et la création nouvelle l'absorba en entier. Cependant le crédit ne
fut point altéré, et quand même il l'eût été, il n'y aurait
pas eu lieu d'en être surpris, puisque non-seulement l'action de l'amortissement était entièrement suspendue, mais
en outre la dette était augmentée, l'émission des rentes de
l'indemnité dépassant chaque année les forces de l'amortissement qui lui était exclusivement consacré.

Cette question éclaircie, il en reste une, tout aussi importante; c'est celle de savoir si l'on peut légalement et
équitablement supprimer aussi la dotation primitive de
l'amortissement, ce qui complèterait la mesure et la suppression ou tout au moins la réduction des droits réunis,
de l'impôt du sel, et du monopole des tabacs.

Je me suis, il y a long-temps, prononcé, implicitement
à la vérité, contre la suppression de la dotation primitive
de l'amortissement. J'ai cru et j'ai dit que cette dotation
était un des éléments, une des sûretés du contrat; que les
prèteurs ont dû penser qu'on ne leur enlèverait pas cette
sûreté, car si la loi les a prévenus que les rentes rachetées
pourraient être annulées (ce qui leur ôte le droit de se
plaindre à cet égard), elle ne leur a fait aucun avertisse-
ment semblable pour la dotation de l'amortissement. Or,
ils pourraient appliquer ici la vieille maxime, *qui de uno
dicit, de altero negat,* et se plaindre d'un manque de foi.

J'avoue que cette objection est grave : elle m'arrête.

Je déplore l'engagement; mais, s'il est pris, il faut le respecter, car, comme je le disais alors, et comme j'espère le penser toujours, avoir fait un mauvais marché, n'est pas une raison pour se dispenser de le tenir. Cependant la réalité de cet engagement est susceptible d'être controversée, et ce serait à revoir.

Mais enfin, si, en résultat, on était condamné par l'équité à conserver la dotation de l'amortissement pour les emprunts contractés sous son empire, au moins faudrait-il bien se garder de constituer aucun amortissement nouveau, surtout par intérêt composé, pour les emprunts qui seraient faits à l'avenir; à cet égard, je n'hésite pas à me prononcer.

§ V.

Des Fonds d'amortissement considérés comme une réserve pour les temps de guerre.

Dans les articles précédents, j'ai traité la question de l'amortissement sous le point de vue de l'extinction de la dette et de la réduction de l'intérêt.

On l'a présenté, en outre, comme un fonds de réserve qu'il fallait laisser intact, afin d'en disposer pour le cas de guerre, ce qui serait plus avantageux que de créer alors de nouveaux impôts : — comme une sorte d'épargne qui cependant n'enlevait pas les capitaux à la circulation, ainsi que le ferait une épargne en numéraire.

Cette idée peut séduire. Je ne l'ai réfutée qu'épisodiquement, et n'ai pu, dans quelques lignes, bien en développer les vices et le néant : c'est pourquoi j'y reviens.

La caisse d'amortissement possède deux sortes de fonds : sa dotation et les rentes rachetées.

La dotation ne peut jamais être considérée comme une réserve, puisque, chaque année, elle est transformée en rachats de rente, et que, quant à l'année qui suit, elle est encore dans la poche des contribuables qui doivent la fournir.

Les rentes rachetées peuvent être considérées sous le rapport de l'intérêt et sous le rapport du capital.

Comme intérêt, elles ne sont pas une réserve, puisque cet intérêt, qui doit être payé par le budget de l'année suivante, est encore (de même que la dotation) dans la poche des contribuables.

Comme capital, elles ne sont pas une réserve, puisque ce capital est dans la poche des banquiers auxquels la caisse d'amortissement l'a rendu en leur rachetant successivement les titres de rente.

Cette prétendue réserve en soi n'est donc rien. C'est un titre éventuel qui dépendra des circonstances, de la hausse, de la baisse, de la paix, de la guerre. Voyons ce que deviendra cette valeur dans l'hypothèse qui nous occupe.

Pour la réaliser et la faire servir aux besoins de la guerre, il faudra deux choses : 1° que les contribuables continuent à en payer l'intérêt ; 2° que les banquiers, vous rachetant les titres que déjà vous leur avez rachetés à eux-mêmes, vous restituent le capital que vous leur avez rendu. —A mon avis, il était plus simple de s'épargner les frais du rachat et de la revente.

D'abord, observons que cette manière d'opérer détruit de fond en comble le système de crédit public que l'on veut soutenir ; car, non-seulement l'action des intérêts composés s'arrête, mais encore la rente rachetée se trouve remise en circulation. Or, dans l'hypothèse simple de l'annulation des rentes rachetées au profit des contribuables, en temps de paix, le système du crédit est de moitié moins attaqué ; ce qui, concourant avec des circonstances bien plus favorables, fait voir que notre système est préférable en tout point, même pour la conservation du mécanisme financier qu'on nous oppose.

Enfin, n'importe ; voilà donc les rentes qu'a rachetées la caisse d'amortissement, offertes de nouveau aux banquiers pour faire ressource en temps de guerre.

Le résultat inévitable est, d'abord, que la guerre aura fait baisser les rentes au moins de 20 à 25 p. 100, et que l'offre de revendre sur la place vos 44 millions de titres les fera baisser encore autant.

De sorte que vous revendrez à 50 fr. les rentes que vous avez achetées à 100 fr. Voici donc votre marche :

Vous avez commencé à livrer ces rentes à 53 fr. (1), vous les rachetez en hausse jusqu'à 100 fr. ; puis, vous les gardez soigneusement afin de les revendre dans le moment le plus critique, où elles ne vaudront peut-être rien, ou du moins pas grand chose ; et c'est là le mécanisme au moyen duquel vous prétendez conserver le crédit et éteindre la dette ? Au nom du ciel ! sommes-nous donc tout-à-fait insensés !

Quoi ! vous craignez, en temps de paix, que la seule annulation des rentes de l'amortissement au profit des

_____

(1) En terme moyen à 71 fr., sous la restauration ; c'est-à-dire pour la presque totalité de la dette.

contribuables ébranle le crédit et nous fasse contracter à un prix élevé les emprunts dont nous pouvons avoir besoin, et vous ne craignez pas de proposer, en cas de guerre, non-seulement de priver la caisse d'amortissement de son action, mais encore, pour suffire à la destruction opérée par cette guerre, de revendre sur place les rentes ôtées à l'amortissement! Et vous ne sentez pas que si la mesure à laquelle vous vous opposez actuellement avait l'effet désastreux que vous craignez, celle que vous proposez serait tellement plus funeste qu'elle en deviendrait impraticable, ainsi que nous allons le voir, ainsi que vous l'avez dit vous-même?

Quarante-quatre millions de rentes feraient, nous dit-on, près d'un milliard, au moins 750 millions de capital, et l'on affirme qu'avec cela nous pourrions faire la guerre pendant quatre ans!.... Pendant quatre ans!..... Et vous ne voyez pas qu'au premier coup de canon, votre crédit public fondrait entre vos mains? Et vous ne voyez pas que l'idée d'une guerre de quatre ans, d'une guerre européenne, dans les circonstances où nous sommes, détruirait vos rentes, votre amortissement et votre Bourse? Vous ne voyez pas que les banquiers n'auraient plus à vous rendre des capitaux dont ils seraient eux-mêmes privés, du moment que les circulations commerciales seraient éteintes, et que les commotions de la guerre auraient tout paralysé?

Chose étrange! Casimir Périer voulant faire sentir la nécessité du crédit, et l'insuffisance de l'impôt en cas de guerre, s'est écrié un jour : L'invasion va vite, l'impôt ne rentre que progressivement : en cas d'invasion, il faudrait donc avoir forcément recours au crédit.

Quoi! user du crédit contre l'invasion!.... Et je voudrais bien savoir quel crédit vous resterait à la Bourse de Paris, si l'invasion existait, si, comme vous le dites, l'invasion allait vite!... Ah! souvenez-vous bien, sans appeler les financiers des loups-cerviers, ainsi que l'a fait un orateur (car je trouve l'expression trop acerbe), souvenez-vous bien qu'alors ce n'est pas d'eux que vous pourriez attendre votre salut! Votre machine de crédit public est d'autant plus absurde, à mon avis, qu'elle ne peut servir qu'alors qu'on en a pas besoin. En temps de paix, par exemple, elle aura une action immense pour enlever facilement aux peuples tous leurs trésors et les dépenser. Mais en temps de guerre, quand il faudrait pouvoir s'en servir, le crédit s'enfuit, se cache, s'éteint. C'est un paratonnerre factice qui ne brille que dans un ciel serein, et disparaît dans la tempête... Je ne parle pas d'une de ces petites guerres, telles que la dernière promenade en Espagne, ou le voyage en Morée, même la pointe à Alger. De pareilles expéditions n'étaient pour la France qu'un divertissement militaire; mais la guerre dont on parle! la guerre européenne de quatre ans; mais la guerre dont parlent nos contradicteurs, et qu'ils nomment l'*invasion qui marche vite.....* vouloir la soutenir avec du crédit, avec les rentes de l'amortissement, avec le secours des banquiers qui, ce cas échéant, seraient pour les trois quarts en faillite! Ce n'est qu'une véritable dérision! Alors votre réserve de l'amortissement ne serait plus qu'un tas de chiffons de papier!... C'est une autre réserve qu'il vous faudrait, et celle-là, j'ose l'espérer, ne vous manquera jamais!

Oui, si l'invasion marche vite, le patriotisme marche vite aussi. Alors plus de doute sur le mal, sur le danger,

sur le remède ! Tout le monde le voit, tout le monde le
sent, tout le monde sait où il est ; à moins d'être stupide,
personne ne peut hésiter à faire le sacrifice, s'il le faut,
du quart de sa fortune pour sauver le reste. C'est avec des
dons volontaires, des emprunts forcés auxquels personne
n'a la pensée de résister, des réquisitions, des levées en
masse, du fer, du feu, de la flamme, qu'on repousse l'invasion qui marche vite (1). — Mais votre crédit, votre
bourse, vos fonds d'amortissement?... Fi !... ce serait se
moquer de nous?

Ainsi donc, résumons-nous. Votre amortissement par
intérêt composé n'éteint pas la dette, il ne fait pas baisser
l'intérêt, il ne constitue aucune réserve pour le cas de
guerre et d'invasion ; et ne citez pas l'Angleterre ! Sans
l'Océan qui lui sert de ceinture, quelle défense le crédit
public lui aurait-il fourni contre l'invasion (2)?

Qu'est-ce donc que votre système d'amortissement par
intérêt composé?... Je vous l'ai dit : c'est le moyen de
ruiner les peuples pendant la paix, et de leur demander
ensuite dans la guerre les ressources que vous leur aurez
fait perdre.

---

(1) Terribles remèdes sans doute, mais le genre du mal n'en comporte pas d'autres ... Ce n'est pas avec des fonds d'amortissement que Rostopchin arrêta l'armée de Napoléon !...

(2) M. Jacques Lefebvre et M. Laffitte ont dit que depuis que l'Angleterre avait
altéré sa force amortissante, cette modification financière donnait moins d'énergie et moins d'action à sa marche politique à l'extérieur. C'est prendre l'effet
pour la cause ; c'est parce que le crédit follement développé en Angleterre l'a
encombrée d'une dette énorme, qu'elle a été obligée de s'arrêter ; et c'est ainsi
que son système financier, se dévorant lui-même, a été la cause de ses affaiblis-
sements politiques. Arrêtez-vous donc, et n'attendez pas qu'il soit trop tard.

4ᵐᵉ QUESTION.

DE LA CONVERSION DES RENTES.

§ 1ᵉʳ.

Conversion de la Rente.

Voici une question fatale, fatalement soulevée, et qui se perpétue au grand détriment du pays.

Quand M. de Villèle, en 1824, proposa la conversion des rentes, je luttai de toutes mes forces contre cette opération.

J'avais deux motifs.

Je croyais l'opération injuste en principe, illusoire dans les bons résultats qu'on en attendait. — Voilà pour la question financière.

Je voyais qu'elle avait, par l'emploi du milliard enlevé aux rentiers, un effet politique directement contre-révolutionnaire, partie du vaste plan de conjuration formé contre la liberté constitutionnelle de la France. — Voilà pour la question politique.

Lorsque en 1836 l'exposé du budget de M. Humann vint remettre tout à coup ce sujet à l'ordre du jour, je me sentis impressionné tout autrement.

Je me dis :

La hausse des fonds, depuis long-temps éprouvée, et qui a résisté aux contre-coups d'une révolution, est une preuve de la baisse générale de l'intérêt en France : —

tandis que sous M. de Villèle, au contraire, ce n'était qu'un effet tout récent et sans consistance des manœuvres d'agiotage dirigées dans ce but.

L'emploi des fonds économisés peut avoir pour résultat un dégrèvement utile quoique peu important, au lieu de favoriser une seule classe de la nation, sans justice ni raison, au détriment de toutes, comme sous M. de Villèle.

Ma première impression fut donc favorable, non pas à l'exécution immédiate du plan de M. Humann, je ne me décide pas si promptement en matière si sérieuse; mais à l'examen de ce plan, que je me sentais très-disposé à adopter en temps convenable, si la réflexion et des études nouvelles résolvaient d'une manière satisfaisante les objections morales et économiques qui m'avaient fait repousser l'opération de M. de Villèle.

Mais à cet examen sage, mesuré, respectant les convenances gouvernementales, et conciliant le débat financier avec la stabilité politique, sans laquelle il n'y a rien de bon en finances, même ce qui paraît le meilleur, voilà que la précipitation et la tendance absorbante de la chambre élective substituèrent une résolution soudaine, une loi qu'il fallait adopter ou rejeter, comme ultimatum d'un pouvoir souverain qui voulait prédominer toute l'action gouvernementale, et subordonner la royauté à ses caprices, sans réfléchir seulement que la pairie est là, pouvoir tutélaire, chargé de balancer la fougue démocratique! — A cet aspect, je m'arrêtai; je réfléchis, je repris mes anciennes méfiances, je refis mes premières études, et je me déclarai positivement l'adversaire du projet déplorablement présenté par M. Gouin.

Je dis alors comme aujourd'hui que la conversion de
la rente est injuste, illégale, arbitraire.

Qu'elle n'aura, ni pour le crédit public, ni pour les
fortunes particulières, aucun des avantages qu'on en attend.

Et que c'est une folie insigne d'ébranler la machine
gouvernementale pour une opération qui n'est d'un bout
à l'autre qu'une violation du droit, ayant pour effet de
réaliser un sophisme basé sur une perpétuelle pétition de
principe.

Voilà ma thèse et sa division naturelle.

Avant d'en commencer la discussion, je dois avertir
cependant que je n'ai pas sur cette matière, cette conviction d'intuition que j'ai nommée *foi rationnelle* (1); cette
conviction, qui ne naît pas du raisonnement, mais qui
fait voir directement la vérité comme un fait qui frappe
immédiatement les yeux; cette conviction que j'ai par
exemple de la bonté du système du 13 mars et du juste-
milieu, conviction qui en moi ne souffre pas plus d'objection pour mon esprit, que la lumière du soleil pour ma
vue. — Non, je n'ai contre la conversion que des arguments qui me paraissent infiniment plus forts que ceux
qui lui sont favorables; et comme je connais les erreurs
de la logique humaine, je ne mets jamais la conviction
qu'elle me donne seule, au niveau de celle que la foi rationnelle puise dans l'inspiration de l'âme et dans la
toute puissance des sentiments qui nous révèlent les vérités sociales, parce que Dieu, qui en fait la loi de notre
nature, nous en a donné l'instinct.

---

1 Voir dans les volumes suivants, les *Esquisses morales et politiques*.

§ II.

La Réduction de la Rente est inique et illégale.

On dit :

« Les rentes perpétuelles sont essentiellement racheta-
» bles par le remboursement du capital. (Art. 1911 du
code civil). »

« Le gouvernement peut user de ce droit comme les
» particuliers. »

« En remboursant la rente au pair de 100 fr., il ne
» porte d'ailleurs aucun tort aux titulaires, puisqu'il
» rembourse beaucoup plus qu'il n'a reçu, ce qui se prouve
» par le taux inférieur auquel il a effectué tous ses em-
» prunts. »

« Il serait inique de forcer le gouvernement, c'est-à-
» dire l'État, c'est-à-dire les contribuables, à payer l'ar-
» gent 5 p. 100, quand le taux de l'argent est réellement
» au-dessous de ce taux en France, et quand la propriété
» foncière ne donne, au plus, que 3 à 4 p. 100 de re-
» venu. »

Tournez et retournez comme vous voudrez toutes les
argumentations des conversionistes sur ce point, vous n'y
trouverez en substance que cela.

Or, tout cela est logiquement faux.

Le contrat de rente entre particuliers, et le contrat de
rente qui existe entre l'État comme emprunteur et les porteurs de rentes comme prêteurs, sont de nature essentiellement différentes qui ne comportent pas l'application
des mêmes règles.

En premier point, l'article 1911 du code civil n'est point applicable.

La législation ne peut être ni partiale ni partielle; elle ne peut, dans l'exécution d'un contrat quelconque, être applicable à l'une des parties et priver l'autre partie du bénéfice de cette application.

Or, si l'art. 1911 dit que les rentes constituées en perpétuel sont rachetables, l'article 1912 dit que si le débiteur de la rente cesse pendant un certain temps d'en payer les arrérages, ou s'il diminue les sûretés au contrat, le prêteur a droit de forcer l'emprunteur au remboursement.

Admettons que le cas prévu arrive. Une guerre mal entreprise, une crise provoquée par de mauvaises mesures administratives, diminuent évidemment les sûretés des prêteurs de l'État, et empirent leur position. Il est souvent arrivé, et il peut par conséquent être regardé comme une éventualité sinon probable du moins possible, que le paiement des arrérages soit retardé ou compromis; n'at-on pas déjà une fois supprimé les deux tiers des arrérages, pour le présent et pour l'avenir? — Eh bien, en cas pareil, les prêteurs auraient-ils le droit d'invoquer contre le gouvernement l'application de l'article 1912? pourraient-ils lui dire : — « Vous avez diminué les sûretés de » mon prêt, vous avez retardé les arrérages, donc vous » êtes sous le coup de l'article 1912, et je vous force à » me rembourser au pair le capital nominal de ma rente? »

Non, sans doute : le fait parle de lui-même. Il est bien évident que le rentier n'aurait aucun moyen, ni en droit ni en fait, de ramener l'article 1912 à exécution.

Donc, si le prêteur ne peut jamais invoquer contre le gouvernement l'article 1912, le gouvernement ne peut

jamais invoquer l'article 1911 contre le prêteur. Ne serait-ce pas, en effet, le comble de l'iniquité que de donner
au gouvernement le droit de trier les articles du code,
pour ne déclarer applicable au contrat de rente publique
qu'il a souscrit, que l'article qui est favorable à lui, gouvernement emprunteur, en échappant à l'application de
l'article qui serait favorable au prêteur?

C'est que ces deux articles co-rélatifs l'un de l'autre,
n'ont point été faits en vue de régir la rente publique,
mais seulement les rentes entre particuliers; et uniquement pour ôter à ces dernières toute possibilité de prendre
un caractère féodal par une perpétuité obligatoire.

La loi, en agissant ainsi, a été sage, et il serait absurde
de vouloir appliquer la même législation à deux positions
essentiellement différentes.

En effet, dans le contrat entre particuliers, il y a égalité de force, de puissance, de droit. En cas de difficultés,
un des contractants n'est pas à la merci de l'autre. Le droit
et l'obligation réciproques du remboursement, stipulés
par les articles 1911 et 1912, peuvent être réglés équitablement, parce qu'il y a au-dessus des deux parties un
pouvoir supérieur à l'une et à l'autre, un pouvoir indépendant et impartial, le pouvoir judiciaire, chargé de régler l'application de cette loi.

Mais, dans les relations de l'État avec le porteur de
rentes publiques, il n'y a rien de semblable. L'un a toute
la puissance de législation et d'exécution, l'autre n'a aucune sauvegarde : et comme les contribuables qui paient
la rente et qui nomment les pouvoirs électifs, sont toujours
jours infiniment plus nombreux que les prêteurs qui la
reçoivent et qui, en qualité de rentiers, ne sont ni élec-

teurs ni éligibles, il en résulte que ceux qui doivent auraient toujours ainsi, non-seulement la faculté matérielle,
mais encore le droit légal de se délier de leurs obligations
et de légitimer eux-mêmes leur banqueroute.

Rien ne saurait être plus illogique et plus immoral
au monde.

Dira-t-on que si la propriété constituée en rente publique, ne donne au rentier ni droit d'électorat ni droit
d'éligibilité, c'est qu'elle ne paie aucun impôt! Qu'elle re-
nonce à ce privilège : qu'à titre d'impôt elle souffre la réduction qu'on veut lui imposer par la conversion, et elle
participera à l'élection de la chambre des députés.

Ceci est une grave erreur : par sa nature même, par
les chances qui en résultent, la propriété en rente publique a contribué plus que tout autre genre de propriété
aux besoins financiers de l'État.

Remontons à son origine.

Supposons une famille propriétaire de 24,000 fr. de
rentes sur l'État.

Est survenu l'abbé Terray, qui lui a pris 12,000 fr.
de cette rente ;

Puis la Convention, qui lui a pris 8,000 fr. des 12,000
francs qui lui restaient ;

Puis la conversion actuelle du 5 en 4 p. 100, qui lui
prendrait 800 fr. des 4,000 fr. qu'elle a sauvés du nau-
frage : de sorte qu'au lieu de 24,000 fr. de rentes, elle
n'en aurait plus que 3,200 !

Croyez-vous que ce genre de tribut ne soit pas une condition cruelle de ce genre de propriété? Est-ce là ce que
vous appelez une propriété privilégiée? Est-ce là de la justice, de la morale, de la foi publique? Est-ce dans une

pareille voie qu'il faut pousser forcément la monarchie de juillet, qui ne veut pas y entrer?

Mais, direz-vous, si le rentier ne veut pas perdre sur l'intérêt, qu'il accepte le remboursement!

Parlez-vous ainsi de bonne foi? — Non, car vous savez bien que si les rentiers acceptaient le remboursement, vous ne pourriez pas l'effectuer.

Si, au lieu de vous prêter leur capital, ils l'eussent alors employé autrement, en achat de maisons à Paris, par exemple, il l'aurait énormément augmenté de valeur en leurs mains. Ils ont préféré à cette chance, le revenu que leur offrait le placement sur l'Etat; et maintenant que, pour éviter de leur payer le revenu promis par vous, vous leur offrez leur capital, ce capital n'est plus le même pour eux, puisque les emplois avantageux qu'ils en avaient ailleurs n'existent plus. Voilà le tort que vous leur avez porté. C'est précisément pour cela qu'ils n'accepteront pas le remboursement; et c'est parce que vous comptez qu'ils ne l'accepteront pas que vous l'offrez. Quelle loyauté.

Et d'ailleurs, quel capital voulez-vous leur rendre?...

Quand l'Etat a emprunté, qu'a-t-il dit à ses prêteurs?

En échange de la somme prêtée, variable selon le cours de la négociation, leur a-t-il dit: — Je vous promets cent francs, je vous vends une obligation de cent francs, que je vous paierai quand il me plaira, et que jamais cependant vous ne pourrez exiger de moi?

Non, l'Etat n'a point tenu ce langage; au contraire, il leur a dit: — En échange du capital que vous me prêtez, et que dans aucun cas je ne pourrai être forcé de vous rendre, je vous promets, je vous livre une obligation de cinq francs de rente.

Voilà l'objet du contrat, voilà sa cause, pour parler le langage du droit.

Donc, quand sous un prétexte ou sous un autre, vous ne voulez payer que 4 francs de rente à celui auquel vous avez promis de payer 5 francs en échange d'une somme donnée par lui, reçue par vous, vous violez votre contrat, et vous faites banqueroute d'un cinquième. Vous ne donnez que 80 p. 100 de dividende. Je conviens que cela vaut mieux que de faire banqueroute des deux tiers; mais si bonne que soit votre faillite, elle sera d'autant plus coupable, qu'elle est volontaire. Rien ne vous y force; vous manquerez à vos engagements, non point parce que vous avez perdu les moyens d'y satisfaire, mais parce que vous trouvez avantageux d'y manquer !

Quant au capital de la rente, il n'a aucune mesure certaine et fixe. C'est une chance que le gouvernement a livrée au prêteur, et dont celui-ci s'est contenté.

N'est-il pas évident qu'en donnant un titre de 5 fr. de rente pour 55 fr., pour 70 fr. qu'il recevait, le gouvernement a vendu un effet qui, loin d'être fixe, représentait seulement l'équilibre des chances bonnes ou mauvaises que l'on courait en traitant avec lui? Ce titre n'avait pas une valeur certaine comme celle des contrats entre particuliers, avec lesquels on établit une comparaison fausse de tous points. Il était une sorte de fiction susceptible de hausse et de baisse selon le plus variable de tous les changes, le thermomètre politique. Le porteur pouvait le voir tomber à 40, à 30, à 20 francs, à rien. Il pouvait une seconde fois voir réduire sa fortune des deux tiers;

il pouvait même tout perdre si les circonstances devenaient trop mauvaises; par compensation, toutes les chances favorables ont dû lui être acquises. Ces chances sont
l'exécution fidèle de vos promesses. Ces chances sont le
paiement intégral de la rente qu'on lui a promise; ces
chances sont le droit de profiter de toutes les hausses possibles, et si son titre est susceptible de valoir 120 fr.,
c'est 20 fr. que vous lui prenez injustement en l'obligeant
d'accepter 100 fr., sous prétexte que c'est le pair. Que
signifie ce mot : *le pair*? Rien; le pair véritable d'un objet dans le commerce, c'est sa valeur vénale au moment
où on l'achète. Le pair de la rente n'est pas plus 100 fr.
que 50 fr., que 120 fr. Nous aimerions autant voir
fixer le pair d'un quintal de café que le pair de la rente.
L'un ni l'autre n'ont une valeur certaine; les chances du
commerce ou du crédit décident tout; et il n'y a pas plus
de raison pour établir le maximum de la rente à 100 fr.
qui n'ont jamais été comptés, qui n'ont jamais été exigi-
bles, ni par le débiteur ni par le créancier, que pour établir le maximum du café à 100 fr. Tout maximum d'un
objet livré à la spéculation est une injustice et un nonsens. — Quand les actions de mille francs d'une banque
ont monté à quinze cents francs, que diriez-vous si les
fondateurs de la banque voulaient les rembourser aux
porteurs à raison de mille francs, sous prétexte que c'est
leur pair nominal?

En vain dira-t-on, le titre primitif porte 5 p. 100.
Que nous fait cette énonciation contraire à la vérité, et
qui n'est que l'effet d'une vieille routine? Pourquoi ne ci-
tez-vous pas l'énonciation entière : 5 p. 100 consolidés?
Que signifie ce mot consolidé? Signifie-t-il, par hasard,

que cinq doit être réduit à quatre? Il ne faut désespérer de rien avec le dictionnaire administratif! Et d'ailleurs c'est 10 p. 100 qu'il fallait mettre quand vous traitiez à 50 fr.; c'est 6 fr. 25 c. qu'il fallait mettre quand vous traitiez à 80 fr., car tel était le taux véritable auquel vous empruntiez. Pour dissimuler votre mauvaise position et la défaveur de vos finances, vous avez énoncé un faux intérêt : un faux énoncé ne prouve rien

Et s'il est vrai que les conventions doivent s'interpréter par les intentions des contractans au moment où ils s'engageaient, oseriez-vous soutenir qu'au moment des emprunts l'idée du remboursement fût un élément du contrat? Sa possibilité existoit-elle dans la pensée du prêteur, dans celle de l'emprunteur? Le rachat de la dette était-il prévu autrement que par la caisse d'amortissement? Non, vous n'oserez pas le soutenir.

Vous dites, après M. de Villèle, que, rendre aux rentiers un capital plus fort que celui qu'ils ont prêté, ce n'est pas les ruiner. Nous vous répondrons que la fortune d'un homme ne dépend pas de son capital, mais de son revenu; il est plus riche avec cinq francs de rente qu'avec quatre, quel que soit le capital, s'il n'en a pas d'autre emploi. Il en est de même pour les propriétés foncières. Si le domaine qu'il possède rend dix mille francs de rente, et que, par une mauvaise politique, vous réduisiez ce revenu à 5,000 francs, vous le ruinez de moitié, quoique sa propriété matérielle n'ait pas changé.

Mais, peut-être, direz-vous que si l'on avait offert alors aux prêteurs, l'assurance du remboursement de 100 fr. qu'on leur présente aujourd'hui, ils l'auraient acceptée avec joie; rien de plus certain : et pourquoi? parce que les circonstances qui leur rendent aujourd'hui ce remboursement onéreux, n'existaient pas alors! parce que surtout en dénaturant le caractère du contrat, cela aurait anéanti à l'instant la possibilité de toutes les mauvaises chances qu'ils ont couru.

Vous leur auriez offert 100 fr. au lieu de 50, 60, 70 francs que valait leur titre; tout aurait été bénéfice pour eux dans cette transaction. Vous leur offrez maintenant 100 francs au lieu de 110, 120 fr., que vaudrait la rente, de votre aveu, sans le projet actuel: tout est perte pour eux, et vos inductions sont entièrement fausses.

La rente est une sorte de loterie. Quand un billet a gagné, exigeriez-vous qu'on le vendît au-dessous de ce qu'il produit, sous prétexte qu'il a coûté primitivement beaucoup moins? Mais s'il avait perdu, auriez-vous remboursé le coût primitif?

Comparer un contrat aléatoire, qui ne vend pas une chose, mais une chance; un titre de rente publique contraire à toutes les dispositions du droit civil dans toutes ses conditions; un titre enlevé à la juridiction des tribunaux, puisqu'il ne donne aucune action contre le débiteur; un titre qui ne représente d'autre valeur certaine que la rente, le comparer à un contrat entre particuliers pour le faire rentrer dans le droit commun, sous le seul rapport du remboursement forcé, c'est un contre-sens et une injustice choquante.

Tout cela est si vrai, que les conversionistes le sentent eux-mêmes; en même temps qu'ils affirment avoir le droit de forcer le rentier à recevoir son remboursement à 100 francs, ils lui ont offert 106 ou 108 fr., en 1836, au moyen des annuités qu'ils avaient inventées, comme par une sorte de capitulation de conscience. Pourquoi imposeraient-ils un tel sacrifice à l'État, si celui-ci ne devait réellement que 100 fr.? Non, non, ils sentent bien au fond du cœur le vide de leur argumentation, et ils veulent créer une sorte de transaction qui fasse de la conversion opérée, une espèce de combinaison d'injustice et d'indemnité, de remboursement forcé et de consentement volontaire. — Mais la précaution qu'ils prennent pour faire taire d'un côté leurs propres scrupules, et pour déterminer la volonté des rentiers de l'autre, prouve évidemment qu'ils n'ont pas la certitude du droit dont ils argumentent. — S'ils avaient cette certitude, ils seraient coupables envers l'État, en chargeant ses finances du paiement des annuités, représentant une somme que l'État ne devrait pas.

Ces annuités ne pourraient être légitimement dues que par transaction volontaire, comme estimation arbitrale ou amiable du cours le plus haut auquel le titre remboursé puisse s'élever entre les mains du prêteur, et pas du tout comme la conséquence d'un remboursement forcé que l'emprunteur aurait le droit de contraindre le prêteur à recevoir, au pair de cent francs.

Quant au dernier argument qui consiste à dire qu'on ne peut contraindre l'Etat à payer perpétuellement 5 p. 100, quand l'intérêt est tombé au-dessous de ce cours dans l'Etat, il ne signifie véritablement rien.

Il faut distinguer le passé, du présent et de l'avenir.

Pour l'argent emprunté dans le passé l'Etat a payé 7, 6, 5 1/2 selon le cours de l'époque où il a emprunté. C'est une obligation qu'il a contractée. C'est fâcheux. C'est un mauvais marché. Mais il doit le tenir, sans quoi,

il agirait rétroactivement, arbitrairement, et violerait la
foi promise.

Pour le présent, s'il a des besoins, il n'a qu'à emprunter en 3 p. 100, et en les négociant au cours actuel, non-
seulement il ne paiera pas 5 p. 100, mais il ne paiera
que 3 3/4 p. 100, à peu près.

Pour l'avenir, il empruntera cher ou bon marché, non
pas selon qu'il aura changé ou non l'intérêt nominal inscrit sur ses engagements, mais selon que l'abondance plus
ou moins grande des capitaux, selon que la confiance
plus ou moins grande dans la foi financière et la stabilité
politique du gouvernement lui-même, lui feront trouver
des prêteurs plus faciles ou plus exigeants. — Tels sont
les motifs qui détermineront la hausse ou la baisse des
intérêts qui seront payés par l'Etat pour ses besoins futurs,
et non pas le chiffre de 5 ou le chiffre de 4 inscrit sur
un chiffon de papier. — Je ne crois pas être obligé de démontrer cette vérité aux gens qui ont seulement les connaissances les plus simples de la matière.

Cela est si vrai qu'au cours atteint par le 5 p. 100, il
ne donnait naguère que 4 1/2, et qu'il n'aurait certainement donné que 4, si la mesure du remboursement, toujours imminente, n'avait arrêté la hausse qu'amenait le
cours naturel des choses, et l'équilibre spontané des capitaux.

Voilà les objections capitales qui militent, selon moi,
contre le droit de remboursement forcé, et par conséquent
contre la conversion qui y est attachée, conversion qui
constituerait, à mon avis, une véritable banqueroute.

Veut-on savoir maintenant comment cette banqueroute
se répartirait en France? Je n'ai pas le budget de 1838

sous les yeux, mais voici celui de 1837, et il ne doit pas
y avoir une différence sensible.

Le service de la rente y est fixé à 147 millions pour
le paiement du 5 p. 100. — Il faut en retrancher ce qui
concerne l'amortissement, la caisse des Invalides et les
autres établissements publics; la masse des rentes réduc-
tibles ne s'élève alors qu'à 110 millions, répartis comme
il suit :

Rentes payées à Paris, à des étrangers..	21,000,000
à des Français...	49,000,000
Rentes payées dans les départements....	40,000,000
	110,000,000

On voit que la réduction serait une faillite également
répartie : les étrangers, la province, la capitale en supporteraient leur part. — Et il faut remarquer que parmi
les rentes payées à Paris à des Français, il y en a certainement beaucoup appartenant à des citoyens de départements,
et dépensées par eux dans la capitale pendant le séjour
qu'ils y font, mais qui ne constituent pas moins une portion de la fortune départementale.

Ainsi, dans le contrat de rente publique, il y a deux
choses : l'une certaine et fixe, la rente; l'autre incertaine
et variable, le capital, qui dépend du cours auquel l'o-
bligation de l'État se négocie, s'achète, se vend à la
bourse,

Eh bien, par le contre-sens le plus flagrant, c'est la
rente qu'on veut rendre incertaine, précaire, réductible !
C'est le capital qu'on veut rendre fixe, certain, remboursable au taux invariable de 100 fr.. quoique les négo-

ciations de la bourse, auxquelles on l'a livré, l'aient porté déjà à un taux plus élevé!

C'est ce que j'ai déjà qualifié justement de nouvelle loi du maximum. — Lorsque la chance favorable s'est réalisée pour le prix d'un objet livré par vous-mêmes au commerce, vous n'avez pas le droit de fixer un prix plus bas pour son rachat, sous prétexte que primitivement on l'a payé moins cher encore!... Qu'importe au possesseur actuel qui l'a payé à un plus haut prix? qu'importe même au possesseur primitif, qui a droit de profiter de la bonne chance accomplie, puisqu'il a été exposé aux mauvaises chances qui auraient pu s'accomplir? puisqu'il a été soumis à toutes les chances de ruine que nos révolutions successives ont fait planer sur vous et sur lui? J'ai déjà comparé la rente à un billet de loterie, qu'on voudrait rembourser à sa valeur nominale, après qu'il a gagné; à une action de banque stipulée nominalement mille francs, qu'on aurait vendue à six cents francs dans un moment de discrédit, qui serait ensuite montée à mille cinq cents entre les mains du nouveau porteur, et que les anciens fondateurs de la banque, qui auraient vendu cette action à six cents francs, voudraient rembourser à mille francs, sous prétexte qu'ils rendent à leur acquéreur plus qu'ils n'en ont reçu, et que, par conséquent, ils ne lui portent aucun tort en lui payant son action au pair... Quelle dérision !

§ III.

La réduction des Rentes n'aura aucun des avantages qu'on lui attribue.

—

Voici les avantages prétendus de la conversion :

Economie au budjet, par conséquent soulagement pour les contribuables;

Baisse de l'intérêt dans les transactions privées, par le contre-coup de la diminution de l'intérêt payé par l'État;

Moyen pour l'État d'emprunter à un taux plus avantageux;

Abondance de ressources pour l'agriculture et le commerce, dont les emplois attireront les capitaux que la réduction de l'intérêt payé par l'État éloignera des fonds publics.

Voilà tout, et c'est bien assez. — Quel chaos de nonsens contradictoires! Est-il possible que, depuis quinze ans, on insulte le bon sens de la nation française en la nourrissant de pareilles chimères?

Économie pour le budjet. — Si l'on veut apprécier les bases mesquines et fragiles de cette prétendue économie, il faut lire l'admirable discours que M. Thiers, alors ministre de l'intérieur, prononça contre la proposition de M. Gouin le 4 février 1836, et où, sous prétexte de motiver l'ajournement il montra à nu tous les vices et les dangers de l'opération elle-même; il prouva que, même en réduisant le 5 à 4 p. 100, on n'aurait que 15 millions d'économie. Jugez donc si l'on ne réduit que de demi ou trois quarts pour 100!

Mais la commission Passy fit mieux : elle ne savait de combien on réduirait la rente, ni de combien on augmenterait le capital de la dette; seulement elle prescrivit au ministre des finances d'obtenir de ses négociations 70 cent. d'économie, ce qui fait 7 dixièmes d'un franc, et de n'augmenter la dette que de 23 fr. p. 100.

Cela était facile à prescrire. Mais comme on ne fixe pas par une loi le sort d'une négociation financière, la commission, la chambre, la pairie, le ministère, la couronne, tous les pouvoirs du monde ne purent décréter un pareil résultat. Cela aurait été, ou cela n'aurait pas été, selon les circonstances où se serait faite la négociation; toutes les lois du monde n'y pouvaient rien.

En admettant la possibilité de ce résultat, l'économie n'eût été que de 12 millions sur la rente, d'après les calculs les plus favorables, et l'augmentation de capital dû par l'État se serait élevée de 552 millions.

Cette augmentation de 552 millions sur le capital dû, les contribuables l'auraient inévitablement payée, au moyen de l'amortissement.

C'est ici que toute la folie de la conversion paraît à nu.

Admettez qu'au lieu de convertir on déclarât que le 5 p. 100 ne serait jamais remboursé (1).

Il s'élèverait rapidement jusqu'à 125 et ne donnerait alors que 4 p. 100 d'intérêt.

Il y aurait un immense accroissement de capital entre les mains des porteurs de rente, cela est vrai ; mais ni le trésor ni les contribuables n'en feraient les frais, puisque au-dessus de 100 fr. l'amortissement ne rachète rien.

_____

(1) Ceci a été écrit en 1838.

Les contribuables ne fourniraient donc pas un sol de cette augmentation de capital gagnée par les rentiers et qui porterait si haut le crédit public. Ce serait le cours naturel des choses, la confiance des esprits, la marche naturelle et l'équilibre des valeurs en circulation, qui produiraient ce résultat. — Qui donc pourrait s'en plaindre? qui en souffrirait? Vous voulez que l'intérêt baisse? Eh bien, il aurait baissé, sans que les contribuables ni les rentiers eussent rien perdu. En même temps, la masse considérable des fonds de l'amortissement destinés au 5 p. 100 restant sans emploi, serait une réserve féconde pour employer partie aux travaux publics, partie au dégrèvement des contribuables. Mais, avec la réduction, ce n'est plus cela : comme le fonds nouveau qu'on aura créé sera au-dessous de 100 fr., il sera immédiatement investi des achats de l'amortissement; il sera poussé rapidement vers le pair nominal, et l'augmentation du capital sera payée aux nouveaux titulaires par la caisse d'amortissement, c'est-à-dire par les contribuables. D'un trait de plume, c'est 552 millions ajoutés aux 2 milliards convertis.

Or, que devient, en présence de ce fait, l'économie de 12 millions par an sur la rente?...... économie qui, que l'on permette de le dire, ne fût-elle pas détruite par l'augmentation du capital, ne constituerait aucun bénéfice quelconque pour la France, collectivement considérée. Ce ne serait jamais qu'un déplacement de fortune, non un gain. Ce que les contribuables gagneraient sur la rente, les rentiers le perdraient. Mais ici, il faut encore voir les représailles, car ce que les rentiers gagneront sur le capital, les contribuables le perdront inévitablement. Tout cela n'est qu'un conflit de spoliations contradictoires, sans vraie utilité et sans profit pour le pays.

On dit à cela que l'on conserve ainsi au crédit public le mécanisme puissant de l'amortissement !.... Mais c'est pousser la duperie au-delà de toutes les bornes. Quoi! vous voyez que sans le secours de l'amortissement, le 5 p. 100 se maintient à 109 fr.; vous avouez que si on l'exemptait de remboursement, il se soutiendrait de 120 à 125 fr. sans amortissement : quel besoin le crédit public a t-il donc d'un mécanisme menteur qui épuise les contribuables, sous prétexte de soutenir des fonds publics que la confiance dans la fortune de la France soutient naturellement sans amortissement?

Passons maintenant aux autres côtés de la question, c'est-à-dire à la prétendue faculté pour le gouvernement d'emprunter à meilleur marché; pour l'agriculture et le commerce d'avoir des capitaux plus abondants, et par conséquent à un plus bas intérêt.

D'abord, réfléchissez un instant, un seul instant, à la contradiction radicale de ces deux faits que vous voulez rendre simultanément cause l'un de l'autre :

1° Le gouvernement empruntant à meilleur marché;

2° Les capitaux quittant les emprunts du gouvernement pour se porter vers l'agriculture et le commerce.

Comment voulez-vous, si la conversion des rentes détournait les capitalistes de placer leurs capitaux dans les fonds publics, qu'il en résultât pour le gouvernement les moyens d'emprunter à meilleur marché?—Ce serait tout le contraire qu'il faudrait dire.

Si les capitaux désertaient les fonds publics pour se porter vers l'agriculture et le commerce, les fonds publics

baisseraient, et l'État emprunterait à un taux plus désa-
vantageux.

La conversion ne peut être effectuée par l'État, que si
le cours de l'intérêt lui donne les moyens d'emprunter à
un taux qui la rende praticable. Le chiffre qu'il a inscrit
sur ses engagements ne détermine pas le cours de l'intérêt
qu'il paie. C'est le taux de la négociation de son papier
qui établit la baisse réelle ou la hausse de l'intérêt; le 5
a donné jusqu'à 7 p. 100 d'intérêt; maintenant il n'en
donne que 4 1/2 à peu près. C'est pourtant toujours le
même titre.

Ce qui détermine le cours réel de l'intérêt, c'est l'abondance des capitaux, la quantité d'emplois offerts à ces capitaux, le risque que les capitaux courent dans ces emplois.

Or, la conversion du titre de rente ne change aucune
de ces conditions d'où résulte l'avantage ou le désavantage
des négociations; donc elle ne peut faire baisser le taux
de l'intérêt pour l'État.

Sans doute, il paiera moins à ses anciens créanciers
qu'il aura réduits forcément, mais cela n'obligera pas de
nouveaux capitalistes qu'il ne peut forcer à lui prêter leur
argent, à le lui donner au-dessous de sa valeur réelle. S'il
crée des titres plus bas, il les négociera plus cher, ou bien
il accordera une augmentation sur le capital, ce qui com-
pensera, et au-delà, la réduction apparente du titre de la
rente. Tout cela n'est que mystifications et agiotage. L'intérêt, en définitive, s'équilibrera toujours selon la proportion naturelle des capitaux existants, des emplois réels,
et des risques à courir. La conversion du titre ne fera pas
baisser l'intérêt d'un centime pour les opérations futures

du gouvernement. La spoliation exercée sur les anciens prêteurs serait, au contraire, de nature à rendre les nouveaux prêteurs plus exigeants, afin de retrouver, sur les conditions de l'emprunt, la prime des injustices futures qu'ils pourraient subir à leur tour.

Et quant à l'agriculture et au commerce, vous dites qu'ils emprunteront à meilleur marché, parce que les capitaux quitteront les fonds publics pour se porter vers l'industrie particulière.

Double erreur : d'abord, les fonds publics ne donneront pas moins de revenu aux nouveaux acquéreurs; la perte ne tombera que sur les anciens titulaires; mais ceux qui voudront acheter les rentes une fois réduites, les paieront en conséquence. Certainement, ils ne paieront pas le 4 au prix qu'ils paient actuellement le 5, qui, en réalité, ne rend que 4 et demi à peu près. Il n'est guère probable que la réduction puisse aller plus loin : il n'y aura donc, et il ne peut y avoir rien de changé sous ce point de vue.

Mais encore, à part cette considération, aucune réduction, si forte qu'elle fût, ne pourrait donner aux capitaux les moyens de sortir des fonds publics pour se diriger vers l'agriculture et le commerce.

En premier lieu, les capitaux une fois engagés dans les fonds publics ne peuvent pas les quitter.

Pour faire sortir vos capitaux de la rente, il faut que vous la vendiez. Pour que vous la vendiez, il faut qu'un autre l'achète; il faut donc que votre acheteur porte à la bourse un capital précisément égal à celui que vous en retirez; donc le capital qui sort de la rente d'un côté y rentre de l'autre.

Si, par suite des évènements, il y a moins de capitaux

qui veulent entrer dans la rente qu'il n'y en a qui veulent
en sortir, alors la rente baisse en proportion de cette différence, et une partie de la valeur capitale que le cours
lui avait momentanément donné, s'anéantit; mais cette
portion de valeur ne sort pas de la rente pour se porter
ailleurs; elle est tout bonnement détruite et ne profite à
personne. Elle diminue seulement pour les contribuables
l'absorption dévorante de l'amortissement; mais c'est une
compensation négative bien misérable. Il n'en est pas moins
vrai que celui qui vend sa rente pour porter son capital
à l'industrie ou à l'agriculture, ne retire jamais de la rente
que le capital que son acheteur y place, et que, par conséquent, il ne rentre jamais dans le commerce qu'un capital égal à celui qui quitte le commerce, pour se porter
aux fonds publics.

Il en est de même en cas de hausse : le vendeur retire
une somme plus élevée de la rente, pour la porter aux
autres emplois; mais l'acheteur retire une somme pareille
des autres emplois pour la placer dans la rente : c'est une
double et réciproque nécessité, de laquelle vous ne sortirez
jamais.

Que la conversion des rentes agisse donc comme elle
voudra; qu'elle fasse hausser ou baisser le cours des fonds
publics, il n'en résultera jamais abondance ou privation
des capitaux pour l'industrie ou l'agriculture, au moins
par le fait des capitaux qui se placent dans la rente ou qui
l'abandonnent. Prenez-en bien votre parti.

Où donc est le véritable nœud de la difficulté? — Le
voici :

C'est que, quoique la rente soit meuble, soit mobile de
sa nature, objet commercial perpétuellement réalisable

sur le marché, elle peut devenir immeuble par sa destination, non pas selon le langage judiciaire, mais selon
le langage économique; et voici ce que j'entends par là :

La rente peut être achetée par ceux qui y placent leurs
fonds, pour être gardée à titre de placement stable, pour
en tirer le revenu comme on reçoit le loyer d'une maison
ou le prix de la récolte d'une terre; ou bien la rente peut
être achetée par des spéculateurs, en vue de la revendre à
la bourse, pour profiter du bénéfice du cours sur sa valeur capitale.

On conçoit facilement que lorsque la rente est achetée
par des citoyens, propriétaires éloignés des spéculations
de bourse, qui veulent simplement en percevoir les revenus, en toucher les semestres comme on touche le semes-
tre du loyer d'une maison, ce titre de rente ne paraît
plus sur le marché; il n'est plus mis en revente, il ne nécessite plus la présence d'un capital toujours disponible
pour le racheter.

Alors, à mesure que les titres de rente sortent ainsi de
la circulation, à mesure que la rente se classe, pour me
servir de l'expression reçue, le capital qui a servi à l'a-
cheter ne trouve plus d'emploi à la bourse, n'y devient
plus nécessaire pour soutenir le cours de la rente. Les
capitaux peuvent donc et doivent nécessairement s'éloigner du marché de la rente, précisément en proportion
exacte de la quantité de rente qui est classée, et qui ne
nécessite plus leur concours au maintien de sa valeur.

Les capitaux ne quittent pas la rente, ne la délaissent
pas; mais n'ayant pas besoin d'eux, elle leur donne congé,
elle leur permet de fonctionner ailleurs, sauf à les rappeler plus tard si elle a besoin d'eux.

Alors, ces capitaux se portent vers les emplois de l'industrie et de l'agriculture. Ces deux grandes branches de travail en profitent sans que le crédit en souffre.

Mais lorsque, au contraire, les citoyens n'ont pas d'avantage à conserver la rente pour en percevoir l'intérêt, le revenu, parce qu'on l'a diminué; lorsque, d'un autre côté, par l'effet des combinaisons financières, les spéculateurs, les agioteurs, séduits par une perspective de hausse accordée sur le capital pour compenser la diminution de l'intérêt, sont poussés à acheter la rente pour la revendre aussitôt qu'ils auront la possibilité de réaliser un bénéfice sur le capital, alors la rente reçoit un redoublement de mobilité, elle se déclasse, elle sort des mains des rentiers pour passer dans les mains des spéculateurs, et il faut à la bourse une augmentation de capitaux toujours présents pour soutenir le mouvement financier; toujours prêts à racheter cette quantité de rente qui peut se présenter à la vente chaque jour : alors, il faut que la bourse absorbe une augmentation de capitaux, précisément en proportion exacte de la quantité de rente qui se déclasse; sinon il y a baisse, il y a crise, il y a bouleversement financier avec toutes ses conséquences fatales sur la généralité de toutes les existences et de toutes les industries dans l'État.

Or, d'après ces vérités incontestables, jugeons maintenant la conversion des rentes. Si, comme on s'en flatte vainement, je l'espère, elle s'opère de manière à diminuer efficacement l'intérêt que la rente donne aux acheteurs, et qu'en conséquence ceux qui l'achètent maintenant pour la garder et percevoir cet intérêt, s'en éloignent parce qu'ils ne trouveront plus dans cet intérêt un

appât suffisant qui les y attire, alors la rente se déclas-
sera précisément dans une proportion semblable à la diminution de l'intérêt; alors elle sortira des mains des
rentiers, où elle gît immobilisée en quelque sorte, pour
être vendue à la bourse et tomber nécessairement entre
les mains des spéculateurs; alors, il faudra, pour soutenir le crédit public, une quantité de capitaux d'autant
plus forte, que la diminution de l'intérêt et le déclasse-
ment de la rente auront été plus considérables, et comme
je l'ai dit depuis le commencement de cette discussion,
l'opération aura agi à contre-sens : au lieu de rendre au
commerce et à l'agriculture une plus grande quantité
de capitaux, elle en aura absorbé une plus grande quantité
par l'inévitable mécanisme du crédit public.

Ce qui peut donc arriver de plus heureux, ce sera que
la conversion ne fasse pas baisser effectivement l'intérêt
des fonds payés par l'Etat, et c'est au surplus ce qui arrivera immanquablement. Ce sera une opération qui, sous
ce point de vue, n'évitera d'être fatale qu'à condition d'être
nulle.

Quant au surplus : économie de douze millions au budjet, achetée par une grande iniquité, de grands mécon-
tentements et les grandes anxiétés d'une longue opération
de finance qui fatiguera la bourse et le crédit; économie
compensée par une augmentation de dette de cinq cent
cinquante-deux millions, qui absorbera impérieusement
toute la partie de l'amortissement qui sans cela serait disponible, et qui sera absorbée au détriment des contribuables pour assurer la réalisation de ces millions à l'agiotage; aucun avantage pour l'agriculture, pour l'industrie
et pour le commerce.

§ IV.

La Conversion des Rentes ne serait utile ni au Commerce ni à l'Agriculture.

———

Je crois avoir démontré dans les deux précédents paragraphes :

1° L'injustice du remboursement forcé et de la conversion qui y est attachée ;

2° L'inefficacité de cette mesure pour faire diminuer le taux de l'intérêt en France, et pour faire refouler les capitaux vers la propriété et l'industrie particulières.

Je dois maintenant, pour compléter ce tableau, développer des principes d'économie qui éclaireront beaucoup plus encore cette grande question de progrès social.

Pour que l'industrie et l'agriculture prospèrent, il faut sans doute que des capitaux suffisants soient mis à leur portée, puissent activer leur travail, et leur donner, en même temps, des moyens d'aisance qui les dispensent de l'obligation fatale de vendre immédiatement leurs produits à un mauvais prix pour avoir les moyens de recommencer leur production.

Mais il ne s'ensuit pas que la surabondance des capitaux, poussés par une mesure factice à s'offrir à une agriculture ou à un commerce placés dans de mauvaises conditions par la législation de l'Etat, agisse favorablement sur cette agriculture et sur ce commerce.

Je prie qu'on lise attentivement ce qui va suivre ; car je veux en déduire que, lors même qu'il serait aussi vrai qu'il est faux, que la conversion des rentes éloignerait les capitaux des fonds publics pour les pousser vers l'agriculture et le commerce, il n'en résulterait aucun bien pour nous. Je crois au contraire que ce refoulement de capitaux serait provisoire, précaire, de peu de durée, et que, pendant sa durée, il nous ferait beaucoup plus de mal que de bien. — J'entre ici dans le plus vif de la question.

En effet, que l'on réfléchisse d'abord que si l'agriculture et le commerce languissent chez nous, si les capitaux s'en éloignent, ce n'est pas du tout parce que les capitaux manquent. — C'est déjà un fait certain, que nos capitalistes, par exemple, ne trouvent pas l'emploi de leurs fonds; que, faute de pouvoir les confier avec avantage et sécurité aux développements de notre commerce et de notre agriculture, ils se sont mis à bâtir outre mesure pour employer leur argent, et que maintenant ils manquent de locataires pour leurs maisons.

Mais les mauvaises conditions imposées à notre commerce par le système colonial et par l'ensemble des lois prohibitives, ayant détruit tous les débouchés, tous les moyens de faire en grand le commerce maritime d'une manière profitable, les capitaux manquent naturellement à cet emploi, non point parce qu'il n'y a pas de capitaux suffisants sur la place; mais bien parce qu'ils ne veulent pas alimenter de mauvaises opérations sans chance de succès.

Il en est de même pour l'agriculture. Les produits ne peuvent se vendre avantageusement, parce que les débouchés extérieurs n'existe pas. Les capitaux manquent pour les vins, par exemple, parce que le prix de consommation intérieure est aux trois quarts absorbés par les droits,

vous mettriez dix millions d'argent de plus sur la place
de Bordeaux que les vins ne se vendraient pas un sou
plus cher. Ce n'est pas en proportion du capital qu'il y a
sur la place de Bordeaux, que les vins se paient, mais en
proportion du prix que l'on peut les vendre à Paris, dans
l'étranger, partout où ils s'expédient. Or, tant qu'ils se
vendront mal sur ces marchés, les nouveaux capitaux
qu'on nous enverrait ne voudraient, pas plus que les capitaux existants déjà sur la place de Bordeaux, s'employer
à une mauvaise spéculation (1).

Ne trouvant pas d'emplois avantageux sur notre place,
ces capitaux s'en éloigneraient forcément une seconde
fois, après y avoir fait un séjour court et ruineux.

Les capitaux sont utiles sur les points où ils sont appelés par des emplois qui naissent de l'État réel des choses, et qui ont des moyens réels de succès. — Ils sont nui-
sibles quand, par une mesure accidentelle, on les jette
forcément sur un point où ils ne sont point appelés par
la nature des choses, et où une législation vicieuse ôte
tout moyen de succès aux entreprises qu'ils vont ainsi
alimenter à contre-cœur.

Ceci n'est pas une vaine théorie.

Dans les années qui ont précédé la révolution de Juillet, nous avons eu, sur la place de Bordeaux, une sura-

---

(1) A Paris, quand on aura retranché aux rentiers un cinquième des 50 millions
de rente qu'ils possèdent, c'est-à-dire 10 millions de revenu annuel, croyez-vous
que la consommation du vin en sera augmentée, et que les Parisiens hausseront
les misérables prix qu'ils nous offrent aujourd'hui de nos récoltes?—Bien au contraire, ce sera un point d'arrêt pour la consommation et pour les prix, parce
qu'il y a à Paris une grande, une très-grande quantité de petits rentiers auxquels,
en retranchant un cinquième de leur rente, on imposera la nécessité de ne boire
que de l'eau, et de diminuer toutes leurs autres consommations — Singulier
moyen de favoriser l'industrie et la propriété...

bondance prodigieuse de capitaux, dus à l'émigration des riches maisons de l'Espagne et de ses colonies insurgées.

Qu'en est-il résulté? Que voulant s'employer à tout prix, ils ont offert des moyens de crédit à des entreprises maritimes que la nature des faits, la condition de notre législation commerciale devaient rendre fatales : de là sont sorties des opérations gigantesques, trop multipliées, contraires à la nature des faits : puis, pour les soutenir, un développement exagéré de crédit, qui a fourni des capitaux à des maisons sans fortune réelle; qui a alimenté des circulations de papiers de plaisir, sans cause ni valeurs réelles. Alors, tout ce vaste système d'action dû à l'abondance outre mesure des capitaux, a occasioné et dissimulé à la fois des pertes énormes; et, en définitive, le jour où il a fallu compter et liquider, parce que le renouvellement des papiers de plaisir en circulation devenait enfin impossible, tout s'est évanoui en fumée; les maisons ruinées ont été obligées de paraître ce qu'elles étaient; ceux qui avaient servi d'intermédiaires ont perdu les trois quarts de leur fortune, et les capitalistes qui avaient fourni les fonds ont consacré à d'autres emplois le peu de capitaux qu'ils ont pu sauver de cette catastrophe.

Je le répète donc, il est impossible que la conversion des rentes fasse refluer les capitaux vers nous, sans les ôter au gouvernement, et, par conséquent, sans altérer la source même de son crédit. — La mesure proposée n'est pas de nature, fort heureusement, à produire cet effet. — Et si cela était malheureusement possible, nous ne pourrions ni employer, ni conserver ces capitaux chez nous, sans nous exposer à de nouvelles chances, que le commerce et l'industrie repousseraient sans aucun doute, s'ils ont profité le moins du monde de l'expérience du passé : — et ces capitaux nous quitteraient de nouveau promptement.

Voilà pour le commerce. Et quand à la propriété foncière, dites-moi que gagnerait la France à cette permutation alternative et forcée de rentiers qui échangeraient un capital sans emploi contre une terre sans revenu, ou de propriétaires qui échangeraient une terre sans revenu contre un capital sans emploi? Quel résultat favorable pourriez-vous obtenir en envoyant sur la place de Bordeaux de nouveaux capitaux, quand on ne peut y utiliser les capitaux qui y sont déjà? Quoi! vous ne voyez pas que votre erreur naît de ce que vous portez dans la déduction des conséquences la même pétition de principes qui a basé vos raisonnements primitifs? que vous prenez perpétuellement l'effet pour la cause, et la cause pour l'effet? Ce n'est pas la faveur des fonds publics qui nous a privés de capitaux en les attirant à Paris; mais ce sont nos capitaux eux-mêmes qui, dégoûtés de mauvais placements dans notre commerce et notre agriculture, se portent sur les fonds publics, et ont contribué à les faire hausser. Changez vos mauvaises lois d'économie commerciale et d'impôts; rendez à notre commerce et à notre agriculture la liberté et les débouchés dont vous les avez privés, et vous verrez que les capitaux viendront d'eux-mêmes où la prospérité des affaires les rappellera. — Il n'est pas besoin de ruiner pour cela les rentiers parisiens.

Peut-être croyez-vous que les entreprises de canaux, de travaux publics, trouveraient plus facilement à placer leurs actions, après la conversion.

Peut-être croyez-vous que les maisons secondaires trouveraient plus de facilités à placer leur papier, et travailleraient plus avantageusement qu'aujourd'hui.

Peut-être croyez-vous que les industriels sans crédit, et qui ne peuvent trouver aujourd'hui des fonds pour de nouveaux établissements, pourraient alors s'en procurer.

Mais ceci est une illusion que je me vois dans la nécessité de vous arracher comme les autres.

Car, si tous ces emplois ne tentent pas aujourd'hui les capitaux existants sur notre place, et dont une grande partie est sans occupation et en cherche instinctivement avec ardeur, ces emplois ne tenteraient pas davantage les nouveaux capitaux venus, tant que les conditions de réussite de toute nouvelle entreprise resteraient soumises aux mêmes causes de non-succès qu'aujourd'hui.

La confiance dans les entreprises, la confiance dans les maisons secondaires, la confiance dans les industriels qui voudraient s'établir, ne peut être basée que sur la probabilité très-claire, très-palpable de leur réussite, de leurs bons résultats, de leurs profits. — Tant que cette probabilité ne sera pas bien établie aux yeux des capitalistes, ils seront sourds à toute demande de fonds qui pourrait les compromettre une seconde ou troisième fois, comme déjà ils l'ont été. Ce n'est pas un discours de tribune ou un coup de majorité parlementaire qui feraient ouvrir leurs coffres; ils veulent bien prêter leurs fonds pour qu'on les utilise, mais non pas pour qu'on les perde.

Cela est vrai, me dira-t-on, pour Bordeaux, pour le département de la Gironde, où il y a déjà plus de capitaux et de moyens de crédit que d'emplois avantageux; mais ce ne serait pas vrai des départements intérieurs, où

les capitaux manquent réellement, et où les progrès de
l'industrie et de l'agriculture sont arrêtés par ce manque
de capitaux.

Je réponds : — Cela est vrai dans ces départements comme
dans celui de la Gironde. — Cela est même plus vrai dans
ces départements que dans celui de la Gironde; ils seraient
encore plus inaccessibles aux impossibles effets que vous
attendez vainement de la conversion des rentes.

Voici pourquoi.

Les capitaux qui, d'après vous, quitteraient la rente
pour se porter à ces nouveaux emplois, ne pourraient être
que les capitaux que ces départements arriérés et pauvres
ont déjà dans la rente, ou bien ceux que les autres départements ont jusqu'à présent consacrés aux placements sur
l'État.

Or, en premier point, ces départements pauvres, arriérés, voués à une agriculture routinière, ont mis en
réalité très-peu de fonds sur l'État, parce que les idées de
crédit ne sont pas du tout acclimatées dans la tête des habitants de ces provinces, et puis aussi, parce qu'ils avaient
très-peu de capitaux mobiles à placer. — Par conséquent,
ils ne pourraient, même le voulussent-ils, retirer des
fonds publics une masse de capitaux qu'ils n'y ont pas
mis.

Et, en second lieu, croyez-vous que les autres départements éloigneraient leurs capitaux des fonds publics (pour
une misérable différence qui n'est que de 1|2 p. 100,
comme je vous l'ai prouvé), pour aller ensuite s'efforcer
au hasard, et loin de leurs foyers, à trouver des emprunteurs dans les départements plus pauvres et présentant
moins de ressources au mouvement des affaires?... Mais,

c'est rêver l'impossible : C'est ne tenir aucun compte des
réalités de la vie. Croyez-moi, vous vous bercez de chimères, sans causes, sans effets, sans principes, sans conséquences. Vous vous élevez sur des ailes de cire dans un
pays d'illusion et de mécompte. — Prenez garde à la chute!

Ce n'est pas la hausse ou la baisse des fonds publics qui
ont causé, en réalité, le mouvement des capitaux, leur
transport sur un point, leur éloignement sur d'autres
points.

Mais c'est le système économique qui prive les capitaux
d'emplois et de profits sur une grande partie du sol de la
France, qui a fait refouler ces capitaux sur les fonds publics. C'est de là qu'est sortie la hausse de ces fonds, et
la baisse de l'intérêt qu'ils rapportent à ceux qui veulent
maintenant en acheter.

Si donc vous voulez rétablir l'équilibre des capitaux en
France sur une base plus juste et plus profitable à tous,
vous vous y prenez à contre-sens, en voulant détruire
dans la rente un effet dont la cause est ailleurs, et dont
vous laissez subsister la cause partout où elle se trouve.

Cette cause, c'est l'atonie mortelle imposée aux développements de l'agriculture et du commerce, par votre
système prohibitif et fiscal, établi sur des bases inégales et
restrictives, qui vicient à la fois, dans leur source, la production et la consommation, le travail et les échanges des
produits créés par ce travail.

Dans les conditions où vous l'enfantez à Paris, votre
mesure, si elle avait un effet quelconque sur le reste du
pays, n'aurait que de très-mauvais résultats. Mais la vérité pure, c'est qu'elle n'aura aucun effet, ni bon, ni mauvais, et que l'équilibre des capitaux restera ce qu'il est,

tant que le système d'économie qui a produit ce résultat ne sera pas changé.

Tout l'effet de votre mesure se bornerait à augmenter l'agiotage à Paris, à prendre vingt millions aux rentiers, pour les porter à l'actif du budget.

Est-ce juste? Est-ce politique? Est-ce prudent?.... Je suis fâché d'avoir à répondre que ce n'est ni prudent, ni politique, ni juste.

§ V.

La Rente est perpétuelle. — La Conversion ne peut être assimilée à l'Amortissement.

Voici l'argument dont s'est servi l'un des plus habiles défenseurs de la conversion des rentes, pour démontrer la justice et la légalité de cette mesure.

Quand on a emprunté de l'argent à un intérêt élevé, a-t-il dit, et que l'intérêt vient postérieurement à baisser, n'est-il pas juste que le débiteur puisse dire au créancier, ou réduisez au cours actuel l'intérêt que je vous paie, ou bien reprenez votre capital que je vous offre? Il faudrait être insensé, a-t-il ajouté, pour nier la justice de cette proposition.

Je crois cependant ne pas être insensé, et je dis qu'il faut distinguer soigneusement les cas, pour ne pas faire une fausse application du principe invoqué en cette occasion.

Sans doute, quand il s'agit d'un engagement à terme,

à terme fixe, borné et échu, le débiteur peut tenir ce langage.

Mais quand il s'agit d'un engagement qui n'est pas échu, le débiteur ne peut le rompre ainsi pour forcer son créancier à accepter une condition nouvelle.

Ainsi, si j'ai emprunté dix mille francs pour vingt ans à 5 p. 100, quand les vingt ans sont échus, je puis dire à mon créancier : Ou reprenez vos dix mille francs que je vous offre, ou réduisez l'intérêt à 4 p. 100.

Mais s'il me plaît de lui imposer cette alternative, pendant la durée du contrat, et cela sous prétexte que l'intérêt a baissé, mon créancier a le droit évident de s'y refuser. Et par exemple, s'il n'y avait que dix ans d'écoulés, il me dirait : — Votre engagement est contracté pour vingt ans, vous n'avez pas le droit de le rompre auparavant, sous prétexte que vous emprunteriez maintenant à meilleur marché. — Si au lieu de baisser à 4 p. 100, l'intérêt avait haussé à 6 p. 100, je ne pourrais vous obliger à me payer 6 p. 100 tant que notre contrat dure encore ; donc vous ne pouvez me forcer à recevoir le remboursement, ou à subir la réduction à 4 p. 100.

Cela est évident.

Or, l'engagement de l'Etat envers le rentier est-il à terme ? Ce terme est-il échu, les deux contractants sont-ils libres d'user de réciprocité l'un envers l'autre pour la réduction ou la hausse de l'intérêt ?

Non, l'engagement n'est point à terme, il n'est point échu, il dure encore, il est contracté à toujours, la rente est perpétuelle, et il n'y a aucune réciprocité possible entre les deux contractants.

Il faut donc sortir de la question générale et aborder celle-ci.

La rente perpétuelle due par l'État est-elle remboursable forcément et malgré le refus du créancier?

Voilà précisément la question que j'ai examinée.

Or, pour faire exception à la condition de perpétuité, il faut que cette exception soit stipulée positivement ou par la loi civile, ou par la loi politique, ou par le contrat lui-même.

J'ai prouvé, sans réplique, que la loi civile n'est pas applicable, à cause de la réciprocité stipulée par les deux art. 1911 et 1912, réciprocité impossible entre l'État et les rentiers.

La loi politique ne dit pas un mot à ce sujet.

Le contrat est muet, et loin d'exprimer une condition pareille, ne relate que la perpétuité de la rente, sans y poser aucune condition exceptionnelle.

Donc, l'État ne peut argumenter ni de la loi commune, puisqu'elle ne permet pas de changer les conditions de l'intérêt pendant la durée d'un contrat, ni d'une condition exceptionnelle qui n'a été stipulée nulle part.

Donc, l'alternative imposée au rentier d'un remboursement forcé ou de la réduction de l'intérêt est illégale, injuste, sans motif admissible, soit aux yeux de la loi, soit aux yeux de l'équité naturelle.

Un autre défenseur de la question a dit: La preuve que le remboursement est loisible, c'est qu'en vue de libération, la loi a établi l'amortissement, qui n'est à vrai dire qu'une espèce de remboursement.

Je suis étonné qu'on ait exprimé gravement une telle pensée. Sans doute l'amortissement est une sorte de libé-

ration, de remboursement, mais volontaire, et non pas
forcé; mais au cours du marché, et non pas à un prix
fixe, au-dessous de ce cours.

Jamais l'amortissement n'a eu la prétention de forcer
le rentier à lui vendre sa rente. — Or, voilà précisément
la difficulté. — Remboursement volontaire, rien de mieux;
toutes conventions sont loisibles quand les deux parties
contractantes y consentent. Mais réduction ou remboursement forcé d'un engagement qui n'est pas à son terme,
malgré le refus du créancier, et sans aucune loi ou condition positivement exceptionnelle qui autorise cette résiliation de l'engagement contracté, voilà l'impossible iniquité que la loi et la justice naturelle repoussent également.

Un orateur de la chambre des députés a dit le mot. Il
a dit que la nécessité autorisait cette mesure.

Il n'y a nécessité de ne pas payer la rente promise
dans sa totalité, que lorsqu'il y a impossibilité pécuniaire
au débiteur d'effectuer ce paiement. Si donc il y a impossibilité matérielle à l'État de payer 5, qu'il ne paie que 4,
que 3, que 2, que 1, que rien, si l'impossibilité va jusque-là! — Mais qu'il ne parle plus de justice, de légalité.

La nécessité qu'il invoquerait s'est toujours appelée banqueroute, et c'est toujours banqueroute qu'on la nommera!

5ᵐᵉ QUESTION.

DE L'INTÉRÊT DES CAPITAUX. — DE L'USURE. — DE LA CONVERSION DES RENTES.

§ 1ᵉʳ.

De l'Intérêt des Capitaux. — De l'Usure. — De la Conversion des Rentes (1).

VOILA trois questions essentielles sur lesquelles tant de notions fausses ont été mises en circulation dans le public, par la tribune et par la presse, qu'il me paraît très-utile de les rectifier.

Les passions soulevées par ces questions étant devenues plus silencieuses par l'ajournement législatif de la solution, j'espère être écouté avec plus d'impartialité.

Si la discussion parlementaire de ces questions a été déplorablement remarquable par l'ignorance des vérités commerciales les plus simples et les plus reconnues, c'est, ainsi que je l'ai fait remarquer souvent, parce que l'éducation de la population française est singulièrement retardée en économie politique. Il suit de là que les préjugés de la foule se reproduisent dans la discussion des chambres, et que les honorables orateurs qui s'en font les

---

(1) Ce travail a été publié par Henri Fonfrede, en 1833, après une discussion de la chambre des députés sur ce sujet.   *Note de l'Editeur*

interprètes les propagent du haut de la tribune avec une présomption qui serait éminemment risible, si elle n'était doublement contagieuse et fatale pour la société. Jamais je n'ai rien vu dans ce genre d'aussi prodigieux que les discours de certains avocats-députés sur l'usure. Ces discours ne sont ni de notre siècle, ni de notre pays. On dirait que la chambre des députés a fait son éducation commerciale et financière dans quelque couvent de moines du moyen-âge.

Le seul moyen de remédier pour l'avenir à ce vice de notre situation parlementaire, c'est de répandre dans le public des idées simples, justes, claires, sur les véritables bases de l'économie politique, en matière de finances et de commerce.

C'est ce que je vais essayer. On me pardonnera l'aridité de la matière en faveur de son utilité. De telles discussions sont préférables, ce me semble, à la polémique hargneuse et passionnée des ambitions politiques qui jouent les destinées de la France au gré de leurs sophismes et de leurs vanités révolutionnaires.

Voici le but où je tends.

Je veux prouver d'abord que le cours de l'intérêt des capitaux dans l'Etat est et doit rester essentiellement libre et conventionnel.

Que toute loi qui a pour but de limiter ou de faire baisser le cours de l'intérêt dans l'Etat, est une loi injuste, impuissante et gauche, qui agit en contre-sens de ses intentions;

Que, sous ce point de vue, la conversion des rentes, à part même l'injustice et l'immoralité de la mesure elle-même, est une opération inconséquente et fausse, qui, en thèse générale, ne fera pas baisser d'un centime le cours de l'intérêt, ni pour le commerce ni pour l'agriculture, et qui, en certaines circonstances éventuelles, fera au contraire hausser le taux de l'intérêt.

Commençons d'abord par bien définir les termes, afin d'éviter tout malentendu.

§ II.

Principes généraux.

Aucune industrie agricole ou manufacturière ne peut s'exercer sans un capital quelconque.

Les capitaux sont les premiers instruments, les premiers mobiles du travail, car c'est par eux qu'on se procure tous les instruments, toutes les matières premières, toutes les mains d'œuvres.

Les citoyens qui sont privés de capitaux sont donc obligés d'en emprunter ou de renoncer à toute entreprise. Le loyer qu'ils paient du capital qu'ils empruntent s'appelle l'intérêt.

Il importe peu que ce capital soit emprunté sous forme de numéraire, sous forme d'instruments, sous forme de matières premières destinées à être élaborées par l'industrie. Le signe monétaire n'est point le capital, il n'est qu'un des modes en lequel ce capital peut être transformé, pour la commodité et la sécurité de sa circulation.

Que je vous prête une valeur de vingt mille francs, en

écus, en billets de banque, en marchandises (1), pour lesquelles je vous fais crédit et vous donne terme, peu importe, c'est toujours un capital de vingt mille francs qui sort de mes mains, et passe dans les vôtres pour activer vos moyens de travail.

L'intérêt étant donc le loyer payé par le travail pour l'usage des capitaux qu'il emprunte, il suit de là, et c'est une vérité reconnue de tout le monde, que la baisse de l'intérêt est favorable au travail, à la production, à la consommation, au progrès général de la société.

Car, plus l'industrie agricole et manufacturière se procure ainsi facilement et à meilleur compte son indispensable mobile, son premier et plus essentiel instrument de travail, plus elle prend d'activité, plus elle produit à bon marché, plus elle peut baisser successivement le prix de ses produits, et les vendre par conséquent avec bénéfice et rapidité à la société qui en profite à son tour.

Voyons donc maintenant quelles sont les causes qui peuvent effectuer cette baisse si profitable de l'intérêt des capitaux : voyons quelles sont les conditions indispensables à l'efficacité de cette baisse, et s'il dépend d'une loi quelconque de les fixer.

L'intérêt étant le loyer du capital emprunté, doit varier en hausse ou en baisse selon plusieurs conditions :

L'abondance des capitaux ;

La quantité des emplois de ces capitaux ;

La quotité des bénéfices que le travail retire de l'usage de ces capitaux.

---

(1) Quand on prête le capital sous forme de marchandises, l'intérêt se trouve tacitement joint au prix de la marchandise elle-même, qui s'élève proportionnellement au terme accordé pour le paiement.

Voilà d'abord les trois éléments qui constituent ce qu'on nomme vulgairement le prix de l'argent, expression fausse, mais consacrée dans le monde, et qui cesse d'être fausse si on la comprend dans son véritable sens.

Il est en effet bien certain que si les capitalistes ont plus de capitaux qu'il ne s'offre de placements, ils baissent leur demande d'intérêt, jusqu'à ce que cette facilité attire de nouveaux emprunteurs dont elle excite l'ardeur industrielle. Si, au contraire, il y a plus de demandes d'emprunts qu'il n'y a de capitaux disponibles à prêter, l'intérêt hausse, et une partie des emprunteurs se retire, parce que leur travail ne peut supporter sur ses bénéfices les frais de cette hausse de l'intérêt. Dans les deux cas, le taux conventionnel de l'intérêt s'établit selon l'équilibre des capitaux et des emplois, avantageusement pour la société dans le premier cas, désavantageusement dans le second, sauf dans de rares cas exceptionnels.

Mais il y a encore un autre élément du taux de l'intérêt : c'est la quotité des bénéfices que présente l'usage des capitaux.

Car s'il y a dans une localité des moyens pour le capitaliste de se servir lui-même de son capital, de le faire fonctionner comme instrument, et de se procurer ainsi un grand bénéfice, au lieu de prêter ce capital à un tiers qui s'en servira et gardera tout le bénéfice pour lui, il est absurde de croire que le prêteur voudra louer son capital à bon marché. Il le louera sans doute au-dessous du bénéfice qu'il en retirerait en travaillant lui-même, parce qu'il aimera mieux s'épargner la peine et les soins du travail, mais cette diminution n'en laissera pas moins le prix de l'intérêt qu'il demandera plus ou moins élevé, selon le bénéfice plus ou moins grand qu'il pourrait retirer de l'usage de son capital s'il l'employait lui-même.

Voilà donc les premiers éléments du cours de l'intérêt.

La proportion relative des capitaux et des emplois, et la quotité du bénéfice résultant de la nature de ces emplois.

Or, en premier point, que peut la loi pour augmenter les capitaux?... (1) Rien. Elle peut bien les absorber, les confisquer, les détruire; mais les créer!... cela lui est impossible. Si elle le peut, d'ailleurs, qu'elle le fasse. Personne n'y trouvera certainement à redire. Mais il lui faudrait pour cela une baguette de fée qu'elle n'a pas.

Que peut la loi sur la quantité des emplois que le travail offre aux capitaux empruntés?... Augmenter ces emplois par des faveurs ou des priviléges?... Mais si elle augmente la masse des emplois, elle fait hausser l'intérêt des capitaux employés, loin de le faire baisser: d'ailleurs, il faut considérer que le privilége n'active jamais une industrie sans nuire à une autre branche de travail, de sorte qu'il y a au moins compensation. L'emploi des capitaux augmente d'un côté et diminue de l'autre, souvent même il diminue plus qu'il n'augmente. La loi peut bien, par de fausses mesures d'économie, faire baisser l'in-

---

(1) Beaucoup de personnes croient que l'action du crédit crée des capitaux : c'est une erreur insoutenable. D'ailleurs les établissements de crédit agissent librement, sans cours légalement forcé de leur papier, et, sous ce point de vue, ils concourent à la fixation de l'intérêt en raison de leurs moyens, de l'habileté de leur gestion, de la confiance volontaire de la société; la baisse qu'ils peuvent opérer dans le cours de l'intérêt, beaucoup moins importante qu'on ne pense, provient des éventualités rationnelles du commerce, nullement de la prescription de la loi. La loi leur permet seulement d'exister. Ensuite, ils fonctionnent d'une manière utile ou nuisible, selon les conditions de leur existence et de leur travail.

térèt, en ôtant à certains travailleurs leur sécurité, leur
liberté, leurs moyens d'industrie, car alors les emplois
de capitaux diminuent. Mais ce n'est pas de cette baisse
d'intérêt que nous parlons ici : car celle-là est fatale et
destructive de toute prospérité.

La loi peut-elle enfin augmenter ou diminuer les profits que le travail tire des capitaux employés?... Non,
elle ne le peut sans injustice et sans despotisme, car pour
favoriser les uns elle nuirait aux autres. D'ailleurs encore, si elle augmente ces bénéfices, elle fait hausser l'intérêt, si elle diminue ces bénéfices, elle ruine le pays. —
Sous ce point de vue, la loi est encore impuissante sur la
baisse de l'intérêt.

La loi ne peut donc ni créer les capitaux, ni augmenter ou diminuer leurs emplois, ni augmenter ou diminuer
le bénéfice donné par ces emplois.

Elle ne peut donc rien sur aucun des trois éléments qui
constituent le cours de l'intérêt des capitaux.

Elle ne peut et ne doit faire qu'une chose : laisser les
capitalistes libres de placer leurs capitaux comme ils peuvent, laisser les travailleurs libres d'emprunter et de travailler sans entraves, laisser les consommateurs libres
d'acheter le produit du travail selon sa valeur réelle; et,
de cette sorte, les capitaux, le travail, la consommation,
s'exerçant de la manière la plus naturelle et la plus égale,
une juste proportion s'établira entre l'intérêt des capitaux, la production et la consommation. Telles sont les
règles de la justice, de la liberté! Tel est aussi le véritable moyen de favoriser la baisse de l'intérêt par la création de capitaux abondants. — Au-delà, toute tentative
de la loi est à la fois impuissante et despotique.

Mais il y a encore un autre élément du cours de l'intérêt.

C'est le risque plus ou moins grand que court le capitaliste de perdre le capital dont il a loué l'usage à l'emprunteur.

Car, quand vous louez une maison, quand vous affermez une terre, la terre, la maison, peuvent bien être détériorées ou mal gérées, mais elles ne peuvent se perdre et disparaître ; et, encore, vous avez dans les lois, ou dans les conditions de votre contrat, des moyens d'empêcher la détérioration de l'immeuble ou de résilier le contrat.

Mais quand c'est un capital mobile dont l'usage est loué à l'emprunteur, surtout dans le commerce, dans l'industrie ; surtout et partout, et en toute chose, quand l'emprunteur n'offre de gage que dans son plus ou moins de probité, d'industrie, d'habileté, n'ayant antérieurement aucune fortune acquise qui puisse répondre de son engagement, ou se trouvant même dans des circonstances pénibles qui rendent cet engagement précaire et chanceux, dans tous ces cas, dis-je, le capitaliste peut perdre la somme qu'il prête, et il a droit non-seulement à un intérêt pour l'usage de ce capital qu'il loue, mais à une prime d'assurance proportionnelle au risque qu'il court de perdre le capital lui-même.

Cette prime d'assurance, plus ou moins élevée, suivant mille circonstances générales ou personnelles impossibles à évaluer d'une manière fixe, parce qu'elles se modifient perpétuellement dans chaque transaction, s'ajoute tacitement à l'intérêt lui-même, et constitue un des éléments de sa hausse ou de sa baisse conventionnelle.

Or, sur ce nouvel élément de hausse ou de baisse de l'intérêt, que peut la loi?

Peut-elle apprécier le risque plus ou moins grand de chaque transaction de crédit?

Peut-elle ranger en catégories légales les emprunteurs habiles, probes, industrieux; les emprunteurs hasardeux, légers, inhabiles, sans économie ou sans moralité connue?

Peut-elle établir une échelle de proportion, une graduation quelconque de ces divers mérites et de ces divers vices, pour graduer en conséquence la prime qu'il sera légalement juste d'exiger pour le risque couru?

Peut-elle dire : il sera légal de prêter à tel taux à ceux-ci, il sera usuraire de prêter à tel taux à ceux-là?

Et dans l'incertitude complète, dans l'impuissance totale où elle est placée à cet égard, pour trancher la difficulté qu'elle ne peut résoudre, a-t-elle le droit de fixer au hasard un maximum arbitraire égal pour tout le monde? Ne pouvant évaluer déjà les conditions inhérentes au loyer dû pour l'usage des capitaux, ne pouvant évaluer en outre la prime due pour le risque éventuel de la perte de ces capitaux eux-mêmes, a-t-elle le droit de fixer arbitrairement l'un et l'autre à la fois, et de lutter avec la même impuissance contre la nature des choses dont l'appréciation lui est essentiellement et doublement interdite?

Évidemment non : toute tentative de ce genre est une niaiserie, une folie, une prétention arbitraire, que le despotisme seul a pu rêver quelquefois, mais qui forme, dans un état libre et constitutionnel, l'anomalie la plus ridiculement insoutenable.

Tel est pourtant l'état actuel de notre législation, fruit de l'ignorance et des préjugés du temps passé. C'est à cette

législation vicieuse qu'une proposition de M. Lherbette à
la chambre des députés avait pour objet de remédier. Mais,
il faut le dire, la discussion de cette proposition dans notre
triste chambre des députés a produit un effet tout contraire.
La proposition a été si faiblement soutenue; elle a été attaquée avec tant d'énergie et de sophistique àcreté; elle a
été repoussée avec un si unanime enthousiasme d'ignorance par la majorité et la minorité de nos habiles législateurs, que la législation surannée qui régit la matière
en a reçu une nouvelle sanction au lieu d'en être ébranlée.
Voilà un fâcheux effet de l'initiative, quand elle est con-
fiée à des assemblées, êtres collectifs et confus, où il est
plus facile de faire vibrer les préjugés existants dans la
foule, que de faire pénétrer les vérités nouvelles qui cho-
quent les idées reçues. Pour admettre ces vérités économiques, il faudrait d'abord que les avocats-députés les
eussent étudiées et les eussent comprises, ce qu'ils n'ont
certainement pas fait; car leurs discours sont la preuve
inconcevable qu'ils donnent quelquefois d'une ignorance
qu'on ne croirait pas possible dans des esprits si cultivés
sous d'autres rapports; mais il faudrait, en outre, que les
orateurs dont je parle fissent le sacrifice de toute la fausse
science de droit civil, de toute la fausse érudition de droit
romain qu'ils ont acquise sur l'intérêt de l'argent, sur la
nature de l'argent, sur le prêt, sur l'usure, sur la partici-
pation des lois aux classifications des valeurs sociales, dont
elles peuvent quelquefois indiquer, mais dont elles ne peuvent jamais créer ni fixer les rapports et les proportions.

Or, ce sacrifice, aucun homme spécial dans le droit positif n'est disposé à le faire. Ils tiennent à leur bagage de
fausse science, si péniblement acquise, comme à une sorte

de patrimoine à la fois traditionnel, héréditaire et personnel. Ils se glorifient de leurs erreurs savantes, et trouveraient de mauvais ton de les échanger contres des vérités triviales, que le premier venu peut comprendre aussitôt et aussi bien qu'eux, sans avoir pâli sur les commentateurs du Digeste ou sur le recueil des Coutumes de France. Et lorsque des hommes, ainsi imbus de tout l'amour-propre de la fausse science, sont en outre doués d'une grande facilité de paroles, d'une passion féconde en argutieuses subtibilités, d'une amertume incisive contre la timidité modeste des défenseurs d'une vérité nouvelle, qui ose à peine se faire entendre, ces hommes, dis-je, sont une véritable calamité dans une assemblée délibérante qui est investie du droit de faire des lois sur des matières économiques qu'elle ne connait pas elle-même.

§ III.

Application des principes aux lois sur le prêt usuraire.

Nous avons vu, dans le premier paragraphe, que les capitaux étaient le premier et le plus indispensable instrument du travail industriel et agricole;

Que, par conséquent, il était essentiel au progrès de la prospérité sociale que les travailleurs pussent se procurer des capitaux à bon marché, ou, pour me servir de la phrase vulgairement employée, que l'intérêt de l'argent fût à bas prix.

Mais en analysant les causes qui concourent à consti-

tuer le taux de cet intérêt, nous avons reconnu que la
volonté de la loi était impuissante à les créer, à les fixer,
à les limiter;

Qu'elle n'avait sur le cours de l'intérêt qu'une action
indirecte;

Que son devoir et son droit étaient de faciliter la production des capitaux par la liberté du travail et du commerce, par la sécurité donnée à chacun de jouir du fruit
de son industrie, par le maintien de la foi publique jurée
aux créanciers de l'État; d'assurer le respect de la morale
et de la foi privée, par une bonne instruction publique,
par une administration ferme, juste, impartiale; la facilité des échanges par l'amélioration des voies de commu-
nication et de transport: le maintien de la paix extérieure
et intérieure, par la mise en pratique des véritables systèmes de patriotisme et de philantropie réunis; la fixité,
surtout, la fixité de la charpente politique sur laquelle repose tout l'édifice social, toute la progression économique
de la société, son présent, son avenir, toute sa durée: en
un mot, puisque l'occasion se présente encore de le dire
une fois, et nous n'en laisserons échapper aucune...., le
maintien du système politique de conservation, fécondé
par les connaissances économiques qu'il importe de répandre chaque jour de plus en plus dans les masses de la
nation.

Alors, au sein de la paix, de la confiance, de la liberté,
le travail activé de plus en plus, produit des capitaux
abondants. L'abondance des capitaux et la sécurité de leur
circulation fait baisser l'intérêt, et la baisse de l'intérêt
active de nouveau le travail industriel pour la création
de nouveaux capitaux.

Mais cette marche sage, lente, progressive n'est ni dans les goûts ni dans les moyens intellectuels de tout le monde. Il y a des gens plus expéditifs qui disent : — Il importe à la société que le cours de l'intérêt soit bas...., eh bien fixons un taux au-dessus duquel nous défendrons de prêter les capitaux : défendons par la loi que l'intérêt hausse. Stipulons, pour le loyer des capitaux, un prix, un maximum qu'il sera interdit de dépasser ; punissons, flétrissons, ruinons les capitalistes qui dépasseront ce maximum. Alors, il est bien évident que nous maintiendrons l'intérêt de l'argent au cours que nous aurons jugé utile à la société.

Mais ce n'est pas tout. Faisons baisser le cours de l'intérêt, même au-dessous du taux légal. Nous avons promis aux capitalistes qui ont prêté leur fortune à l'État dans des moments de crise, de leur payer 5 p. 100, cours fixé par la loi. Eh bien! ne leur en payons que 4. Retranchons-leur un cinquième de la rente que nous leur avons vendue et livrée, en échange de leur capital. Alors la favorable contagion de l'exemple donné par le gouvernement poussera les emprunteurs et les prêteurs particuliers à stipuler un intérêt plus bas en proportion de la baisse de l'intérêt payé par l'État, et l'industrie profitera de cette modification.

Ainsi, mettant une volonté arbitraire en place du cours naturel des choses, le fait obligatoire et forcé en place de la volonté libre et conventionnelle des citoyens, l'aveugle désir de l'économie quand même, en place du droit et de la foi jurée, des esprits miraculeusement étroits et stériles ont imaginé qu'il dépendait de la loi de faire l'office du temps, du travail, de la liberté, et qu'il lui suffirait de dire : je défends à l'intérêt de hausser, pour qu'il ne haussât pas; et qu'il lui suffirait encore de dire : j'ordonne à l'intérêt de baisser, pour qu'il baissât! Quelle puérilité!...

Entrons un peu dans la question, et voyons quelle est la valeur des arguments au moyen desquels on a inspiré à la chambre des députés sa résolution presque unanime contre la liberté conventionnelle de l'intérêt.

« La liberté conventionnelle de l'intérêt peut avoir des abus: profiter du besoin pressant, urgent, d'un emprunteur, pour lui imposer un intérêt exagéré, c'est le ruiner, c'est l'égorger. La loi qui punit le meurtre par le fer, ne peut autoriser le meurtre par l'or et l'argent. Or, on demandait à Caton, *quid est fœnari?....* Il répondait : — *Quid est hominem occidere?...* L'un en effet vaut l'autre. »

Voilà qui est admirable et la citation est précieuse!...

Certes, si toutes les fois que la liberté conventionnelle des transactions sociales peut entraîner un abus, on se croyait autorisé à détruire cette liberté, alors l'administration économique de l'État serait chose prompte et facile !

Ainsi, si on demandait à l'un des députés défenseurs de cette doctrine: — Qu'est-ce que, pendant un temps de disette, quand la récolte du blé a manqué, quand le peuple est à la fois sans travail et sans pain (1), qu'est-ce

---

(1) On objecte que le prix du pain est taxé. — Mais ce n'est qu'une pure confusion de mots. Il n'y a point pour le pain un prix fixe, un cours légalement invariable comme pour le taux de l'intérêt. Au contraire, le prix du blé est entièrement libre et conventionnel, comme celui de toutes les denrées possibles, et l'autorité locale, par simple mesure administrative, veille à ce que le prix du pain soit fidèlement réglé sur le cours libre du blé et en suive les variations dans chaque localité. — On voit que cela n'a aucune similitude avec une loi qui a la prétention de fixer un cours invariable, uniforme, pour l'intérêt des capitaux, dans

que profiter de la détresse universelle pour vendre l'hec-
tolitre de froment 40, 50, 60 francs, lorsque des milliers
de pauvres familles n'ont pas seulement 15 ou 20 francs
pour payer le prix ordinaire?... Il n'est pas douteux que
Caton et ses citateurs devraient répondre : *Id est hominem
occidere !*

Ainsi, dans un rude hiver, lorsque tout est glacé,
quand une pauvre famille d'ouvriers n'a plus les moyens
de gagner sa subsistance parce que tous les travaux sont
suspendus, quand le froid lui-même qui engourdit les
membres du pauvre lui ôte sa force et son activité physique, qu'est-ce que profiter de cette horrible souffrance de
la société entière, pour vendre le bois de chauffage deux
fois, trois fois, quatre fois plus cher qu'en temps ordinaire, à ceux dont les ressources sont trois ou quatre fois
moindres pour le payer, si mêmes elles ne sont complètement annulées?... Il est bien clair que Caton et les défenseurs de sa doctrine au dix-neuvième siècle devraient
répondre : *Id est hominem occidere!*

Ainsi, lorsque la tempête, le froid, le chaud, l'humi-
dité des nuits, l'ardeur de la journée, les souffrances du
corps, les besoins du sommeil et du repos, rendent indispensable à de pauvres familles, une habitation close,
saine, fermée, pour se mettre à l'abri des intempéries de
la saison et des coups des malfaiteurs, qu'est-ce que profiter de l'augmentation de la population pour élever le

---

toute la France, n'importe les localités, n'importe les fortunes, n'importe les variations relatives de l'abondance des capitaux et de leurs emplois, n'importe les
crises industrielles ou sociales : en un mot un taux d'intérêt égal pour Paris et
pour les plus humbles bourgades de la Gascogne ou de la Bretagne!... Quelle absurdité!

loyer des maisons (1) à un prix tel qu'une grande partie
du peuple ne peut pas le payer, et qu'il sera réduit à cou-
cher en plein air, ou à s'entasser dans d'obscurs, humi-
des et sales réduits, où l'épidémie achèvera l'œuvre de la
faim et du froid?... Il est bien évident encore que Caton
et ses disciples actuels devraient répondre : *Id est hominem
occidere !*

Et, de proche en proche, l'humanité, la philosophie, et
l'économie politique de ces Messieurs, les obligeraient à
taxer un maximum pour le prix du blé, du bois de chauffage, du loyer des maisons, comme ils le font pour le
loyer des capitaux : s'ils voulaient être conséquents, ils
agiraient de même pour tous les objets indispensables au
soutien de la vie animale ; et successivement ces Messieurs
organiseraient ainsi pour la société une détresse, une pa-
ralysie, un esclavage, une mort universelle et perma-
nente, jusqu'à ce que la nature des choses, réagissant
contre leur législation stupide, en brisât les chaînes au
milieu d'une convulsion fiévreuse et délirante !

Il est donc bien étonnant que des esprits tels que ceux
qui ont défendu ces absurdes principes, n'aient pas aperçu
la mauvaise voie dans laquelle ils s'enfonçaient, il est

---

(1) On ne conçoit pas l'aveuglement de M. Dupin aîné, par exemple, quand on
lit la phrase suivante de son discours. Je copie le *Moniteur :* — « Prêter de l'ar-
» gent dans ces limites, a toujours été contracter légitimement, faire usage de sa
» chose, de sa propriété, comme on loue sa maison ou son champ : mais prêter
» au-dessus du taux légal c'est faire l'usure qui est une chose défendue, c'est
» commettre un délit qualifié tel par la loi. »
Comment M. Dupin n'a-t-il pas vu que sa comparaison tue son argument? que
l'argent étant une chose, une propriété qu'on loue comme on loue sa maison ou
son champ, la loi n'a pas le droit de fixer le maximum de ce loyer pas plus dans
un cas que dans l'autre? Qu'en le faisant elle viole le droit de propriété lui-même,
et ébranle tous les droits?

bien étrange qu'ils n'aient pas compris que défendre de
vendre ou de louer une chose au-dessus de tel ou tel prix,
en supposant même que cette défense puisse être respectée,
(ce qui ne sera pas), ce n'est pas obliger de la vendre ou
de la louer à ce prix ou au-dessous, ordre impossible à
décréter ou à faire exécuter; et qu'alors il n'en résulte
qu'une chose, la disette factice de l'objet pour lequel la loi
a décrété le maximum du prix de vente ou de location.
Car si l'on n'ose pas louer ou vendre au-dessus du prix
fixé, on ne veut pas non plus louer ou vendre au-dessous
du cours réel, au-dessous de la valeur réelle que les circonstances sociales donnent à l'objet taxé, et l'on ne vend
pas du tout. La marchandise se cache, et la détresse générale décuple.

Mais ce qu'il y a de plus beau, et ici je maudis de bon
cœur l'impatience de la Chambre qui, en interrompant
M. Dupin aîné, nous a privés d'une théorie économique
toute propre et particulière à cet illustre orateur, et dont
il commençait le développement; — ce qu'il y a de plus
beau, dis-je, c'est que M. Dupin, pour échapper à l'objection qu'il pressentait vaguement au fond de quelques-
unes des cases vides de son cerveau, s'est alors écrié :
« On a dit que l'argent est une marchandise ! (1) Men-

---

(1) Notez bien, je vous prie, que M. Dupin reconnaît lui-même, quelques lignes
plus haut, la vérité qu'il traite ici de mensonge et d'absurdité; car, dans un passage de son discours que j'ai déjà cité, il dit que l'argent est une chose, une propriété qu'on loue comme sa maison ou son champ!... Puis, quelques lignes plus
bas, il nie cette vérité, et affirme que l'argent n'est qu'un signe....; mais je suis
bien désolé qu'on ait interrompu M. Dupin, car je mourrais d'envie de savoir où
il voulait en venir avec son signe !.... Jamais on n'a vu dans le même cerveau
tant de force et tant de faiblesse d'esprit! C'est un décousu dont il est impossible
de se faire une idée.

songe, absurdité, puisque l'argent est le signe... » Ici,
la Chambre a interrompu l'orateur, et l'orateur, en se
reprenant, par un soubresaut habituel aux sophistes qui
parlent de ce qu'ils ne connaissent pas, s'est jeté dans une
nouvelle digression et a oublié de compléter sur l'argent
la ‘curieuse définition qu'il venait de commencer. C'est
une grande perte pour nous, car le commencement pro-
mettait quelque chose de pyramidal.

J'en suis fâché pour M. Dupin, mais l'argent est tout
autre chose qu'un signe... L'argent, l'or, les métaux précieux sont une véritable valeur capitale, une véritable
marchandise; le signe monétaire dont les diverses pièces
de ce métal sont revêtues, ne sont que la marque extérieure garantie par l'Etat, et qui apprend aux citoyens
quelle est la quotité de cette valeur, de cette marchandise
qui se trouve sous ce signe et dans quelle proportion cette
portion de métal équivaut aux autres valeurs capitales de
la société, et devra servir à faciliter leur échange. Ce
n'est pas du signe qu'on paie l'intérêt; c'est de la valeur
capitale sur laquelle ce signe est imprimé. Ce qui est si
vrai que s'il vous plaisait, ainsi que l'ont fait dans les
temps d'ignorance les législateurs français dont vous in-
voquez l'autorité, s'il vous plaisait de mettre le signe de
six francs, sur une pièce de cinq francs, en dépit du changement de votre signe la pièce ne vaudrait pas plus qu'auparavant, pour tous les achats, pour tous les prêts auxquels vous l'emploieriez; seulement vous paieriez six francs
les objets que vous payez maintenant cinq francs. Vous
auriez changé les mots, non la chose; le signe non la valeur; vous auriez altéré le numéraire comme signe, mais
vous n'auriez rien changé à l'argent comme marchandise,

comme valeur destinée à faciliter l'échange et l'échelle proportionnelle des autres valeurs.

Un billet de banque, un papier-monnaie est seulement signe; mais il représente la valeur de l'argent contre lequel on peut l'échanger (1), et sous ce point de vue il participe du même caractère; mais avec bien moins de solidité, parce que, si votre banque manque, ou si votre papier-monnaie est démonétisé, il n'en reste qu'une feuille de papier sans valeur, au lieu que si le signe numéraire est démonétisé, il lui reste sa valeur intrinsèque, sa valeur d'argent comme marchandise.

C'est si bien de leur valeur intrinsèque comme marchandise que les monnaies tirent leurs cours, que s'il plaît à un gouvernement, ainsi que cela leur a plu souvent dans les temps d'ignorance où s'est établie la législation contre l'usure, s'il leur plaît, dis-je, d'altérer la pureté des métaux contenus dans les pièces monétaires, en y joignant une plus grande quantité d'alliage que leur titre ne comporte, sur-le-champ, quoique le signe frappé sur la monnaie ait été conservé intact et soit le même qu'auparavant, elle perd une partie de sa valeur monétaire, précisément en proportion de la quantité frauduleuse d'alliage au moyen de laquelle on aura altéré la valeur intrinsèque du métal. — C'est parce que, par la nature même de l'or et de l'argent, cette détérioration qu'on voudrait leur faire subir est facile à reconnaître et à évaluer d'une manière exacte, qu'on a choisi ces métaux pour en faire l'échelle de proportion de toutes les autres valeurs sociales,

_____

(1) Et lorsque cet échange devient impossible, quand on donne au papier un cours forcé, on sait ce qui en arrive; la France n'en a pas perdu le souvenir.

comme fournissant la plus sincère, la moins falsifiable
des unités monétaires , et une sécurité d'autant plus
grande que la monnaie numéraire est la seule qui joigne
au signe dont elle est revêtue, la valeur même, gage de
ce signe, et garantie de son exactitude en même temps
que de son impérissabilité. — Quelques économistes, mé-
taphysiciens illusoires, ont méconnu cette vérité et ont
prétendu que la monnaie de papier serait parvenue à son
état le plus parfait. — Comme abstraction, peut-être;
comme réalité, non. — Et l'on s'est bien vite dégoûté de
cette théorie creuse qui ne pourrait engendrer que des
crises fatales à la production des richesses sociales. —Mais
ce n'est pas le lieu d'approfondir cette nouvelle question.

On doit être donc bien convaincu que toute valeur capitale, objet des transactions commerciales, est une véritable marchandise; sous quelque forme qu'elle soit repré-
sentée, quelque soit le signe dont on puisse la revêtir; la
valeur capitale, indiquée par le signe monétaire, est toujours une marchandise dont le cours est essentiellement
variable selon l'abondance des capitaux, la quantité, l'utilité et la sécurité de leurs emplois, ainsi que nous l'avons
expliqué dans le précédent paragraphe; et vouloir fixer
par la loi à un taux précis, limité, obligatoire, le prix
d'une valeur capitale essentiellement variable; est une véritable absurdité, un véritable acte d'impuissance et de
despotisme. Le maximum établi sur le prix de l'argent
est aussi fou que le maximum sur le prix du blé.

La loi qui défend le meurtre par le fer, ne peut pas,
dit-on, permettre le meurtre par l'or et l'argent. Or, prè-

ter à un intérêt usuraire, c'est, selon Caton, *hominem occidere.*

J'ai déjà fait voir la portée de cette fausse comparaison, car on tue bien certainement un homme par la faim, par le froid, par la nudité, et jamais on n'oserait se faire une arme de cet argument pour taxer le blé, le bois, les vêtements.

Mais il y a dans la nature même de la question, quelque chose de plus péremptoire contre l'éloquence des avocats-députés.

Tuer un homme par le fer, est le dernier terme de la violence, et la destruction de toute liberté, de tout consentement. Jamais un homme, assassiné par un meurtrier qui veut le dépouiller de son bien, ne donne son consentement à cet acte de férocité et de spoliation. Je n'ai jamais vu personne dire à un assassin : — *Faites-moi le plaisir de me tuer et de me voler;* comme on dit à un capitaliste : — *Faites-moi le plaisir de me prêter l'argent dont j'ai besoin, et dont nous stipulerons le loyer.*

Et comme le meurtre et la spoliation par la force sont l'effet d'une violence physique anti-conventionnelle, il en résulte que la loi peut et doit en interdire tous les degrés, tous les modes possibles, depuis le plus faible et le plus partiel, jusqu'au plus définitif et au plus complet.

Aussi, la loi ne permet pas plus à un criminel de vous casser un doigt que de vous casser le bras; elle ne lui permet pas plus de vous casser les deux bras qu'un seul; pas plus de vous casser bras et jambes, que de vous casser les bras seulement; pas plus enfin de vous briser le corps en détail que de détruire entièrement votre organisation et de vous tuer. — De même pour le vol. — Elle gradue les criminalités, mais elle n'en permet aucune. Elle établit pour toutes des pénalités proportionnées.

Alors il résulte de là, qu'on ne peut pas, sous le voile d'un acte permis, cacher, déguiser l'acte défendu, puisqu'aucun degré de cet acte n'est permis, puisqu'aucun degré de cet acte n'est autorisé, ni par la loi, ni par le consentement de la victime sur laquelle il est exercé. (1)

Mais pour le prêt à intérêt, il en est tout différemment. Là il y a un acte foncièrement permis par la loi; un consentement expressément donné par celui sur lequel l'acte est exercé. Ce n'est que le degré de l'acte que la loi croit pouvoir limiter, et dont elle veut interdire l'extension; et il arrive alors, par la nature même de cet acte, qu'il y a mille moyens de déguiser le degré de l'acte que la loi interdit, sous l'accomplissement apparent du degré de l'acte qu'elle permet; d'autant plus que la prétention de la loi, de fixer la limite au-delà de laquelle le consentement de l'emprunteur est censé n'être pas libre, est réputé le fruit d'une violence morale, meurtrière selon Caton et ses disciples de la chambre des députés (2), à l'égal de la vio-

_____

(1) La loi excepte bien le cas de légitime défense; mais alors faites attention que ce n'est pas un degré quelconque de meurtre qu'elle permet : c'est une circonstance étrangère à l'intensité de l'acte, circonstance qui en change le caractère, et qui, d'ailleurs, doit être prouvée par celui qui en excipe pour sa justification. C'est une tout autre question qui n'est pas relative à la portée, à l'effet, à la violence de l'acte, mais à la volonté intentionnelle de celui qui l'a commis, dans une position où il ne pouvait faire autrement. Il n'y a aucune similitude à tirer de là contre ma thèse; bien au contraire, car si on voulait continuer la comparaison des deux cas, que pourrait-on en conclure?.... Qu'un homme qui prête au-dessus du taux légal serait excusable s'il pouvait prouver que son capital est si faible qu'il ne pourrait vivre en le prêtant au taux légal; de sorte que, pour la légitime défense de sa vie et de celle de sa famille, il a été obligé d'exiger un intérêt plus élevé. Ce ne serait donc qu'un prétexte de plus, et moins absurde qu'on ne pense, pour éluder la loi contre l'usure.

(2) Si prêter à usure, c'est *hominem occidere*, pourquoi les partisans de cette

lence physique qui tue, cette prétention, dis-je, est une folie absurde, car il est mille occasions, où il peut être très-avantageux, pour faire une bonne entreprise, d'emprunter même au-dessus du taux légal, et où par conséquent le consentement donné par l'emprunteur, à un intérêt que la loi a la sottise de déclarer usuraire, est très-libre, très-volontaire, très-utile à celui qui emprunte à ce prix un capital dont il est sûr de tirer un meilleur parti par son industrie ou pour ses besoins, et dont il regretterait amèrement d'être privé.

Ainsi, lorsqu'en 1818, le gouvernement français payait 8 p. 100 l'argent nécessaire à ses emprunts pour faire évacuer la France, qu'aurait-il dit, si, pour lui rendre service, on avait puni comme usuriers les prêteurs qui dépassaient ainsi le taux légal, et qu'en conséquence on eût empêché l'accomplissement de ses emprunts? Aurait-il été plus heureux de ne plus trouver de prêteurs? Et n'est-il pas beau de voir un gouvernement maintenir pour les citoyens une loi qu'il a violée lui-même, et qu'il a très-utilement fait de violer?

Il résulte de là qu'il n'y a aucune similitude entre les deux cas comparés par Caton et par ses citateurs; et s'autoriser d'une pareille frasque d'imagination morose et misanthropique, pour rédiger les lois d'une nation civilisée, c'est faire preuve de bien peu de jugement.

Aussi la loi qui a une grande influence pour empêcher le meurtre et le vol, n'a à peu près aucune influence pour

maxime ne font-ils pas porter la peine de mort et les supplices corporels contre les usuriers, a l'égal des meurtriers?.. Pourquoi ne pas ressusciter les cruautés du moyen-âge, puisqu'on ressuscite les principes sur lesquels le moyen-âge établissait ses rigueurs contre les juifs?

empêcher le prêt au-dessus du taux qu'elle a fixé pour l'intérêt. On stipule le taux légal dans le contrat, on donne le surplus de la main à la main, et l'on prend ainsi l'habitude immorale d'éluder la loi, d'enfreindre ses défenses, ce qui est plus funeste cent fois que l'usure elle-même !...

Cependant, direz-vous, quelques usuriers sont punis ! — Très-peu, très-peu, en vérité ; si peu, comparativement au nombre de ceux qui prêtent au-dessus du taux fixé par la loi, que ce n'est guère la peine d'en parler. Et si la loi contre l'usure ne produit pas l'effet d'enchérir prodigieusement le prix de l'intérêt, ainsi que sa véritable tendance devrait le faire, c'est précisément parce que cette loi est presque toujours impunément éludée. La nature des choses réagit contre la limite arbitraire que vous avez voulu y établir, et vous sauve en partie de vos propres erreurs. Mais ce sujet demande quelques développements, et nous achèverons de l'exposer dans le paragraphe suivant. Nous examinerons ensuite la conversion des rentes, et nous prouverons que vouloir faire baisser l'intérêt des capitaux au moyen de cette conversion, est tout aussi absurde, et par des causes analogues, que vouloir fixer la limite de l'intérêt au moyen des lois contre l'usure.

§ IV.

Continuation du même sujet.

———

La véritable tendance de toute pénalité contre le prêt au-dessus du cours établi par la loi, est de faire enchérir l'intérêt des capitaux, au lieu de le faire baisser.

Si dans l'état actuel de notre législation, les lois portées contre l'usure ne produisent pas cet effet, du moins d'une manière sensible, c'est parce que ces lois sont à peu près inexécutables et inappliquées (1).

Mais plus elles seront rigoureuses et rigoureusement appliquées, plus elles aggraveront la position des emprunteurs, plus elles feront hausser le cours de l'intérêt, plus elles favoriseront la masse des usuriers, dont le nombre et la mauvaise foi s'accroîtront en raison des bénéfices plus grands que la loi leur procurera, et des victimes plus nombreuses qu'elle leur livrera.

C'est ce que l'on a nié, mais sans appuyer cette dénégation sur aucun argument. Tâchons de prouver qu'on s'est trompé.

Le prix que l'on paie pour le loyer des capitaux, à part même toute action de la loi pour le faire hausser ou baisser, se compose, ainsi que nous l'avons vu, de deux éléments mobiles.

Le prix qu'on stipule pour l'usage et l'utilité du capital prêté;

———

(1) La loi est sans doute appliquée quelquefois, mais elle est mille fois plus souvent violée : on ne sait même pas combien elle est violée souvent et impunément.

La prime qu'on y joint tacitement pour couvrir le risque de la perte de ce capital.

C'est ce qui rend le cours de l'intérêt essentiellement variable, non-seulement en raison des temps, des lieux, des circonstances, de l'abondance et de l'emploi des capitaux, mais encore selon la position particulière de chaque emprunteur, le degré de sa solidité, de sa probité, de sa capacité.

Ainsi, si en 1818, le gouvernement français empruntait à 8 p. 100, c'est parce que, au milieu d'une grande crise de politique réactionnaire, exposé à toutes les chances d'une instabilité orageuse, il présentait aux prêteurs des risques de perte qu'il était juste de compenser par une prime, jointe au prix intrinsèque de l'intérêt pour le capital. Et l'on peut, en considérant le prix de l'intérêt conventionnel établi généralement à 5 p. 100 par la situation des choses, évaluer à 3 p. 100 la prime que la position du gouvernement l'obligea à payer alors à ses prêteurs, en tout 8 p. 100.

Il ne faut pas croire que cette prime, exigée en tout état de cause par les prêteurs, et plus ou moins élevée selon les degrés du risque qu'ils courent, soit une injustice, une indélicatesse, une spoliation de leur part. Non, ce n'est que l'effet de la plus simple et de la plus ordinaire justice.

Il en est pour les risques de perte d'un capital prêté, comme des risques d'un capital exposé à l'incendie, exposé à la mer, exposé, en un mot, à une chance de perte quelconque; la prime d'assurance est un acte de justice, et il est impossible d'en fixer raisonnablement le taux par

la loi, car la prime est essentiellement variable par sa nature, selon la quotité variable du risque.

Voici l'opération intime selon laquelle elle s'établit.

Supposons qu'un capitaliste ait trois cent mille francs
à placer.

Le risque qu'il court de perdre son capital s'établit en
comparant le nombre des emprunteurs auquel il le confie,
au nombre de ceux de ces emprunteurs qui, quand vient
l'époque du remboursement, ne peuvent pas l'effectuer.

Pour évaluer la prime, ici comme en tout autre risque,
si sur cent débiteurs du même degré dans leur position
sociale, relativement à leur solidité et relativement à la
somme empruntée, un ne paie pas, ou si deux débiteurs
ne paient chacun que la moitié de ce qu'ils ont emprunté,
la prime est naturellement de 1 p. 100 à joindre au prix
intrinsèque de l'intérêt; si la proportion de la perte est de
deux, de trois, de quatre débiteurs sur cent, il est clair
que la prime devra justement hausser dans la même proportion.

Et qu'arriverait-il si, par l'effet de la loi, il était impossible d'évaluer et de fixer cette prime en proportion du
risque couru? S'il était interdit de rien percevoir au-delà
de l'intérêt intrinsèque du capital? Il arriverait que le
prêteur perdrait inévitablement une portion, non pas de
son revenu, mais de son capital lui-même, et que pour
éviter cette perte, à la longue nécessairement ruineuse, il
ne prêterait plus du tout.

Voici cependant la loi qui intervient et qui interdit l'é-
valuation morale de cette prime en même temps que l'appréciation de tous les éléments qui concourent à constituer le cours intrinsèque de l'intérêt lui-même.

Le premier effet de cette loi sera de priver de tout crédit les classes de la société qui en ont le plus de besoin ; car si les capitalistes se conforment à la loi, leur intelligence leur fera promptement comprendre qu'ils ne doivent plus prêter qu'aux emprunteurs dont la solidité est à toute épreuve ; mais que les jeunes gens, que les débutants dans l'industrie, que les travailleurs peu fortunés, que ceux qui exploitent des industries très-utiles à la société, mais très-chanceuses pour ceux qui s'y livrent, leur présentant sur le capital prêté un risque très-fort de perte qu'il est défendu de couvrir par une prime proportionnelle, doivent être rayés de leur livre de crédit.

Lors donc que ces industriels nécessiteux viendront demander à emprunter, ils trouveront fermées les caisses de tous ceux des capitalistes qui voudront bien respecter la loi, mais qui ne voudront pas se ruiner, en courant une chance de perte que rien ne compense. Vainement la masse des travailleurs, qui comprend mieux sa position que la loi ne la comprend, consentira à payer, de la main à la main, la prime interdite par la loi. Les capitalistes honnêtes, ainsi que le dit M. Dupin, se feront scrupule de violer la loi, ne voudront pas, d'ailleurs, s'exposer à la flétrissure éventuelle dont une condamnation judiciaire pourrait les stigmatiser, et refuseront de prêter à cette condition. Ils chercheront des placements différents où ils auront moins de risques de perte à courir, et, par conséquent, plus de facilité de se conformer au taux d'intérêt prescrit par la loi.

Le premier effet de cette loi sera donc de priver de crédit les classes de la société qui en ont le plus grand besoin, et de donner des chances de crédit plus étendues à celles qui

en ont déjà beaucoup;—tendance très-blâmablement aris-
tocratique, très-fatale au bien-être de l'humanité, ruineuse
surtout pour ceux des emprunteurs que la législation a
voulu protéger,—tant elle est inconséquente !

Le second effet de cette législation sera que les placements très-solides, qui peuvent dispenser de toute prime,
étant insuffisants pour l'emploi des capitaux, une grande
partie de ces capitaux resteront oisifs. Une partie de la
société en regorgera à n'en savoir que faire, et l'autre
partie de la société en sera misérablement privée.

Mais les choses ne peuvent rester ainsi : à tout prix.
il faut que les travailleurs industriels ou agricoles peu
fortunés travaillent; c'est une loi de leur situation même,
et la loi qui les empêche de se procurer les capitaux dont
ils ont besoin, redoublant la misère dont ils sont accablés,
leur rend le travail encore plus indispensable, précisément
en raison des obstacles qu'elle y met. Repoussés par les
capitalistes honnêtes qui ne veulent ni enfreindre la loi,
ni s'exposer à une chance de perte dont elle interdit la
compensation, tous les travailleurs, tous les petits industriels manufacturiers ou agricoles qui n'ont pas de capitaux, ou qui n'ont pas des capitaux suffisants, s'adresse-
ront forcément aux capitalistes moins scrupuleux, à ceux
qui, précisément parce que la législation les flétrit, n'ont
plus de considération à perdre et se font un moyen de
bénéfice en stipulant le prix du déshonneur dont elle les
frappe.

Voilà donc la masse des petits emprunteurs obligée de
recourir à une violation clandestine de la loi, tombant
entre les mains de ceux qui méprisent la loi, obligés de
désobéir eux-mêmes à la loi, démoralisés par la protection

insensée dont elle a voulu les couvrir, et qui les ruine!...

Et lorsqu'ils arriveront ainsi en solliciteurs auprès de ces capitalistes peu scrupuleux, que répondront ceux-ci? Chacun d'eux répondra,—et cette réponse sera beaucoup plus péremptoire que celle de Caton et de ses sectateurs, —chacun d'eux répondra :

— « Mes chers amis, je veux bien vous obliger; mais, en conscience, je ne puis être dupe de mon désir de vous être utile. Je ne veux que l'intérêt légitime de mon argent. Oh! mon Dieu, je ne suis point une sangsue fiscale comme celles du gouvernement, qui vous accable d'impôts et d'entraves; je ne suis point un loup cervier comme ces hauts seigneurs de la finance, si bien caractérisés par le président de la chambre des députés: je suis un pauvre petit capitaliste, je vis obscurément, simplement, du placement de quelques économies, amassées lentement par mon travail. Encore un coup, je vous les prêterai, par pure obligeance, par bonté d'âme; arrangeons-nous seulement pour que je ne sois pas dupe de ma philanthropie, et puni moi-même par cette loi barbare qui vous réduit à la détresse. »

Après ce préambule patelin, exorde obligé de tous les usuriers, depuis madame *La Ressource* jusques à et y compris .... tous ceux qu'il serait facile de signaler, s'ils n'avaient les moyens de poursuivre comme calomniateurs les écrivains qui se hasarderaient à une telle imprudence, et qui auraient le malheur, en signalant un délit dont la preuve est à peu près impossible, de tomber eux-mêmes dans un des abîmes ouverts par une législation imprudente;—après ce préambule, dis-je, on commence à compter, et voici comment le compte s'établit :

— « Il me faut d'abord 5 p. 100 net à moi, dit le capitaliste clandestin ; c'est bien le moins que je puisse avoir.
Vous voyez, mon cher ami, que je suis raisonnable.

» Mais, mon cher, les temps sont durs ; les rentrées
sont difficiles. Sur la quantité de ceux auxquels je prête,
je suis exposé à des non-valeurs, à des pertes perpétuelles.
L'an passé, un tel m'a fait perdre mille écus, tel autre
cent louis, tel autre quatre mille francs. Oui, mon cher,
quatre mille francs ! Ainsi, sur cent mille francs que j'ai
placés, j'en ai perdu presque dix. Déduisez les 5 p. 100
que j'ai reçus, vous voyez que je suis en perte moi-même
de 5 p. 100.

» C'est donc la moindre des choses que je stipule désormais plus prudemment, sans quoi je serais bientôt ruiné,
et je ne pourrais plus vous obliger vous-même.

» C'est donc 5 p. 100 à ajouter aux 5 p. 100 d'intérêt.
En tout, 10 p. 100, et, à ce prix, je n'ai même rien pour
moi.

» Et comme la loi nous défend de stipuler ce taux dans
un contrat, je vais retenir d'avance ces 10 p. 100. Voilà
donc les 3,000 fr. dont vous avez besoin, j'en déduis les
300 fr. d'intérêt ; prenez ces 2,700 fr., et faites-moi un
billet de mille écus.

» Mais, attendez donc !... attendez un peu ; vraiment,
j'oubliais l'essentiel, tant est grand mon désir de vous
obliger !... Et la loi qui me fera punir, si notre transaction lui est connue ? Et l'amende énorme dont le procureur
du roi requerra l'application contre moi, pour me punir
du service que je vous ai rendu ?.... Doucement, doucement, mon ami, je ne veux pas m'exposer pour vous :
allez chercher de l'argent ailleurs, à moins que vous ne

veuillez m'indemniser du risque que je cours d'être puni
pour vous; à moins que vous ne veuillez m'indemniser
d'une portion de l'amende énorme à laquelle je puis être
condamné! Qui sait? Vingt-cinq mille francs, peut-être!...
Nous n'irions pas bien loin pour en trouver un exemple. »

Alors un nouveau marché s'entamera, le malheureux
emprunteur fait encore un sacrifice, et celui-là est presque toujours énorme, pour indemniser l'usurier de la
chance des peines prononcées contre lui par la loi; de sorte
que, grâce à la position où cette loi inconséquente place
les parties contractantes, elle retombe de tout son poids
sur les malheureux qu'elle a voulu protéger!

Imaginez maintenant toutes les arguties que vous voudrez; évoquez le grand nom de Caton et toutes les vertus
illustres de nos anciens législateurs, vous ne changerez
rien à la nature même des choses, qui est plus puissante
et plus grande qu'eux. Inventerez-vous quelque redoublement de rigueurs contre le peu d'usuriers que vous pourrez
convaincre de leur délit?... Eh bien, je vais vous convaincre vous-mêmes que vous n'aurez fait qu'empirer le mal
auquel vous voulez remédier.

En effet, plus les peines seront rigoureuses et rigoureusement appliquées, plus les capitalistes honnêtes refuseront de s'y exposer; plus les petits industriels agricoles
ou manufacturiers auront de difficultés à se procurer les
capitaux dont ils ne peuvent se passer; plus ils seront
forcés de s'adresser aux prêteurs extra-légaux, plus ceux-
ci, se voyant fortement menacés, seront exigeants dans
leurs prétentions; ils feront même semblant de vouloir
cesser leurs prêts, afin d'exciter davantage la détresse des
malheureux qui tomberont entre leurs mains; plus ils

seront obligés d'envelopper leurs transactions des ténèbres de la clandestinité, plus ils seront enhardis par ces ténèbres à outrer, de plus en plus, la rapacité de leurs prétentions. Vous aurez inévitablement multiplié l'usure, en même temps que vous aurez augmenté le salaire de l'usurier; de même qu'en élevant un tarif de douanes, vous multipliez la contrebande; de même qu'en punissant plus sévèrement le contrebandier, vous augmentez le salaire qu'il prélève lui-même sur le prix de cette contrebande.

Et quand l'usure est ainsi aggravée par la loi qui la défend, qu'en résulte-t-il encore?.... Il en résulte que la position des emprunteurs devenant plus fâcheuse, leur travail s'accomplissant sous une condition plus dure, ils sont de jour en jour plus gênés, ils présentent de jour en jour moins de solidité aux prêteurs; il en résulte une plus grande chance de perte du capital prêté, par conséquent une exigence plus forte de la part de celui qui le prête, jusqu'à ce qu'enfin le capital soit perdu pour l'un ou pour l'autre: mais presque toujours pour les malheureux travailleurs, qui voient ainsi s'évanouir tous les fruits de leur travail, et dont la plupart, succombant à la peine, retombent forcément dans la classe prolétaire dont ils auraient pu sortir, si une loi plus sage avait régi la société!

Ah! si les limites que vous imposez au taux de l'intérêt pouvaient changer les éléments qui le constituent, les causes qui établissent la valeur elle-même des capitaux, le prix de leur loyer, les risques de leur placement!... Si, en décrétant que l'argent ne vaudra que 5 p. 100, vous aviez un moyen quelconque de faire que ceux qui n'en trouveront pas à ce prix pussent s'en passer; si vous aviez un moyen quelconque de persuader aux détenteurs des

capitaux que la valeur réelle de leurs capitaux n'existe pas
par elle-même, ne se modifie pas suivant les circonstances
éminemment et fréquemment variables de la société industrielle et politique, et que ces capitaux n'ont effectivement
que la valeur qui leur est attribuée par la loi; que les
chances de perte que les prêteurs rencontreront chez leurs
débiteurs n'existent pas non plus, ou bien que la loi leur
remboursera, sur le trésor de l'État, les pertes pour lesquelles elle leur défend de stipuler une prime jointe à
l'intérêt du capital.... Oh! alors, mes bons amis, votre
prétention de limiter par une loi le taux de l'intérêt pourrait être admissible !... Mais, hélas! réfléchissez un peu,
et voyez la profonde impuissance dont vous êtes frappés
en face de toutes ces difficultés! Ouvrez l'histoire, voyez
comment tous les législateurs ont lutté et succombé en face
de ces mêmes difficultés, et laissez-moi vous dire, avec le
moins d'amertume et d'ironie qu'il me sera possible, que
toutes les citations qui vous ont été faites par l'illustre
président de la chambre semblent avoir été choisies par
lui, tout exprès, pour vous engager à fuir l'imitation des
faiseurs de lois qu'il vous a proposés pour modèles !... Et
laissez-moi vous faire remarquer encore, sans amertume
et sans ironie, que si vous voulez prendre la peine d'analyser la dialectique oratoire de M. Dupin, vous verrez que
neuf fois sur dix, surtout quand il est question des intérêts positifs et industriels, il raisonne pour et conclut
contre, ou raisonne contre et conclut pour; cela ne manque presque jamais, et la chambre applaudit en conséquence, tant elle est forte en finances, en commerce, en
économie !...

Quels exemples, en effet, peut-on citer contre notre

thèse ?... Les Romains? Mais pourquoi l'intérêt, à Rome,
était-il si élevé, les créanciers si exigeants et si rigoureux?
Tout le monde le sait, parce qu'ils étaient menacés à chaque instant de perdre capital et intérêt, et qu'ils stipu-
laient la prime de ce risque toujours imminent. Les Mu-
sulmans? Mais ils sont dévorés par l'usure, précisément
parce que Mahomet a proscrit le prêt à intérêt. Les juifs
du moyen-âge, usurant les catholiques? Eh! c'est encore
par le même motif : la croyance catholique ayant proscrit
le prêt à intérêt, et les juifs, qui seuls le pratiquaient,
étant soumis à toutes sortes d'exactions et d'avanies, ceux-
ci compensaient par l'usure les risques qu'ils couraient et
le déshonneur dont on les frappait. — Partout les mêmes
causes ont amené les mêmes résultats; et si aujourd'hui
l'usure est moins fréquente, c'est qu'en réalité toutes les
fois que les prêteurs, en convenant d'un intérêt plus élevé
que celui que la loi permet, restent cependant dans la
fixation naturelle que doivent produire le genre du prêt
et la prime du risque couru, il n'y a contre eux ni déshonneur moral, ni poursuite légale; c'est, en un mot,
parce que la loi contre l'usure est impuissante.

Ici, je dois faire remarquer combien les idées sociales
de M. Dupin et de ses amis sont étroites et bornées, toutes
les fois qu'il faut sortir de la légalité positive et apprécier
le côté moral des questions. Je prie qu'on réfléchisse un
peu au passage suivant de son discours, que j'emprunte
fidèlement au *Moniteur* :

« Quand un taux est fixé (pour l'intérêt), l'excès est
» un délit. Tous les honnêtes gens s'abstiennent de le com-
» mettre.... Au contraire, ôtez la défense, tout deviendra
» permis; et quand il sera aussi honorable de prêter à

» 15 p. 100 que de prêter à 5, lorsqu'il n'y aura plus de
» loi qui ait établi la démarcation, l'honnête homme lui-
» même ne craindra pas de ruiner son débiteur!... »

De sorte que, selon M. Dupin, toute la moralité des
actions dépend de la défense que la loi en fait ou n'en fait
pas! Si la loi défend de ruiner son débiteur, un honnête
homme s'en abstiendra; mais si la loi ne le défend pas, un
honnête homme croira pouvoir ruiner son débiteur, sans
scrupule de conscience!

Oh! quelle misérable petitesse de pensée, quelle absence
de morale et de philosophie! Non, ce n'est point parce que
la loi défend l'usure, qu'elle est blâmable!... C'est parce
que tout acte qui méconnaît les bases de la morale et de
la justice est flétri par le cœur des gens honnêtes. La loi
ne punirait pas le vol et le meurtre auxquels M. Dupin
a comparé l'usure, que le meurtre et le vol n'en resteraient
pas moins criminels. Ce n'est pas le taux lui-même auquel
l'argent sera prêté qui est ou n'est pas un véritable délit
social; car le même chiffre d'intérêt peut être immoral,
coupable dans certains cas, et très-juste, très-légitime dans
certains autres : c'est le défaut de proportion entre la valeur réelle des capitaux et le taux exigé dans certains moments de détresse; c'est là, comme ailleurs, l'abus de la
force contre la faiblesse qui rend l'action réellement coupable et déshonorante. Si donc il était permis de stipuler
librement par contrat public un intérêt conventionnel,
celui qui prendrait 15 p. 100 pour un prêt qui, réellement, n'en vaudrait que 5, 6, 7, plus ou moins, n'en serait pas moins flétri par l'opinion, qui saurait très-bien
apprécier la moralité de l'acte et la valeur réelle de l'argent dans les circonstances données; mais, bien plutôt,

personne n'oserait commettre un pareil excès publiquement, pardevant notaire; on ne ferait pas à la face du
soleil, ce qu'on fait dans les ténèbres. L'opinion serait
d'autant plus sévère, que la liberté de placer les capitaux
au taux qu'ils valent réellement, ôterait toute excuse à
celui qui dépasserait ce taux. Et comme les capitalistes
honnêtes (1) reviendraient alors aux placements entre les
mains des petits industriels, dont les risques pourraient
être compensés par une prime raisonnable, ces petits industriels, qui font en commerce et en agriculture la masse
des emprunteurs, échapperaient à la nécessité de s'adresser
aux usuriers, qui, dès-lors, voyant diminuer leur clien-
tèle, seraient obligés de diminuer proportionnellement le
taux de leur rapacité. De sorte que ceux qui paient aujourd'hui l'argent 15 p. 100, parce qu'on veut obliger les
capitalistes à le leur prêter à 5, emprunteraient alors à
6 ou 7 p. 100, très-rarement 8. Voilà le coup qui serait
immédiatement porté à l'usure par la liberté de l'intérêt
conventionnel. Et comme alors tout à la fois un grand
nombre de capitaux oisifs trouveraient de l'emploi, et que,
d'un autre côté, les petits industriels seraient moins pres-
surés, le travail, la production, la consommation s'accroî-
traient, et l'intérêt diminuerait de nouveau en raison des
nouveaux capitaux qui seraient créés par le travail et par
la facilité de leur circulation.

A quoi j'ajoute, que si la loi veut que le taux de l'in-

_____

(1) Car notez bien que, dans l'état actuel des choses, les capitalistes honnêtes
ne violent pas les lois, en ce sens qu'ils ne prêtent pas au-dessus du taux qu'elle
a fixé; mais ils ne s'y conforment pas non plus et ne prêtent pas à ce taux dans
les cas où il n'est pas suffisant pour couvrir le risque. Alors ils s'abstiennent, et
les capitaux restent oisifs, et les travailleurs manquent de ressources, ou vont les
chercher chez les usuriers: cela est immanquable.

térêt baisse dans les transactions sociales, elle ne devrait pas frapper ces transactions de droits d'enregistrement et de timbre, qui aggravent la position de l'emprunteur, au détriment du capitaliste lui-même, car plus l'emprunteur voit ainsi son opération surchargée de frais, moins il offre de solidité pour le risque, plus par conséquent la prime du risque augmente, et les placements deviennent difficiles (1).

Je me borne à ces principaux traits de la question. Dans le prochain paragraphe, nous approfondirons la conversion des rentes, sous le même rapport de la baisse des intérêts, et nous montrerons dans quelles erreurs grossières on a poussé l'opinion publique à cet égard.

§ V.

De la Conversion des Rentes.

Je n'examinerai ici la conversion des rentes, ni sous le rapport de la morale, ni sous le rapport de la politique.

Je ne m'attacherai point à prouver que, sous le point

(1) Tout ce qui a été dit dans ces paragraphes est étranger au droit qu'a la loi de fixer un intérêt légal pour les cas où les parties n'en ont pas stipulé elles-mêmes; alors la liberté des conventions n'est en rien violée. Ainsi, quand il y a condamnation par les tribunaux à payer un capital, à partir d'une époque déterminée, avec les intérêts, la loi a pu fixer un taux qui, restât-il au-dessous de la valeur réelle des capitaux, n'est point une injustice envers celui qui reçoit le paiement puisqu'il n'avait rien stipulé, et que la loi le traite encore plus avantageusement qu'il ne s'est traité lui-même. On comprend que ceci est une tout autre question

de vue moral, elle est improbe et fausse; — je l'ai déjà
prouvé.

Que, sous le point de vue politique, elle est probablement impossible, et très-certainement dangereuse; — cela
n'est que trop clair.

Je dirai seulement que si cette opération est une fois
entamée, le crédit intérieur de la France, et son action
extérieure sur l'Europe, seront enchaînés et garrottées de
manière à rendre tout mouvement défensif ou aggressif
impossible au gouvernement; car les risques politiques et
les dépenses d'une pareille situation ôteraient au crédit
public l'action intérieure dont il aurait besoin pour la
conversion des rentes.

Laissons donc de côté toutes les considérations morales
et politiques qui demanderaient de trop grands développements; appliquons-nous seulement à la démonstration
de cette vérité : « La conversion des rentes, à quelque taux
qu'elle soit opérée, ne fera pas baisser d'un centime l'intérêt des capitaux en France. »

Si l'on veut se donner la peine de réfléchir aux éléments
qui constituent le cours de l'intérêt des capitaux, on sentira que la conversion des rentes n'y peut rien changer,
car elle ne crée point de nouveaux capitaux, elle ne change
rien à la quantité, à l'utilité, aux risques des emplois de
ces capitaux dans la production agricole et industrielle du
pays.

Cela est évident au premier coup d'œil, mais à mesure
que nous allons avancer dans notre sujet, cette évidence
frappera de plus en plus vivement tous les yeux.

En effet, on voit bien d'abord que la conversion dépend
de toutes les circonstances qui déterminent le cours de l'in-

térêt, et que les circonstances ne dépendent en rien de la conversion.

Pour que le gouvernement puisse réduire la rente de 5 p. 100 à 4, il faut qu'il ait, dès aujourd'hui, la possibilité d'emprunter à 4 p. 100. S'il n'a pas cette possibilité, le remboursement dont il menace ses créanciers ne sera plus qu'une dérision dont ils se moqueront ; car s'il emprunte au-dessus de 4 p. 100, quel avantage pourrait-il avoir à les réduire à ce taux, en perdant d'un côté ce qu'il ferait semblant de gagner de l'autre, plus tous les frais de l'opération ? La réduction réelle serait toujours réglée par le taux de l'emprunt qu'il doit avoir les moyens d'effectuer pour rendre la conversion possible.

Cela posé, on voit donc que la conversion du 5 p. 100 à 4 nécessite, pour point de départ, que l'intérêt soit déjà à 4 p. 100 en France, et, de plus, que la position de l'État ne l'oblige pas à payer à ses prêteurs une prime quelconque, en sus de ce cours, pour les risques éventuels de la politique.

Mais si la conversion du 5 ne peut s'opérer que grâce au cours déjà établi et positif de 4 p. 100 pour l'intérêt des capitaux en France, ce n'est donc pas la conversion qui fera baisser l'intérêt à ce taux ; c'est, au contraire, cette baisse, déjà existante antérieurement à la conversion, qui rendra seule la conversion possible.

Maintenant, supposons-la opérée, accomplie, et cherchons quel sera son effet, sa réaction sur le cours de l'intérêt des capitaux.

1° Elle n'aura pas créé le moindre capital de plus dans l'État, car ce que les rentiers auront perdu sera partagé entre les contribuables et les financiers qui auront consommé l'opération, rien de plus, rien de moins;

2° Elle n'aura créé aucun nouvel emploi, elle n'aura fermé aucun emploi déjà existant, ce qui n'a aucun besoin d'être démontré;

3° Elle n'aura changé ni l'utilité, ni le risque de ces emplois, ce qui est tout aussi évident.

Comment donc après s'être opérée, grâce à une baisse d'intérêt déjà existante dans l'État, occasionerait-elle une baisse nouvelle qui ne peut être amenée que par des circonstances sur lesquelles la conversion de la rente ne peut rien, pas plus après qu'avant? Qui ne voit, au contraire, que la possibilité d'une conversion future à un taux plus bas que la conversion actuelle, dépendrait dans l'avenir, comme celle-ci aurait dépendu dans le passé, de l'ensemble de toutes ces circonstances sociales, et qu'avant qu'une nouvelle réduction de la rente fût praticable, il faudrait qu'une nouvelle baisse de l'intérêt fût effectuée dans le cours général de l'intérêt dans l'État?

Les conversionnistes prennent perpétuellement la cause pour l'effet et l'effet pour la cause.

Mais, diront-ils, l'État ne payant plus que 4 p. 100 au lieu de 5, fera une concurrence moins nuisible aux emprunts particuliers; les capitaux quitteront les placements sur l'État, et se porteront vers l'industrie et la propriété.

C'est toujours le même cercle vicieux, la même pétition de principes exprimée par d'autres paroles.

Car, d'abord, l'intérêt que paie l'État ne dépend pas du chiffre 5 ou du chiffre 4, inscrit sur le titre de rente : il dépend du cours auquel ce titre de rente se négocie.

Or, le cours auquel ce titre de rente se négocie, auquel il s'achète, se vend, s'achète de nouveau et se revend encore, dépend des circonstances générales qui établissent, en France, le cours de l'intérêt des capitaux.

Certainement, si, en changeant le chiffre inscrit sur votre titre de rente, vous pouviez décréter aussi le cours de la négociation de ce titre, alors vous resteriez maître de réduire effectivement l'intérêt payé par l'État au taux que vous voudriez; mais je ne pense pas que personne ait jamais cette prétention, par trop absurde.

Vendrez-vous le 4 p. 100 au même prix que vous vendriez le 5 p. 100? Non, pas plus que vous n'obtiendriez six pièces de vingt sous d'une pièce de cinq francs, sur laquelle vous auriez mis le signe de *six*; pas plus que vous n'obtiendriez cinq pièces de vingt sous d'une pièce de cinq francs à laquelle vous auriez bien laissé son signe de *cinq*, mais dont vous auriez altéré la valeur par une diminution d'un cinquième de pureté dans le métal. En dépit de la perte que vous auriez fait éprouver aux prêteurs dont vous teniez déjà les capitaux en vertu d'une convention antérieure que vous auriez violée, vous n'obligeriez jamais les capitalistes qui ne sont pas encore engagés avec vous à prendre la nouvelle rente, ou la nouvelle monnaie, au même prix qu'ils prendraient l'ancienne. La négociation deviendra d'autant plus onéreuse que l'intérêt aura été plus fortement réduit, ou que la monnaie aurait été plus fortement altérée; et l'équilibre se rétablira, malgré vous, au taux où le cours réel de l'intérêt en France devra porter les capitaux, au taux où la valeur réelle du métal devra porter la monnaie. Il ne dépend de vous de falsifier impunément ni l'un ni l'autre.

Cependant, direz-vous, le 4 p. 100 se négocie plus avantageusement que le 5 p. 100; le 3 p. 100 se négocie plus avantageusement que le 4. Comparez les cours de la bourse, vous verrez que le 3 donne ainsi un intérêt plus faible que le 4, et le 4, un intérêt plus faible que le 5. — La différence n'est pas, sans doute, égale à la différence des chiffres; mais il y a toujours une différence dont l'État peut profiter, et qui pourra réagir en baisse sur le cours de l'intérêt particulier.

Pure chimère! complète illusion!

Cette différence, toute fictive, ne tient pas au chiffre de la rente, elle tient aux circonstances inégales dans lesquelles des combinaisons arbitraires ont placé les diverses natures de fonds publics : les uns jouissant de la faveur de l'amortissement, les autres en étant privés; les uns étant menacés d'un remboursement imminent au-dessous de leur valeur réelle, les autres étant exemptés de cette crainte, et voyant, au contraire, dans le remboursement futur une chance de bénéfice au-dessus de leur valeur actuelle sur le marché.

De sorte que le prix plus élevé de l'intérêt, pour les uns, n'est que la compensation de la position plus désavantageuse où on les a placés sous le rapport du capital.

De sorte que le prix plus élevé de l'intérêt, pour les autres, est compensé par les conditions avantageuses qui leur sont offertes pour leur capital, dont l'augmentation est réalisable au détriment de l'État par l'effet de l'amortissement qui lui fait perpétuellement racheter la rente au-dessus du prix auquel il l'a vendue.

Mais égalisez les conditions, et ne laissez aux diverses classes de fonds publics d'autre différence que la différence

du chiffre de la rente qu'ils donnent; supprimez également
pour tous l'action de l'amortissement, supprimez également pour tous la possibilité du remboursement obligatoire, et vous verrez à l'instant que le cours de l'intérêt
s'égalisera entre eux. Négociez du 10 p. 100 si vous voulez, ou du 5 p. 100, alors cela reviendra au même. Un
titre de 10 vaudra deux titres de 5, voilà tout.

Lorsque les agioteurs vous disent qu'il est très-avantageux pour l'État d'avoir diverses classes de fonds, diverses combinaisons dans les avantages ou désavantages
qui y sont joints, afin de donner au gouvernement les
moyens d'utiliser ces différences pour emprunter à meilleur marché, ils vous trompent impudemment. L'État ne
gagne rien à cela. Ce qu'il a l'air de gagner sur l'intérêt,
il le perd, et quelquefois bien au-delà, sur le capital, ou
sur les autres avantages qu'il est obligé de stipuler pour
ceux qui lui vendent leur crédit, et qui ne cèdent sur un
point qu'afin d'obtenir un plus grand bénéfice sur un autre. — Ce n'est pas à l'État qu'est avantageuse toute cette
science factice dont on a surchargé nos combinaisons financières; c'est aux spéculateurs, aux banquiers, qui ont
seuls la clé de ce labyrinthe où s'égarent la plus grande
partie des citoyens qui n'en ont pas une habitude spéciale,
et c'est pour conserver l'occasion, sans cesse renouvelée,
d'accumuler de grands bénéfices aux dépens de la fortune
publique et des fortunes privées, que les agioteurs français font l'éloge de la science trompeuse qu'ils ont inventée
dans nos temps modernes. Les avantages de la conversion,
sous le point de vue de la réduction de l'intérêt, sont
aussi faux que ceux de l'amortissement pour la prétendue
extinction de la dette. Il fut un temps où l'on était engoué

des merveilles de l'amortissement, et Dieu sait tous les bénéfices dont cette fausse croyance a été la source pour ceux qui l'ont exploitée à nos dépens!... On voyait dans ce rachat insensé une mine féconde de ressources pour diminuer le débet de nos finances. Maintenant tout le monde comprend la vanité, la nullité, le mensonge de l'amortissement. — Eh bien, il en sera de même un jour pour la conversion. — L'un vaut l'autre, et pas davantage.

Les fonds publics donnant moins d'intérêt, les capitaux, dit-on, les quitteront pour se porter vers les emplois particuliers de l'industrie et de l'agriculture.

Ainsi que nous venons de le voir, la perte se bornera aux titulaires de la rente au moment de la conversion, mais les fonds publics ne donneront pas moins d'intérêt à ceux qui voudront en acheter après la conversion, parce que si l'intérêt est réduit, le titre se vendra moins cher d'autant, à moins qu'on n'y joigne une chance de bénéfice pour le capital, ce qui, alors, attirera les capitaux autant et plus qu'auparavant vers les fonds publics. — Ceci demande quelques nouvelles explications, car c'est là le point culminant de la difficulté et de la solution véritable.

En premier lieu, les capitaux une fois engagés dans les fonds publics ne pourront pas les quitter.

Pour faire sortir vos capitaux de la rente, il faut que vous la vendiez. Pour que vous la vendiez, il faut qu'un autre l'achète. Il faut donc que votre acheteur porte à la bourse un capital précisément égal à celui que vous en retirez : donc le capital qui sort de la rente d'un côté y rentre de l'autre.

Si, par suite des événements, il y a moins de capitaux qui veulent entrer dans la rente qu'il n'y en a qui veulent

en sortir, alors la rente baisse en proportion de cette différence, et une partie de la valeur capitale que le cours
lui avait momentanément donnée s'anéantit; mais cette
portion de valeur ne sort pas de la rente pour se porter
ailleurs; elle est tout bonnement détruite, et ne profite à
personne. Il n'en est pas moins vrai que celui qui vend
sa rente pour porter son capital à l'industrie ou à l'agriculture, ne retire jamais de la rente que le capital que son
acheteur y place, et que, par conséquent, il ne rentre jamais dans le commerce qu'un capital égal à celui qui le
quitte pour se porter aux fonds publics.

Il en est de même en cas de hausse : le vendeur retire
une somme plus élevée de la rente pour la porter aux autres emplois; mais l'acheteur retire une somme pareille
des autres emplois, pour la placer dans la rente. C'est une
double et réciproque nécessité de laquelle vous ne sortirez
jamais.

J'ai expliqué déjà les moyens véritables de caser la
rente, je n'y ajouterai que quelques mots.

Ce qui fait, en thèse générale, qu'une propriété quelconque est estimée par son possesseur, ce qui l'y attache,
ce qui l'éloigne de la vendre, — c'est le revenu qu'elle donne.
Cela est vrai de la rente, comme cela est vrai d'une mé-
tairie ou de tout autre objet. — Le moyen d'ôter la rente
de la circulation, de la rendre une valeur vivant en quelque sorte en dehors de l'action des capitaux mobiles, ce
serait donc de lui laisser, s'il était possible, un revenu plutôt au-dessus du cours général de l'intérêt qu'au-dessous;
alors la rente se classerait presqu'entièrement, et tous les
capitaux qui n'y seraient point placés deviendraient disponibles pour le commerce et l'agriculture. — Mais ima-

giner de réduire forcément l'intérêt de la rente pour faire refluer les capitaux vers l'agriculture et le commerce, c'est, de toutes les déceptions essayées de nos jours par l'agiotage, la plus folle, la plus insensée, la plus dérisoire !...

Je borne ici cette discussion, déjà fort longue. Cependant, il y a encore d'autres questions d'économie financière qui se rattachent à celle-ci, et qui ont grand besoin d'être dégagées de tous les sophismes dont on les a obscurcies.

6ᵐᵉ QUESTION.

DE LA CENTRALISATION DE LA FABRICATION DES MONNAIES DANS PARIS.
DES BANQUES PROVINCIALES.

§ 1ᵉʳ.

Exposé de la Question.

—

QUAND je me suis élevé contre le déplorable système de la centralisation administrative, en m'approuvant, quant au fond même de la discussion, quelques personnes ont pu penser que la réalisation de l'affranchissement départemental aurait aussi des inconvénients, et qu'il était convenable de méditer avec lenteur et maturité les moyens qui doivent servir de transition d'un système à l'autre.

Je n'ai point d'objection contre cette pensée qui me paraît éminemment sage et patriotique. Si on lit avec attention les écrits publiés par moi sur cette matière, il sera facile de voir que ce n'est point une réforme brusque et inconsidérée que je réclamais, mais un acheminement graduel vers un meilleur système d'administration locale.

J'aurais même mis encore plus de modération dans mes paroles, si j'avais pu penser que le gouvernement avait enfin compris les vices de la centralisation administrative, s'il avait paru désireux de les atténuer graduellement, à mesure que le cours des évènements et la disposition morale des esprits dans l'intérieur lui aurait laissé le champ libre pour opérer, sans danger, cette amélioration depuis long-temps attendue.

Mais, loin de là, nos hommes d'État ne défendent pas la centralisation comme une imperfection administrative que les circonstances obligent à conserver encore : ils la défendent comme le type de perfection du système administratif lui-même, comme le seul moyen de conserver l'unité politique du pays. Et, contre de telles hérésies législatives, contre de telles maximes si illibérales, je suis certainement excusable de m'être exprimé avec quelque chaleur.

Et maintenant que l'on se propose de donner à la centralisation une nouvelle et funeste action sur la fabrication monétaire, ne me permettra-t-on pas de réclamer contre ce progrès du mal (1)? Ne me sera-t-il pas permis de crier à haute voix que si l'on ne veut pas atténuer les vices du système centralisateur, on ne devrait pas au moins travailler à les aggraver encore, à leur donner un degré d'intensité que jusqu'à présent ils n'ont jamais eu?

Voici ce dont il s'agit :

Jusqu'à présent, les matières d'or et d'argent étaient converties en monnaies françaises dans douze hôtels de fabrication, placés dans les principales villes de France.

Ainsi, dès leur arrivée dans le royaume, ces matières d'or et d'argent étaient mises de suite à la disposition des besoins locaux et alimentaient les provinces du numéraire qui leur est indispensable, sans lenteur, sans frais ni risques de déplacement.

_____

(1) Ces lignes ont été publiées en 1833.

Je ferai comprendre dans un instant les avantages de ce système.

Le projet qu'on veut y substituer consiste à supprimer tous les hôtels de monnaies qui existent dans les départements, et à les remplacer par un seul atelier de fabrication établi.... à Paris !

Si l'on veut chercher quels sont les motifs réels de cette étrange détermination, il est très-difficile de s'en rendre compte. Vainement allèguerait-on l'économie des frais. Cette économie est complètement illusoire : je vais le démontrer dans un instant. Et, d'ailleurs, une si chétive, une si imperceptible économie pourrait-elle entrer en compensation avec le danger de fausser, dans un point capital, l'économie publique de nos finances commerciales ?

On a peut-être été séduit par l'exemple de l'Angleterre, et ce n'est pas la première fois qu'on voudrait copier, à contre sens, ce qui se fait dans ce pays.

En effet, il n'y a en Angleterre qu'une seule fabrication de monnaie, et elle est placée à Londres.

Mais on aurait dû réfléchir qu'en Angleterre, presque toute la circulation, en province tout autant que dans la capitale, se fait avec du papier de banque dont les billets, étant expressifs des plus faibles sommes, peuvent suffire à tous les besoins journaliers des habitants. En France, notre économie publique repose sur de tout autres bases. Les billets de banque de mille francs et de cinq cents francs n'ont guère cours usuel que dans quelques grandes villes. Encore ne servent-ils qu'aux grandes transactions commerciales. Mais l'immense détail des travaux, des achats, des fournitures de chaque jour dans nos villes et dans nos campagnes, se paie toujours en numéraire, et cent fois plus en argent qu'en or, ce qui nécessite une fabrication plus prompte et matériellement plus considérable.

Si donc cette fabrication est uniquement concentrée dans Paris, la circulation indispensable du numéraire sera immanquablement gênée et ralentie dans les départements, surtout dans les départements éloignés; et l'on peut en concevoir facilement le contre-coup commercial pour la sécurité de nos banques elles-mêmes, qui deviendront alors impuissantes pour le public, puisqu'elles seront, en certains cas, impuissantes pour elles-mêmes.

Calculons pour Bordeaux. — Nos expéditions pour le Mexique et le Pérou sont fréquemment soldées par des retours en piastres ou en lingots. Versés à l'hôtel des monnaies, ils sont promptement convertis en numéraire, sans frais, sans risques, sans déplacement.

Supprimez l'hôtel des monnaies à Bordeaux, ainsi que se le propose M. le Ministre des finances, il faudra que ces matières d'or et d'argent soient envoyées à Paris pour subir l'action de la centralisation monétaire.

Or, on connaît les frais, les retards, les risques, les assurances de tels déplacements, surtout s'ils avaient lieu pour des valeurs considérables.

D'un autre côté, si l'hôtel des monnaies de Paris se trouvait accidentellement encombré, ce qui ne serait pas étonnant puisqu'il devrait suffire aux matières d'or et d'argent envoyées de tous les points de France, n'en résulterait-il pas et de nouveaux retards et peut-être de nouvelles exigences de la fabrication monopolatrice sur le commerce, gêné par les délais et par les doubles frais supportés?

Si l'on réfléchit, en outre, que Paris est le centre de toutes les agitations; le foyer nécessairement occupé par tous les fauteurs de troubles et de bouleversements, qui rêvent de nouvelles révolutions; le but naturel de toutes les invasions armées de l'étranger, en cas de guerre avec l'Europe, peut-on concevoir le projet insensé d'entasser dans Paris toutes les matières d'or et d'argent, et toute la fabrication des monnaies? Et il ne faut pas dire que ce risque est illusoire; la double occupation de Paris par les armées étrangères est un argument contraire, malheureusement trop irréfutable. Le gouvernement lui-même convient évidemment de la possibilité d'un évènement semblable, puisqu'il a manifesté l'intention de fortifier la capitale.

Il faudrait donc, en cas de guerre, en cas d'émeute, en cas de convulsions politiques de tout genre, que le commerce de Bordeaux, par exemple, envoyât à Paris ses matières d'or et d'argent pour être fabriquées? Et croit-on qu'il serait assez insensé, assez fou pour le faire? Non, sans doute; et le résultat de la combinaison que l'on propose serait de nous priver instantanément de fabrication, de circulation de numéraire, dans les moments pénibles où nous en éprouverions le plus grand besoin, puisque, alors toutes les ressources du crédit seraient considérablement restreintes, si même elles n'étaient anéanties.

En Angleterre, aucun de ces risques n'existent : la capitale est à peu près inattaquable; la mer lui sert de rempart. Elle n'a pas besoin de forts détachés. La même mer porte directement à l'hôtel des monnaies les matières d'or et d'argent, sans qu'il soit nécessaire de leur faire faire cent cinquante lieues de trajet par terre, comme de Bor-

deaux à Paris. En Angleterre enfin, la fabrication du numéraire est infiniment moins nécessaire aux provinces,
parce que la plus grande partie de la circulation, même
pour les paiements de petit détail, s'y fait en billets de
banque divisés en très-petites sommes, ce qui n'existe
point et ne pourra de très-long-temps encore avoir lieu
en France.

Sous le simple rapport administratif, que d'inconvénients la mesure proposée ne produira-t-elle pas? Jusqu'à
présent les directeurs des monnaies présentaient au gouvernement et au commerce double et triple garantie. Leur
moralité d'abord, parce qu'ils étaient choisis avec discer-
nement; leur cautionnement ensuite; enfin, la division
des matières métalliques qui se trouvaient confiées, non
pas à un seul directeur, non pas à un seul établissement
placé à une très-grande distance des points d'action commerciale, mais à douze établissements, à douze directeurs
placés dans ces principaux centres commerciaux (1), sous
les yeux des capitalistes des provinces, qui, suivant facilement leur manière d'opérer, pouvaient apprécier par eux-
mêmes le degré de confiance qu'ils devaient leur accorder.

Dans le système proposé, toutes ces garanties vont disparaître. Un seul établissement, un seul homme concen-
trera sur sa tête la responsabilité de toute la fabrication
monétaire. Cet établissement, cet homme, seront placés à
une grande distance des points commerciaux de France,
et mis immédiatement sur le cratère du gouffre politique
où déjà tout s'entasse dans la main du pouvoir central et
des factions qui cherchent sans cesse à s'en emparer.

---

(1) Depuis 1833, on a supprimé six hôtels de monnaies.

Que l'on remarque qu'avec un entassement accidentel de matières d'or et d'argent, tel que celui qui peut s'opérer dans un hôtel unique des monnaies placé à Paris, il n'y a aucun cautionnement possible, si haut qu'on le porte, qui puisse servir de garantie. La chose est trop claire d'elle-même pour que je perde mon temps à l'expliquer. Tandis que, dans l'état actuel des choses, la division de la fabrication et la prompte délivrance des monnaies fabriquées, qui n'ont pas besoin d'être transportées, obvient à ce grave danger.

Ce danger s'aggrave beaucoup encore, si l'on fait attention que, pour obtenir un avantage quelconque d'économie dans la fabrication des monnaies, le gouvernement sera inévitablement disposé à mettre en adjudication au rabais le monopole centralisé de cette fabrication. — Alors la garantie de moralité que l'on puisait dans le choix des titulaires qui étaient nommés par le gouvernement, d'après des antécédents connus et appréciés de tout le monde, disparaîtra; et l'on n'aura plus de garanties que le cautionnement, c'est-à-dire la plus faible de toutes, dans la situation fausse où l'on se sera placé.

Mais cette économie mesquine serait-elle encore réelle? —Pas du tout; car on peut la considérer sous le double rapport, ou des frais eux-mêmes de la fabrication, ou des frais de la surveillance que le gouvernement doit exercer naturellement sur les douze hôtels de monnaie qu'il s'agit de supprimer.

Or, quant aux frais de fabrication d'abord, le trésor public est tout-à-fait en dehors de ces frais. Ces frais sont supportés par le commerce lui-même sur le prix des matières métalliques qu'il confie à la fabrication, et qui lui

sont payées d'après un tarif légal, connu à l'avance par
lui, et d'après lequel les directeurs des monnaies sont in-
demnisés de la fabrication et du déchet. Le trésor public
n'a donc là rien à gagner et rien à perdre. Quant au commerce, je crois pouvoir garantir, pour celui de Bordeaux
au moins, qu'il aimerait mille fois mieux conserver à
Bordeaux la fabrication de ses monnaies, que d'obtenir,
par un changement dans le tarif des espèces, une modification illusoire, dix fois anéantie par les vices, les délais,
les retards, les frais, les dangers du nouveau système qu'on
cherche à faire prévaloir.

Restent donc les frais de la surveillance exercée par le
trésor central, par le ministre des finances, sur les hôtels
des monnaies dont on veut supprimer la fabrication.

Cette surveillance, à la charge du gouvernement, est
exercée par trois fonctionnaires, dont les appointements
additionnés s'élèvent environ à la faible somme de dix
mille francs en tout.

Or, de cette économie imperceptible déduisez la retraite
qu'il faudrait donner à ces trois fonctionnaires, le traite-
ment qu'il faudrait accorder au surveillant que l'on voudrait nécessairement placer auprès de la fabrication centrale des monnaies à Paris, que resterait-il, je vous prie?

Ajoutez encore ceci : c'est qu'il faudrait que le trésor
public remboursât aux directeurs actuels des douze établissements supprimés, la valeur d'un matériel de fabrication considérable, qui s'élève à plus de cent mille francs
par hôtel, et jugez un peu du nouveau genre d'économie
qu'on veut mettre en vigueur, le tout pour achever de
centraliser dans Paris, dans ce gouffre toujours insatiable
et béant, le reste de nos ressources commerciales et financières !

§ II.

Principes généraux.

—

Examinons maintenant les arguments d'économie sur lesquels on appuie le projet de la concentration dans Paris de la fabrication monétaire de toute la France.

Commençons d'abord par quelques principes généraux.

Il ne suffit pas pour qu'une mesure soit bonne en économie politique, qu'elle concoure à l'accroissement des richesses, soit en occasionant dans une certaine spécialité une production plus forte, soit en économisant les frais de cette production spéciale.

Elle pourrait réunir ces deux caractères et être encore une fort mauvaise mesure, si, pour obtenir cet avantage, elle nuisait en d'autres points à la moralité publique, à la liberté, à la sécurité des relations commerciales, à l'indépendance de la nation dans ses rapports avec l'étranger.

Elle serait même mauvaise si elle n'obtenait une économie insignifiante dans les frais d'une fabrication spéciale qu'en viciant une part du service administratif qui y serait relatif.

En examinant la centralisation des monnaies dans Paris, nous verrons qu'elle réunit à peu près tous ces vices, et quelques-uns au plus haut degré. Nous verrons que ces vices détruisent l'effet de la prétendue économie dont on fait si grand cas, et que, quant à moi, je persiste à trouver misérable et mesquine, comparée surtout aux inconvénients par lesquels il faudrait l'acheter.

En quoi consiste cette économie? D'abord :

La réduction des émoluments payés pour la surveillance des douze monnaies des départements; plus, la suppression des douze administrations, de leurs hôtels, de leur matériel, etc.;

Plus, la réduction des frais de fabrication, ce qui porterait le kilogramme d'argent de 197 fr. à 198 ou 199 fr., à ce que l'on espère, mais ce qui ne me paraît nullement certain.

Admettons tout cela, et voyons la contre-partie.

D'abord, s'il n'y avait plus à supporter les frais des hôtels dans les départements, il faudrait avoir à Paris, pour suffire à la fabrication totale des monnaies de France, un établissement beaucoup plus grand que pour la fabrication partielle qui s'y fait aujourd'hui. — On sait le prix de telles locations à Paris. Il y faudrait une augmentation semblable dans le matériel et dans le personnel.

Il faudrait en outre rembourser aux douze directeurs des départements, tout le matériel dont ils ont été obligés de se pourvoir.

Enfin, il faudrait surveiller, et très-sévèrement, une aussi immense fabrication, ce qui ne se ferait pas gratis (1).

Croit-on qu'une fois ces compensations faites, il résulterait de la mesure une bien grande économie?

Sur quoi se base-t-on pour croire que les frais de fa-

---

(1) Il est vrai que l'on a proposé de faire surveiller le directeur unique de l'hôtel des monnaies de France par un employé salarié par ce directeur. Faire payer le surveillant par le surveillé, est une conception nouvelle qu'on ne saurait trop admirer! A cela, joignez l'adjudication de la fabrication, qui détruira toutes les garanties morales dont la France est en possession maintenant, ainsi que je l'ai déjà exposé, et vous verrez les conséquences de toutes ces économies sur la sécurité publique, quant aux capitaux à fabriquer et à l'exactitude des monnaies.

brication d'un et demi pour cent tomberaient à trois quarts ou même à demi pour cent (1)?

Le voici : — Sur ce qu'il n'y aurait qu'un seul hôtel de fabrication à Paris, ce qui produirait une grande amélioration dans tous les frais. Car on n'admet pas même que « deux ou trois hôtels de monnaies pussent concurrem- » ment fabriquer à des conditions aussi favorables qu'un » seul hôtel ; car, indépendamment de l'économie dans la » manipulation, la grande masse des capitaux sur lesquels » on opère à Paris permet de réduire les frais d'affinage, » les commissions, les bénéfices de banque, les transports, » etc. Il est clair du reste, qu'en quoi que ce soit, en » achetant en gros on paie moins qu'en achetant en dé- » tail. »

De sorte qu'il est convenable de concentrer la fabrication des monnaies à Paris, 1° parce qu'un seul établissement a plus d'avantages que plusieurs ; 2° parce qu'à Paris on opérera sur de plus grands capitaux.

Voilà qui est admirable ! Mais comme ce même raisonnement peut s'appliquer à toute espèce d'établissement, à toute espèce d'administration, à toute espèce de fabrication, il est clair, d'après ce beau système, qu'il y a les mêmes motifs pour tout concentrer, pour tout centraliser, pour tout absorber au profit de la capitale !...

Voyons. — Puisque nous sommes en progrès d'économie, pourquoi garderions-nous quatre-vingt-six préfectures en France ? Bon Dieu, que c'est cher ! Quatre-vingt-six pré-

---

(1) Notez bien que pour nous, à Bordeaux, cette réduction, existât-elle, serait illusoire, car elle serait absorbée par la perte des avantages que nous avons à faire fabriquer à Bordeaux.

fets, quatre-vingt-six hôtels de préfectures, quatre-vingt-
six administrations et leur personnel ! Réduisons le nombre des préfets à moitié, au quart. Pourquoi ne nous con-
tenterions-nous pas d'une seule préfecture à Paris, pour
administrer tous les départements, de même que.d'un seul
hôtel des monnaies pour toute la France ? Les départements en souffriront un peu, c'est possible ; mais voyez
quelle économie ! Quatre-vingt-cinq hôtels de préfectures
à vendre, quatre-vingt-cinq administrations à réformer :
cela sera admirable !

Encore, dans ce cas, n'y aurait-il que concentration
d'administration. Mais, pour les monnaies, il y aura concentration d'administration et de fabrication, ce qui rendrait la chose doublement nuisible. Mais qu'importe, on
aura économisé quelques frais !...

Voyons, en compensation de cette misérable économie,
le contre-coup que recevra la statistique morale et commerciale du pays.

D'abord, quand nous voudrons un écu de cent sous ou
un napoléon de vingt francs, il faudra le demander à Paris, ou nous en passer. — Admirable sujétion à joindre
à toutes celles qui pèsent déjà sur nous !...

Secondement, on a beau dire que « de Calais à Paris,
» l'argent est transporté sur de simples charrettes, qui
» portent ordinairement le poisson frais, ce qui est évi-
» demment moins dispendieux que le transport par dili-
» gence ; » les charrettes à poisson frais nous importe fort
peu à nous, Bordelais, qui aurions cent cinquante lieues
à faire faire par diligence à nos lingots, et cent cinquante
lieues de retour à faire faire par la même voie aux espèces
fabriquées. — Cela fait, comme nous l'avons dit, 6 fr.

de déplacement par 1,000 fr., et non pas 3 fr., comme
on le dit. Mais remarquez qu'il y a encore d'autres frais à
ce déplacement : que, d'ailleurs, il ne coûte que ce prix
et se fait assez facilement aujourd'hui, parce qu'il y a peu
de numéraire et de matières à transporter; mais quand
nous serions assujétis à retirer de Paris, non-seulement
le numéraire que nous en retirons aujourd'hui, mais encore les quatre millions de francs qui se fabriquent annuellement à la monnaie de Bordeaux (1), qui seraient
obligés de faire deux fois les cent cinquante lieues de
Paris à Bordeaux, une fois comme matières, une seconde
fois comme espèces fabriquées, croyez-vous que les transports ne seraient pas bien plus difficiles et bien plus chers?

Croit-on que les diligences voulussent être perpétuellement chargées de fortes sommes, avec les risques de route
qui deviendraient alors bien plus forts et bien plus fré-
quents? Croit-on que ce transport perpétuel de matières
métalliques n'exciteraient pas la cupidité et les entreprises
des voleurs; qu'il ne s'ensuivrait pas des primes d'assurance à payer pour la route? Croit-on que du moment où
il y aurait quelques troubles intérieurs, ou quelques
chances d'invasion étrangère, le transport ne serait pas
sur-le-champ enchéri, dangereux ou incertain? Et comment ferait alors le commerce des départements pour suffire à sa circulation, surtout si cela arrivait dans le moment des grands besoins périodiques de numéraire? —
Nous allons examiner cela dans un instant.

Observons ensuite combien est profondément illibéral

---

(1) La monnaie de Bordeaux fabrique aujourd'hui six millions de francs par
année. (*Note de l'Éditeur*).

le système qui tendrait à concentrer la fabrication, sous
prétexte qu'elle devient ainsi plus économique. — Prenez
un exemple : ainsi au lieu de trente ateliers de serrurerie,
je suppose, dans une ville comme Bordeaux, n'en ayez
qu'un seul. Il est évident que, réunissant dans la main
d'un seul entrepreneur tous les capitaux des trente et tous
leurs bénéfices, il pourra fabriquer un peu à meilleur
compte, et faire encore très-promptement une grosse
fortune pour lui. Mais qu'en résultera-t-il? c'est qu'au
lieu de répartir également le travail, l'activité, et les
bénéfices parmi trente citoyens, vous donnez tout à un
seul. Que feront les vingt-neuf autres? — Ils resteront
éternellement prolétaires et mourront de faim, peut-être.
Mais qu'importe?

Ainsi, supprimant toutes les monnaies de départements,
vous concentrerez tout leur travail, tout leur bénéfice, toute
leur vie en un mot, sur un seul point, dans une seule
ville, dans une seule main. — Mais que deviendront les
pays et les hommes que vous exhérédez ainsi? Ne per-
dront-ils pas ce que vous concentrez ailleurs? Et comme
ces villes sont plus pauvres que celle que vous allez enrichir, et que vous enrichissez, dites-vous, parce qu'elle est
déjà la plus riche du continent, et comme ces hommes,
ouvriers, employés, contrôleurs, directeurs, tous enfin,
sont déjà moins fortunés que ceux que vous allez engrais-
ser de leurs dépouilles, dites, ne sentez-vous pas que vous
vous enfoncez à chaque pas dans un système doublement
immoral?

Quoi ! vous répétez encore que Paris étant la ville des
grands capitaux, c'est là qu'il faut naturellement porter
la fabrication pour la traiter économiquement! Profonde

dérision !... Mais c'est précisément parce que Paris surabonde déjà de capitaux, qu'un gouvernement paternel et libéral devrait adopter des institutions économiques qui empêcheraient l'accroissement de cette aglomération monstrueuse, et qui ferait refluer sur le reste du pays tout ce qu'il pourrait y faire refluer d'affaires, de capitaux, d'industries ! Ce n'est qu'à cette condition que vous aurez en France de vrais citoyens et une véritable liberté !

Paris est la ville des grands capitaux ! — Mais pourquoi ? Y sont-ils sortis de terre ? Les hommes y naissent-ils avec d'autres organes que nous ? avec une autre intelligence que nous ? — Non, sans doute : mais les institutions politiques et financières y ont perpétuellement attiré tous les moyens de fortune et d'activité ! — C'est cette centralisation qui a produit d'une manière violente et innaturelle la suprématie dont vous vous prévalez pour l'accroître encore ! Le mal que vous nous avez déjà fait vous sert de prétexte pour le mal nouveau que vous voulez nous faire : attirant sur un seul point les capitaux par les affaires, et les affaires par les capitaux, que nous restera-t-il en fin de compte si vous suivez toujours la même voie ?

Certes, je ne suis point radical. Je ne prêche pas l'égalité absolue des fortunes, ni entre nos provinces, ni entre nos villes, ni entre nos citoyens. Mais je dis qu'un système qui tend sans cesse à accroître l'inégalité de ces fortunes, et qui fait un titre à la partie la plus riche de la prospérité dont elle est déjà investie par l'effet de nos mauvaises institutions, pour lui attribuer le monopole des moyens de fortune qui restent encore à envahir, est un système inique, déplorable, contraire à toutes les lois de la morale publique et de la liberté !

L'économie misérable qu'on achèterait au moyen d'un acte aussi condamnable, aussi fatal à la saine organisation de l'État, serait un fléau, bien loin d'être un bienfait pour le pays !

Vainement dit-on « qu'en dépit de toutes les clameurs » contre la centralisation, le grand marché des métaux » précieux sera toujours à Paris. » Sans doute ce marché s'y trouve, mais par l'effet violent et mauvais de cette centralisation elle-même; car, d'après la nature des choses, le marché des métaux précieux devrait être en France dans les ports de mer. Que vous ne puissiez détruire l'effet des antécédents qui ont déjà porté à des proportions colossales la fortune de Paris, relativement au reste de la France, je vous l'accorderai, si vous voulez; mais est-ce un motif pour aggraver ce désordre social, pour calculer toutes nos institutions nouvelles de manière à porter encore à Paris tout le reste des capitaux, de l'activité, des bénéfices, qui n'y sont pas jusqu'à présent engouffrés? — C'est absurde, et Paris est si peu le marché naturel des métaux, que cette année encore (1833) Paris a fait acheter à Bordeaux, pour sa fabrication, une partie des lingots et des piastres que nous avons reçus.

Je pense donc qu'une bonne administration devrait suivre une voie toute contraire. Lorsqu'on aurait l'option d'encourager un développement financier, industriel ou commercial, soit dans la capitale, soit dans les provinces, on devrait, dans l'état actuel des choses, porter ce développement dans les provinces et non pas dans la capitale, lors même qu'il serait ainsi un peu moins productif ou un peu moins économique. — On voit donc que mes doctrines sont directement opposées à celles que l'on fait prévaloir en France. Mais il y a dix ans que je soutiens cette thèse, et je la soutiendrai toujours, parce qu'elle est juste et morale; parce que l'égale et sage distribution de la fortune nationale importe plus encore que l'excès de son accroissement, si cet accroissement se fait au profit du plus riche et aux dépens du plus pauvre.

Pour montrer les vices de la centralisation monétaire dans Paris, j'ai fait voir combien elle gênerait la circulation du numéraire dans nos provinces : cette gêne serait bien grande et atteindrait notre banque elle-même, dans les époques périodiques où nous avons à solder tous les ans, dans notre rayon agricole, une masse d'achats énormes des produits du sol, prunes, eaux-de-vie, vins, etc., qui dans leur grand ensemble sont métalliquement payés; ce qui nécessite une émission considérable de numéraire qui sort de Bordeaux. J'ai fait voir comment, dans certains moments de crise, les banques de provinces, à peines suffisantes pour elles-mêmes, deviendraient impuissantes pour nous aider. A cela, on ne m'a rien répondu, si ce n'est qu'il faudrait remplacer dans les départements la fabrication des monnaies par l'établissement de nouvelles banques, et on ne s'est pas aperçu qu'en supprimant la fabrication des monnaies dans les départements, on y déculperait les obstacles qui jusqu'à présent y ont empêché l'établissement des banques nombreuses qu'on désire ? Sans doute mes contradicteurs ont toujours les yeux sur l'Angleterre quand ils parlent de la France. Ils feraient mieux de regarder chez nous.

Tout en feignant de dédaigner l'objection que j'avais

tirée de la situation de Paris, exposé aux émeutes, aux
factions politiques et à l'invasion étrangère, on y a répondu
cependant, disant que, pendant les deux occupations de la
capitale par les étrangers et pendant la révolution de juillet, ni l'hôtel des monnaies, ni la banque de France (1)
n'ont été pillés, et que la banque possédait à elle seule
une valeur quadruple de toute la fabrication monétaire
de France.

Je ne crains pas de dire que cette réponse est complètement insignifiante et ne répond à rien.

D'abord, si par l'effet d'une centralisation déjà existante, les capitaux de la banque de Paris sont exposés aux
évènements qui peuvent agiter Paris, c'est l'affaire de Paris; c'est d'ailleurs un risque absolument inévitable par
la nature même des choses, car il faut bien que la banque de Paris soit à Paris. Je sais bien que l'ébranlement de
cette banque, si elle était pillée, rejaillirait sur le commerce de la France en ruinant celui de Paris; mais, encore
un coup, nous n'y pouvons que faire; ce serait un mal
inévitable qu'il nous faudrait supporter bon gré malgré.

Mais est-ce une raison pour y ajouter la chance d'un
nouveau mal, d'un mal qui nous serait direct et personnel, en exposant aux mêmes risques nos propres capitaux,
nos propres matières d'or et d'argent, notre numéraire à
nous qui ne sommes pas de Paris? Certainement aucun
homme raisonnable ne peut parler ainsi.

Maintenant on dit que la banque et la monnaie de
Paris n'ont pas été pillées dans les journées de juillet!

---

(1) Titre usurpé : c'est la banque *de Paris* qu'il faudrait dire.

Mais ne sait-on pas que ces journées glorieuses sont une immortelle exception aux troubles et aux pillages qui suivent si souvent les mouvements populaires? Est-il bien démontré qu'il en serait de même aujourd'hui, si de coupables factions s'insurgeaient contre le gouvernement actuel? N'entendez-vous pas qu'on crie hautement au peuple de Paris qu'il n'a pas sa portion virile dans l'ordre social, que les riches l'en ont dépouillé, et qu'il doit reprendre ses droits?

La banque et la monnaie de Paris n'ont pas été pillées pendant les deux occupations de la capitale par les étrangers. — Mais ne sait-on pas que deux fois Paris leur a été livré? Livré par capitulation ou trahison, peu importe! Croyez-vous que si Paris avait été défendu comme il le serait certainement aujourd'hui, on aurait pu répondre également de la conservation des propriétés publiques? Ou bien, en entassant dans Paris toute la fortune, tous les capitaux de France, voulez-vous rendre la défense de Paris impossible?

Mais, encore, la difficulté principale n'est pas là; en cas d'émeute ou de guerre, il ne s'agit pas de savoir si la monnaie de Paris serait pillée; mais il s'agit de savoir, quand il n'y aurait qu'un seul hôtel de fabrication et qu'il serait à Paris, comment ferait tout le reste de la France, lorsque des motifs politiques ne lui permettraient pas raisonnablement d'envoyer à Paris ses matières pour les faire monnayer? Ne comprend-t-on pas que, sans admettre que Paris fût pris, s'il était seulement menacé, même de loin; si un seul engagement militaire avait une issue fâcheuse sur nos frontières belges; si les troupes étrangères entraient seulement en France et qu'elles fussent en direction

sur Paris, pas un seul capitaliste de France ne voudrait
plus envoyer ses matières à Paris pour la fabrication, et
que, comme il n'y aurait aucun autre hôtel des monnaies
en France, il faudrait instantanément nous passer de fabrication monétaire dans toute la France? Et cela dans
le moment où nous en aurions le plus pressant besoin,
puisque toutes les ressources de crédit seraient paraly-
sées?

Autre exemple. — Si, en 1814 et 1815, Napoléon n'eût
pas été abandonné; s'il eût voulu continuer à défendre la
patrie après l'occupation de Paris; si la lutte avait duré
deux ou trois mois, peut-être davantage, comment la fabrication monétaire aurait-elle eu lieu pour le reste de la
France, s'il n'y avait eu qu'un hôtel des monnaies, et qu'il
eût été dans Paris (1)?... Et notez bien que, pour réaliser
le beau système monétaire que je combats, il ne faut absolument qu'un hôtel des monnaies. — On n'en veut pas
trois, on n'en veut pas tolérer deux seulement; on s'est
expliqué fort positivement.... Il n'en faut qu'un!

Si mes contradicteurs s'étaient informés de ce qui s'est
passé à Lyon lors de l'invasion des Autrichiens, ils sau-
raient que pendant cinquante jours, quoique les Autrichiens fussent loin, quoique aucune attaque locale n'eût
encore eu lieu, personne n'osait plus envoyer à Lyon, ni
groupes, ni métaux; qu'on les faisait adresser ailleurs,
dans des localités hors de la ligne d'attaque présumée,
seulement pour les besoins les plus pressants, et qu'on
allait avec de grandes précautions les chercher à la déro-

_____

(1) On voit ainsi, plus encore que dans le passé, que quand Paris serait pris,
toute la France serait désarmée et prise.

bée, quand on croyait y trouver sécurité. De là résulta une gêne d'autant plus horrible dans tout le rayon commercial de Lyon, que le lingot et les piastres elles-mêmes étaient refusés en paiement d'acceptation, même en les livrant à une grande perte !

Eh bien, quand le rayon monétaire de Paris comprendrait toute la France, la seule menace contre la sécurité de Paris produirait une gêne semblable, et dix fois plus forte, dans toute la France ! Que serait-ce donc si Paris était assiégé ou pris ?...

Je ne crains donc pas de le dire, l'établissement d'un seul hôtel des monnaies dans Paris serait une mesure immorale, dangereuse, souverainement impolitique, qui porterait atteinte à la sécurité commerciale et à l'indépendance de la patrie, qui achèverait de ruiner nos moyens de circulation locaux, qui entasserait dans Paris toutes les faveurs, toutes les places, tous les bénéfices attachés à cette fabrication, et cela en vue, ou plutôt sous prétexte d'une économie contestable et mesquine !

Quant à l'argument qui consiste à dire que cette centralisation monétaire nous donnerait les moyens de faire accepter notre système et nos monnaies par toute l'Europe, cela ressemble à une plaisanterie, et cela est si évidemment irrationnel, que je ne crois pas très-urgent d'y répondre. J'en dirai un mot dans le prochain paragraphe, en m'occupant de l'établissement des banques provinciales proposées pour remplacer, dans les départements, la fabrication des monnaies : question qui mérite d'être approfondie, et qui, avec les errements faux de certains économistes, nous mènerait tout droit au papier-monnaie, dont Dieu nous préserve !

§ III.

Remplacement des Hôtels des Monnaies, dans les départements, par l'établissement de Banques provinciales.

—

Mes contradicteurs, sentant bien que la suppression de la fabrication monétaire dans les départements y gênerait la circulation des capitaux qui servent aux relations commerciales, en rendant cette circulation à la fois plus difficile, plus incertaine, et, quoi qu'ils en disent, plus coûteuse, ont cru devoir indiquer le remède efficace à ce grave inconvénient. En conséquence, ils proposent de remplacer la fabrication monétaire départementale, par l'établissement de banques locales, dont les billets suppléeraient ainsi au numéraire, et, d'après la nature éternelle des choses, achèveraient de le chasser entièrement de chez nous. C'est la question que je vais examiner. Il n'en est pas de plus grave, de plus importante dans notre économie publique. Il n'en est peut-être aucune dont les principes vrais soient moins généralement connus, ce qui m'obligera d'entrer dans quelques développements, afin que tout le monde, même sans études préparatoires, puisse nettement comprendre la difficulté, et voir la nature du système où l'on voudrait nous pousser à l'imitation de l'Angleterre.

Préalablement, je dois faire observer que, lors même que nous admettrions la bonté et l'utilité de ce système, la suppression de la fabrication monétaire dans les départements serait la source de nouveaux empêchements à l'é-

tablissement des banques provinciales, et décuplerait les
obstacles qui, jusqu'à présent, les ont empêchées de se
former, ou qui ont arrêté le développement du petit nombre de celles qui ont été établies. C'est pour cette raison
que j'ai qualifié cette demande d'*insoutenable contre-sens.*

En effet, il y a entre les mœurs et l'opinion publique
de l'Angleterre et de la France, sous ce point de vue, une
différence trop notable, pour qu'on se hasarde ainsi à n'en
tenir aucun compte, à vouloir transporter ainsi d'une nation chez l'autre des institutions de crédit, sympathiques
à l'un des deux peuples, antipathiques à l'autre. Le contre-
sens serait d'autant plus fort en de telles matières, que
toute institution de crédit doit bien moins se régler d'après
la réalité intrinsèque des choses, ou des principes abstraits
de la science, que d'après l'opinion qu'en a le public, le
peuple, la généralité de la nation chez laquelle on opère.
Car le crédit ou l'opinion sont, en ce sens, à peu près
synonymes : la plus riche maison du monde sera sans
aucun crédit, si l'opinion ne la croit pas solvable, et si
elle n'a pas les moyens de détromper l'opinion.

Or, les faits historiques accomplis en Angleterre et en
France, depuis longues années, ont poussé l'opinion publique dans les deux pays en sens diamétralement opposé
sur la question du remplacement des métaux par le papier, dans la circulation monétaire qui doit représenter
les capitaux réels de la société. Et non-seulement les faits
historiques ont agi ainsi, mais la nature même des deux
pays, leur situation géographique, les habitudes différentes qui en résultent, devaient agir ainsi dans cette
question.

Depuis le système de Law jusqu'aux assignats, toute

tentative de remplacement de la monnaie métallique par la monnaie de papier a été fatale à la France.

En Angleterre, ce remplacement, mieux conçu et mieux exécuté, quoique, ainsi que nous le verrons plus tard, il ait exposé l'Angleterre à des crises épouvantables et qu'il contribue pour beaucoup à l'effrayante inégalité des fortunes dans ce pays des grandes richesses et des grandes misères ; ce remplacement, dis-je, a aidé au développement de toutes les forces productives du travail. Les Anglais s'y sont donc accoutumés, et si bien, que, pour la plupart, le billet de banque ne représente pas une quantité égale de numéraire métallique, mais représente directement le capital dont il indique la quotité, représente les objets de consommation qu'on peut acheter avec ce capital.

Il résulte de là que la nation anglaise est toute faite à cette idée de monnaie de papier, que l'économiste Ricardo regarde comme le type parfait du signe monétaire. Il résulte de là que l'absence du numéraire métallique, qui est nécessairement chassé de tout pays où il est suppléé par le numéraire de papier, est beaucoup moins effrayante pour les Anglais qu'elle ne le serait pour les Français. Étant moins effrayante, elle est moins dangereuse ; car les trois quarts du danger sont précisément dans l'effroi qui le fait naître.

Ainsi, nous avons vu en Angleterre la banque être publiquement autorisée par le parlement à suspendre le paiement de ses billets en numéraire métallique ; ce qui a réduit, pendant vingt-quatre ans, les billets de la banque de Londres à la condition véritable de papier-monnaie, sans que l'opinion se soit révoltée, sans que les billets de banque aient cessé de circuler et de servir comme moyen d'échange et de paiement dans le commerce. Et pourquoi? Je le répète, parce qu'en Angleterre le billet de banque ne représente pas, aux yeux de l'opinion, une quantité équivalente de numéraire métallique, mais est devenu le signe direct que l'opinion s'est accoutumée à prendre pour représentatif des valeurs sociales, des différents objets ou mobiles de production et de consommation.

Mais, en France, c'est tout le contraire : le billet de banque n'a d'autre caractère, aux yeux de la nation, que d'être le signe représentatif de la valeur métallique qui y est inscrite. Un billet de cinq cents francs représente cent pièces de cinq francs, et voilà tout. Du moment que le public peut seulement suspecter que le billet de banque est monnaie lui-même, au lieu de représenter la monnaie métallique ; du moment que le public peut seulement supposer que les cent pièces de cinq francs ne seront pas instantanément payées par la banque en échange de son billet, le billet n'est plus qu'un chiffon de papier, qui perd tout son prix, toute sa valeur, tout son prestige d'emprunt.

Ainsi, pendant que les paiements de la banque de Londres étaient suspendus depuis 1797 jusqu'en 1821, lorsque, en France, l'empereur Napoléon emporta ou fut censé avoir emporté une partie des fonds de la banque de Paris, pour faire face aux frais d'une de ses plus célèbres campagnes militaires, nous avons vu une crise épouvantable, non point parce que la banque de France était, comme celle de Londres, autorisée par acte législatif à suspendre ses paiements ; non point parce qu'elle les suspendait, en effet, car elle ne les suspendit même pas ; mais seulement parce qu'elle les restreignit à une somme qui, je crois, était de cinq cent mille francs par jour, peu importe la quotité du chiffre, que ma mémoire ne me fournit pas positivement aujourd'hui. A l'instant on s'étouffa, chacun voulant arriver le premier au remboursement, et les billets de banque étaient publiquement vendus à 40 et 50 p. 100 de perte. — Or, je le demande, si le pouvoir législatif eût alors rendu un bill pour suspendre intégralement les paiements de la banque de Paris, ainsi que l'avait fait le parlement anglais pour la banque de Londres, croit-on que ces billets eussent continué à circuler ? croit-on que le public commerçant les eût reçu en paiement des objets de consommation ? croit-on que la banque de Paris eût résisté vingt-quatre ans sous un tel régime ?... Elle n'aurait pas résisté vingt-quatre heures.

Je suis entré dans tous ces détails pour bien faire comprendre cette vérité. — C'est qu'en France, d'après l'état réel de l'opinion, le billet de banque représente uniquement la somme de monnaie métallique dont il indique la quotité, et n'a par lui-même aucune force monétaire.

Il résulte de là que partout où l'on n'est pas certain en France qu'un établissement de banque aura, grâce à une circulation facile et abondante de monnaie métallique, les moyens assurés de rembourser, toujours à vue et sans délai, ceux de ses billets qui lui seront présentés, la formation d'une banque est à peu près impossible.

Donc, toute mesure qui accroît la difficulté de la circulation de la monnaie métallique, toute mesure qui éloigne la source et la fabrication de cette monnaie, toute mesure qui en transporte le monopole à une distance considérable, accroîtra dans la même proportion la difficulté d'établir des banques provinciales, et nuira au crédit, ainsi qu'à l'action des banques qui sont déjà établies.

Donc, proposer de supprimer la fabrication monétaire dans les départements, et de la remplacer par l'établissement de nouvelles banques, est, en économie politique, le contre-sens le plus insoutenable qu'on puisse imaginer.

Supprimer la fabrication monétaire dans les départements, c'est non-seulement en éloigner le signe métallique, mais c'est en éloigner la matière métallique elle-même sous sa forme de lingot. Car alors bien positivement, le marché non pas principal, mais le marché unique des matières d'or et d'argent, serait forcément à Paris. De sorte qu'on ôterait aux billets de banques provinciales tous les mobiles de crédit et de garantie qui pourraient les faire agréer par le public, qui pourraient leur donner une circulation facile et progressive dans les petits emplois comme dans les grandes transactions !

N'avons-nous pas vu ce qui s'est passé à Bordeaux lorsque la crise commerciale semblait, en 1830, atteindre la banque elle-même, et que le public commença à suspecter, bien à tort cependant, qu'elle n'avait pas la possibilité de réaliser assez de monnaie métallique pour rembourser instantanément ses billets ? Ne voit-on pas qu'en supprimant la fabrication monétaire à Bordeaux, on décuplerait les éventualités semblables que les chances des évènements publics ou du commerce peuvent présenter ? Et croit-on que ce soit le moyen d'accréditer le système des banques provinciales et d'en favoriser l'extension ?

Ce qui a séduit mes contradicteurs, c'est qu'effectivement, en supposant une banque bien accréditée en province, et ses billets bien répandus, servant partout de signes d'échange pour le commerce, il en résulterait pour les industries locales un bien plus grand mobile d'action, que dans la seule fabrication d'un hôtel des monnaies. Je ne veux nullement contester ce fait. Mais est-ce à son accomplissement que vous marchez en supprimant les fabrications monétaires ?... Pas du tout. Vous vous en éloignez, au contraire, et vous poussez l'opinion en sens opposé de ce qu'il faudrait faire pour arriver à la réalisation de votre système, réalisation dont le succès dépend de l'opinion, de l'opinion toute seule; de l'opinion sur laquelle vos raisonnements abstraits et d'économie et de finances n'auront aucune prise tant que les faits matériels, accomplis par vous sous ses yeux, la confirmeront dans l'impulsion qui lui a été déjà donnée par tous les antécédents nationaux, historiques et contemporains. Si l'on vous voit supprimer la fabrication des monnaies en province, et au même instant vouloir y former de nouvelles banques, soyez certain que personne n'en voudra, et que tout le monde criera au retour des assignats.

D'ailleurs, je le répète encore, pour activer la circulation, soit du numéraire-métallique, soit du numéraire-papier dans l'économie commerciale des départements, il faudrait y donner plus d'action à la fabrication monétaire, au lieu de la supprimer. Je concevrais, moi, dans le moment actuel, un financier qui aurait le courage d'être homme politique pour l'avenir de toute la France, pour l'avenir de la liberté, et qui dirait :

« La fabrication monétaire pourra se faire dans toutes les principales villes de France, Paris excepté (1). »

---

(1) Qu'on n'objecte pas que Paris serait alors obligé d'envoyer fabriquer à Bordeaux. Rien ne serait plus facile que d'avoir un hôtel des monnaies dans quelque

Je concevrais que pour activer les progrès des provinces, on y fît refluer ainsi tout le commerce des matières d'or et d'argent, tout le travail, tout le bénéfice de la fabrication : je concevrais que la ville la plus riche, qui est Paris, fût alors la moins bien partagée, sous ce point de vue, et que par compensation des avantages immenses dont elle jouit, elle laissât tous les avantages du commerce des matières d'or et d'argent aux départements, supportant elle au contraire, elle capitale de France, l'augmentation des frais, la privation des bénéfices spéciaux, en un mot toutes les pertes qu'elle veut faire tomber sur nous. — Elle le peut, elle qui a déjà sa forte banque et ses mille moyens de crédit, de fortune, de circulation!

Alors, sans doute, les intérêts parisiens crieraient, s'agiteraient, assourdiraient le pouvoir de leurs clameurs, parce que le riche somptueux qui perd un de ses plats recherchés, crie plus haut que le pauvre auquel on prend la moitié de son pain, accoutumé qu'est le premier à toutes les faveurs, accoutumé qu'est le second à toutes les disgrâces; mais il en résulterait pour nos provinces souffrantes une grande amélioration commerciale et de nouveaux bénéfices; la certitude de la présence du numéraire métallique, facile et sans frais, inspirerait confiance dans les papiers des banques provinciales, parce qu'on saurait que leur remboursement, au porteur qui l'exigerait, serait toujours prompt et certain. Cette confiance rendrait plus facile l'établissement de banques nouvelles en province. Alors leur papier concourrait à la baisse de l'intérêt, non pas seulement dans quelques grandes villes où les

<hr>

ville intermédiaire, dans plusieurs. Nous ne voudrions pas traiter Paris aussi mal qu'il veut nous traiter.

capitaux sont généralement à bon marché, mais surtout dans les petites villes, dans les campagnes où nous
voyons chaque jour l'anomalie la plus choquante qui ac-
cuse hautement le contre-sens de notre système financier
et de sa centralisation. Cette anomalie, la voici : — c'est
que dans nos provinces les plus fertiles, là où les terres
se vendent sur le pied de 2 1/2 à 3 p. 100 de revenu, l'argent coûte 8 à 10 p. 100 au propriétaire, lorsque malheureusement il en a besoin dans des circonstances fâcheu-
ses. Anomalie qui diminuerait et s'éteindrait graduellement quand la centralisation, qui attire tous les capitaux
vers Paris, détendrait un peu ses ressorts, et ferait place
à une distribution excentrique des forces productives vers
les extrémités les moins favorisées de la France.

Certes, la mesure que j'indique ici est d'une nature
trop tranchante et trop décisive pour que je la propose
d'une manière positive, et que j'en demande la réalisation
actuelle. J'en parle seulement comme indice de la voie où
il faudrait entrer : j'en parle pour faire comprendre toute
la réprobation que mérite celle où l'on s'enfonce de plus
en plus. J'en parle pour faire sentir combien il est dérisoire de dire que notre hôtel des monnaies a peu d'action,
et ne suffit pas à nos besoins, pour se faire de cette insuffisance un prétendu droit de nous enlever cette ressource
déjà trop modique, au lieu de travailler à l'augmenter !

Et quand, plus tard, la circulation facile et abondante
du numéraire en province aurait rendu la confiance assez
générale, quand les banques se seraient ainsi accréditées
et établies, eh bien, alors la fabrication monétaire devenant naturellement moins nécessaire, se restreindrait par
la force même des choses ; et si la loi intervenait, ce ne

serait pas pour créer facticement une situation financière sans vérité, mais pour consacrer le résultat déjà obtenu par le jeu spontané de notre machine sociale.

Voilà ce que je comprendrais!.... Mais achever d'ex-héréder les provinces, parce qu'elles sont plus pauvres que Paris en capitaux et en moyens de circulation, c'est, je l'avoue, une aberration qu'il m'est tout-à-fait impossible d'admettre.

§ IV.

Du Système des Banques provinciales.

Nous avons vu, dans le précédent paragraphe, comment la suppression de la fabrication monétaire dans les départements créerait de nouveaux obstacles à l'établissement des banques provinciales par lesquelles on propose de la remplacer.

Examinons maintenant le système des banques provinciales en lui-même; voyons ses avantages, voyons ses inconvénients : balançons les uns et les autres, et nous arriverons, je crois, à cette conclusion : — que ce système, bon en lui-même, porte avec lui des dangers si graves, qu'il est convenable de le mettre en pratique avec infiniment de modération et de prudence; que, loin de s'aheurter contre l'opinion pour donner soudainement à ce système une grande extension, il faut agir sur cette opinion elle-même pour la modifier graduellement; qu'il faudrait même, si cette opinion changeait brusquement et s'engouait outre mesure du système des banques provinciales, ce qui n'est pas absolument impossible, vu la mobilité française; qu'il faudrait dis-je, la retenir, la modérer, la restreindre, bien loin de la surexiter dans ce même sens, ainsi que je suppose nos économistes parisiens d'en être bien capables, et ce que je regarderais, moi, comme le plus grand des dangers pour la France.

Le mécanisme de l'action des banques est assez généralement connu; mais leur effet sur l'économie publique de l'État n'est pas aussi exactement apprécié.

Le papier des banques, émis ordinairement pour une valeur triple de leur capital réel, facilite les échanges commerciaux, et transforme en véritable monnaie la valeur qui sert de base à tous les effets de commerce escomptés par la banque. Jusques-là tout va bien, pourvu que la banque n'escompte que des effets ayant une cause réelle, et repousse sévèrement toute valeur factice, connue dans le commerce sous le nom de billets de plaisir. — Au surplus, l'avantage qui résulte pour le commerce des billets et des escomptes d'une banque, peut être obtenu par l'entremise de simples banquiers particuliers, mais d'une manière plus restreinte, avec moins de sécurité, par conséquent avec moins de résultats favorables que par l'établissement des banques publiques.

Mais outre qu'elles servent à multiplier les moyens d'échanges commerciaux, les banques, lorsque leur système se généralise et s'étend, vont plus loin. Leur papier remplace la monnaie métallique, jusque dans la circulation partielle, dans les transactions de détail journalier, dans le paiement des objets de consommation. Alors, elles prennent entièrement la place de la monnaie d'or et d'argent, et leurs billets, sinon par leur origine, du moins par leur emploi, deviennent réellement monnaie. Il est bien évident alors qu'ils remplacent la fabrication monétaire avec moins de frais, plus de facilité et plus de promptitude. Tel est l'état de l'Angleterre.

Il résulte de là que les métaux précieux, devenant beaucoup moins nécessaires pour la monnaie, s'exportent pour servir à cet emploi dans les pays où le système des banques n'est pas aussi développé, et servent de véhicule au commerce, en leur qualité de marchandise; et ce qui reste dans le pays sert de matière première aux industries qui emploient l'or et l'argent dans leurs travaux.

C'est précisément ce qui a fait dire à Ricardo que la monnaie réduite sous forme de papier, c'est-à-dire n'étant plus qu'un signe de valeur d'échange, sans absorber par elle-même aucune valeur intrinsèque, était parvenu à son type de perfection.

Alors, en effet, tous les métaux précieux, absorbés ordinairement par la monnaie, restent en nature pour le commerce ou pour les emplois industriels, ce qui est un capital de plus à employer par l'activité sociale. Quant aux paiements nécessaires aux transactions du commerce et de la vie ordinaire, étant effectués au moyen du papier, ils s'accomplissent aussi bien et mieux qu'avec le système des monnaies métalliques. Tout va donc bien jusque-là; et si, comme le dit l'école de Ricardo, on pouvait faire de la monnaie avec une matière quelconque qui eût encore moins de valeur intrinsèque que le papier, cela vaudrait encore mieux : d'abstraction en abstraction, on voudrait en vérité parvenir à faire une monnaie qui ne fût plus qu'un être métaphysique, un signe idéal représentant les valeurs sociales. — Tenons-nous-en au papier pour le moment. Il me semble que c'est bien assez !

Le papier, faisant l'office de la monnaie métallique, remplace donc, ainsi que le dit Ricardo, un agent très-dispendieux au moyen d'un autre qui l'est fort peu, et le capital national destiné aux travaux de l'industrie, à la production des arts, aux échanges par exportation, s'accroît de toute la valeur des métaux qui ne sont plus employés à faire de la monnaie.

Mais pour donner à ce système son développement et ses conséquences productives, on est nécessairement conduit à diviser les billets de banque jusqu'à ce qu'on les ait réduits à exprimer les plus faibles sommes nécessaires aux besoins journaliers : car tant que vos billets de banque seront de 1,000 fr. et de 500 fr., ils pourront bien être employés par le commerce en gros, dans quelques grandes villes, mais leur usage ne se généralisera pas dans la nation. Il faudrait les réduire graduellement, à 250 fr., à 200 fr., à 100 fr., à 50 fr. et au-dessous. En Angleterre, il y a des billets de banque d'une livre (one pound), et vu la cherté des objets de consommation, vu l'abondance des capitaux, une livre sterling, quoique son change représente à peu près 25 fr. de notre monnaie, ne représente guère en Angleterre, pour le paiement des dépenses de la vie, que ce que 10 à 12 fr., tout au plus, représentent en France, et dans certaines localités, beaucoup moins encore.

En suivant cette marche, conséquence logique du système, le papier qui remplace le numéraire dans les transactions de la vie, le chasse forcément du pays. Il n'y a pas de lois prohibitives qui soient efficaces pour le retenir. On sent même que toute loi de ce genre serait un contre-sens. A quoi bon remplacer les métaux précieux par le papier comme signe monétaire, si vous ne voulez pas ensuite trafiquer de ces métaux précieux comme marchandise, comme moyen d'exportation et d'échange? C'est précisément pour laisser les métaux précieux à la disposition du commerce, que le système des monnaies-papiers est inventé. C'est réellement un de ses principaux avantages, et Ricardo a grandement raison de donner cette base à son système.

Mais, à côté des avantages, voyons les inconvénients.

La monnaie-papier (et je lui donne ce nom pour la distinguer du papier-monnaie, expression qui porte avec elle l'idée d'un papier qui a cours forcé, ce qui n'est point encore le cas dont nous nous occupons) la monnaie-papier présente-t-elle au pays la sécurité qu'offre le numéraire métallique?

Ici la réponse est évidemment négative; car le possesseur d'une somme de cent francs en numéraire, en outre du signe monétaire qui représente cette valeur pour tous les besoins du commerce ou de la vie, a encore en main la valeur du métal lui-même, valeur presqu'indélébile, valeur qui vit d'elle-même, que rien ne peut instantanément atteindre, qui survivrait même au signe monétaire, s'il était démonétisé, ou que quelque circonstance accidentelle lui ôtât son cours.

Le possesseur d'une somme de cent francs en billets de banque, en monnaie-papier, au contraire, ne possède réellement qu'un signe représentatif du capital métallique équivalant lui-même à la somme inscrite sur le billet. Le billet n'a donc pas de valeur par lui-même.

Tant qu'aucun évènement politique, aucun engorge-

ment commercial, aucun trouble intérieur, aucune guerre
extérieure susceptible d'être suivie d'une invasion, ne vient
alarmer la confiance publique, tout va bien; la circulation du papier s'accroît très-rapidement, l'industrie facilitée prend une grande extension, les billets de banque se
multiplient et se divisent à l'infini; ils entrent dans tous
les états, dans toutes les situations de la vie, dans toutes
les fortunes.

Mais le jour où l'alarme sonne et où la méfiance s'é-
veille, chacun pense à soi, à sa famille, à ses enfants.
Chacun s'aperçoit qu'il n'a qu'un signe monétaire fictif,
dont le capital réel est ailleurs; chacun veut s'assurer par
lui-même que ce capital réel sera mis à sa disposition s'il
le réclame; chacun veut savoir si les billets seront réellement payés par les banques. Et comme tout le monde
fait le même calcul à la fois, tout le monde arrive à la
fois au remboursement, et par cela seul le remboursement
est radicalement impossible.

Il serait impossible ce remboursement, même dans un
système de banque ordinaire et peu étendu; car une banque a toujours en émission une somme de billets bien au-
dessus de ce qu'elle peut actuellement payer, et il faut qu'il
en soit ainsi; car, sans cela, à quoi servirait une banque?.... A rien.

Toutefois, dans un système de banque ordinaire, l'inconvénient n'est pas grave, parce que les billets sont entre
les mains de gens haut placés dans la fortune et dans le
commerce; de gens que la crainte ne maîtrise pas, qui
calculent de sang-froid les chances, et qui n'augmentent
pas l'intensité du mal par leur folle ardeur à se ruiner
eux-mêmes, en exigeant un remboursement impossible

qui, faisant manquer la banque, ruinerait à la fois toutes
leurs espérances : alors la banque a le temps de réaliser
ses ressources, ses valeurs, de se procurer du numéraire;
elle fait bien ses paiements; ce que le public voyant, il
ne demande plus à être payé, le crédit des billets se réta-
blit, et la monnaie-papier, résistant à la crise jusqu'à une
autre occasion, continue à faire son office.

Mais, dans le système extensif des banques provinciales
que nous étudions aujourd'hui, il ne peut en être de même,
pour deux raisons principales.

D'abord, parce que ce système a chassé le numéraire du
pays avec une bien plus grande force et une bien plus
grande rapidité. De sorte que, lorsque le besoin s'en fait
sentir, il est physiquement impossible que les voies du
commerce soient assez promptes et assez actives pour faire
revenir le numéraire en temps utile, surtout si la crise de
discrédit a lieu dans un moment de trouble politique, de
guerre étrangère, d'invasion; et sous ce point de vue, qu'on
n'oublie pas la différence que j'ai signalée entre l'Angleterre et la France : la première fortifiée, par les éléments,
est à peu près inattaquable; la seconde n'ayant plus que
des frontières ouvertes est attaquable de tous les côtés.

Secondement, l'extension des banques provinciales place
la monnaie-papier, non plus dans les mains des capitalistes, des gros commerçants, des hautes fortunes, mais
elle la ramifie et la distribue partout, dans toutes les
classes, dans l'aisance, dans la médiocrité, dans la pau-
vreté même. Alors, par la nature même des choses, et je
n'ai pas besoin de le prouver, l'alarme est bien plus ins-
tantanée, bien plus chaude, bien plus irrémédiable. Ce
n'est pas leur luxe. ce n'est pas leurs moyens de plaisir,

de progrès dans l'aisance, leurs moyens de travail même que les porteurs réclament en demandant leur rembour- sement, c'est leur vie, la vie de leurs enfants, achetée quelquefois par les longs travaux de cinquante années de sueurs et de peines !...

Croire qu'on puisse maîtriser et calmer par des raison- nements une terreur si profonde et si bien motivée, est une chimère. Et vous liriez à cette foule haletante les passages les plus admirables de Ricardo, pour lui prouver que la monnaie-papier est parvenue au dernier degré de perfection, que très-probablement vous ne convertiriez personne à cette séduisante théorie !

Un économiste plein de sens, rempli de bonnes et ex- cellentes vues, malgré le factice dédain que l'école de l'é- conomie métaphysique que je combats a employé contre ses observations, fait sur ce sujet une comparaison que je veux lui emprunter, et je suis convaincu qu'elle produira sur mes lecteurs le même effet que sur moi. La voici :

« L'amiral Anson, dans son voyage à la Chine, s'a-
» perçut que les fortifications de la rivière de Canton,
» destinées à lui inspirer du respect pour la puissance
» chinoise, quoiqu'elles présentassent bonne apparence de
» loin, n'étaient faites que de papier mâché et n'étaient
» garnies que de canons de carton. Les Chinois avaient
» raisonné comme M. Ricardo (1). — *L'usage du papier*

---

(1) « L'usage du papier en place d'or remplace un agent très-dispendieux, au
» moyen d'un autre qui l'est fort peu ; ce qui met le pays, sans qu'il en résulte
» aucune perte pour les particuliers, en état d'échanger tout l'or qu'il employait
» auparavant pour la circulation, contre des matières premières, des ustensiles
» et des subsistances, dont l'usage augmente à la fois la richesse et les jouissances
» de la nation. » (Ricardo, chap. XXVII, pag. 212 de la traduction, chap. XXV de
l'original)

» *en place du cuivre pour l'artillerie remplace un agent*
» *très-dispendieux, au moyen d'un autre qui l'est fort peu;*
» *ce qui met le pays, sans qu'il en résulte aucune perte*
» *pour les particuliers, en état d'échanger tout le cuivre*
» *qu'il employait auparavant pour ses canons, contre des*
» *matières premières, des ustensiles et des subsistances, dont*
» *l'usage augmente à la fois la richesse et les jouissances de*
» *la nation.*—Cela va fort bien, aussi long-temps que la
» paix dure; mais à la première guerre et au premier
» danger, on s'aperçoit que les écus de papier et les canons
» de carton ne valent pas les écus d'argent, les canons de
» cuivre et de bronze, et qu'on a sacrifié la sûreté publi-
» que à une mesquine économie. » (*Nouveaux principes*
d'économie politique, par Sismonde de Sismondi).

Telle est la réponse que je veux faire à mes contradicteurs, qui, croyant sans doute qu'une seule de ces mesures
n'ait pas assez de danger pour nous, proposent tout à la
fois de supprimer la fabrication des monnaies dans les
départements, et de les remplacer par le système des ban·
ques provinciales !... L'Angleterre en a six cents, disent-
ils. C'est fort possible, et je ne conteste pas le nombre;
mais ce que je crois, c'est que ce système, bon pour l'Angleterre, à cause de sa situation particulière qui diffère
en tout de la nôtre, serait très-dangereux à importer en
France, et qu'il deviendrait à la fois bien plus impraticable et bien plus dangereux, si l'on supprimait préalablement la fabrication monétaire dans les départements pour
la concentrer dans Paris.

Mais, répétera-t-on encore, en Angleterre il n'y a cependant qu'un seul hôtel des monnaies, et il est à Londres !

Mais, répondrai-je encore, Londres, port de mer, lieu

direct des arrivages des matières d'or et d'argent, ne ressemble en rien à Paris; mais les antécédents et les mœurs financières de l'Angleterre, consolidées par une longue habitude, ne ressemblent en rien, sous ce point de vue, à nos antécédents et à nos mœurs; mais Londres est inattaquable, mais l'Angleterre n'est exposée à l'invasion par aucun point, de sorte que le crédit intérieur de sa monnaie-papier a mille fois moins de risques à courir que nous n'en aurions en adoptant le même système; mais Paris, menacé deux fois, deux fois livré par capitulation, a été livré au lieu d'être défendu, précisément parce qu'on n'a pas voulu hasarder toutes les richesses centralisées de la France, aux risques d'une défense qui aurait exposé la capitale à être prise de vive force. Mais si une faction quelconque venait à s'emparer du pouvoir, la faction républicaine, par exemple, par quelque coup de main plus heureux que celui des 5 et 6 juin, elle priverait sur le champ la France de tout envoi monétaire, de toute fabrication possible, et paralyserait ainsi la souveraineté nationale de la France, qui ne pourrait plus résister à la faction qui aurait dominé la capitale!... Car le jour où Paris défendrait tout envoi monétaire pour les départements, la circulation y serait arrêtée et toutes les banques provinciales seraient en faillite!... Et puis, je dirai : — Si vous ne comprenez pas ceci, je n'ajouterai rien désormais; car il me paraîtra certain que vous avez pris une bonne et ferme résolution de ne rien comprendre !

Et malgré tant d'avantages spéciaux à l'Angleterre, avantages que nous ne pouvons nous approprier parce qu'il nous est, je pense, impossible d'ôter à la France ses antécédents, ses mœurs, sa situation géographique et les rivalités hostiles qui la pressent immédiatement, voyez quelle crise horrible a supporté l'Angleterre en 1825, en pleine paix, sans attaque extérieure, sans bouleversements politiques intérieurs, uniquement par l'effet des vices inhérents à l'extension du système de circulation qu'elle a adopté! Circulation qui, alimentant à la fois, d'une manière factice, le jeu des fonds publics, celui des actions dans les mines d'Amérique, et un développement industriel momentanément poussé à un degré qui dépassait de beaucoup tous les débouchés imaginables, a conduit alors l'Angleterre dans un état de bouleversement commercial auquel elle a pu résister, grâce à son immense fortune, à sa position spéciale, à l'habileté consommée de ses hommes d'État, de ses administrateurs, de ses banquiers; mais que de ruines, que de faillites, que de désolations dans les familles et dans les cités! Quelle misère par contre-coup dans cette immense classe ouvrière, malheureux serfs attachés à la glèbe industrielle et financière!... Et si nous avions été en France dans une situation semblable, si cette situation s'était compliquée de quelque convulsion politique ou de quelque guerre extérieure, dans quel abîme bien plus profond n'aurions-nous pas été plongés!...

Je pourrais au besoin, et par l'historique des catastrophes éprouvées dans presque tous les États qui ont hasardé leur économie dans des voies semblables, en faire ressortir les dangers; mais je crois ce soin superflu.

7ᵐᵉ QUESTION.

DU CRÉDIT AGRICOLE.

§ Iᵉʳ.

Exposé de la Question.

En traitant la question de la centralisation monétaire, j'ai été rationnellement conduit à parler des banques, du crédit, de la circulation des valeurs de papier représentatives de la monnaie métallique ; monnaie réelle et spéciale, dont l'importance ne tient ni au caprice, ni à l'entêtement, ni à l'esprit de système, mais est basée sur la nature même des choses.

Ces grandes questions m'ont conduit à examiner le contre-coup de la réforme projetée dans la fabrication monétaire, sur toutes les parties de notre économie sociale.

La question des monnaies et des banques, comme moyen d'action, comme stimulant pour la création industrielle et commerciale de la richesse mobilière, conduit naturellement à celle-ci : — Pourquoi le secours des valeurs de crédit ne serait-il pas employé de même en faveur de la propriété foncière, en faveur de la création de la richesse agricole, en faveur de toutes les exploitations rurales ?

En effet, les moyens de crédit, restreints dans leurs véritables limites, ont eu une influence si féconde sur le travail commercial et industriel, que tous les esprits phi-

lanthropes et nationaux ont dû déplorer avec amertume
que la terre elle-même, cette généreuse et primitive nour-
rice de l'homme, ne pût participer à l'influence de la circulation rapide des capitaux : je parle d'une influence directe et spéciale de cette circulation sur l'agriculture; car
il est bien certain, en thèse générale, que la prospérité du
commerce et de l'industrie, par les moyens de crédit sagement employés, agit déjà indirectement sur le bien-être
du propriétaire foncier. Nous le voyons tous les jours sous
nos yeux. Que le commerce de Bordeaux puisse prospérer
un instant, si peu que ce soit, et notre production agricole reçoit un soulagement momentané aux maux que les
folles conceptions fiscales de notre époque font peser sur
notre territoire fertile et proscrit.

C'est donc vers l'action directe des moyens de crédit sur
l'exploitation de la terre, sur le travail agricole, sur la
production rurale, que nos économistes sont naturellement portés à tourner leurs regards, après avoir examiné
l'action beaucoup mieux connue, et beaucoup plus facile
à connaître, du crédit, sur la production industrielle et
sur les échanges commerciaux.

Un fort grand nombre d'esprits, bien faits d'ailleurs et
fort instruits, voyant la propriété foncière sans participa-
tion aux ressources du crédit, ont pensé que les entraves
apportées par notre système hypothécaire à la mutation
des propriétés, étaient la cause efficiente de cette anomalie
sociale. Poussés par cette idée fixe, ils ont jugé qu'au mal
dont nous nous plaignons, il y avait un remède simple,
positif, spécial, — la réforme de notre système hypothécaire. — Joignez à cette idée, la tendance spéciale à réformer le mécanisme de crédit, employé sans succès jusqu'à

présent pour mobiliser la propriété foncière, vous aurez à peu près la base de tous les travaux économiques sur cette matière, de tous les essais qui ont été entrepris, qui ont avorté, et qui devaient nécessairement avorter.

Je tàcherai d'expliquer pourquoi.

§ II.

De la Mobilisation des propriétés foncières et de la Réforme hypothécaire.

Si la propriété foncière n'a pas cherché et n'a pas reçu du crédit l'activité de progrès que les moyens de crédit ont donnée au travail industriel et aux échanges commerciaux, est-ce par l'effet accidentel de notre système hypothécaire? N'est-ce pas bien plutôt par l'effet de raisons fondamentales inhérentes à la nature des choses? La réforme hypothécaire mobiliserait-elle la propriété foncière de manière à féconder sa production par l'emploi du crédit? Alors, et par l'emploi de meilleures combinaisons financières, y aurait-il possibilité d'organiser des banques territoriales qui pussent agir utilement à la fois et pour elles-mêmes et pour le développement de la propriété agricole?

Telles sont les questions que nous allons examiner.

La carrière est vaste, la matière est sérieuse : elle nécessite des développements et une longue attention.

Malgré cela, les études de ce genre sont si utiles, elles ont une telle influence sur la solution des difficultés sociales que les débats politiques se montrent impuissants à nous donner; la génération nouvelle a un si grand intérêt à suivre cette direction dans ses travaux, que j'ose entreprendre de poser quelques jalons sur cette route nouvelle. Si je n'atteints pas le but, ils serviront toujours de renseignements utiles à ceux qui voudront y marcher, même dans une autre voie. Les erreurs que j'aurai commises leurs seront signalées; ils ne les commettront plus. Les vérités que j'aurai dites, si peu que j'en aie trouvé, seront pour les jeunes gens des germes qu'ils féconderont par leurs propres méditations.

Avant d'entrer dans la spécialité de la discussion, j'ai besoin d'émettre encore quelques principes sur les monnaies et sur le crédit.

Malgré les raisonnements abstraits des économistes, je ne crois pas qu'il faille confondre dans une même catégorie les monnaies proprement dites, et les valeurs de crédit qui les remplacent.

Les monnaies, à mes yeux, sont nécessairement métalliques. Ce n'est point un caprice ou une résolution conventionnelle qui a choisi pour cet emploi les métaux précieux.

L'essence de la monnaie, c'est de servir d'unité, de mesure fixe, d'étalon auquel se rapportent les valeurs sociales dont, par ce moyen, les prix sont comparativement fixés.

C'est là leur grand caractère, leur grande destination.

Les métaux précieux réunissent ce caractère au plus haut degré : quoiqu'ils puissent être altérés, quoique leur valeur puisse être modifiée, de toutes les valeurs sociales c'est la plus fixe, la plus exactement appréciable, la moins altérable, la plus uniformément estimée dans le monde. C'est ce qui leur donne un prix intrinsèque, gage de confiance indélébile pour le possesseur de la monnaie métallique dans le cas même où elle perdrait son cours.

Les valeurs de crédit, par leur essence même, et je prends les billets de banque pour exemple, n'ont aucun de ces caractères, ne sont point monnaie. Ils représentent la monnaie, ils en font l'office, voilà tout. Mais la quotité qu'ils spécifient se rapporte forcément à l'unité métallique dans laquelle ils sont stipulés.

Cela posé, on conçoit que les progrès du travail et de l'industrie produisant, à chaque siècle, une augmentation de valeurs échangeables, il a fallu une augmentation proportionnelle de monnaies pour faciliter les échanges.

La monnaie ne pouvant s'accroître dans une progression aussi rapide, et les moyens de travail étant inégalement distribués entre les producteurs, il en est résulté d'abord des engagements à terme, puis des billets de banque destinés par leur émission à remplacer la monnaie, pour escompter les engagements à terme qui devenaient ainsi une ressource actuelle entre les mains de ceux qui les présentaient à la banque (1).

---

(1) La gradation réelle a été plus lente et plus compliquée que celle que j'indique ici, pour simplifier. — L'accroissement de la monnaie n'a pas besoin d'être aussi rapide que l'accroissement des produits échangeables, parce que le même signe monétaire, par la rapidité de sa circulation, sert à plusieurs échanges. Mais il y a néanmoins une progression croissante qu'il doit suivre et qu'il serait facile d'indiquer, si cela ne nous détournait trop de notre discussion en ce moment. — Les premiers engagements à termes ont aussi d'autres causes que le manque de monnaie, c'est le manque, dans certaines mains laborieuses, de valeurs réelles, de capitaux, d'instruments de travail. — Les moyens de crédit passent aussi par plusieurs degrés avant d'arriver aux banques qui en sont le dernier perfectionnement; mais tout cela est étranger à la question que nous traitons, et la compliquerait inutilement.

Or, les valeurs foncières sont moins susceptibles d'augmentation prompte et indéfinie que les produits commerciaux. L'industrie n'a pas de bornes, la propriété foncière en a. Le sol est limité; sa production peut croître rapidement dans les premiers moments du défrichement; mais une fois qu'un certain progrès est ,accompli, les limites du sol et de sa force productive imposent un terme non encore atteint, mais facile cependant à présumer.

Il suit de là que, par la nature même des choses, c'est principalement aux valeurs mobilières, plus croissantes, plus destinées à changer de main, plus multipliées, s'élevant naturellement à une quotité bien plus haute, que les monnaies ont été des moyens insuffisants d'échange. C'est donc pour les valeurs mobilières, pour les progrès commerciaux et industriels que l'usage du crédit est devenu d'abord indispensable. Ce n'est que par une sorte d'imitation qu'il a pu être employé pour les valeurs foncières. Nous allons voir les principaux obstacles qui s'opposent à ce nouvel emploi du crédit.

Toute banque de circulation ne peut exister et agir que sous la condition suivante : c'est que l'ensemble des billets qu'elle émet ne viendront pas s'échanger à sa caisse contre du numéraire métallique, avant que l'ensemble des valeurs commerciales escomptées par la banque ne soient échues.

Si la masse des billets de banque était présentée à la caisse pour être échangée en numéraire avant l'échéance de la masse des effets escomptés, il est visible que la banque ne pourrait suffire à ses paiements qu'en trouvant une nouvelle force financière qui lui escomptât à elle-même les valeurs qu'elle aurait escomptées au commerce.

— Contre-sens absurde qui détruirait l'établissement dans ses bases mêmes; car la banque déferait d'une main ce qu'elle ferait de l'autre. Resteraient à sa charge les frais les risques, le discrédit qui la tuerait promptement. Elle· pourrait supporter passagèrement cette anomalie dans un moment de crise, mais elle ne peut l'admettre comme un état normal de son établissement.

Il faut donc que toute banque calcule ses prêts de manière qu'ils soient pour des termes courts, et l'émission de ces propres billets de manière qu'ils restent long-temps dans la circulation avant de revenir à sa caisse.

Aussi la banque n'escompte pas au-delà de 90 à 100 jours. Et toutes les fois qu'une crise quelconque occasione un discrédit commercial qui l'expose à voir ses propres billets se présenter à sa caisse pour être échangés contre du numéraire, en plus grande quantité que de coutume, il faut qu'elle raccourcisse immédiatement le terme de ses escomptes à 60, 40, 30 jours : qu'elle les supprime même entièrement si la crise est trop forte, et que la banque aime mieux tenir ses engagements que de se faire autoriser à refuser leur paiement, ainsi qu'a fait la banque d'Angleterre.

Or, ces deux motifs s'opposent impérieusement à ce que la propriété foncière puisse profiter des moyens de crédit procurés au commerce par l'établissement des banques.

Premièrement, parce que les billets de banque prêtés aux propriétaires reviennent infiniment plus vite s'échanger contre du numéraire à la caisse de la banque;

Secondement, parce que les prêts aux propriétaires doivent être faits à un terme beaucoup plus longs qu'au commerce, si l'on veut, non que le propriétaire puisse les rembourser, mais qu'il y ait au moins un peu d'espérance qu'il le puisse : — car on verra plus loin qu'il y a cent à parier contre un qu'il ne le pourra pas.

Les billets de banque prêtés aux propriétaires reviendraient bien plus vite à la caisse de la banque, que les billets livrés au commerce. En effet, le propriétaire n'a guère que des paiements de détail à faire pour ses frais de culture ou ses dépenses, et les billets de banque n'y peuvent être employés, surtout dans les campagnes. Ils ne pourraient servir à cet usage que s'ils étaient réduits à de très-petites sommes. Mais c'est ce qui n'est point proposable. L'Angleterre elle-même, martyrisée par la dernière crise commerciale occasionée par cette subdivision des billets de banque, a été obligée de rétrograder dans cette voie (1). Ce n'est donc point pour nous le moment d'y entrer, surtout quand on considère la situation particulière de la France. On voudrait y entrer d'ailleurs, que nos mœurs rurales y mettraient un obstacle invincible. Il faut donc alors que les propriétaires viennent promptement échanger à la caisse de la banque les billets contre le numéraire qui leur est indispensable.

Les engagements des propriétaires, au contraire, ne peuvent être qu'à des termes très-longs, car ils n'ont d'autres moyens de payer que la vente de leurs récoltes. Il faut donc laisser à ces récoltes le temps de naître, de mûrir, de se vendre; tout cela est long.

A ces deux obstacles fondamentaux, joignez le suivant,

---

(1) Les plus petits billets, qui étaient d'une livre sterling, sont maintenant de cinq livres, ce qui fait environ 125 fr.

qui s'oppose plus invinciblement encore à ce que le propriétaire puisse faire usage du crédit.

Tout capital mobilier prêté à un commerçant, à un fabricant, à un industriel proprement dit, sort rapidement de ses mains pour se changer en marchandises, en frais de main-d'œuvre, en achats de tous genres : mais le résultat du travail industriel est de replacer promptement entre les mains du commerçant ou du fabricant emprunteur, une valeur semblable en objets mobiliers qui, si son industrie est bien entendue, représentent non-seulement le capital primitif, mais encore le bénéfice qui en est la conséquence. Ces objets sont revendus par lui, et le capital mobilier qui lui a été prêté par la banque revient ainsi entre les mains de l'emprunteur tout disponible pour acquitter les engagements que la banque lui a escomptés. Quand arrive leur échéance, il les paie, et le bénéfice reste pour lui.

Mais il n'en est pas de même du propriétaire. Les capitaux qui lui sont prêtés sont immédiatement employés en travaux ruraux. Ces capitaux se fixent, s'enfoncent immuablement dans le sol. Ils y produiront peut-être une augmentation de valeur capitale ; mais la seule chose qui revienne entre les mains du propriétaire, c'est une augmentation de revenu qui représente l'intérêt de l'argent que la banque lui a prêté ; quant au capital lui-même, il ne reparaîtra plus sous forme mobilière, et ne pourra servir à l'acquit des engagements que la banque a escomptés au propriétaire, quand viendra leur échéance; en un mot, l'action du crédit ne tendrait pas alors à mobiliser la propriété foncière, mais au contraire à immobiliser en elle tous les capitaux qui lui auraient été prêtés. Au lieu d'augmenter les moyens de circulation et d'échange, on contribuerait ainsi à les diminuer.

Tout établissement qui a pour but de prêter des capitaux mobiliers à la propriété foncière, est donc un établissement à contre-sens en matière de crédit; et de là vient la profonde impossibilité que toutes les entreprises de ce genre ont éprouvée à se soutenir; — si elles réussissaient, loin de contribuer à la circulation des objets échangeables dans le monde commercial, elles y nuiraient considérablement. C'est à quoi la réforme hypothécaire n'apporterait aucune amélioration : ainsi que nous le verrons plus tard (1), elle faciliterait seulement le dépouillement des propriétaires auxquels elle donnerait les moyens et la tentation de faire usage d'un crédit mensonger, qui les conduirait à leur ruine inévitable. — Mais n'anticipons pas; ce sera le sujet de prochains chapitres. — Continuons à jeter dans celui-ci l'exposé des principes dont nous tirerons alors la conséquence.

Je prie que l'on réfléchisse que l'essence du crédit est d'être établi pour faciliter un travail qui puisse à la fois fournir au remboursement du capital prêté et au paiement de ses intérêts.

On considère moins dans un prêt commercial la quo-

---

(1) L'erreur des partisans de la réforme hypothécaire, comme moyen de crédit, est celle-ci : — Ils croient que par l'expropriation plus facile et la vente qui s'ensuivrait, le capital prêté au propriétaire rentrerait dans la circulation mobilière. Cela est évidemment impossible, car l'acheteur du domaine exproprié immobiliserait immédiatement, par l'achat, une valeur égale à celle qui rentrerait entre les mains du prêteur qui poursuivrait l'expropriation. Tout capital prêté à la terre y reste et n'en sort plus, dût-il y périr. — Je crois, en traitant de la division des propriétés, avoir parlé quelque part contre le système hypothécaire; en y réfléchissant depuis, j'ai vu que le but était bon, mais que je m'étais trompé de moyen.

tité de la fortune, de l'emprunteur que la nature et la direction des affaires auquel le capital emprunté est destiné.

Car ce n'est pas sur l'expropriation de la fortune mobilière que l'emprunteur a déjà, qu'on base principalement la confiance; mais sur l'emploi productif et profitable qu'il fait et de son propre capital, et de celui qu'il emprunte.

Aussi une maison commerciale, d'une fortune modique, jouit d'un excellent crédit quand on la sait dirigée de manière à se ménager la chance d'un bénéfice à peu près certain, et exempt de risque de pertes; tandis qu'une maison à grande fortune peut être immédiatement discréditée si on la sait dirigée de manière à consommer les capitaux que le crédit lui confie, et à ne pouvoir les rembourser qu'en prenant sur ses capitaux particuliers.

Or, cette dernière position est et sera toujours celle des propriétaires emprunteurs; et c'est précisément pour cela que l'idée d'expropriation suit toujours immédiatement la pensée du prêt qu'on leur fait. Il est connu d'avance que la terre ne leur fournira tout au plus que le moyen d'acquitter les intérêts, mais que pour le capital il est généralement impossible que leur récolte leur donne les moyens de le rembourser. J'excepte seulement le cas du défrichement d'une terre vierge et primitive, ce qui est une hypothèse trop entièrement exceptionnelle dans la situation actuelle de notre agriculture, pour que nous puissions nous en occuper.

Si donc l'on veut se faire une juste idée de l'état actuel de la propriété rurale en France, on verra qu'elle est tout-à-fait impropre à l'usage du crédit; on verra que la réforme hypothécaire ne fournira au propriétaire aucun moyen de se procurer, par les produits de son sol, le capital nécessaire au remboursement de la somme qu'il aura empruntée ; qu'elle le laissera toujours dans la nécessité de souffrir l'expropriation, ou de renouveler l'emprunt à des conditions nécessairement plus onéreuses que la première fois. Or, que l'expropriation se fasse un peu plus ou un peu moins facilement, un peu plus tôt ou un peu plus tard, cela ne changera que très-peu de chose à sa situation. Cela lui aura fait trouver peut-être plus facilement à emprunter un argent qu'il ne pourra pas rendre, et comme sa situation fâcheuse le poussera inévitablement à faire un usage imprudent de cette facilité d'emprunt, il se ruinera un peu plus rapidement que par le passé. Quand il aurait eu une diminution sur les intérêts, cela ne le sauverait pas, et nous verrons que, sous ce point de vue, sa situation est tout autre que celle du négociant.

Le véritable principe d'économie politique en cette matière est donc qu'il faut rendre difficile au propriétaire les moyens d'emprunter et lui rendre facile et économique les moyens de vendre à l'amiable une part de sa propriété pour avoir les capitaux suffisants à l'exploitation du reste, au lieu de l'exciter à hypothéquer le tout jusqu'à concurrence de ses besoins. Laisser au système hypothécaire ses difficultés actuelles d'expropriation et faciliter les ventes volontaires, en supprimant les droits de mutation de toute propriété qui ne serait pas hypothéquée, voilà donc le véritable moyen d'améliorer le sort de la propriété foncière (1), et de la société en général. C'est ce qui paraîtra

---

(1) Il est bien entendu que cette réforme de la législation devrait concourir avec la réforme des impôts indirects et des douanes, qui, par contre-coup, anéantissent

parfaitement évident quand on aura lu les développements
que je donnerai à cette vérité ; — vérité qui se rattachera
à tout le reste de notre économie politique, surtout au
système de nos impôts et de nos douanes.

§ III.

Il faut diviser la terre et non pas la mobiliser.

Avant d'aller plus loin, je dois donner un éclaircissement indispensable.

J'ai dit, et c'est mon point de départ, que les capitaux
mobiliers prêtés à la terre, s'y fixaient et n'en ressortaient
plus ; que les améliorations rurales, accomplies à l'aide de
ces capitaux, augmentaient la valeur capitale du domaine,
mais ne produisaient pour le propriétaire qu'une augmentation de revenu égale à peu près à l'intérêt du capital
employé, ce qui, par conséquent, ne pouvait lui donner
les moyens de rembourser ce capital.

J'ai dit que l'industriel qui exploite des valeurs mobilières est dans une situation toute différente, puisque le
capital ne fait que se transformer en valeurs toujours mo
bilières, qui sont perpétuellement réalisables en ses mains,
et qui, en déduisant le bénéfice de son travail, lui fournissent de quoi rembourser le capital et les intérêts. Il a,
d'ailleurs, la chance d'un bénéfice ; le propriétaire foncier
n'a que la chance d'un revenu. Cette différence est fon-

le produit des récoltes, et ruineront toujours le propriétaire, quelque système
de mutation qu'on adopte pour les propriétés.

damentale. Sur elle repose tout l'édifice de notre doctrine. Je veux donc la rendre bien claire.

Sans doute la récolte que rend la terre, en outre du revenu, restitue encore le montant des frais dépensés pour la culture. Mais ces frais devant recommencer forcément l'année suivante, le propriétaire est dans la nécessité d'en garder le montant pour continuer l'exploitation. Il ne peut donc s'en servir pour rembourser le capital emprunté. Il n'a jamais de disponible que l'augmentation de revenu dû à l'amélioration rurale que le capital emprunté lui a donné les moyens d'accomplir.

D'ailleurs, l'usage du crédit ne doit point être considéré dans son emploi pour les frais de culture habituels. Ces frais, le cultivateur doit avoir les moyens d'y subvenir par lui-même, ou bien il doit évidemment se ruiner; car sa culture, son revenu, sa vie, tout serait à la fois précaire et faux.

Le crédit doit donc avoir pour objet de lui fournir les moyens d'améliorer le fonds lui-même, d'y faire des digues, des canaux, des engrais extraordinaires, etc., etc. Or, ce sont ces travaux qui perfectionnent puissamment l'agriculture et augmentent le capital rural de la nation; ce sont ces travaux qu'il est désirable de voir effectuer par l'emploi du crédit, mais ce sont aussi ces travaux qui fixent immuablement le capital emprunté dans le sol, et ne lui permettent plus d'en sortir sous forme mobilière.

Ainsi, par exemple, qu'un propriétaire emprunte vingt mille francs pour faire une digue qui préservera ses terres basses de l'inondation; si son affaire est bien calculée, ses terres augmenteront de la valeur capitale de vingt mille francs, plus ou moins; mais croyez-vous qu'elles lui ren-

dront vingt mille francs de plus? Non, sans doute, cette
dépense une fois faite, reste inhérente au sol, et ne se reproduit pas comme les frais habituels de chaque année,
de chaque récolte. Elle produit seulement une augmentation de revenu proportionnelle. Or, avec cette augmentation de revenu, qu'absorbe à peu près le paiement des
intérêts, comment est-il possible que le propriétaire rembourse le capital? — C'est ce qui n'arrivera pas une fois
sur mille.—Ajoutez à cela les chances des mauvaises années, de la mévente, des longs délais quelquefois nécessaires au placement des récoltes, et vous verrez bientôt
quelle est la position des propriétaires emprunteurs. Vous
verrez combien elle diffère de la situation d'un industriel
qui conserve toujours les capitaux employés, sous forme
mobilière et disponible, susceptible de grands bénéfices;
vous verrez combien la première situation est antipathi-
que au crédit, et combien la seconde lui est favorable.

Une fois cet éclaircissement bien compris, continuons.

Je ne m'arrêterai pas aux difficultés de la réforme hypothécaire. Elles sont immenses; les droits acquis, les garanties des biens de mineurs, des femmes mariées, mille
complications se présentent.—Mais je suppose toutes les
difficultés résolues, et la législation changée; je suppose
qu'elle soit parvenue à cet état que l'expropriation de tout
domaine foncier donné en garantie d'un emprunt soit as-
sujétie au moins de formalités, au moins de délais, au
moins de frais possible.

Je dis au moins possible, parce qu'il faudra toujours
en conserver une partie, à moins qu'on ne veuille rendre
probable la spoliation du propriétaire, faute de publicité
certaine, de concurrence à la vente; à moins qu'on ne

veuille que l'expropriation ne se change en véritable guet-apens usuraire : cela se comprend de reste.

Cherchons quels seront les résultats de cette nouvelle législation; puis nous les mettrons en regard de la législation toute contraire que nous avons indiquée et dont nous développerons les conséquences.

Les propriétaires ayant généralement un attachement positif à leur domaine, surtout s'il est patrimonial, quand ils éprouvent un besoin d'argent, cherchent toujours à emprunter, plutôt qu'à vendre le domaine lui-même.

Pleins d'illusions, ils imaginent qu'une récolte avantageuse viendra les dégager.

Du moment que le système hypothécaire sera beaucoup moins rigoureux, il est à peu près certain que les propriétaires, dans leur ensemble, contracteront une grande masse d'emprunts, les capitalistes étant plus disposés à leur faire des avances, précisément parce que la plus grande facilité d'expropriation leur présentera un moyen plus efficace de remboursement.

Le premier résultat de cette modification financière sur l'économie publique sera, non pas de diviser les propriétés, mais d'en vicier instantanément l'unité et le vrai principe.

En effet, la propriété foncière se trouvera immédiatement mise en gage. D'un bout de la France à l'autre, elle sera grevée d'une masse d'hypothèques en garantie des prêts effectués.

Or, toute propriété hypothéquée devient d'une nature complexe fausse. La possession reste entre les mains du détenteur, mais l'hypothèque transfère à son titulaire un droit virtuel sur le fonds, de sorte que la terre a réellement deux maîtres, hostiles l'un à l'autre, et dont le second est destiné à dépouiller le premier.

En facilitant aux propriétaires une grande masse d'emprunts, tous hypothécaires, tous consentis en vue d'expropriation, puisque la facilité donnée à cette expropriation les aura fait naître, voyez dans quel état vous placerez le pays dès votre début! — Continuons.

Les échéances des contrats arriveront. — Les propriétaires pourront-ils rembourser? — Non, dans l'ensemble, ils ne le pourront pas.

Ils ne le pourront pas, car, de deux choses l'une :

Ou ils ont emprunté, ce qui serait le pire de tout, pour subvenir aux frais annuels de culture;

Ou ils ont emprunté pour faire quelques améliorations capitales à leur fonds.

Dans le premier cas, la récolte leur rend bien leurs frais, joints à leur revenu; mais ils ne peuvent rembourser la somme empruntée sans cesser à l'instant leur culture, car ils ont indispensablement besoin de la même somme pour recommencer les frais de culture de l'année suivante.

Dans le second, les capitaux employés aux améliorations sont immobilisés dans le sol et ne peuvent fournir au remboursement.

Si donc les propriétaires paient exactement l'intérêt du capital emprunté, ce sera tout ce qu'on pourra espérer. Nous parlons de l'ensemble, quelques exceptions ne feraient pas règle.

Encore ne paieront-ils les intérêts qu'en se gênant beaucoup, car le revenu est trop faible dans la misérable situation où les douanes et les impôts indirects placent les propriétaires, au moins ceux de nos contrées.

En cet état de choses, arrivera l'expropriation.

Je veux bien croire que les prêteurs n'abuseront pas de la facilité que la loi réformée leur aura donnée. Les propriétaires, toujours par attachement pour leur manoir, solliciteront un renouvellement. Ils l'obtiendront. A la nouvelle échéance, ils se retrouveront dans la même situation empirée. Ainsi de suite. — Il n'y a pas de chances humaines qui puissent rompre cet enchaînement, jusqu'à ce qu'enfin il aboutisse à l'expropriation.

Or, un tel état de choses ne divise pas la propriété, il la déchire, il la fausse, il la vicie, il la stérilise. Placée entre des mains gênées, convoitée par des mains riches, elle n'est réellement fructueuse à personne, comme elle devrait l'être. Croyez-vous qu'un propriétaire, qui travaille sur un fonds dont il n'a que la possession apparente, mais dont la propriété est placée virtuellement ailleurs par une hypothèque à laquelle doit succéder une expropriation facile, puisse féconder avec constance ce sol dont il sent qu'il va être dépouillé? Quand il le voudrait, en aurait-il les moyens? Où les prendrait-il, à moins de faire de nouveaux emprunts, c'est-à-dire à moins de se ruiner un peu plus? Il a la terre, mais n'en a plus le capital réel. Sa vie est une illusion douloureuse qui doit finir par un réveil plus pénible encore.

Cette situation fausse, ainsi que je l'ai dit, déchire la propriété sans la diviser; elle lui ôte sa stabilité, base de l'ordre social, sans lui donner cette mobilité, qui est l'attribut des capitaux proprement dits *mobiliers;* elle dissout, mais elle ne mobilise pas.

Car ce n'est pas l'étendue matérielle qui constitue la force sociale de la propriété, ainsi que les partisans des idées aristocratiques l'ont si long-temps soutenu. La grande propriété est, au contraire, plus faible que la petite, et soutient moins solidement l'ordre social. Je l'ai prouvé ailleurs.

Mais ce qui fait la force sociale de la propriété, c'est l'intégralité de son droit, c'est l'unité de sa possession, c'est la certitude de sa durée.

Tout cela est brisé, tout cela se dissout, dans un État que vous organiseriez de manière que le droit de propriété fût presque constamment scindé en deux parts, l'une pour le possesseur apparent, l'autre pour le créancier hypothécaire : lutte perpétuelle qui ruinerait le premier au profit du second, jusqu'à ce que le second, après l'expropriation, prît la place du premier, et se trouvât, avant long-temps, dans la même situation fâcheuse envers un nouveau prêteur.

Je suis donc intimement convaincu que toute tentative de mobiliser la terre est une haute folie en politique autant qu'en économie. — Il faut diviser la terre et non pas la mobiliser.

Qu'on me permette quelques explications.

Je ne suis point de ceux qui veulent rendre la propriété foncière immuable, et qui, pour arriver à ce but, préconisent l'inégalité des partages, le droit d'aînesse, les substitutions, et autres vieilleries inhumaines et anti-sociales.

Mais je suis de ceux qui croient que les capitaux mobiliers et les propriétés foncières sont si essentiellement différents, qu'il ne faut jamais essayer de donner à celles-ci la nature des premiers. La différence qui les sépare n'est point conventionnelle : elle tient à la nature même de l'homme et du monde.

Je veux donc que, sans s'aheurter à donner à la propriété foncière une stabilité factice, on lui laisse celle que la nature lui a faite. Je veux qu'on se persuade bien qu'un pré, un champ de blé, un vignoble, n'est point valeur de bourse à mettre sur un coupon, et à serrer dans son portefeuille, pour en faire objet d'agiotage ou de spéculation. Je veux qu'on soit bien convaincu que le jour où l'on arriverait à cette folle conception, la société tout entière serait une immense loterie, un vaste encan, qui succéderait à un Mont-de-Piété universel. — Mais l'ordre public, la morale, la paix du foyer domestique....., il n'y en aurait plus !

Remarquons bien que dans la supposition de réforme hypothécaire que nous examinons, il ne peut être nullement question, pour les propriétaires, de crédit au moyen d'une banque de circulation. La chose parle de soi-même. Ce serait des emprunts faits à des capitalistes qui chercheraient ainsi des placements, et non une circulation mobilière; capitalistes qui recevraient l'intérêt annuel et attendraient le terme de l'échéance pour l'expropriation; ce que, certainement, des banques ne pourraient faire, à à moins qu'on n'organisât quelque grand Mont-de-Piété pour la propriété foncière; et c'est ici, sans doute, que le génie monopoliseur et centralisateur, qui a aggloméré tous les capitaux dans Paris et dans le Nord de la France, signalerait sa puissance par quelque néfaste chef-d'œuvre !

Car remarquez que, du moment où la réforme hypothécaire serait prononcée, les grands capitalistes ouvriraient leurs bras et leur caisse à la propriété foncière pour l'envahir et l'absorber. — Or, ces grands capitalistes où sont-ils, je vous prie? Vous le savez comme moi. Vous

n'ignorez pas que les banquiers parisiens ne savent que
faire de leurs fonds ; que ceux qui ont des valeurs factices
en papier, voudraient bien en sortir pour se ruer sur des
propriétés plus réelles. Dès-lors, n'est-il pas présumable
que, profitant de la nouvelle législation, ils envahiraient,
au moyen de prêts hypothécaires, la vaste étendue du sol
qui souffre, et qui accepterait imprudemment ce secours
intéressé sans en calculer les dangers ? Ce serait la féodalité financière qui redeviendrait terrienne. Nos provinces
seraient, par le fait, vassales de Paris : nous reprendrions
notre ancien métier de *vilains*.

En face de ce système, dont je viens d'indiquer les principaux traits, voici, selon moi, le système véritable qu'il
faudrait tâcher de faire prévaloir tout à la fois dans nos
lois et nos mœurs.

Il faut démontrer au propriétaire qui possède une valeur foncière que j'évaluerai, pour prendre un exemple,
à cent mille francs, mais qui manque de capital mobilier,
soit pour exploiter annuellement son domaine, soit pour
y faire les améliorations de canaux, terrassements, digues, etc., qu'il lui vaut mille fois mieux vendre une
portion du domaine, jusqu'à concurrence du capital dont
il a besoin, que d'emprunter ce capital et de l'hypothéquer sur sa terre. — Ainsi, s'il a besoin de vingt mille
francs, par exemple, qu'il vende pour vingt mille francs
de terre, et, avec ce capital, qu'il exploite et améliore la
valeur foncière de quatre-vingt mille francs qui lui restera ; mais qu'il n'emprunte pas, surtout si l'expropriation
est facilitée.

Il faut convaincre le gouvernement que ce nouveau
mode de division de la propriété serait si avantageux à

l'agriculture, au revenu public, au perfectionnement des mœurs, aux progrès sociaux et à l'ordre politique, que pour l'obtenir il ne devrait pas crainde de faire le sacrifice d'une portion des revenus d'enregistrement, c'est-à-dire de renoncer au droit de mutation sur toute vente amiable de propriété non hypothéquée, ou du moins d'affaiblir tellement ce droit de mutation, que l'avantage de vendre une part du domaine, au lieu d'hypothéquer le tout, fût évident aux yeux des propriétaires, et surmontât le préjugé natif qui les éloigne de prendre ce parti salutaire.

§ IV.

Avantages du système proposé.

Nous devons achever l'esquisse que nous avons entreprise, en prouvant tout à la fois les avantages du système que nous proposons, pour les propriétaires d'un côté, pour la société politique et civile de l'autre.

Ce système consisterait à faciliter au propriétaire les moyens de vendre une portion du domaine, pour obtenir les capitaux mobiliers nécessaires à l'exploitation et à l'amélioration de la partie qu'il pourrait alors posséder librement, sans avoir recours à des emprunts sur hypothèques, dont nous avons exposé les conséquences inévitables et désastreuses.

On sait d'abord que la propriété foncière ne peut être exploitée avec avantage et succès, si le possesseur n'y joint un certain capital mobilier.

Non-seulement il faut qu'il puisse subvenir aux frais annuels de chaque récolte, mais comme il est plusieurs sortes de récoltes qui ne se vendent pas immédiatement après qu'elles sont faites ; d'autres, et notamment celle des vins, qui ne se vendent fort souvent que vers la fin de l'année suivante, quelquefois plus tard, il faut, avant de toucher le prix de la vente de ces récoltes, que le propriétaire recommence les frais de culture ; il faut qu'il continue les améliorations nécessaires ; il faut qu'il vive, lui et sa famille, et qu'il subvienne à tout son entretien.

Pour suffire à toutes ces dépenses forcées, lorsque les récoltes sont invendues, il faudrait que le propriétaire eût recours à l'emprunt, et nous en avons montré les déplorables effets, ou qu'il offrît en baisse ses récoltes, qu'il les sacrifiât à de mauvais prix pour en faire prompte ressource. Ce parti est bien pénible sans doute. Aussi, très-souvent, il s'obstine à les garder, et a recours à des emprunts, ce qui est une manière pire encore de sortir d'embarras pour y retomber bientôt, et n'en plus sortir.

Si, au contraire, chaque propriétaire ne garde que la portion de terre pour l'étendue de laquelle il aurait la disposition d'un capital mobilier proportionné, tous ces embarras disparaissent. Il obtient nécessairement ce capital en vendant une quantité de terre d'une valeur semblable : sa fortune n'est en rien diminuée ; elle s'élève toujours au même chiffre ; seulement elle se compose de deux portions, la principale en capital foncier, la seconde en capital mobilier destiné à circuler entre lui et ses récoltes, pour en assurer la meilleure production et la vente la plus avantageuse.

Alors plus d'échéances critiques, plus de formalités lon-

gues et dispendieuses, plus de sacrifices sur les récoltes,
plus d'intérêts usuraires. Cette terre qu'il travaillerait serait bien à lui, intégralement à lui ; il n'aurait pas à craindre l'époque prochaine d'une expropriation inévitable et
facilitée ; il n'aurait pas à craindre que les travaux entrepris, pour ne produire de résultats fructueux et abondants
que dans plusieurs années, ne fussent absorbés par le créancier destiné à devenir propriétaire par expropriation.

On voit donc que, par une vente qui aurait équilibré
sa fortune sans en diminuer la masse, le propriétaire serait placé dans une situation plus prospère et plus unie.
Sa terre, mieux cultivée tout à la fois, parce qu'il en aurait les moyens et parce qu'il en ferait usage avec confiance dans son avenir, donnerait de plus abondantes récoltes, et la masse générale de la population en profite-
rait.

Et remarquez que la portion de terrain qu'il aurait
vendue se trouverait dans une situation aussi favorable ;
car il est rare, quand on achète une propriété foncière,
qu'on y place la totalité de son capital mobilier. Alors
cette portion de propriété, achetée par quelque petit capitaliste, se trouverait aussi jointe à un capital mobilier
suffisant pour sa bonne exploitation. Le domaine total,
au lieu d'être tiraillé entre un propriétaire et un créancier
hypothécaire, se trouverait tout naturellement divisé entre deux propriétaires, dont chacun aurait par devers lui
le capital nécessaire pour la bonne culture de sa portion.

Que si l'on m'objecte que certains propriétaires n'ayant
déjà qu'une faible étendue de terrain, ne pourront en dé-
tacher une partie pour subvenir à la culture du reste sans
circonscrire leur propriété, déjà très-petite, dans des li-

mites trop bornées, je répondrai que c'est rarement les petits propriétaires qui ont recours à des emprunts onéreux,
mais presque toujours les grands propriétaires : les petits
propriétaires, pour la plupart cultivateurs eux-mêmes, ont
toujours en eux-mêmes des ressources suffisantes. Il ne
faut qu'avoir habité nos campagnes pour savoir que les
petits propriétaires-cultivateurs font des revenus et des
économies, à côté du grand propriétaire qui est gêné et
qui s'endette. Le petit propriétaire, au contraire, grâce à
son travail, à sa frugalité, à l'investigation perpétuelle
de son champ, trouve presque toujours dans ses récoltes
les moyens d'acheter une petite augmentation de terrain,
tandis que la grande propriété se détériore presque toujours au moral et au physique, destinée qu'elle est à se
scinder nécessairement, ou par le cours naturel de la société, ou par les vices inhérents à son étendue.

Voyez donc combien de graves motifs existent pour ne
pas favoriser la tendance naturelle des propriétaires gênés, à contracter des emprunts hypothécaires ! Voyez combien la division naturelle des propriétés, par vente amiable exempte de droits de mutation, améliorerait la position de la masse sociale en général. Voyez combien la
propriété mieux répartie serait plus productive : voyez
comment tomberait tout-à-coup cette guerre de procès et
de chicane entre les propriétaires et les créanciers par hypothèques : voyez quelle sécurité, quel ordre dans l'augmentation du nombre des propriétaires; quel acheminement, sinon vers l'égalité des fortunes, du moins vers la
décroissance paisible et graduelle de leur trop grande inégalité !

Et si, à ce nouveau système social, vous joigniez la

réforme de notre système des douanes et de nos impôts indirects, vous verriez à quel degré de prospérité notre grande et belle France territoriale s'élèverait comme par enchantement; mais c'est un avenir qu'il nous est seulement défendu d'espérer, en face de ce qui se passe chaque jour sous nos yeux, surtout quant aux douanes!

Il est bien évident que cette amélioration obtenue dans leur sort par un grand nombre de citoyens, s'étendrait à l'État lui-même, augmenterait sa force, sa population, les ressources de ses finances, et fonderait un véritable crédit public. Les mœurs, l'instruction, les progrès moraux de l'intelligence, suivraient naturellement, et vous verriez alors comment les progrès et l'extension des droits politiques serait facile, paisible, lorsque le nombre des propriétaires aurait augmenté, et lorsque le nombre des prolétaires aurait diminué dans une proportion toute semblable. — La division naturelle des propriétés vous donnerait toute seule cet admirable résultat. La population serait à la fois plus heureuse, plus morale et plus libre.

La conséquence inévitable serait la stabilité du gouvernement, et c'est ici que je veux insister de nouveau sur des considérations spéciales que j'ai déjà indiquées dans une autre occasion.

Certes, lorsque de 1789 à 1793 l'ordre social en fermentation, en travail de sa rénovation générale, fut si violemment troublé par tant d'attentats, d'insurrections morales et physiques, de déchirements violents dans le droit de propriété, ce n'était pas faute, dans l'ordre social antérieur, d'avoir assuré par tous les moyens possibles l'organisation, le maintien de la grande propriété. Nos lois la rendaient en quelque sorte immuable. — Et c'est précisément de là que vint la plus grande partie de nos maux. — Et c'est la destruction de cette immuabilité de la grande propriété qui nous a fourni le remède aux maux passés, en même temps que le préservatif de maux semblables dans l'avenir.

En effet, ce n'est pas le sol sur lequel est établi l'État qui défend l'ordre social contre les commotions qui l'attaquent, ce sont les hommes qui habitent ce sol.

Vainement Napoléon a-t-il dit, quand il voulut réorganiser le système impossible de l'immuabilité politique : — Les grands propriétaires n'aiment pas que le sol tremble. — Sans doute ils n'aiment pas que le sol tremble; mais ont-ils les moyens de l'empêcher de trembler? Bien au contraire, sur mon âme!.... car, sous leurs pieds, le sol est toujours en fermentation d'un tremblement de terre universel !

Sur ce sol, dont le monopole est si partialement garanti aux premiers possesseurs, végètent, humbles et dépouillés, des milliers d'hommes habitués de longue date à la subjection la plus passive. Les choses durent ainsi long-temps; mais d'un côté le luxe s'accroît, de l'autre, la misère augmente : un jour la résignation se lasse, et l'insurrection dresse ses mille têtes affamées. Et que feront alors quelques centaines de grands propriétaires isolés pour résister aux flots soulevés de la race humaine? Tout homme qui a faim et qui a deux bras vigoureux, est alors de niveau avec le plus grand propriétaire possible. Or, plus la propriété est grande, plus le nombre des propriétaires est petit : plus donc ils sont faibles, abandonnés, livrés sans défense aux haines populaires, qui, dans leur emportement orageux, frappent quelquefois plus fortement l'innocent que le coupable.

La grande propriété ne peut donc rien pour défendre l'ordre social, si toutefois on peut appeler ordre social l'organisation inhumaine et fausse qui la consacre.

Plus la propriété est divisée, au contraire, plus les propriétaires sont nombreux. Plus ils sont nombreux, plus ils sont forts. Plus, en groupant autour d'eux leurs amis et leurs parents, ils forment une masse compacte que les exaspérations radicales ne peuvent entamer. D'ailleurs, remarquer que lorsque la propriété est très-divisée, elle excite peu d'envie et de haine, parce qu'elle-même devient plus populaire, plus à la portée de tous. L'ordre social qui la consacre est donc doublement solide, parce qu'il a peu d'ennemis et parce qu'il a beaucoup de défenseurs.

Ainsi, comparez la révolution de 89 et des années suivantes avec celle de 1830. La première fut suivie d'attentats inouïs ; la seconde s'est accomplie sans porter atteinte au plus profond respect du droit de propriété, sans proscription, sans confiscation : et lorsque quelques irritations locales ont occasioné des troubles momentanés, comme lors de l'insurrection des ouvriers lyonnais, on aurait cru dans le premier moment que tout allait se bouleverser et se confondre !.... Eh ! bien point du tout. L'ordre s'établissait de lui-même dans ce désordre, les populations recherchaient d'elles-mêmes à reprendre leur équilibre naturel, et redemandaient spontanément le rétablissement des lois dont elles avaient secoué le frein dans un moment de convulsion spontanée, mais sans intention de les détruire.

Si vous voulez expliquer la cause de ce grand phénomène politique présenté par la révolution de 1830, par cette révolution la plus glorieuse et la plus grande de toutes celles que nous rappellent les annales du monde, vous trouverez son explication dans les habitudes morales que la nation française a prises depuis que la division des propriétés, commencée par la tourmente de 89, s'est petit à petit établie par nos lois. — Si, lors de cette première révolution, la commotion fut si violente, c'est que la propriété, concentrée en un trop petit nombre de mains, n'avait presque personne pour la défendre, et qu'elle était un objet de haine pour les masses populaires iniquement exhérédées par le monopole et le privilége. Maintenant, au contraire, nous comptons en France près de trois millions de familles, ayant une part libre et indépendante à la propriété du sol : admettez seulement que chaque famille, l'une dans l'autre, soit composée de quatre ou cinq individus, voilà dans l'État douze à quinze millions de personnes intéressées au maintien de la propriété. — Puis, groupez autour d'elles leurs amis, leurs alliés, leurs clientelles de chaque sorte, que reste-t-il donc pour s'attaquer à la propriété ?.... Quelques rassemblements improvisés par des factions sans racine dans le pays, antipathiques aux intérêts du pays, repoussées et maudites par tous ceux qui aiment le pays : de sorte qu'à la simple apparence de l'attentat le plus faible contre la propriété, depuis l'humble échoppe du pauvre jusqu'à la brillante demeure du riche, au premier coup de tambour, la garde nationale est toute prête à défendre la propriété menacée, et par conséquent à garantir l'ordre social qui lui sert de consécration. — Je le répète donc, il faut diviser la pro-

priété, et non pas s'entêter à chercher l'impossible moyen
de la mobiliser.

Ainsi donc, plus nous devons être opposés aux partages
violents que les tribuns populaires ont quelquefois prê-
chés; plus nous devons être partisans de la division légale, graduelle, amiable des propriétés. Or, le système
que je me suis efforcé d'établir, et que j'ai expliqué sans
art, sans ornement de style, précisément pour le rendre
plus clair, plus facile à saisir par ceux-là même qui ne
se sont jamais occupés d'économie politique, ce système
dis-je, me paraît un des plus efficaces pour rendre la
propriété plus indépendante, plus fructueuse, plus divisée; pour l'arracher à ce tiraillement perpétuel de l'emprunt qui la dévore par l'intérêt, de l'expropriation qui
la dévore par les frais, après l'avoir stérilisée par une
pénible attente passée dans la pénurie et la dépendance.
Je sais que ces idées sont difficiles à acclimater dans l'esprit des propriétaires, accoutumés depuis long-temps à
suivre une autre marche : mais c'est une raison de plus
pour que le gouvernement leur imprimât lui-même une
impulsion salutaire. Ils la trouveraient, incontestablement, dans la suppression du droit de mutation sur toute
vente partielle d'une propriété non hypothéquée, et cela
jusqu'à concurrence d'une quotité proportionnelle de cette
propriété.

8ᵐᵉ QUESTION.

DU SYSTÈME PROHIBITIF.

§ Iᵉʳ.

Situation économique.

L'ÉPOQUE actuelle est travaillée par deux grandes difficultés.

L'une est relative à la politique gouvernementale, l'autre à l'économie sociale, qui réalise par la pratique administrative l'absolutisme ou le libéralisme dont le principe régit le gouvernement.

Sous la restauration, on sait comment le despotisme central cherchait à prévaloir dans ces deux ordres d'idées. On sait quelle double lutte la France a dû soutenir.

Le despotisme politique tendait à courber toutes les volontés individuelles sous le niveau commun, à supprimer la liberté de pensée, de parole et d'action; à détruire la liberté électorale, la liberté de la presse, la liberté religieuse, la liberté financière, la liberté administrative; et, pour que les forces individuelles ne pussent résister à cet envahissement universel, on s'occupait à les éteindre par le droit d'aînesse, par les substitutions, par les priviléges successifs qui auraient rétabli des classifications hiérarchiques en supprimant le libre arbitre et la moralité des individus.

Le despotisme économique, agissant à la fois par le mécanisme financier, par le mécanisme fiscal (ce qui est encore autre chose), et par le mécanisme prohibitif, enchaînait la liberté industrielle et commerciale sous un réseau de fer tout-à-fait analogue à celui de la politique. La nation se traînait haletante et courbée sous ce double fardeau.

Vint alors la révolution de juillet. Le gouvernement absolutiste et rétrograde fut détruit; mais, en mourant, il nous a légué pour adieux la charge pesante de ses fautes, et l'hostilité continuée des intérêts oppresseurs qu'il avait enrégimentés pour s'en faire un appui contre nous.

La France libérale a donc à vaincre à la fois la difficulté gouvernementale et la difficulté économique, pour parvenir à une organisation uniforme qui permette enfin à ses grandes destinées de se révéler au monde.

Je ne suis pas de ceux qui veulent un progrès incessant et sans bornes dans les institutions politiques. Un tel progrès est un fléau; un tel progrès serait même le plus grand de tous les fléaux, le moyen certain d'arriver à une dégradation universelle dans l'ordre politique et dans l'économie sociale.

Car cette folle tendance à un changement perpétuel placerait les perfectionnements réels de la société sur des bases tellement incertaines et mobiles, qu'aucun développement utile ne pourrait s'accomplir, faute de point d'appui.

Je crois donc que les institutions politiques d'un peuple doivent marcher graduellement, s'arrêter d'époque en épo-

que pour s'asseoir, pour se consolider, pour s'enraciner
dans les mœurs, pour laisser à la partie retardataire de
la population le temps d'atteindre la partie la plus avancée,
afin que tout se réunisse, se joigne, et marche ensuite
d'accord. Je crois qu'après chaque temps d'arrêt politique
consacré au développement pratique de l'économie sociale,
vient le moment de recommencer une nouvelle extension
vers une organisation nouvelle, et qu'ainsi, de marche en
marche, de station en station, l'humanité doit s'avancer
vers la station définitive où l'imperfection de sa nature
posera la borne que sa généreuse ambition doit sans cesse
vouloir atteindre, sans pouvoir jamais la dépasser.

En jugeant d'après ces maximes le gouvernement actuel, je suis convaincu en mon âme et conscience, et si je
parlais à Dieu face à face, je ne parlerais pas autrement,
je suis convaincu que ce gouvernement a fait, en institutions politiques, tous les progrès qu'il devait faire pour
l'époque donnée où il était établi. Je crois même qu'il en
a fait plus qu'il n'aurait dû, et que de là vient, en grande
partie, le malaise et l'incertitude qui travaillent la nation
française, placée dans cette situation fàcheuse d'un peuple
dont les mœurs politiques sont moins avancées que ses
institutions gouvernementales. — De sorte que quelques
hommes, esprits généreux mais imprudents, qui demandent à grands cris qu'on libéralise encore davantage nos
institutions, tendent, à leur insu, à augmenter le mal,
bien loin d'y porter remède.

Mais, par un autre contre-sens bien plus fatal encore,
le gouvernement qui, en politique, a fait plus qu'il n'aurait dû, en économie sociale s'obstine à ne rien faire du
tout, à refuser toute espèce de progrès, non-seulement

pour le présent, mais encore pour l'avenir. Il se raccro-
che, avec ténacité, à toutes les fausses maximes du passé;
il conserve soigneusement les vices économiques de la
restauration, et si quelques améliorations partielles ont
été obtenues, non de sa bonne volonté, mais de ses craintes, il s'empresse de profiter de la première lueur d'im-
punité qu'il peut espérer, pour annoncer hautement que
cette concession de sa part fut une faute, et qu'il veut la
retirer (1).

Système de crédit, système d'impôt, système de douane,
tout est conservé, non pas à titre de mal inévitable qu'il
faut tolérer provisoirement comme charge du passé, avec
l'intention de rentrer graduellement dans un système
meilleur et contraire, mais à titre d'excellent système
d'économie publique, dans lequel on veut persévérer, avec
l'intention de rétablir, s'il est possible, les parties de ce
système que les évènements ont altérées, et d'organiser
l'avenir sur les modèles du passé qui nous ont ruinés.

Nous ne manquions pas d'indices qui nous montraient
cette fausse direction du pouvoir. Déjà, plusieurs fois,
nous avons dû nous élever contre ses erreurs; mais, spec-
tateurs et auxiliaires de la lutte politique où il était en-
gagé contre des factions coupables, nous étions sans cesse
retenus par la crainte de l'affaiblir, et nous aimions mieux
encore contribuer à lui donner une force dont il pourrait
abuser contre nous, que de détruire, en l'affaiblissant,
les garanties indispensables à l'ordre public et à la liberté !

Car nous sommes convaincus qu'un gouvernement,

---

(1) Notamment la diminution des impôts indirects, que M. Humann et tant d'autres ont déplorée avec amertume!

même fautif, vaut infiniment mieux que l'anarchie; et nous connaissons assez la nature des factions qui agitent notre malheureux pays, pour être certain que leur triomphe verserait sur la France des calamités cent fois plus intolérables encore que le mal qui pouvait résulter pour nous des fautes du gouvernement.

D'année en année, de session en session, nous avons donc patienté; nous avons calmé souvent l'irritation de nos populations appauvries; nous avons même exposé et notre réputation et notre influence à des suspicions qui ne manquaient point de couleurs spécieuses. L'on pouvait nous reprocher, en effet, de traiter dans le pouvoir actuel avec une bien grande tiédeur les fautes que nous avions reprochées avec tant d'amertume au pouvoir déchu, et trouver que nous ne défendions plus avec la même énergie les intérêts populaires quand ils étaient injustement froissés.

Cependant ceci nous affectait peu. Tant qu'il restait une chance de voir le gouvernement changer de système, tant qu'il nous restait l'espoir d'obtenir justice sans le compromettre aux yeux du pays, notre devoir était d'attendre et de souffrir. Nous ne devions pas compliquer encore les difficultés gouvernementales.

Mais à mesure que les évènements ont marché et que le gouvernement s'est raffermi, au lieu de se montrer plus disposé à modifier les systèmes économiques dont nous sommes victimes, il s'est, au contraire endurci contre nous, il a laissé percer l'ironique dédain qu'inspirent aux puissantes influences qui le dominent nos réclamations et notre faiblesse. Non content de ne tenir aucun compte du dévoûment de nos contrées, de leurs services, de leur résignation patriotique; non content de ne faire aucun cas

des avis et des renseignements amiables, les ministères
nous ont porté enfin, au grand jour de la presse et de la
tribune, le solennel défi de prouver à la raison publique
notre souffrance et notre bon droit; et, dans leurs mani-
festes de guerre industrielle, ils ont déclaré, sans réserve
et sans ménagement, que le système d'économie publique
dont nous nous plaignions était bon, excellent, nécessaire
au progrès de la civilisation; qu'il avait toujours été pratiqué, qu'il le serait toujours, et que les avertissements
dont nous les avions assourdis, « n'étaient que des échos
» de lieux communs que nous répétions sans avoir pris
» la peine de comparer deux chiffres. »

Placés sous le coup de cette déclaration de guerre et
de cette accusation aussi tranchante que légère, voyant
tout espoir de changement de système officiellement
anéanti, nous sommes rentrés forcément dans le droit de
légitime défense. Il nous faudra montrer qui, de nous
ou des ministres, s'est rendu coupable de *n'avoir répété*
que des lieux communs, sans avoir pris la peine de com-
parer deux chiffres. C'est un devoir dont j'assume sur
moi l'accomplissement. Ce n'est point l'affaire d'un jour;
c'est une lutte longue et sérieuse que nous suivrons sans
hésitation et sans relâche. Ce que nous écrivons aujour-
d'hui n'a d'autre but que d'en faire connaître les justes
motifs, d'en indiquer la marche et d'en préciser les développements.

Nous ne voulons pas prendre pour texte unique les discours de nos adversaires; ces discours sont trop incomplets,
trop écourtés, trop dépourvus de méthode et d'ensemble,
pour donner matière à une réfutation profitable. Habiles
en escrime oratoire, nos contradicteurs sautent sans cesse

à quartier, passent sur certaines difficultés comme sur des charbons ardents, s'accrochent à quelques incidents spécieux, laissent entièrement à l'écart les faits ou les principes qui les gênent, et se déchaînent adroitement contre les théories absolues, au moment même que le système établi par eux n'est que l'application de la plus absolue et de la plus fausse des théories.

Nous ne suivrons pas dans notre exposé une marche semblable. Le système que l'on a éparpillé, nous le rassemblerons, nous le concentrerons en un bloc pour montrer l'incohérence de ses parties, l'erreur des doctrines, les contre-sens de la pratique.

Nous rattacherons à l'examen de ces folies prohibitives l'examen des folies fiscales et financières qui en sont le corollaire et le complément obligé.

Nous montrerons que l'organisation prohibitive promettant dans l'avenir l'affranchissement commercial par le perfectionnement de l'industrie protégée, n'est que le plus dérisoire, le plus spoliateur de tous les mensonges systématiques.

Nous montrerons que le système prohibitif ne crée rien, mais qu'il répartit inégalement les forces créatrices sur le pays, et en détruit la meilleure partie.

Nous montrerons que le système protecteur lèse perpétuellement les intérêts généraux au profit des intérêts particuliers ; qu'il organise ces intérêts particuliers eux-mêmes si follement, qu'il les pousse à un besoin de protection tel, que cette protection devenant finalement impossible, il leur faudra tôt ou tard succomber dans une convulsion violente, après avoir ruiné le pays.

Nous montrerons que cette hostilité industrielle dans

laquelle le système des douanes place les nations destinées à guerroyer les unes contre les autres, par une prohibition incessante et réciproque, détruit tous les liens
de paix et de civilisation que la Providence avait créés
pour l'humanité; livrant ainsi le monde en pâture à des
cohortes douanières n'ayant d'autre mission que, d'empêcher les libres relations des peuples, et l'échange des
moyens de jouissance et de progrès qu'ils pourraient mutuellement se procurer : de sorte que l'état de paix devenant alors plus nuisible aux relations du commerce que
la guerre elle-même, la lutte industrielle est un nouvel
excitant aux discordes belliqueuses des empires; au lieu
de consolider la paix, le commerce prohibitif enfante la
guerre, d'autant que sous son hideux empire, les peuples
des divers États n'étant plus unis par leurs relations et
leurs échanges, sont toujours prêts à seconder les fu-
reurs ambitieuses de leurs gouvernements.

Nous ferons voir le ridicule spectacle que présente-
raient alors les nations échelonnées dans une prohibition
par étage, les moins avancées prohibant les plus civili-
sées, pour être à leur tour prohibées par celles qui resteraient en arrière; de sorte que la plus barbare devrait
prohiber à la fois l'industrie de toutes les autres, afin de
manquer provisoirement de tout, pour activer plus rapidement sa civilisation !

Nous ferons voir le ridicule plus grand encore d'un
système qui s'écrie : « Nous avons conquis le coton,
nous conquerrons le fer ; nous marcherons vers une conquête industrielle générale et toujours croissante, car ces
industries fécondes et progressives valent bien la peine que
nous nous les donnions. » Et qui ne s'aperçoit pas qu'il

ne conquiert rien, qu'il ne se donne rien, mais qu'il achète ces prétendues créations trois fois plus cher qu'elles ne valent, trois fois plus cher qu'il ne lui en aurait coûté d'acheter les objets créés, au lieu d'épuiser à contre-sens les forces productives du pays !

Nous ferons voir enfin que si le système protecteur protégeait également tous les intérêts, il ne serait qu'une impartiale et ridicule bêtise. Mais que, protégeant sans cesse les uns à l'éternel détriment des autres, il est la plus ridicule et la plus injuste des oppressions.

Et dans ce partage de faveur et d'oppression, nous ferons voir que le système économique dont on nous annonce la consécration éternelle réserve toute la protection pour la zone de la France où nous n'habitons pas, et toute l'oppression pour la zone de la France que nous habitons; de sorte qu'il nous incarcère forcément dans un ordre de choses dont nous devons porter toutes les charges, dont nous ne devons recueillir aucun avantage : bien plus, dans lequel nous devrions perdre tous les avantages que la nature nous a donnés, afin de faciliter la création factice des avantages industriels dont on veut doter les favoris du système prohibitif.

Car si le système proclamé recevait complètement son exécution, ce dont Dieu nous préserve, la destruction de tous nos moyens de fortune en serait de plus en plus la conséquence inévitable. Baser le progrès des conquêtes industrielles sur le principe de la prohibition; n'y faire d'exception qu'aux époques successives où la perfection des produits protégés serait venue à un tel degré, que les produits étrangers pourraient être admis sans faire une concurrence effective sur notre marché intérieur (1), c'est, par le fait, annoncer que jamais les produits étrangers ne seront admis à notre consommation, que lorsque notre consommation n'aura plus intérêt à les recevoir et ne les recevra plus. C'est par conséquent détruire pour toujours toute possibilité d'importation étrangère; c'est par conséquent détruire pour toujours toute possibilité d'échanges et d'exportation des produits de notre sol; en un mot, c'est détruire pour toujours le commerce maritime, simultanément terrassé sous la charge des droits différentiels.

Exécuter ce système, ce serait nous dire : Détruisez vos chantiers, brûlez vos navires, comblez vos passes, fermez vos magasins, renvoyez vos ouvriers, arrachez vos vignobles, passez la charrue partout et retournez à la barbarie; car nous voulons conquérir le coton, nous voulons conquérir le fer, nous voulons conquérir la houille, nous voulons conquérir le sucre; nous nous sentons enflammés d'un héroïsme industriel qui ne peut plus souffrir d'obstacles; le système protecteur est admirable, car il nous conduit infailliblement à ce but. Et si pour l'atteindre il faut, chemin faisant, anéantir votre commerce maritime et votre industrie vinicole, c'est fâcheux pour vous, mais qu'y faire? nous ne nous arrêterons pas pour si peu de chose; nous sommes de véritables conquérants, et malheur aux vaincus?

Malheur aux vaincus!....... Soit ; — puisque, selon vous, le commerce est une conquête, l'industrie, une guerre; puisqu'au lieu de se donner la main pour s'en-

---

(1) Espoir illusoire, qui ne se réalisera même jamais : je le prouverai.

tr'aider, vous destinez les peuples à se combattre pour se dépouiller, nous défendrons de notre mieux notre héritage envahi; car, très-positivement, en réponse à votre déclaration de guerre, nous vous déclarons, nous, que nous ne vous laisserons pas conquérir sans résistance. Presse, élections, associations, nous emploierons tous les moyens qui nous restent pour recruter notre armée. Nous succomberons, direz-vous?.... c'est possible; mais céder volontairement?...... Jamais.

§ II.

Du Système prohibitif.

De toutes les institutions anti-sociales, le système prohibitif est la plus trompeuse. Il ruine les nations sous prétexte de les protéger, et souvent elles s'y attachent en raison même du mal qu'il leur fait.

Ce n'est qu'au dernier moment, lorsque le mal est parvenu à son plus haut excès, qu'elles commencent à comprendre l'erreur; elles invoquent alors la liberté commerciale comme auparavant elles invoquaient le privilége. Vous l'avez vu pour les colonies; nous l'avons vu pour l'Angleterre.

C'est que l'Angleterre étant entrée la première dans cette voie fatale, est arrivée la première au fond de l'impasse. Elle cherche partout une issue pour en sortir, mais vainement : toutes les issues sont murées par les nations voisines qui, séduites par son exemple, ont élevé autour d'elles les barrières prohibitives, représailles de son absolutisme industriel.

La France n'étant entrée que la seconde dans la voie prohibitive, n'est pas encore touchée de repentir : elle marche encore tête baissée dans cette voie fausse; elle croit la route belle, parce qu'elle n'est pas encore arrivée au mur de clôture contre lequel elle est destinée à se briser le front. Le gouvernement qu'on appelle représentatif, et qui n'est qu'un échafaudage électif sur lequel se guinde l'omnipotence démocratique, ne voyant pas encore la population industrielle réduite, en France, à la taxe des pauvres, demeure plein de foi dans le régime prohibitif. Il ne manque pas de dupes, en effet, pour croire, comme l'ont affirmé M. de Saint-Cricq et M. Thiers, que la prohibition conduit à la liberté du commerce : car, disaient ces grands économistes, « quant nos industries » auront atteint la perfection et le bon marché des in- » dustries étrangères, alors nous lèverons les barrières, » et nous admettrons les produits étrangers sur le mar- » ché français : il nous faut un peu de temps et de pa- » tience. »

Cette niaiserie a eu cours long-temps; ce n'est pourtant qu'une méchante moquerie, pour deux raisons :

D'abord, parce que si jamais nos produits industriels sont aussi perfectionnés et à aussi bon marché que les produits étrangers, nous n'aurons plus aucun intérêt à recevoir ceux-ci, et les étrangers n'auront plus aucun intérêt à nous les porter. — Concluez.

Ensuite, parce que la protection du régime prohibitif poussant de plus en plus les capitaux vers la production protégée, celle-ci produit promptement beaucoup plus

qu'il ne faut à la consommation française : de sorte qu'a-
lors, loin de pouvoir céder aux étrangers une portion du
marché national, elle le trouvera de plus en plus insuffi-
sant pour elle, et voudra vendre au-dehors sans rien laisser importer au-dedans; mais le dehors lui sera fermé,
et le dedans ne pourra plus la contenir. — Concluez encore, s'il vous plaît.

Quand nous serons arrivés là, la France fera comme
l'Angleterre; elle demandera aux nations commerçantes
l'abolition du régime prohibitif; mais les nations commerçantes lui répondront ce que le gouvernement français répond depuis dix ans à l'Angleterre : — « Attendez
» encore un peu, nous ne souffrons pas autant que vous
» du régime prohibitif; il nous protége encore contre
» vous. Quand nous serons parvenus à votre niveau,
» quand nos industries égaleront les vôtres, alors nous
» vous ouvrirons nos marchés ! »

Ainsi, toutes les relations inter-nationales s'éteindront,
et les peuples se ruineront eux-mêmes, par haine les uns
des autres, par représailles d'une première iniquité.

Car le système prohibitif est une immense calamité
qui plane successivement sur toute la race humaine. S'il
avait commencé partout à-la-fois, si toutes les nations
avaient la même date dans leur industrialisme protecteur,
aucune n'ayant pu en profiter aux dépens des autres, tout
le monde en aurait compris l'ineptie, et l'on s'en serait
dégoûté partout en même temps; mais il n'en a point été
ainsi; les premiers qui ont vendu au-dehors, sans laisser
importer au-dedans, se sont promptement enrichis. Mais
les autres se sont ravisés, ils ont prohibé à leur tour;
chaque peuple s'est soigneusement renfermé dans son in-

habileté nationale ; et dans ce duel d'égoïsmes en démence, la race humaine s'est mise chez toutes les nations à diriger tout son travail et tous ses capitaux vers le genre de produit que celles-ci faisaient le plus mal et le plus chèrement possible, repoussant tout ce que les voisins pouvaient leur vendre de bon et à meilleur marché !... On peut juger comment le bien-être de l'humanité s'accroît par cette ingénieuse manière de procéder !

---

§ III.

Les Doctrines prohibitives sont absolues, fausses et ruineuses.

Les doctrines prohibitives, vues dans leur nudité, sont aujourd'hui tellement honteuses, que leurs défenseurs ont senti la nécessité de les déguiser pour les rendre moins repoussantes, et pour nous engager à les admettre d'une manière définitive dans nos lois commerciales.

« Loin de nous, disent-ils, la prétention d'imposer à la France un isolement complet des nations voisines, pour lui faire produire tout ce dont elle aurait besoin, sous prétexte de la soustraire à l'étranger et de se ménager à elle seule l'avantage de s'approvisionner. Ce système serait insensé.

» Mais s'il est des productions attachées forcément à tel ou tel climat, qu'il serait ridicule et fatal de vouloir transplanter sous des climats contraires, n'est-il pas des industries qui peuvent prospérer dans des pays différents, quoique jusqu'à ce moment elles aient été cultivées chez certains peuples et négligées chez certains autres?

» Or, pourquoi la France serait-elle forcée de renoncer à certaines industries dans lesquelles elle a été devancée par d'autres peuples? Pourquoi ne tisserait-elle pas des cotons? Pourquoi ne forgerait-elle pas du fer? Pourquoi ne produirait-elle pas de la houille? Et si, pour s'approprier ces différentes industries et d'autres semblables, elle a besoin de prohiber les produits similaires de l'étranger, pourquoi ne le ferait-elle pas, en se réservant de lever la prohibition quand ces industries auront atteint toutes leur croissance sur le sol français?

» Ainsi donc, point de doctrines absolues, ni en prohibition ni en liberté commerciale. Faisons un usage calculé et raisonnable des tarifs, afin de concilier tous les intérêts. Appliquons seulement ces tarifs aux industries susceptibles de réussir, non à celles que le climat repousse, et laissons à la France ses relations d'échange avec l'étranger pour ce que lui seul peut nous fournir plus avantageusement. »

Certes, voilà de belles paroles pour préface. Mais elles ressemblent aux préambules de tous les édits de proscription. Ce sont toujours des considérations pleines de clémence et d'humanité. — Tournez le feuillet!

— Tournez le feuillet, et vous verrez que ces paroles mielleuses font place aux réalités les plus absolues, les plus fausses, les plus ruineuses.

En effet, si vous réfléchissez que sous tous les climats des principales nations commerçantes, les hommes ont des facultés intellectuelles et physiques suffisantes pour tout ce qui concerne les travaux matériels de l'industrie,

vous verrez que la distinction adoptée par les prohibitionistes ne met à peu près aucune importation à l'abri des
tarifs.

Sans doute tels ou tels produits industriels peuvent être
plus difficilement, plus imparfaitement, plus chèrement
fabriqués par tel peuple que par tel autre; mais il n'y a
pour presqu'aucun d'eux, impossibilité absolue de se les
approprier, de les conquérir, pour me servir de l'expression classique. Il en résulte seulement que plus une nation
trouvera de difficultés dans la conquête d'une de ces
industries, plus elle forcera l'intensité de la protection
qu'elle lui accordera, — témoin les fers en France.

Donc le système protecteur, malgré la distinction dont
il s'agit, n'en demeure pas moins une doctrine tout-à-fait
absolue. Le nombre des objets dont il veut lui même protéger la production industrielle est si grand, et celui des
objets dont il permet la libre importation est si petit,
qu'en réalité notre commerce d'échange extérieur, chaque
jour dégradé, s'anéantit avec une effrayante rapidité.

Ainsi la protection des tarifs, quelle importation res-
pecte-t-elle? Houille, laine, filés, tissus, draps, toiles,
fer, machines, acier, coutellerie, sellerie, quincaillerie,
etc., etc., etc., industries de toute sorte et de toute espèce, je prie qu'on m'indique celle qui est épargnée par
les tarifs?

Vainement donc reconnaît-on qu'une nation doit s'approvisionner chez l'étranger de ce qu'il produit en meilleure qualité et à meilleur marché qu'elle; car en réalité,
il n'est pas un seul des objets que les étrangers font à meilleur marché et en meilleure qualité que nous, qu'il nous
soit permis de leur acheter sans le renchérir outre me-

sure quand il n'est pas absolument prohibé ; sauf cependant quelques malheureux numéros de coton filé, pour lesquels on fait une exception qui, par parenthèse, donne au système le plus éclatant démenti.

Malgré le préambule rassurant des défenseurs de la protection, le tarif ne nous permet donc de recevoir librement du dehors, que les objets fabriqués par l'étranger plus mal et plus chèrement que par nous, et je ne vois pas en vérité que ce soit un grand moyen de prospérité pour notre commerce extérieur, ni un grand moyen de succès pour nos approvisionnements intérieurs.

Mais les impossibilités du climat elles-mêmes sont-elles respectées par nos conquérants industriels ? Il est permis d'en douter, quand on les voit ruiner notre commerce d'importation et nos raffineries, pour favoriser la production du sucre de betteraves ; il est permis d'en douter, quand on les voit s'obstiner à conserver un régime colonial qui tombe en lambeaux de toutes parts, et c'est ici que le système protecteur a fait vraiment un tour de force miraculeux.

Il paraît difficile, en effet, de protéger en France la production des denrées que le sol de la France ne produit pas et ne peut pas produire. La betterave a fourni une bienheureuse exception, mais elle est unique jusqu'à présent. Que fait-on donc? On agrandit fictivement le sol de la France, on y adjoint au-delà des régions atlantiques quelques maigres rochers recouverts de sables, qu'on appelle *colonies*, et pour se donner la satisfaction de protéger les produits de ces colonies, on frappe, par les tarifs, tous les produits similaires du reste du monde ; on détruit nos rapports commerciaux avec Cuba, le Brésil, le Mexique, avec

les Indes, la Cochinchine, les Philippines; on détruit, par la
même occasion, nos exportations territoriales; on met nos
raffineurs dans l'impossibilité de soutenir la concurrence
de leurs rivaux étrangers; on les oblige à payer la matière première plus cher, le combustible plus cher, les
machines à vapeur plus cher, et quand on a ruiné nos
exportations, notre commerce maritime et notre raffinerie,
à force de protections absolues accordées en contre-sens
des climats, on vient nous faire des phrases tout-à-fait
édifiantes, pour nous prouver qu'on n'entend pas le système protecteur d'une manière illimitée et absolue; qu'on
ne veut pas forcer la France à produire chèrement ce que
l'étranger peut lui fournir à bon marché et en meilleure
qualité!....

De ces faits, et de mille autres qu'il serait trop long
d'énumérer ici, concluons que les doctrines de nos tarifs
sont bien positivement absolues, et restent entachées du
caractère odieux de prohibition. Quand nous examinerons, plus tard, la question de savoir si cette doctrine
absolue est favorable ou ruineuse pour le pays, et que
nous citerons les faits, ceux qui se rattachent à la protection des fers, par exemple, on frémira en pesant les conséquences de cet effroyable contre-sens.

Mais si les doctrines prohibitives qui président à nos
tarifs sont bien positivement absolues, est-il vrai, du
moins, que nous en serons délivrés quand elles auront
conduit les industries protégées à leur terme de croissance?
Est-il vrai qu'alors les prohibitions cesseront d'avoir leur
effet et seront détruites? Devons-nous ajouter foi aux
promesses des partisans de la protection, quand ils nous

disent positivement : « Toute industrie qui aura atteint
» sa croissance cessera d'être protégée? »

J'avoue, pour ma portion, que je n'en crois rien. Tant
que le principe du système protecteur sera tenu pour vrai,
au lieu d'être reconnu faux, je suis convaincu que la prohibition sera absolue dans sa durée, ainsi qu'elle est absolue dans son intensité.

Je pourrais d'abord, sans être trop exigeant, demander
à nos contradicteurs à quel caractère ils voudraient bien
reconnaître qu'une industrie protégée aura atteint sa croissance?

S'ils s'en rapportent aux industriels eux-mêmes, ainsi
que c'est l'usage dans toutes les enquêtes de ce genre, il
est difficile de croire que jamais ils reconnaîtront que leur
industrie n'est plus susceptible de progrès, de développement, qu'elle a atteint sa croissance.

Fixera-t-on le terme de cette croissance au moment où
l'industrie protégée aura atteint l'industrie étrangère la
plus perfectionnée en ce genre?

Ceci peut nous conduire bien loin en fait d'éventualité,
car à mesure que nous perfectionnerons nos procédés, il ne
me paraît pas impossible que l'étranger ne perfectionne
aussi les siens, et qu'il ne reste ainsi au-devant de nous,
surtout dans la classe de productions qui sera plus naturelle à son genre particulier d'aptitude, et que nous nous
efforçons de lui enlever.

Mais, d'ailleurs, je vais plus loin; je dis que les industries protégées auront souvent intérêt à ne pas atteindre
cette croissance, qui les exposerait à voir lever la prohibition qui les protége, et à perdre cette quiétude absolue

du monopole qu'on leur attribue précisément en raison
de leur infériorité.

Effectivement, il est connu de tout le monde que c'est
sur un calcul de ce genre que les producteurs de fer français ont basé une partie de leur usurpatrice prospérité,
depuis l'exorbitante protection qui leur a été accordée.
Leur intérêt évident n'était-il pas de sacrifier la perfection
des produits à la grande quantité, qui leur assurait un
bénéfice plus grand? Ne savaient-ils pas que, médiocres
ou supérieurs, la consommation française serait bien forcée
de prendre leurs fers, puisqu'il lui était impossible d'en
employer d'autres sans une disproportion de prix impossible à supporter? Ne savaient-ils pas qu'en faisant de plus
grandes dépenses pour perfectionner les qualités, les prix
de vente ne leur laisseraient plus autant de bénéfices?
Garantis, par l'élévation du tarif, de toute concurrence
du fer étranger, quel mobile d'émulation aurait pu les
pousser à s'ingénier fortement, et pourquoi faire après
tout?.... Pour arriver au moment où on leur dirait : —
Bon ! maintenant que vous faites aussi bien et à aussi bon
compte que les Anglais, nous allons lever la prohibition
des fers anglais, et les admettre en concurrence avec les
vôtres?—Ils ne sont pas si dupes!... De là, on peut conclure facilement que non-seulement la protection qu'on
leur accorde les enrichit aux dépens du pays, mais encore
leur crée un intérêt direct à maintenir cet état de choses,
et à rechercher le moins possible le perfectionnement qui
le ferait cesser. C'est ainsi que le système protecteur est
profondément hostile à tous les intérêts généraux du pays.
C'est ainsi qu'il enracine l'égoïsme, qu'il détruit le patriotisme : effet naturel et fatal de tous les priviléges !

Mais, enfin, j'admets que la conquête industrielle soit complète; j'admets que l'industrie protégée ait atteint sa croissance, qu'elle fasse aussi bien et à aussi bon marché que l'étranger. Les prohibitionistes nous promettent qu'alors ils lèveront la prohibition; et moi, je leur réponds qu'ils n'en feront rien!

Non, ils n'en feront rien! — Après nous avoir dit si long-temps qu'ils ne protégent les industries privilégiées que pour exciter leur croissance, et pour les conduire à égaler les industries étrangères, si jamais ils atteignent ce but, alors ils changeront de langage. Pour maintenir les prohibitions, ils nous diront : — Que demandez-vous? Les produits étrangers sont-ils meilleurs et à meilleur compte que ceux de nos fabricants? S'ils ne sont ni meilleurs ni à meilleur compte, qu'en voulez-vous faire? Quel intérêt avez-vous à les recevoir? Pourquoi voulez-vous que nous admettions, sur notre marché intérieur, une concurrence étrangère qui nuirait à nos industriels, sans vous être d'aucun avantage?

Voilà ce qu'ils diront alors! — Après avoir fermé nos ports à l'étranger à cause de la supériorité de ses produits industriels, ils les lui fermeront encore précisément parce que cette supériorité n'existerait plus, et tout dérisoire que serait ce changement de langage, il serait certainement moins absurde et moins fatal que le langage d'aujourd'hui.

Oui, on nous parlera ainsi; car plus on aura prohibé, plus on tombera dans la nécessité de prohiber encore, jusqu'au moment où la prohibition devenant inefficace par l'effet de sa réciprocité entre les nations, l'édifice qu'on aura élevé avec tant de pertes, s'écroulera au milieu d'é-

pouvantables catastrophes. Par un encouragement factice,
on développe plus de travail, on pousse plus de capitaux
et de bras dans les industries protégées qu'elles n'en peuvent naturellement supporter : c'est de cette cause fatale
que proviennent, à des époques presque périodiques, les
engorgements et les crises industrielles chez les peuples
qui développent leur production par les moyens dont je
parle. La prime accordée aux fabricants par les prohibitions, les pousse et les accumule dans la carrière industrielle. C'est là ce qui y produit cette surexcitation fébrile,
maladie dévorante que l'on prend pour une augmentation
de force. En même temps, toutes les industries naturelles
du pays s'allanguissent et se meurent, privées de leur vitalité native qu'on leur arrache. Dans cette position doublement fausse, les industriels protégés redoublent d'efforts; ils produisent plus, dans leur spécialité, que le pays
ne peut consommer. Les prix de leurs produits baissent
alors, non pas seulement parce qu'ils ont perfectionné
leurs procédés, mais aussi et surtout parce que la consommation ne peut s'accroître aussi rapidement que les produits d'un travail si partiellement excité. Quant à l'exportation, il n'y faut plus songer; la réciprocité des prohibitions l'exclut totalement.

Or, je le demande, sera-ce le moment que l'on choisira
pour lever la prohibition et admettre les étrangers? Quand
les industriels pourront à peine soutenir leur propre concurrence, voudra-t-on les exposer à la concurrence étrangère? Eh ! c'est précisément alors que l'on pourra et que
l'on voudra moins que jamais lever la prohibition ! Quand
le monopole du marché intérieur ne suffira plus aux protégés, on ne voudra pas leur ravir la plus petite parcelle

de ce monopole. Il faudrait, au contraire, y joindre celui de l'exportation, gigantesque ressource qui, jusqu'à présent, avait seule atténué pour l'Angleterre les vices du vieux système industriel qu'elle abandonne. Ce qu'elle ne peut plus faire, comment avez-vous la téméraire folie d'espérer y réussir mieux qu'elle? Comment ne voit-on pas que ce marché de l'univers, qui lui manque sous les pieds, ne s'agrandira pas tout exprès pour nous, dans le moment que le système prohibitif, par sa propagation contagieuse, le rétrécit et le ferme de toutes parts !

On sera donc dans la nécessité de conserver toujours, pour les industriels protégés, le monopole du marché intérieur. Mais il ne suffira même plus, parce que le privilége aura poussé trop de forces productives dans les branches industrielles qu'il aura protégées, et qu'en ruinant les autres industries, il aura rompu l'équilibre des consommations : ce marché intérieur n'a jamais suffi à l'Angleterre par ce motif. C'est pour cela que le blocus continental de Napoléon l'avait mise à deux doigts de sa ruine. S'il avait été rigoureusement maintenu, l'Angleterre était perdue; et cependant ne lui laissait-il pas le monopole de son marché intérieur, cette chimère stupide après laquelle courent follement tous nos calculateurs à contre-sens, qui bloquent la France par leurs tarifs, plus complètement que Napoléon ne bloquait l'Angleterre par ses armées?...

Ecoutez donc mes paroles, hommes d'État qui défendez la prohibition : je voudrais leur donner un retentissement solennel assez fort pour ébranler cette inconcevable confiance que vous avez dans l'inexpérience qui vous conseille. Jamais vous ne sortirez des prohibitions, si vous n'en désertez le principe faux et absolu, et si vous n'établissez, comme moyen de rédemption pour la France, une décroissance graduelle de tarif, arrêtée et promulguée d'avance, pour obliger vos privilégiés à se dépouiller sans secousse d'un monopole trop long-temps exercé; et voyez jusqu'à présent si une seule des industries importantes que vous avez protégées est devenue capable de supporter la concurrence étrangère. M. de Saint-Criq, le 21 mai 1829 déclara positivement qu'aucune de nos industries manufacturières protégées n'étaient en état de soutenir la concurrence des industries étrangères analogues. Et vous, vous qui lui empruntez toutes ses erreurs, jusques à sa comparaison de la France avec le Portugal, contre-sens historique et commercial que vous auriez dû laisser à M. de Villèle qui déjà nous en avait égayés, faites-nous sur ce point connaître votre pensée! Voyons, quel est celui de vos industriels privilégiés qui peut supporter la concurrence étrangère? Vous n'en citerez pas un, ou, s'il en existe, pourquoi donc ne levez-vous pas, selon vos promesses, la prohibition qui le protège?.. Ou vous êtes des protecteurs bien impuissants, ou vos protégés sont bien inhabiles, puisqu'après une si longue et si dispendieuse protection, aucun d'eux ne peut soutenir la concurrence de ses rivaux?... Jusques à quand supporterons-nous donc les frais de vos expériences?

Vous diminuez certains droits, direz-vous? Qu'importe, si vous les diminuez de si peu, qu'ils rendent encore l'importation onéreuse ou impossible?

Vous persistez pourtant dans vos chimères; vous répétez que vous admettrez les étrangers quand votre industrie sera tellement perfectionnée qu'elle égalera la leur.

Oh! l'admirable réponse! c'est-à-dire que vous les recevrez chez nous quand nous n'aurons plus aucun intérêt à les recevoir et quand ils n'auront plus aucun intérêt à y venir, si ce n'est pour compléter leur ruine en même temps que la nôtre! Soyez donc plus francs, et convenez tout d'abord que le système de protection implique nécessairement et pour toujours la destruction des liaisons commerciales des peuples. Ainsi la nation qui pratique un tel système devient forcément hostile aux progrès du genre humain tout entier! Ainsi les peuples s'isolent, se repoussent, se haïssent. Conception profondément immorale, conception sans avenir, conception sans cœur et sans entrailles! On a dit que les grandes pensées viennent du cœur : certes, celle-là n'en vient pas! Instruisant les nations à se passer de leurs secours et de leurs industries mutuelles, elle efface leur parenté originelle, elle rompt les pacifiques entraves que les mille rapports du commerce opposent à l'ambition des conquérants. Lorsque, par vos systèmes, vous imposez aux peuples pendant la paix l'isolement de la guerre, la guerre ou la paix ne leur importent plus. Souvent même ils appelleront de leurs vœux une rupture politique, espérant qu'au milieu de ces désordres, ils pourront retrouver quelques débris des rapports que vous aurez supprimés!

Regardons donc comme certain que, malgré les précautions oratoires, le tarif protecteur est bien positivement absolu, pour son intensité et pour sa durée.

Nous verrons à quel incommensurable degré ce système protecteur est ruineux pour les intérêts généraux du pays.

§ IV.

Action du Système prohibitif.

—

Nous avons prouvé que le système protecteur de nos tarifs était absolu dans son intensité; qu'il n'était point provisoire, mais que le principe qui le domine tend évidemment à le rendre éternel, tant que ce faux principe ne sera pas abandonné.

Néanmoins, si l'effet du système protecteur était avantageux au pays, peu importerait qu'il fût absolu, peu importerait qu'il fût éternel. Loin d'être un sujet de reproche, ce serait un nouveau motif de le conserver.

Examinons donc maintenant ce système dans son mécanisme et dans ses effets. Prouvons que de toutes manières il est détestable et ruineux. Réfutons ensuite tous les sophismes par lesquels on veut le défendre, par lesquels on espère séduire les esprits peu attentifs, et dompter les volontés faibles. Nous allons entrer de plus en plus dans le vif de la question.

Voici comment opère le système protecteur :

L'industrie qui réclame protection dit au gouvernement : — L'objet que je produis me revient à 50 fr. ; je ne puis vendre, car l'étranger offre à 30 fr.

Eh bien ! répond le gouvernement, je vais mettre 20 francs de droits sur le produit étranger, et vous serez au pair.

Cela ne me suffit pas, répond l'industrie, car je ne gagnerais rien. Mettez 30 fr. de droits. Alors le produit étranger reviendra à 60 fr., le mien à 50 fr., je vendrai à 55 fr.; à ce cours je gagnerai 5 fr., et l'étranger ne pourra vendre, car il perdrait 5 fr. s'il donnait à mon prix.

Voilà tout le mécanisme du système protecteur.

Or, dans cette hypothèse, sur les 30 fr. de taxe, que gagne l'industriel protégé? — Il gagne 5 fr. seulement.

Que perd le consommateur? — Il perd 25 fr., puisqu'il paie 55 fr. ce qu'il aurait acheté de l'étranger à 30 fr., sans la taxe.

Le consommateur perd 25 fr. L'industriel protégé gagne 5 fr. Différence en perte pour le pays, 20 fr.; plus, le travail de ses ouvriers n'eussent-ils, différemment employés, produit qu'une valeur nette de 5 fr., c'eût été 5 fr. d'acquis pour la France.

On objecte que sur les 25 fr. perdus par le consommateur, 20 fr., qui représentent le coût de la production nationale en sus du coût de la production étrangère, ont été employés à faire vivre les ouvriers français, dont l'industriel a soldé le travail. Mais cela ne change rien à la question; car, si le consommateur n'eût pas été dépouillé de ces 20 fr. par l'industriel privilégié, il aurait bien su les employer lui-même en achats, en divers travaux, et les ouvriers en auraient également profité. Il en eût été de même du bénéfice de 5 fr. qu'on l'a forcé de payer à un industriel maladroit.

On voit donc que, dans ce système absurde, le pays perd infiniment plus que l'industriel privilégié ne peut gagner (1); de sorte que lorsque la protection s'exerce sur

_____

(1) C'est à quoi il faut faire principalement attention. Beaucoup de gens pensent que ce que le consommateur perd est gagné par l'industriel protégé. C'est

un produit dont la consommation s'élève à une forte somme, il en résulte chaque année pour la France une énorme
déperdition de capitaux.

Mais cette perte s'accroît et s'aggrave infiniment encore, parce que presque toujours le produit, ainsi enchéri
par.la protection, sert de matière première ou d'instrument, de moyen de production, à d'autres industries.
Alors la production de ces autres industries est enchérie
par contre-coup; par ce motif, elles ne peuvent, elles non
plus, supporter la concurrence de l'étranger : alors ces
autres industries réclament, elles aussi, une protection
semblable qu'il faut leur accorder, et qui réagit sur tout
le reste de la production du pays, qui est alors enchérie
dans son ensemble. C'est un enchaînement perpétuel de
priviléges pour certains producteurs, de pertes pour le
pays, d'entraves pour la consommation, d'obstacles pour
l'exportation, et de ruine pour le commerce. Pour bien
faire apprécier la série de ces calamités, nous ferons l'application de ces principes à la protection accordée aux
fers et à quelques autres produits : mais achevons d'abord
ce qui concerne la théorie.

Il est donc reconnu par tout le monde aujourd'hui,
excepté par l'administration des douanes et ses protégés,
que l'intérêt d'une nation, ainsi que celui d'une simple
famille, est de consommer, non ce qu'elle produit chèrement, mais ce qu'elle achète à bon marché. Vainement
dirait-on qu'en achetant au dehors, l'argent qui sort est

---

comme on le voit une immense erreur. L'industriel protégé ne gagne pas le quart
de ce que perd le consommateur, et de là vient la perte colossale que le système
prohibitif fait éprouver au pays.

perdu pour le pays. Cette vieille erreur n'est pas soutena-
ble. Tout le monde sait maintenant que c'est avec des produits que les produits se paient, et que le seul moyen de
vendre nos marchandises aux étrangers, c'est d'acheter les
leurs. Mais les partisans du système prohibitif n'enten-
dent pas cela. Chacun, de son côté, voudrait conserver le
monopole de son marché intérieur, et cependant être
admis sur le marché intérieur des autres états. Lors
même que ceux-ci le voudraient, la chose est presque
toujours impossible; à défaut d'échange ostensible et légal, la contrebande se chargerait de rétablir l'équilibre des
importations, ou bien elles cesseraient.

Reconnaissons donc que jamais le système protecteur
ne peut être la source d'une augmentation de fortune
pour le pays, à moins qu'on n'entreprenne de prouver
qu'on s'enrichit en payant cher ce qu'on pourrait acheter
à bon marché, genre de démonstration qui me paraît
difficile.

Ce n'est pas à dire que, comme mesure exceptionnelle
et rare, une prohibition ou une taxe d'entrée ne puisse
être utile : car il est des circonstances où il vaut mieux
faire une perte que de s'exposer à certaines chances politiques. Pour un besoin pressant, on aime mieux payer
un objet plus cher qu'il ne vaut, que de s'exposer à en
manquer. Mais en agissant ainsi, on ne dit pas qu'on
s'enrichit, on reconnaît au contraire qu'on s'appauvrit
relativement, mais qu'on cède à la nécessité.

L'économie politique admettra donc ce genre d'exception à ses doctrines : en cela, comme toutes les sciences
humaines, elle reconnaît qu'il n'y a pas de règle générale
sans exception. Mais le système protecteur, au contraire,

de l'exception veut faire la régle générale, et de la régle générale veut faire l'exception ; c'est en cela qu'il bou-
leverse toute l'économie sociale des nations qui l'adoptent.

Qu'il se bornât à dire : il vous faut du pain, il vous
faut de la poudre à canon, par exemple; il vaut mieux
que vous soyez exposés à les payer plus cher que d'être
exposés à en manquer (1) et à vous trouver ainsi à la
merci de vos adversaires. — Je dirai : voyons, examinons les faits; y a-t-il convenance à faire ce sacrifice sur
la fortune nationale? S'il y a nécessité, faisons-le; mais
ne disons pas qu'en agissant ainsi nous nous enrichissons;
n'appliquons pas surtout cette manière d'agir à la production des objets ordinaires, à la production de tous les
objets qui alimentent les spéculations du commerce; car
si nous cherchons une augmentation de fortune par cette
voie, très-certainement nous nous en éloignons.

C'est pourtant ce que fait le système protecteur, quand
il nous parle sans cesse de conquérir les industries que
nous exerçons d'une manière si coûteuse. Puis lorsqu'il
voit des établissements existant dans le pays par cette
protection des tarifs, quand il voit les filatures, les forges, les houillères, il s'extasie sur cette conquête, et s'é-
crie : — Voyez, voilà pour deux cent, trois cent, quatre
cent millions de valeurs créées ! les auriez-vous sans le
système protecteur? — Peut-être nous ne les aurions pas
ces quatre cent millions de valeurs; mais nous aurions
les capitaux qu'elles ont absorbés, et de plus nous aurions
les mille, les douze cent millions que ces créations et

---

(1) On a essayé de donner une raison semblable pour la prohibition du fer
mais il sera bien facile de prouver qu'elle est absurde.

leurs produits ont coûté au pays en sus de leur valeur. Cumulez tous les capitaux que, depuis 1822, la France a perdus sur la consommation des fers qu'elle a employés (au moins cent pour cent de perte tous les ans); ajoutez-y l'enchérissement qu'elle a supporté sur toutes les industries qui emploient le fer, comme matière première ou comme instruments; ajoutez-y ce qu'elle a perdu par l'anéantissement des relations commerciales avec le Nord de l'Europe; ajoutez-y la perte sur les vins et la dépréciation foncière des vignobles; ajoutez-y ce qu'elle perd et perdra encore tous les ans par ces nombreuses causes, et vous verrez ce que vous coûte en résultat cette prétendue conquête du fer, dont vous vous enorgueillissez si follement, quoique vous soyez bien loin de l'avoir obtenue, malgré tant de sacrifices dont votre système insensé nous impose encore la continuation pour un avenir indéfini.

Laissons les fers pour le moment, nous y reviendrons. Continuons notre sujet; abordons la seule objection spécieuse qui puisse nous être faite.

Sans doute, nous diront les prohibitifs, forcés dans leurs derniers retranchements, il vaut mieux acheter à bon marché que produire chèrement; mais il vaut mieux encore produire chèrement que de ne pas produire du tout; que de laisser les sources de production entre les mains de nos rivaux, et de tomber ainsi dans leur dépendance.

Pour acheter aux étrangers les produits qu'ils nous offrent, si bon marché qu'ils soient, faut-il encore avoir des produits à leur donner en échange. Pour avoir des produits, il faut avoir eu la possibilité de travailler. Or, si dans chaque genre d'industrie où les étrangers sont plus forts que nous, nous ne les bannissons pas de notre mar-

ché, ils détruiront nos entreprises, les empêcheront de
naître ou les feront mourir. Il ne restera donc plus de
moyen de travail à nos ouvriers. Point de travail, point
de production ; point de production , point de moyens
d'échanges. Au lieu d'égaler les nations rivales, vous vé-
géterez dans un rang secondaire, vous resterez dans leur
dépendance. Voyez l'Angleterre et le Portugal ! L'une s'est
enrichie par le système prohibitif, l'autre s'est appauvri
parce qu'il a reçu à bon marché de l'Angleterre ce qu'il
aurait bien mieux fait de produire chèrement lui-même.

Voilà le grand argument, l'argument terrible : de M.
Ferrier il est passé à M. de Saint-Cricq, de M. de Saint-
Cricq il est passé à M. de Villèle, de M. de Villèle il est
passé à M. Thiers ; et, dans cette suite d'emprunts, il a
presque perdu toute sa valeur, car il n'a jamais été si bien
présenté, à mon avis, que la première fois par M. Ferrier.

Quant à moi, ma conviction n'est en rien ébranlée par
cet argument ; on va voir pourquoi.

D'abord, par cela seul qu'il est au service de toutes les
nations, les unes contre les autres, il perd singulièrement
de sa force. Cela se comprend de reste (1). Puis, pour
avoir des produits qui puissent servir de moyens d'échanges avec les autres nations, c'est certainement une très-
mauvaise méthode que de s'appliquer à produire les
mêmes objets qu'elles, surtout quand on produit chère-

---

(1) En effet, l'Angleterre se protégerait ainsi contre la France, la France se protégerait contre l'Angleterre, de même de toutes les autres nations. Toutes ces protections se neutralisent. Ce qu'on gagne d'un côté on le perd de l'autre, et dans
cette lutte folle, on ne tient compte que des blessures qu'on fait à ses adversaires. On devrait songer aussi à celles qu'on en reçoit, et à celles qu'on se fait à
soi-même.

ment ce qu'elles font à bon marché. Voilà déjà deux contre-sens dans le raisonnement qu'on nous oppose.

Mais allons plus loin. Sans doute, avant de s'occuper d'échanger des produits avec ceux de l'étranger, il
faut avoir produit soi-même. Reste à savoir maintenant
dans quel système la production est plus active et plus
féconde : dans celui du travail libre, ou dans celui du
travail sous le régime de la prohibition.

Il est certain que dans les deux cas le travail prendra
une direction toute différente.

Dans celui de la liberté commerciale, le travail portera son principal développement sur cette partie de la
production facile, naturelle, économique à chaque nation.

Dans celui du système prohibitif, le travail portera son
principal développement sur la production difficile, peu
appropriée, coûteuse à chaque pays.

Ce premier aperçu ne semble pas favorable au système
prohibitif.

Vainement nous objectera-t-on que, dans les industries
qui sont les plus naturelles, les plus faciles, les plus économiques, chaque nation n'aura pas de quoi utiliser ac-
tivement tous ses capitaux et tous ses bras, et qu'il y
aurait alors une certaine quantité de forces productives
sans emploi.

Le fait fût-il exact (et je montrerai ci-après qu'il ne
l'est pas), il ne serait pas encore concluant ; car il faudrait
prouver contre nous que ce non emploi de certaines forces productives par la liberté commerciale, causerait plus
de perte aux pays que l'emploi plus économique et mieux
entendu qu'il ferait des forces agissantes, ne lui procure-
rait de bénéfices. — Or, je crois, moi, tout le contraire.

Je crois que dans le système de la liberté commerciale, l'économie de la production serait si grande, qu'avec moins de travail elle produirait plus de valeurs réelles que le système prohibitif. — Ne serait-ce pas une condition doublement favorable à l'humanité? Tandis que, au contraire, sous le système prohibitif, vos ouvriers, enchaînés à un travail fait à contre-sens des ressources du pays, s'épuisent en efforts pénibles pour gagner à peine, non pas de quoi vivre, car leur convulsive agonie ne mérite pas le nom de vie, mais pour gagner de quoi ne pas mourir !

Développons cette vue, elle en vaut la peine.

Le système prohibitif portant la principale action du travail sur le genre de produits dont la fabrication est la plus coûteuse au pays, le prix vénal de ces produits n'étant facticement soutenu qu'à l'aide des taxes qui enchérissent la consommation et tendent par conséquent à la diminuer, il est visible d'abord que sous ce système il y aura une tendance perpétuelle à la diminution des salaires, comme seul moyen d'économie dans la production. Faire travailler beaucoup et payer peu, sera le double et perpétuel calcul des industriels protégés. Employant une matière première plus chère que leurs rivaux étrangers, ayant moins d'aptitude, moins d'expérience, soumis à des transports plus chers, il est visible que leur principal moyen d'économie sera toujours de s'efforcer à diminuer les salaires de leurs travailleurs. Je ne vois même pas comment ils peuvent faire autrement, et cependant, comme les taxes augmentent le prix de beaucoup d'objets de première nécessité, les travailleurs auraient besoin de salaires relativement croissants.

Lorsqu'au contraire chaque pays porte le principal développement de son travail sur le genre de production que la nature lui assigne, cette production étant par elle-même moins coûteuse, permet des salaires relativement plus favorables.

— Source de paix, de calme, d'ordre public, dans le système de la liberté commerciale. — Source de convulsions, de lutte, de troubles civils dans le système de l'industrie prohibitive.

Il ne faut point qu'on m'objecte ici que l'industrie lyonnaise est sujette à des convulsions semblables, quoiqu'elle soit une industrie nationale naturelle au peuple français.

Sans doute, le régime industriel des grands ateliers offre toujours quelques inconvénients de ce genre, et c'est pourquoi le gouvernement d'un peuple qui a le bonheur, par sa topographie, de pouvoir être agricole et maritime, fait une insigne folie de sacrifier ces pacifiques ressources au turbulent accroissement de l'industrie manufacturière. Mais dans l'hypothèse qui nous occupe, il faut fermer les yeux à l'évidence pour ne pas voir que les troubles lyonnais tiennent à des excitations politiques et non à cette industrie elle-même. Sous l'ancien régime, sous l'empire, sous la restauration, ces troubles n'existaient point à Lyon. Ils n'existeraient point aujourd'hui si les factions ne les suscitaient pas. Tandis que les troubles des mines d'Anzin, les troubles des villes manufacturières de l'Angleterre, sont toujours nés du vice du système prohibitif lui-même et de l'exiguité relative des salaires qu'il peut donner.

La diminution exagérée des salaires sous le système

prohibitif (1) produit encore un résultat qui le ruine.

D'abord, cette diminution altère considérablement les moyens de consommation journalière de la plus grande partie de la population, et affaiblit ainsi les ressources du marché intérieur, dans sa portion principale. C'est ainsi que l'Angleterre industrielle a été obligée de chercher dans le monde entier une consommation qu'elle ne trouvait plus chez elle : tout ce qui tient aux subsistances y étant horriblement enchéri, et les salaires y étant relativement si insuffisants, que sa population laborieuse avait toujours en perspective la taxe des pauvres ou la faim. Ainsi elle a forcé la nature et elle a produit à bon marché ce qu'elle a été vendre dans les autres pays (2).

Et en même temps que le système prohibitif altère ainsi les ressources de la consommation intérieure qu'il encombre promptement, il ferme toute possibilité de vente à la consommation extérieure. Cela est évident. Tant qu'une nation est seule à pratiquer ce système d'industrie, elle peut en exporter les produits chez les autres peuples, et les prohiber à son aise; mais une nation qui vient après

---

(1) Si la protection accordée à l'industrie privilégiée était assez prodigieuse pour lui permettre de payer des salaires élevés, ce serait un remède pire que le mal, parce que cette production serait alors tellement enchérie, que le reste du pays y succomberait promptement. Un pareil état de choses ne pourrait évidemment durer.

(2) Ici on doit me permettre de rappeler qu'à l'époque où la production manufacturière de l'Angleterre a pris le plus grand accroissement par l'effet de ce système, c'est-à-dire de 1806 à 1826, le nombre des crimes ou délits déférés aux tribunaux anglais, augmenta dans la même proportion que le développement de l'industrie, ce qui fut établi par une enquête dont j'ai cité les résultats dans l'*Indicateur*, il y a déjà long-temps. Le nombre des crimes quadrupla ; ce que le comité d'enquête attribua à la baisse des salaires et à la misère qui en était le résultat. Ainsi, l'Angleterre faisait jeûner ses ouvriers accablés d'un travail sans salaire, afin d'aller vendre à bon marché le produit de ce travail à l'autre bout du monde ! — Est-ce là ce qu'on veut nous faire imiter ?

coup, et qui s'étudie à produire ce que les autres peuples
font mieux et plus économiquement qu'elle, comment
pourra-t-elle leur offrir le produit de son absurde travail ?
Et s'il est vrai et bon comme on le soutient, que toutes
les nations fassent à la fois le même calcul, en se livrant
toutes au système prohibitif, pour conquérir mutuellement leurs industries réciproques, que deviendront pour
l'avenir leurs moyens d'échange et de commerce ?

Le système prohibitif portant le travail dans les voies
les plus coûteuses, détruit donc les moyens de consommation sur le marché intérieur qu'il encombre, en même
temps qu'il tend évidemment à rendre impossible toute
exportation. Bel avenir pour le monde ! bel encouragement pour la production ! Est-il donc étonnant de voir
l'Angleterre s'efforcer de sortir de la fausse situation où
elle s'est mise ? Non, sans doute. Mais ce qu'il y a d'étonnant, c'est de voir qu'on veut nous y précipiter après elle,
nous qui avons son exemple sous les yeux ; nous dont le
climat et le territoire offrent tant de ressources qu'on dé-
daigne, pour courir après de ruineuses chimères !

Mais en outre même de ces graves considérations, je
dis que, dans le système de la liberté commerciale, il
n'est pas vrai que les forces productives de chaque pays
manquent d'emploi. Je soutiens, en outre que, n'y eût-
il pas un développement de travail aussi violemment excité que sous le système prohibitif, il en résulterait néanmoins plus de valeurs réelles produites, plus d'aisance
pour la nation, parce que la production dirigée dans sa
voie la plus naturelle et la plus économique, serait par
cela seul plus féconde et mieux répartie.

Mais cette nouvelle vue mérite un paragraphe particu-

lier., auquel nous joindrons la réfutation de l'argument
qu'on se forge contre nous de la situation réciproque de
l'Angleterre et du Portugal. On verra que jamais exemple
historique n'a été plus faussement cité à l'appui d'une plus
fausse doctrine.

---

§ V.

La Liberté commerciale est plus productive que le Système prohibitif.

Les partisans du système prohibitif affirment d'abord
que, sans sa protection, nos industries seraient complètement étouffées par celles de l'étranger.

Je dois faire voir que cette prédiction fâcheuse est fausse
par son exagération.

Il y a toujours dans les circonstances locales des peuples, dans leurs goûts, dans leurs mœurs, certaines spé-
cialités qui déterminent les emplois et des consommations
qui ne dépendent pas absolument de la qualité intrinsèque
des. produits. La mode toute seule, et sa puissance commerciale est grande en France, agit très-souvent en sens
opposé au bon marché, et le contre-balance. Les produits
étrangers sont d'autant plus recherchés qu'ils sont défen-
dus et difficiles à se procurer. Une fois admis librement,
ceux qui seraient meilleurs que les nôtres seraient pris de
préférence, c'est probable, mais cette préférence ne serait
ni absolue, ni sans exception.

La concurrence des produits étrangers restreindrait donc

la production française des objets analogues, mais ne la détruirait pas.

Ceci n'est point une supposition capricieuse de ma part. Avant que les toiles étrangères fussent frappées d'une augmentation de droits, la Hollande et la Belgique nous en fournissaient de diverses sortes en assez fortes quantités ; la Hollande plus particulièrement dans les qualités fines, la Belgique plus particulièrement dans les qualités à bon marché. Les consommateurs français trouvaient donc dans cette importation étrangère de quoi satisfaire tous leurs goûts, selon leurs fortunes. — Eh bien ! l'industrie des toiles avait-elle été pour cela complètement détruite et anéantie en France ? La fabrication des toiles ne s'y exerçait-elle pas avec succès ? Ne supportait-elle pas cette concurrence, non pas sans doute en fabriquant autant qu'elle l'aurait fait, si les Français n'eussent consommé aucune toile étrangère, mais dans une proportion fort satisfaisante et graduée selon les besoins et les goûts du pays, selon les rapports rationnels qui s'établissent d'après les rapports naturels de l'industrie ?

Si les bornes de cette discussion me le permettaient, sans courir risque d'obscurcir la filiation des idées dans notre sujet principal, je pourrais, dans ce commerce de toiles, citer des effets étranges du système prohibitif (1) : j'y reviendrai peut-être. Je me borne seulement pour le moment à conclure du fait certain que j'ai cité, que la concurrence de produits étrangers borne la production ana-

_____

(1) Ainsi dans les années 1822 et 1823, où l'importation des toiles belges et hollandaises a été la plus considérable, les fabriques de toiles françaises augmentèrent leur travail et leur vente dans une proportion semblable.

logue, mais ne l'anéantit pas d'une manière absolue.

Cette concurrence, au contraire, chez un peuple ardent, industrieux, actif, comme le peuple français, excite une sorte de jalousie et d'émulation qui tourne au profit des arts et leur fait faire de grands progrès.

Voulez-vous un autre exemple? Avant que les fers étrangers fussent frappés d'un droit qui en a rendu l'emploi à peu près impossible, peut-on soutenir que la France fût absolument dépourvue de travail dans ses mines et dans ses forges? N'est-il pas évident même aujourd'hui que si les fers étrangers étaient admis, une grande partie des forges françaises résisteraient à cette concurrence dans toutes les provinces intérieures de la France, et fourniraient à toute la consommation de ce rayon intérieur, pour lequel les frais du transport qu'il faudrait faire subir aux fers étrangers ôteraient à ces derniers les moyens de nuire à la vente des fers indigènes? — N'en serait-il pas de même pour les houilles?

Les prohibitifs se livrent donc à des craintes exagérées et fausses, quand ils représentent l'industrie française devant être détruite par la concurrence des produits supérieurs de l'étranger. Il arriverait seulement alors, et je dis que ce serait un grand bonheur pour la France et pour tous les pays qui entreraient avec elle dans une carrière de liberté commerciale, il arriverait que dans chaque contrée les diverses industries s'équilibreraient naturellement dans la proportion désirable, et que les forces productives de chaque nation s'emploieraient à chaque travail de la manière la plus avantageuse à elle-même et aux autres.

D'autres considérations se rattachent à celle-ci.

D'abord, en prohibant les produits étrangers, vous les faites baisser de prix au-dehors, et par conséquent ils vous y font une concurrence d'autant plus fâcheuse pour l'exportation de vos produits analogues. Ainsi, à mesure que la législation française a augmenté les droits sur les toiles étrangères, l'exportation des toiles françaises a subi une grande et semblable diminution de quantité.

Quant à l'exportation de produits français qui était destinée à payer les produits importés en France, il est clair qu'en repoussant l'importation étrangère, vous détruisez l'exportation française. Cela n'a pas besoin d'être démontré. Ainsi, la Hollande nous fournissant trente millions de toiles, pour se payer de ce seul article, prenait trente millions de vins. L'importation des toiles hollandaises réduite, a réduit l'exportation des vins dans la même proportion. Or, croyez-vous que les vins ne s'exportant pas, et encombrant le marché français où ils se vendent mal, les propriétaires de ces vins achèteront beaucoup de toiles ?—Non, ils réduisent aussi leurs achats de toiles, et les fabriques de toiles françaises souffrent précisément par le contre-coup du droit qui a frappé les toiles étrangères. — Tout étonnant que paraît ce résultat, on voit qu'il est fort rationnel. Au reste, les faits ont sur ce point confirmé la théorie.

On voit donc que la prohibition n'est pas à beaucoup près aussi nécessaire qu'on le dit à la production des objets qu'elle protége ; et si l'on met en ligne de compte le tort inappréciable qu'elle porte à la production de toutes les industries qu'elle ne protége pas, on verra que dans l'ensemble elle ôte au pays bien plus de travail qu'elle ne lui en donne.

D'abord, en détruisant l'exportation des produits naturels du pays, elle altère ou détruit même, en certains cas, toute cette importante et précieuse partie du travail national.

Secondement, en enchérissant, pour toutes les industries qui les emploient, les objets protégés par les droits, le fer, la houille, par exemple, elle entrave, elle diminue, elle arrête quelquefois complètement le travail de ces industries. Dans tous les cas, elle leur porte au moins un immense préjudice.

Troisièmement, le capital énorme que la prohibition fait perdre au pays par la production coûteuse qu'elle y fait opérer forcément, aurait encouragé, soldé, fait naître une foule de travaux qui ne peuvent être effectués. Ainsi, fixons un chiffre quelconque. En admettant que chaque année la France paie les fers qu'on la force à produire et à employer, cent millions, et qu'elle pût les acheter aux étrangers pour cinquante, c'est chaque année cinquante millions que la France, une fois sa provision de fer faite comme aujourd'hui et en meilleure qualité, pourrait employer à ses autres productions, à ses chemins, à ses canaux, à ses édifices d'utilité publique, etc., etc. Dites-en autant pour la houille, dites-en autant pour les autres objets, et voyez à quel résultat vous arriverez !...

Quatrièmement, la prohibition, en empêchant les importations étrangères, prive la France d'un bénéfice, d'un travail considérable. Chaque cargaison de bois, de chanvre, de lin, de toile, de fer, de houille, laisse en France en consignation, commission, déchargement, magasinage, gabarrage, mesurage, transport, etc., etc., etc., une partie considérable du capital étranger qu'elle représente.

Pour les objets d'un grand encombrement la proportion est même très-forte. Nos hommes d'état prohibitifs, ces admirables parleurs qui, sans aucune expérience des affaires commerciales, disent tant de mal des théories des économistes, ces législateurs qui se font si fiers quand ils peuvent dire qu'ils nous affranchissent du tribut que nous payons aux étrangers, tout en nous forçant à produire chèrement ce que l'étranger nous vendrait à bon compte, ne se doutent pas que, sur la plupart des objets que l'étranger nous fournirait par ses importations, c'est lui, c'est l'étranger qui viendrait nous payer un tribut considérable, indépendamment même des achats qu'il ferait des produits de notre sol, pour remporter la contre-valeur de ses importations (1)!.... En détruisant l'importation, vous détruisez toute cette source de travail national et de profit.

Je ne sais comment, en vérité, M. de Saint-Cricq a dit, en 1829, que la liberté commerciale ne serait favorable en France qu'à une seule industrie, celle des vins! Je ne sais comment M. Thiers, dans son exposé des motifs en 1834, et tout en voulant bien ajouter à l'industrie des vins celle des soieries que M. de Saint-Cricq avait omise, a été bien plus louangeur encore du système prohibitif, puisqu'il n'a pas craint de dire que, sans le système prohibitif, nous n'aurions en France que deux sortes de travail et d'industrie, celles des vins et des soieries!

Il me semble, à moi, que nous aurions et que nous

---

(1) Il me sera facile de prouver que l'importation de certains produits étrangers serait une grande source de bénéfice pour la France, lors même que les étrangers ne remporteraient en échange aucun produit français. Jugez donc quand ils se paient en produit de notre sol ou de notre industrie!

avons mille autres espèces d'industries. Il me semble que
celles qui emploient le fer, et elles sont nombreuses; que
celles qui emploient la houille, et elles sont nombreuses;
que celles qui emploieraient les machines à vapeur, et elles seraient nombreuses; que celles qui emploient la laine,
et elles sont nombreuses; que mille autres encore gagneraient infiniment à la liberté commerciale. Il me semble
que les beaux-arts, les modes, les meubles, la librairie,
tout ce qui tient à l'élégance et au goût, fait encore une
partie imposante des moyens de production et d'échange
que la liberté commerciale ne fournirait à aucun peuple
les moyens de nous enlever, et qui recevrait au contraire
un immense accroissement. Quant à nos industries maritimes, quant à toutes les industries secondaires qui s'y
rattachent dans tout le littoral, et dans son immense rayon
d'approvisionnement intérieur, on me dispensera sans
doute d'en parler; l'évidence n'a pas besoin de démonstration.

A ces raisonnements généraux peuvent se joindre des
faits incidentels dignes d'attention, mais qu'il est impossible de mentionner tous. Ainsi, très-souvent il arrive
que lorsqu'on crée dans un pays une industrie nouvelle
en lui donnant une prospérité factice au moyen des tarifs
prohibitifs, on arrête le développement d'une industrie
analogue déjà existante, et on fait perdre, même sous ce
point de vue, au travail une grande portion des ressources
qu'on semble lui donner. Ainsi en augmentant en France
le tissage du coton, il est bien manifeste que vous avez
empêché l'accroissement du tissage des toiles. Que ce soit
un bien ou un mal, c'est ce que nous pourrons examiner.
Mais provisoirement, c'est un fait. Il ne faut donc pas

compter pour augmentation de travail tout celui acquis dans les fabriques de coton.

Il y avait même une différence notable en faveur du premier, celui des toiles; c'est qu'il pouvait trouver une grande partie de sa matière première dans le pays même, et qu'il supportait, par le fait, la concurrence étrangère (1), que les tissus en coton n'ont jamais supportée, et que l'on n'ose leur faire supporter, si peu que ce soit.

Il y a encore une autre circonstance digne d'observation. — C'est que la matière première des fabriques de coton ne pouvant être importée en France que moyennant la paix maritime, la guerre avec une des grandes puissances maritimes nous priverait tout-à-coup, dans une très-forte proportion, de la matière première indispensable à cet immense fabrication. Que deviendraient alors les capitaux qui y sont engagés, les nombreuses populations que l'on y a agglomérées, et qui, dans cette direction donnée à leur travail, se rendent à peu près incapables d'aucun autre? et comme si cette chance n'était pas aussi triste par elle-même, en attaquant directement les puissances maritimes par les droits différentiels, l'on semble chercher à faire naître chez elle des désirs d'hostilité.

D'après toutes ces considérations, et une foule d'autres que je ne puis énumérer toutes à la fois, on voit donc que la diminution du travail prohibitif (qu'on me pardonne ce néologisme que tout le monde comprendra) ne serait pas aussi fort qu'on veut bien le dire, surtout si la

---

(1) Cela n'a pas empêché les fabricants de toiles de demander une augmentation de droits sur les toiles étrangères, ce qui n'a tourné qu'au profit des fabriques de coton, et au détriment des fabriques de toile.

liberté commerciale était établie avec mesure et gradation, ainsi que nous en indiquerons les moyens. On voit que l'augmentation du travail libre dans les industries naturelles à chaque nation, et le bon marché de toutes les productions échangées, compenserait, et bien au-delà, la diminution que pourrait éprouver le travail prohibitif. On demande sans cesse ce que feraient les bras actuellement occupés à ce travail excité par la prohibition, et qui dèslors, en plus ou moins grande quantité, se trouveraient privés d'occupation (1)? Je le dirai dans un instant.

Il y aurait sans doute un moment de crise à passer, ainsi qu'il y en a toutes les fois que le travail et les capitaux changent de direction, ou modifient celle qu'ils ont prise. Mais ce malaise serait tempéré par les gradations que nous indiquerons, et de plus il serait moins grand mille fois que la crise fatale où nous nous acheminons en restant dans ce faux système, et que l'on se flatte vainement de reculer toujours.

D'ailleurs, ce mal dont on se plaint, qui donc en est la cause, si ce n'est les prohibitionistes ? Pourquoi donc, par leurs priviléges anti-commerciaux, ont ils accumulé, dans certaines industries, au détriment de toutes les autres, plus de bras et de capitaux que l'intérêt public ne l'exigeait ? Ne sent-on pas que le résultat d'un tel système doit toujours être de faire souffrir une partie de la popu-

---

(1) On a donné à comprendre que si les habitants de Douai et de Lille ne filaient pas de coton, ils ne pourraient absolument rien faire, parce qu'ils ne pourraient cultiver la vigne !..... En vérité, voilà une belle raison ! Quoi, si le coton n'existait pas, ou n'eût pas été porté en France, les habitants de ces deux villes n'auraient absolument trouvé rien à faire, ni en industrie, ni en agriculture ? Ils seraient restés sans doute les bras pendants, occupés à mourir de faim, comme des êtres sans intelligence et sans volonté !....

lation? Celle que l'on prive de travail actuellement en l'accumulant injustement dans d'autres branches, si l'on continue ce système; ou celle que l'on a jusqu'à présent protégée outre mesure, si l'on en change?

Mais dans ce dernier cas, au moins, il y aurait deux immenses avantages : d'abord, l'on remettrait la société et le commerce dans leur état naturel, ce qui donnerait enfin une solution définitive dans notre économie sociale. Ensuite les branches d'industries qui, par l'effet de la liberté commerciale, prendraient une plus grande extension, fourniraient de l'emploi aux capitaux et aux bras qui se retireraient des industries dont la prohibition n'encouragerait plus le développement exorbitant. Ce classement se ferait de lui-même, et progressivement, en suivant la gradation que l'on établirait pour l'affranchissement du commerce.

Me demandera-t-on ce que feraient les bras employés aujourd'hui à l'extraction des houilles?... Je répondrai qu'une partie de ces bras y conserveraient leur travail pour l'approvisionnement des contrées intérieures de la France, et que le surplus trouverait de l'emploi dans toutes les industries, qui, grâce au bon marché du combustible reçu de l'étranger, prendraient un plus grand accroissement, et occuperaient beaucoup plus de bras.

Je ferai la même réponse pour les autres carrières, pour la laine, pour le fer, pour le fer surtout, aliment nécessaire à tant d'industries si cruellement ruinées par la protection outre mesure accordée aux maîtres de forges.

Et, d'ailleurs, n'a-t-on pas dans le pays des chemins à faire, des canaux à creuser, des landes à défricher? Les bras et les capitaux sont-ils tellement surabondants, que

l'on ne puisse y trouver d'emploi, surtout quand le mouvement général imprimé aux affaires par la liberté et l'é-
conomie de la production, donnerait tant de ressources
pour exciter le génie actif et intelligent de la nation? Les
bras occupés aujourd'hui à produire chèrement de mauvais fer, ne pourrait-on pas les employer à faire des chemins de fer, avec d'excellent fer acheté à si bon compte,
qu'il ne faudrait pas pour le payer la moitié de ce que
la nation perd dans les consommations coûteuses qu'on
lui impose? Car nous montrerons plus loin à quel excès
intolérable, et cependant toléré, cet abus a été poussé par
les maîtres de forges. L'évidence a été si grande, que le
directeur suprême de l'économie prohibitive, M. de Saint-
Cricq, a été obligé d'en convenir. Mais y a-t-il vu un
motif pour adoucir le mal?... Point du tout. Il y a vu
une raison d'y persévérer; et de tout ce que nous avons
appris en ce genre, nous ne connaissons rien de plus curieux.

Sans doute, l'équilibre du travail et de la production
serait plus pénible à rétablir qu'il ne l'aurait été à se pon-
dérer naturellement, si le système prohibitif n'était venu
depuis longues années le détruire violemment, pour y
substituer son désordre organisé. Mais, cependant, la
transition serait beaucoup moins longue et beaucoup
moins difficile que l'on ne veut le faire craindre, et les
hommes d'État qui concourraient à cette grande régéné-
ration sociale, seraient bien récompensés, par le résultat
définitif, de toutes les contrariétés temporaires qu'il leur
faudrait surmonter.

Terminons par deux réflexions qui corroboreront, surtout la dernière, toutes celles que j'ai fait valoir dans ce

paragraphe, et qui feront voir que nos industries protégées ne seraient point détruites, mais seraient seulement
modérées par la diminution graduelle de la protection
prohibitive dont elles jouissent aujourd'hui aux dépens
de la France.

D'abord, je le répète, l'industrie des toiles s'est accli-
matée, a prospéré, s'est perfectionnée en France, malgré
l'importation des toiles hollandaises et belges qui, en 1823,
allait jusqu'à trente-six millions de francs. Pourquoi une
grande portion de l'industrie cotonnière, si perfectionnée
aujourd'hui, par exemple, ne résisterait-elle pas également
à l'introduction graduée des tissus étrangers? Que le développement de cette industrie ne continuât pas à prendre
en France un accroissement semblable à celui qu'elle a
pris depuis vingt ans, qu'elle fût même restreinte, c'est
possible et probable. Mais a-t-elle donc le droit de continuer à absorber éternellement les ressources du pays?...
Quant aux fers et aux houilles, je n'en dis rien, pas plus
que des sucres de betteraves. Plus tôt le développement de
ces industries serait modéré, mieux ce serait.

Mais quant à l'ensemble de nos industries manufacturières, je peux citer des chiffres dont l'application me paraît irrésistible.

En effet, je trouve que les produits de nos fabriques en
tissus seulement (et cela d'après les tableaux publiés par
la douane dès 1824) ont fourni au commerce d'exportation des quantités considérables.

Or, puisque, d'après cette assertion non contredite de
l'administration des douanes, les produits des fabriques
françaises supportent la concurrence étrangère sur les
marchés extérieurs, comment seraient-ils absolument im-

puissants à supporter cette même concurrence sur notre propre sol ? Ou s'ils sont absolument impuissants à soutenir cette concurrence sur notre propre sol, comment peuvent-ils la supporter au-delà des mers, où on les exporte en présence de l'Angleterre qui y est plus favorisée que nous ?

Et notez bien que les fabriques qui ont fourni à ces exportations sont précisément celles que l'on prétend devoir toutes mourir en France, si on admet les produits similaires de l'étranger ; ce sont nos fabriques de tissus de toutes sortes qui ont exporté pour deux cent quatre millions de leurs produits, en une seule année (1) !

Il ne faut donc pas dire que ces industries mourraient, en France, sous le coup d'une concurrence que leurs produits supportent au dehors de la France ; car, pour se rendre sur les marchés étrangers, les produits de nos fabriques ont eu à supporter les frais du transport, les assurances, les risques, les commissions, les droits d'entrée. En France, au contraire, nos tissus fabriqués sont tout portés, tout rendus, et n'ont pas de droits à payer. Ils supporteraient donc la concurrence dans une proportion beaucoup plus forte que sur le marché extérieur (2), car

----

(1) Fonfrède écrivait ces lignes en 1834. En 1844, l'exportation générale des produits manufacturés de France s'est élevé à 785 millions, sur lesquels les tissus de soie, de coton et de laine figurent pour 355 millions, et les tissus de lin et de chanvre pour 28 millions. (*Note de l'Éditeur*).

(2) Cela ne contredit en rien ce que nous avons dit dans un précédent paragraphe, que le moment n'arriverait jamais pour le système protecteur de lever ses prohibitions, faute de pouvoir soutenir la concurrence étrangère. C'est qu'effectivement il ne le pourra jamais, à cause de l'immense développement qu'il donne incessamment et de plus en plus aux industries protégées. Ce n'est qu'en sortant de cette voie d'ascension indéfinie, et en se restreignant à une juste mesure, par l'effet de la liberté commerciale, que ces industries pourraient supporter la concurrence équilibrée de l'étranger. Dans le système actuel, cela est évidemment impossible et le sera toujours.

ce serait alors l'étranger qui aurait seul tous ces frais à payer pour rendre ses produits chez nous.

Sans doute, le monopole de la consommation intérieure favorise davantage nos fabriques que la concurrence étrangère. En tout état de choses, dans quelques circonstances que ce soit, il est plus avantageux à un producteur de vendre seul que d'avoir des rivaux. Mais est-ce donc là toute la question? N'est-il pas évident aussi que, sur les marchés extérieurs, le monopole serait également plus avantageux à nos industriels que la concurrence? Et, d'après nos contradicteurs même, cette concurrence ne les empêche pas, cependant, d'y vendre des quantités considérables de leurs produits! Il en serait de même en France, à plus forte raison. Sans doute, ils gagneraient moins; mais l'ensemble du pays gagnerait bien au-delà des bénéfices illégitimes qu'ils cesseraient de lui arracher. Sans doute aussi, l'industrie manufacturière mettrait à l'avenir moins d'ardeur et plus de prudence à ses développements, et ce serait un grand bonheur pour elle, aussi bien que pour nous; car, sans cela, elle se ruinera immanquablement un jour, après nous avoir ruinés.

§ VI.

Ce qu'il faut penser de l'argument prohibitioniste tiré des relations de l'Angleterre avec le Portugal, et de l'acte de navigation de la première puissance.

—

« Attaquer le système prohibitif, dit-on, c'est attaquer notre industrie elle-même. — Tout le monde vit en France de cette protection, dit-on encore; supprimez la prohibition, vous tuez toutes les industries qu'elle protége. »

Mais quand il fut question de l'amortissement, on nous disait aussi « que tous les raisonnements qu'on faisait contre ce mécanisme financier portaient contre le crédit lui-même; que toucher à l'amortissement, c'était ébranler toutes les bases du crédit; que la question était de savoir, non si l'amortissement présentait ou non des inconvénients, mais de savoir si on voulait conserver en France le crédit public, ou si l'on voulait le tuer! »

On allait même plus loin. Non-seulement certains défenseurs de l'amortissement ne trouvaient pas que le chiffre de quatre-vingt-cinq millions, auquel l'amortissement s'élevait alors, fût trop élevé, mais, prévoyant que les années suivantes il s'éleverait successivement à quatre-vingt-dix, quatre-vingt-quinze, pour venir bientôt à cent dix millions, ils s'extasiaient sur cet avenir qu'ils nommaient *superbe*; ils se récriaient sur l'admirable situation d'un pays qui pourrait baser son action financière sur un si magnifique amortissement, et ils en présageaient les plus belles destinées pour la France, imaginant sans doute que ces cent dix millions tomberaient du ciel tous les ans, comme la manne dans le désert, ou comme les avantages qu'ils trouvent naturel et raisonnable de conserver en faveur des industries privilégiées ! — Il leur aurait été facile de concevoir, cependant, que le tout sortait de notre poche, et en sortait pour n'y plus rentrer !

Eh bien ! malgré ces belles prédictions dont il s'agit, malgré les prophéties effrayantes qu'on y joignait en sens contraire si nous avions le malheur de porter une main sacrilége sur l'arche sainte de l'amortissement, cet énorme et fatal mensonge de l'agiotage est en pleine démolition, et le crédit de la France n'en a pas reçu le moindre échec. Il en sera de même de l'industrie, si on a le courage de détruire le mensonge, non moins flagrant et plus fatal encore, de la prohibition !

Pour l'amortissement, on a ouvert enfin les yeux à la vérité ; on a repoussé les sophismes des banquiers parisiens, et l'amortissement a été réduit.

Eh bien ! je le demande, le crédit public a-t-il été altéré, ébranlé, détruit, comme on nous en menaçait ? Nos théories, qu'on trouvait si folles, si funestes, auxquelles on donnait les mêmes qualifications qu'on donne aujourd'hui à nos raisonnements sur la liberté commerciale, ont-elles produit les effets désastreux qu'on en attendait ? Y a-t-il donc tant de dangers à raisonner un peu avec notre raison, au lieu de se fier aveuglément aux routines du passé, invoquées avec une si déplorable confiance ? Faut-il dire, comme nos contradicteurs : « Cela est bien, car cela s'est toujours fait ainsi ; ce que vous demandez est mauvais, car on ne l'a jamais pratiqué. » Étrange aberration dans la bouche d'hommes sérieux et sensés !

Mais, cependant, on a essayé quelque part l'un et l'autre, et nos adversaires ne sont même pas fondés dans leurs assertions. En Angleterre, le fonds d'amortissement, réduit en 1827, a été depuis entièrement supprimé, et l'on ne consacre au rachat de la dette que l'excédant des recettes sur les dépenses; encore, comme en ce cas le plus souvent on préfère réduire les taxes, on n'amortit pas du tout, ou du moins dans une proportion insignifiante. — Avons-nous vu pour cela tomber le crédit de l'Angleterre? Pour avoir du crédit, est-il absolument nécessaire de ne pas avoir le sens commun? Et n'est-ce pas perdre tout sens commun, que d'emprunter pour amortir et d'amortir pour emprunter?

Eh bien, l'Angleterre a déjà commencé à sortir du système de la prohibition (1), comme elle a commencé la première à sortir du système d'amortissement, jusqu'alors pratiqué. Il ne s'ensuivra certainement aucun des désastres dont on veut nous effrayer. Et si le ministère français renonçait à soutenir en tout les vieilles routines qui entravent sa marche; si, par exemple, il ne répétait pas encore, à l'heure qu'il est, à l'appui de la centralisation administrative, les sophismes percés à jour, usés jusqu'à la corde dont il nous a fatigués dans les sessions précédentes, et auxquels personne ne croit plus, loin d'ébranler l'unité et la force du gouvernement, il en élargirait, il en renforcerait les bases : car pour favoriser le crédit, il faut détruire l'amortissement; pour favoriser la force productrice de la France, il faut détruire la prohibition; pour favoriser l'action et l'unité politique du gouverne-

---

(1) On ne doit pas oublier que ces lignes ont été écrites en 1834.

ment, il faut détruire la centralisation administrative. —
Tel est le vaste ensemble de l'économie sociale qui seule
peut rétablir en France la paix et l'union générale des esprits par le bien-être croissant des intérêts matériels, développés et fécondés sous un régime universel et sincère
de liberté. On voit que nos doctrines économiques ne ressemblent guère à celles des ministres et des députés; elles
en sont le contre-pied à peu près absolu. Nous ne savons
qu'y faire, car plus les faits et les raisonnements s'appuient
mutuellement les uns sur les autres, plus notre conviction
devient intime et profonde.

Cependant, nous devons le dire, en jetant nos regards
sur la machine gouvernementale, nous avons, pour le
présent au moins, bien peu d'espoir de voir s'accomplir
la réforme que nous sollicitons. Qu'on donne un peu d'attention aux débats de la chambre élective sur les attribu-
tions municipales; qu'on voie nos députés revenir obsti-
nément à l'unité politique que personne n'attaque, et qui
aboutirait tout droit au despotisme, si on laissait confondre avec elle la centralisation administrative; qu'on
voie l'opposition, sans ordre, sans base, sans idée générale et première, divaguer sur cette question en sens contraire du ministère, mais sans la comprendre davantage,
et l'on sentira les difficultés immenses qui s'opposent aux
améliorations économiques dans un pays où ces matières sont si mal comprises. Déjà nous avions eu un
spectacle semblable pour l'amortissement, qui a été en-
tamé sans qu'on se rendît bien compte de ce qu'on faisait
ni de part ni d'autre. Et nous avons encore le spectacle
d'une anarchie morale tout-à-fait semblable, à chaque discussion des lois de douanes. — Dans l'ensemble donc, toute

notre économie sociale manque de base, de plan, de direction ; mais, cependant, la nature des choses toute seule produira son effet. Le vieux système croulera par lambeaux, et, petit à petit, les idées vraies seront reçues par ceux-là mêmes qui emploient à protester contre elles le talent dont ils devraient faire un meilleur usage ; le talent qu'ils devraient affranchir des influences routinières qui l'absorbent et l'obscurcissent aux dépens de leur gloire et des intérêts de la France !

Voilà une longue digression, dira-t-on ! — Qu'mporte, si elle est utile, si elle concourt à propager dans les esprits des idées justes et raisonnables ?.... Car je l'ai déjà dit, dans cette discussion, je n'ai pas d'autre but. C'est sur l'opinion que je désir agir, non sur le gouvernement. L'opinion réagira sur lui plus tard, et il faudra bien qu'il marche. Vouloir le faire marcher aujourd'hui, ce serait folie ; il a les membres liés par la fausse position économique où il s'est mis. C'est à nous de l'en tirer. C'est une œuvre nationale à laquelle chacun de nous doit apporter sa quote-part. — Reprenons notre sujet.

Nous avons fait voir, dans notre précédent paragraphe, comment la liberté commerciale augmenterait la production, bien loin de la restreindre ; comment elle la placerait sur ses véritables bases, en rectifiant son action, jusqu'à présent factice et désordonnée. Pour neutraliser l'effet de nos raisonnements, on nous objecte l'exemple réciproque de l'Angleterre et du Portugal. — Examinons donc la valeur de cette citation historique, et tâchons d'en finir une bonne fois, afin qu'on ne vienne plus nous jeter à la face l'argument banal que tous nos adversaires s'en font les uns après les autres.

Voici donc, dans toute son extension, l'objection qui nous est faite :

L'Angleterre s'est enrichie par le système prohibitif. —Faites comme elle.

Le Portugal s'est appauvri, faute de système prohibitif. —Ne faites pas comme lui.

Il est donc question entre nous de savoir comment, dans leurs relations commerciales, l'Angleterre s'est enrichie et le Portugal s'est appauvri. Voyons si, dans cette question, nos adversaires, selon leur usage, n'ont pas pris la cause pour l'effet, et l'effet pour la cause.

D'abord, le système prohibitif n'a pas, au moins que je sache, puissamment protégé l'industrie de l'Angleterre contre celle du Portugal qui n'avait pas d'industrie. Je n'ai jamais ouï dire que la rivalité lui ait été bien dangereuse, et pour cette raison je conclus hardiment que, dans ses rapports avec le Portugal, ce n'est pas par le système prohibitif que l'Angleterre s'est enrichie.

Maintenant, est-ce parce que le Portugal n'a pas eu de système prohibitif que ses rapports avec l'Angleterre l'ont appauvri, et ont enrichi celle-ci ? — Point du tout.

Ce qui a appauvri le Portugal, c'est qu'il a été abruti par la théocratie; c'est qu'il a courbé la tête sous le joug des moines et de l'inquisition; c'est que le pouvoir civil, esclave du pouvoir sacerdotal, a décivilisé lui-même la Péninsule tout entière, comme cela serait immanquablement arrivé à la France, si le chancelier de L'Hôpital, et postérieurement nos parlements, n'eussent arrêté l'invasion sans cesse renaissante du despotisme pontifical; c'est que la liberté a été détruite en Portugal; c'est que la paresse et la vie contemplative y ont été honorées, usurpant

ainsi la considération due à l'activité de la raison humaine, et au travail créateur qui en est la suite. Voilà ce
qui a empêché l'industrie de naître, de croître, de fleurir
en Portugal, et dès-lors c'est parce qu'ils n'avaient pas
d'industrie, que les Portugais ont été obligés d'avoir recours aux Anglais, car ne voulant travailler ni d'esprit
ni de corps, le pire pour eux eût été de manquer des objets du plus pressant besoin.

L'Espagne n'a-t-elle pas déchu aussi rapidement, aussi
profondément que le Portugal? Cependant s'est elle fait
faute de lois prohibitives? S'est-elle fait faute de système
colonial et de protection coloniale? A-t-elle passé avec
l'Angleterre des traités semblables à ceux auxquels l'on
attribue follement la déchéance du Portugal, dont ils ont
été l'effet et non la cause? Car au contraire, les relations
de l'Angleterre ont un peu aidé à civiliser le Portugal, et
ont adouci sa misère au lieu de l'empirer ! Et malheureux
raisonneurs ! pour arrêter le Portugal et l'Espagne sur le
penchant de l'abîme, ce n'est pas les produits de l'industrie, ce sont les moines qu'il fallait prohiber !!

Ce qui a enrichi l'Angleterre, ce n'est pas la prohibition ;
je le montrerai dans un instant; mais c'est que la civilisation y a suivi une grande et noble marche; c'est que la
liberté y est née plus tôt que chez les autres peuples; c'est
que l'Angleterre s'est fait une idée plus juste des sentiments religieux, quoi qu'elle eût aussi son fanatisme;
c'est qu'elle a flétri la paresse, honoré le travail, admis
le peuple à participer au gouvernement, alors même que
les autres gouvernements le foulaient aux pieds et le trai-
taient comme un vil ramas d'esclaves. Alors elle s'est
trouvée en avant du Portugal, elle lui a offert ses pro-

duits; il les a acceptés parce qu'il ne pouvait s'en passer; et successivement, cet échange est devenu une chaîne de nécessité, conséquence fatale des erreurs politiques et sa·cerdotales du Portugal !

Si je n'avais peur d'être trop exigeant, je dirais : — Soyez de bonne foi et répondez : craignez-vous sérieusement, dans quelque hypothèse que ce soit, que la France tombe dans la dépendance de l'Angleterre comme le Portugal? La chose est-elle probable ou même possible?... Non, elle ne l'est pas, et vous le savez bien. Nos rapports avec toutes les puissances du nord de l'Europe qui consomment nos produits territoriaux, rapports qu'il dépendrait de vous de rendre si considérables, au lieu de les restreindre comme vous le faites par vos systèmes insensés; nos rapports avec les états libres du nord et du sud de l'Amérique, rapports que vous augmenteriez si prodigieusement avec ces derniers, si votre système colonial ne vous obligeait à surtaxer d'une manière exorbitante leurs produits pour assurer des bénéfices à deux maigres îlots qui vous coûtent en outre je ne sais combien de subsides annuels; tout cet ensemble magnifique d'une situation commerciale que vous dégradez comme à plaisir, vous met pour toujours à l'abri de la dépendance où est tombé le Portugal, état faible et secondaire, qui, à tout prendre, devrait être une province de l'Espagne, s'il n'était une succursale de l'Angleterre ! — Cette dépendance, et j'ai honte d'être réduit à vous le dire, est d'autant plus impossible en France, que la révolution y a détruit jusqu'à la dernière trace des causes qui l'ont imposée au Portugal. L'industrie est florissante en France, grâce à la libéralité de nos mœurs civiles et à notre nouvelle organisation sociale ; elle est florissante parce que la féodalité a été détruite; parce que les substitutions, les corporations, les priviléges ont été supprimés ; parce que le clergé a perdu ses immenses richesses; parce que les propriétés sont divisées; parce que l'impôt foncier est également réparti, parce que nulle terre n'en est exempte; parce qu'à défaut de liberté politique, nous avons eu une grande liberté civile. L'industrie est florissante, enfin, parce qu'elle est honorée, parce que la révolution a détruit les préjugés gothiques qui flétrissaient le travail et qui portaient la considération vers la paresse et la nullité! Voilà, voilà les grandes causes de ses développements réels; et quant à l'extension factice due aux prohibitions, elle est un fléau pour le pays, et tôt ou tard elle sera la ruine de l'industrie elle-même! N'affectez donc pas de vaines terreurs que vous ne pouvez éprouver. Rien de commun, rien de semblable entre la situation de la France et celle du Portugal. Si la dépendance que vous semblez craindre pour nous pouvait s'accomplir, elle serait l'œuvre de la contre-révolution qui détériorerait le pays, et non de la liberté commerciale, qui tendrait à le perfectionner et à l'enrichir!....

Ici, je dois ajouter que le système prohibitif, qui n'a en rien servi l'Angleterre contre le Portugal, n'a pu la servir que très-faiblement contre les autres nations, lors même qu'on admettrait comme vraies les fausses théories de nos adversaires. Je ne dis pas que ce système, en regard de ses énormes vices, ne puisse avoir quelques faibles avantages dans certaines circonstances données, avantages qui, à mes yeux, sont bien loin d'établir compensation. Il est, en effet, peu de choses humaines, si mauvaises qu'elles soient, auxquelles, en cherchant bien, on ne parvînt à trouver un côté plus ou moins favorable. Mais, dans l'hypothèse qui nous occupe, il n'en est même pas ainsi; car, par l'effet des causes politiques et libérales que j'ai exposées ci-dessus, causes qui remontent à la révolution anglaise et qui lui sont même en partie antérieures, l'Angleterre ayant été lancée dans la carrière industrielle plus tôt que les autres nations, son industrie plus avancée que la leur avait par conséquent très-peu besoin d'être protégées contre elles. Les prohibitions étaient évidemment chez elle un luxe, une superfétation. Que lui ont servi, je le demande, ses droits contre les filés ou tissus de coton français? En craignait-elle alors la concurrence, qu'elle ne craint même pas aujourd'hui? Les droits qu'elle avait imposés sur les fers suédois ne l'on pas servie davantage, et notez bien que je parle ici d'après les principes de nos adversaires eux-mêmes, et non d'après les miens, qui n'ont pas besoin pour leur triomphe de cette considération accidentelle; car, à mes yeux, en Angleterre comme partout, les prohibitions ont dû agir, quand elles ont eu un effet réel, au profit de quelques intérêts particuliers et au détriment des intérêts généraux.

Comment donc l'Angleterre a-t-elle fait une fortune si rapide et si colossale? — Fortune qui toutefois lui coûte plus qu'elle ne vaut, et compensée par de tels inconvénients, que je n'en voudrais pas au même prix pour ma patrie!... Je vous l'ai déjà dit; mais aux grandes causes libérales et politiques que j'ai énumérées, et dont l'effet s'est particulièrement fait sentir depuis la révolution de 1688, il faut encore ajouter l'immense extension de sa marine et de son commerce extérieur, seul trésor qui ait

pu suffire jusqu'à présent à l'effroyable absorption de capitaux nécessités par son rouage financier, prohibitif et
politique; gigantesque combinaison, que jamais peut-être
elle n'eût osé enfanter, si du premier coup d'œil elle avait
pu en prévoir les conséquences futures! Ainsi elle a agrandi
son territoire pour ses travailleurs et leur a procuré une
précaire existence. Or, ce commerce de la terre entière,
l'aurez-vous jamais? Savez-vous ce qu'il lui coûte? Pourriez-vous le payer du même prix? Lors même que vous
le pourriez, le monde trop petit pour elle, suffira-t-il à
vos efforts et aux siens? Que dis-je?.... suffira-t-il aux
efforts de toutes les nations que vous poussez forcément
à vous imiter?..... Eh! malheureux! vous fixez vos regards sur une chimère impossible et lointaine, et vous ne
voyez pas le gouffre que vous ouvrez à vos pieds! Vous
entrez dans une carrière où vous ne pourriez prospérer
qu'en usurpant le commerce du monde, et vous proclamez
des principes qui doivent vous faire chasser du monde
entier!....

Cependant, dira-t-on, ce commerce maritime immense,
cette immense supériorité nautique, c'est au système prohibitif que l'Angleterre la doit; car son fameux acte de
navigation est l'application rigoureuse des théories prohibitives.

Terminons par l'examen de cette question, et montrons
qu'elle ne conclut rien, absolument rien, contre les principes que nous défendons.

Sans analyser en détail cet acte de navigation, ainsi que
le fait M. Ferrier dans un de ses écrits; sans me faire une
arme des changements que le progrès des évènements a
obligé l'Angleterre d'y consentir, lorsque, suivant l'ex-

pression de M. Huskisson, en ayant perdu le *brevet d'invention*, elle a été exposée à la réciprocité des autres États (et c'est toujours là que le système prohibitif doit aboutir), je reconnais que son acte de navigation est basé sur les théories prohibitives, et qu'il a contribué à l'accroissement, à la prospérité de la marine anglaise. — Mais il faut expliquer comment, et sur cette matière importante je ne puis mieux faire que de rappeler les observations publiées il y a déjà long-temps par M. Larreguy, observations qui firent alors une profonde impression sur mon esprit.

Il faut bien se rendre compte ici d'un fait important. L'acte de navigation est de 1652; mais, bien antérieurement, des droits protecteurs encourageaient la marine anglaise, et cependant ne lui avaient point acquis la supériorité qu'elle a obtenue plus tard. Cette supériorité ne lui est venue, comme celle de toutes ses autres industries, que long-temps après le développement libéral des causes politiques dont nous avons parlé ci-dessus, et qui, par l'influence toute puissante de la liberté, ont donné à l'Angleterre un si grand développement de travail intellectuel et physique. En 1730, c'est-à-dire près de cent ans après l'acte de navigation, la marine hollandaise rivalisait encore l'Angleterre et la prédominait. En 1750, et plus tard, la marine française disputait encore à la Grande-Bretagne l'empire des mers. L'acte de navigation, pendant ce long intervalle, n'avait donc pas produit les effets qu'on lui attribue. Il avait dû, au contraire, retarder l'industrie anglaise par la cherté de transport qu'il lui avait imposée. Mais quand cette industrie productrice elle-même eût acquis les immenses développements par l'effet graduel des causes politiques et libérales que nous avons indiquées, et non point par la prohibition des industries européennes, qui n'étaient point en état de rivaliser avec l'Angleterre, alors cet accroissement de produits, de fortune, de transports, influa directement sur la marine elle-même, et lui fournit chaque année plus de poids à transporter, plus de fret, plus de développement. En 1750, elle lui en donna pour 150 millions seulement; en 1760, pour 300 millions; en 1780, pour 500 millions; en 1804, pour 800 millions; en 1820, pour 1100 millions, et, par conséquent autant de valeurs à importer en échange.

Ainsi l'industrie anglaise, développée par la liberté, s'est trouvée en état de supporter la prime que l'acte de navigation lui imposait en faveur de la marine. Ainsi cet acte de navigation porta ses fruits, que, par lui-même, son esprit prohibitif n'avait pu produire. Il fut, comme l'observe avec raison M. Larreguy, l'équivalent d'un impôt que l'Angleterre préleva sur toutes ses industries en faveur de sa marine qui, comme moyen de puissance extérieure, lui était indispensable (1). Cet impôt fut bien prélevé, habilement appliqué, mais l'industrie anglaise ne put le supporter que par l'effet de sa prospérité elle-même, prospérité qu'elle ne devait pas au système prohibitif. Ici, comme toujours, l'objection qui nous a été faite n'est donc qu'une véritable pétition de principe.

_____

(1) On se souviendra que dans un des paragraphes précédents, nous avons reconnu qu'il y avait des exceptions en économie, comme à toutes les règles générales possibles. La marine est certainement un cas exceptionnel, ainsi que ce qui touche la défense ou la subsistance d'un peuple. En payant plus cher, alors, on ne le fait pas pour s'enrichir, ce qui serait évidemment une sottise, mais on accomplit un sacrifice dont on reconnaît la nécessité, tandis que pour les quatre-vingt-dix-neuf centièmes des articles auquel le système prohibitif est appliqué,

§ VII.

Effet du système prohibitif sur le fer, les machines à vapeur, les chaînes-câbles.

—

Il y avait une fois, dans je ne sais quelle commune de France, supposons si l'on veut que ce soit la commune de Montferrant (je cite ce nom parce que c'est dans cette commune que j'habite, et qu'au fait, ce que je vais raconter peut s'être passé là tout aussi bien qu'ailleurs), il y avait, dis-je, dans cette commune quelques propriétaires qui, en tournant et retournant la terre de leurs vignobles, y rencontrèrent quelques veines métalliques. Etait-ce du fer, de l'argent, de l'or?... Peu importe, c'était du métal. Ces braves gens se rassemblèrent pour délibérer sur ce qu'il y avait à faire. Sacrifieraient-ils leurs vignes pour exploiter la mine découverte? ou bien continueraient-ils seulement leur exploitation agricole?

Il se trouva, parmi eux, un homme éloquent et disert qui leur tint le petit discours suivant : « Messieurs, vous avez beaucoup de vignes, vous avez peu de métaux; il est tout naturel de sacrifier une partie de vos vignes pour en extraire le métal dont vous avez besoin. Il serait, d'ailleurs, ridicule de laisser enfouies dans la terre ces nouvelles richesses que nous avons découvertes. »

Ce discours parut plausible, et, sans trop réfléchir, voilà mes braves agriculteurs qui se font industriels. Ils tra-

---

il n'y a certainement aucune nécessité à cette application ; on prohibe seulement pour favoriser l'industrie et enrichir l'État, ce qui est le comble de l'absurde et du contre-sens vaillent fort et ferme, se procurent des ouvriers, et leur exploitation marche à merveille.

Vint le bout de l'an. Il fallut régler les comptes, et l'on vit, avec grande satisfaction, qu'on avait une quantité de métal suffisante à peu près aux besoins de la contrée, métal que, jusqu'alors, on avait acheté à la ville voisine. Nous voilà, s'écrièrent avec enthousiasme les propriétaires, nous voilà affranchis du tribut que, jusqu'à présent, nous avions payé à nos voisins.

Mais, après mûr examen du passif de l'affaire, on vit que l'on avait dépensé en travaux, débours et main-d'œuvre, cent mille francs à l'exploitation de la mine, et qu'on aurait pu acheter, dans la ville voisine, pour cinquante mille francs et en meilleure qualité, une quantité de métal égale à celle qu'on avait obtenue.

Alors, un *ignorant* de la compagnie prit la liberté de représenter à l'homme *éloquent et disert,* qui la dirigeait, que la société pourrait bien avoir commis une grosse bévue, puisque tout le résultat de son travail, de son génie inventif et de ses capitaux employés, était une perte évidente de cinquante mille francs; plus, la perte du commerce avec la ville voisine, qui, ne vendant plus son métal à ladite société, ne venait plus lui acheter le reste des vins produits par la commune.

Mais un homme éloquent et disert ne reste jamais court. Voici donc, à peu près, comment celui-ci répondit à l'ignorant, et lui ferma la bouche :

« Nous avons encouragé chez nous un nouveau genre de travail. C'est précisément parce que le métal est meilleur marché de cent pour cent chez nos voisins, qu'il faut bien se garder d'aller le leur acheter. Et comment voudriez-

vous que nos travailleurs soutinssent la concurrence? Voulez-vous donc détruire le travail dans votre commune?
Voulez-vous laisser perdre pour toujours le métal, richesse
intérieure, enfoui dans vos terres? Voulez-vous rester éternellement tributaire de vos voisins? Et si quelque jour il
leur passait par l'esprit de ne vouloir plus vous vendre
leur métal? » — « Bah! répondit l'ignorant; ne plus vouloir nous le vendre? Et qu'en feraient-ils donc? Le man-
geraient-ils?... » — Mais on ne tint aucun compte de cette
boutade, et l'homme éloquent et disert continua son discours comme il suit :

« De quoi vous plaignez-vous, Messieurs?... De ce que
le métal extrait de votre mine vous coûte le double du
métal meilleur que vous auriez pu acheter à vos voisins?
Des esprits vulgaires pourraient seuls s'arrêter à cette difficulté, mais je vais la lever sur-le-champ.

» Mettons sur le métal appartenant à nos voisins un
droit qui le rende plus cher que notre métal, et qui porte
la quantité nécessaire à nos besoins à la somme de cent
vingt mille francs. Vous concevez facilement qu'à cent
mille francs, notre métal sera alors comparativement à
bon compte; nous nous le paierons donc ce prix à nous-
mêmes pour nos emplois; nous pourrons même y gagner
quelques mille francs de plus, si nous voulons, sans craindre la concurrence. Ainsi, au lieu de la perte que vous
redoutez, nous aurons fait un véritable bénéfice et procuré
au pays une nouvelle source de richesse. »

Ce discours produisit un enthousiasme universel; l'ignorant fut bafoué, et nos honnêtes propriétaires s'amusèrent
à se payer le métal cent pour cent de plus qu'il ne valait,
afin de continuer à extraire de leur mine l'année suivante

une quantité de métal plus considérable sur laquelle il y avait par conséquent une plus forte perte à supporter, — le tout pour augmenter le développement du travail et de la richesse commune. — De développements en développements, nos gens se ruinèrent de fond en comble.

Or, faisons maintenant l'application de cette parabole à ce qui se passe sous nos yeux depuis 1822, pour l'exploitation des mines de fer, — avec cette différence cependant que, comme elles ne sont exploitées que par quelques-uns et que la consommation est faite par tous, le bénéfice est pour les exploitants et la perte tombe sur le pays entier.

Or, j'adjure maintenant tous les propriétaires qui liront ces lignes. S'ils trouvaient chez eux une mine de fer, et qu'en l'exploitant le fer leur revînt deux fois plus cher que s'ils en achetaient à Bordeaux une pareille quantité, continueraient-ils cette exploitation? Ne sentiraient-ils pas tout ce qu'elle aurait de ruineux, d'insensé? Cependant, n'est-ce pas ainsi qu'on force violemment la France à agir par les lois folles qui prohibent le fer étranger?

Mais, a-t-on la force de dire, si par un évènement quelconque, par la guerre ou tout autre cause, l'étranger ne nous envoyait pas de fer, comment ferions-nous pour nous défendre, pour donner des armes à nos soldats...., etc.? Oh! la plaisante objection!...... Et comment avons-nous fait jusqu'en 1822?..... La France a-t-elle jamais manqué de fer? De peur d'en manquer pendant la guerre, ne sentez-vous pas combien il est parfaitement ridicule de l'enchérir du double pendant la paix? Ne sentez-vous pas qu'avec l'argent que vous perdez ainsi, vous auriez du fer plus qu'il ne vous en faut? Que le fer est une mar-

chandise telle que ceux qui la produisent ne pouvant l'u-
tiliser pour eux, seront toujours trop heureux de vous la
vendre, et que vous n'en manquerez jamais?..... Mais je
suis trop dupe, vraiment, de perdre mon temps et celui
de mes lecteurs à réfuter de tels arguments !

Ce n'est donc point pour l'intérêt général que la prohibition du fer étranger a été prononcée. Non, c'est pour
l'intérêt d'une petite classe d'industriels qui exploitent
cette branche de production. Cette prohibition qu'on leur
a accordée, ils en ont abusé. Ce n'est pas moi qui le dis,
c'est M. de Saint-Cricq lui-même, l'homme-prohibition,
l'homme type des doctrines que nous combattons, qui l'a
avoué à la tribune. En a-t-on conclu qu'il fallait restreindre cette protection insensée? Point du tout : on en a
conclu qu'il fallait la continuer, et voici les paroles mer-
veilleuses dans lesquelles M. de Saint-Cricq a exposé cette
idée :

« Nous l'avouerons, Messieurs, en présence de tels faits
» recueillis avec scrupule, et, nous ajouterons franche-
» ment, avec une prédisposition peu favorable à une
» classe de producteurs qui, selon nous, use trop large-
» ment des avantages de sa position, nous nous croirions
» coupables de rien proposer qui pût arrêter un essort si
» fécond en éléments de travail, suspendre la mise en va-
» leur de tant de richesses demeurées trop long-temps
» stériles dans les entrailles de la terre, compromettre
» tant de capitaux récemment engagés sur la foi de nos
» lois, paralyser enfin tant d'autres capitaux encore prêts
» à se confier en elles, etc., etc. »

Non, je ne crois pas que la déraison elle-même, s'in-
carnant sur la terre, pût assembler plus de paroles si évi-

demment contraires au bon sens ! — Quoi ! le mal que
vous avez fait vous paraît un motif, non-seulement de le
continuer, mais d'en faire un nouveau ! — Non-seulement vous regardez comme un droit acquis l'emploi de
capitaux engagés, occupés qu'ils sont à abuser de la protection que vous leur avez accordée; mais encore vous continuez cette protection, afin que d'autres capitaux prennent
encore la même voie, et servent à augmenter les mêmes
abus? Non-seulement ces abus vous paraissent un droit acquis, mais encore un droit à acquérir pour les emplois
futurs de capitaux que vous voulez pousser à prendre la
même direction ! Et nos droits acquis, à nous, propriétaires de vignes, sous la législation antérieure à vos prohibitions, droits fondés sur la liberté du commerce et sur la
fécondité du sol, qu'en faites-vous, quant par vos aberrations, vous détruisez non-seulement le revenu, mais encore la valeur capitale de la terre?—Oui, je le répète,
il est impossible d'examiner de sang froid de telles iniqui-
tés législatives, et vingt fois je suis obligé de poser la
plume pour me calmer, et pour éviter que mes paroles
ne soient empreintes d'une trop grande irritation.

En face d'une législation basée sur de tels principes,
je ne conçois pas l'aveuglement de quelques députés qui
s'imaginent pouvoir y porter remède par des amendements. — Cela est radicalement impossible. — Une diminution de droits sur les fers, par amendement, ne peut
jamais avoir aucun bon effet, parce que, pour avoir un
effet réel, il faudrait que la diminution accordée fût assez
forte pour détruire le système lui-même de la loi, et permettre l'introduction du fer étranger. Or, cela serait absurde; la prohibition ne peut pas être dans la loi, et l'ad-

mission dans l'amendement. Jamais on n'accordera qu'une diminution calculée de manière à tenir le fer français en dehors de la concurrence du fer étranger ; alors à quoi sert la diminution ?.... C'est évidemment une chimère, une déception de plus. — M. Thiers l'a laissé entendre clairement; M. Ferrier l'a dit expressément dans ses ouvrages d'ailleurs remplis de talent et d'esprit. Voici ses paroles : — « Vous demandez que le droit soit réduit de » manière à laisser quelque faveur à l'importation du » produit exotique, et vous ne voyez pas que le jour où » un seul quintal de fer anglais pourra se présenter » avantageusement sur notre marché, l'Angleterre vous » en enverra pour quatre ans (1) ? »

M. Thiers s'est expliqué de même dans son exposé des motifs. Voici ses paroles : — « Une réduction instanta- » née (dans les droits) pourrait introduire quelques quan- » tités de fer anglais, peu considérable il est vrai, mais » qui occasionerait une baisse subite dans les prix. » — Voilà pourquoi l'ancien ministre du commerce ne voulait pas de réduction.

Vous le voyez : voilà la doctrine de nos hommes d'état à nu. Ils ne veulent pas qu'un seul quintal de fer anglais puisse se présenter sur notre marché, et en cela ils sont conséquents à leurs principes ; mais vous, qui poursuivez la chimère de vos amendements à ce principe, vous êtes éminemment inconséquents. Il faudra toujours, ou que l'amendement dévore le principe de la loi, ou que le principe de la loi dévore l'amendement. Vous courez après

---

(1) Notez-bien, je vous prie, qu'on donne pour raison de l'utilité de nos forges, et pour motiver la prohibition qu'on décrète en leur faveur, qu'avec la liberté du commerce, nous manquerions de fer !....

une conciliation impossible; souvenez-vous bien que c'est le principe de la loi qu'il faut détruire, sauf à graduer ensuite la transition à un nouvel ordre de choses; sans cela vos efforts n'aboutiront jamais à rien.

Qu'on nous permette ici une digression qui n'est pas sans intérêt.

Lorsque sous la restauration, nous luttions contre l'esprit rétrograde de l'époque, je disais contre l'absolutisme politique ce que je dis aujourd'hui contre l'absolutisme prohibitif.

Alors, on parlait d'amendements au système gouvernemental, comme aujourd'hui on parle d'amendements au système économique.

Alors, comme aujourd'hui, je m'opposais à ce genre de transaction. Je faisais voir qu'il est impossible de mettre en vigueur, à la fois, par une pratique réelle, deux principes opposés : l'absolutisme et la liberté.

Or, il en est de même en économie. Comment voulez-vous, pour le même article, faire concorder la prohibition et l'admission ? Tout amendement conçu dans ce sens ne peut être qu'une déception, une ruse d'un des deux partis qui veut tromper l'autre.

Sous la restauration, on m'accusait d'entêtement, d'exagération. — J'étais un républicain, un jacobin, tout ce qu'on voudra. Cependant l'évènement a prouvé, je pense, depuis, qu'il n'en était rien. J'étais seulement conséquent à ce que je voulais, et je ne marchais pas à droite pour arriver à gauche.

Eh bien ! souvenez-vous, je le répète, qu'il en est de même en économie. Vous aurez beau accuser la raison et la justice d'exagération, la vérité n'en sera pas moins la vérité. Jamais vous ne ferez marcher ensemble, dans l'exécution d'une loi de douane, la prohibition dans le principe, et l'admission dans l'amendement. — La folle conciliation tentée sous la restauration n'a pu se dénouer que par un 29 juillet politique. Tâchez, imprudents incorrigibles, que la nouvelle conciliation tout aussi folle que vous essayez aujourd'hui, en économie, ne se dénoue pas un jour par un 29 juillet commercial !....

Du fer, passer aux machines à vapeur et aux chaînes-câbles, la transition est presqu'insensible (1).

Les machines à vapeur sont un des mobiles les plus puissants de la production. Celles qu'on fait en France sont si inférieures qu'on se croit obligé de les protéger par un droit de 33 pour cent, décime compris, sur les machines anglaises. Malgré cette énorme différence, les machines françaises ne s'emploient pas. Cela est si vrai, que le gouvernement lui-même emploie des machines anglaises pour ses bâtiments à vapeur, et que, dans l'expédition d'Alger, le seul bâtiment à vapeur qui ait pu faire régulièrement le service, avait à bord des machines anglaises.

Il est donc bien démontré que cette protection de 33 pour cent n'a fait faire aucun progrès satisfaisant à l'industrie protégée, et qu'elle est seulement un grave motif de ruine pour le pays. D'abord par la surcharge énorme qu'elle impose à toutes les industries qui ont besoin de machines à vapeur et qui paient cet énorme droit, puisque les machines d'un paquebot coûtent près de cinquante

---

(1) On ne doit pas oublier que tout ceci se rapporte à la législation qui était en vigueur en 1834. *(Note de l'Éditeur)*.

mille francs de droit d'entrée; ensuite, et surtout, parce que les sept huitièmes des industries qui auraient besoin d'employer les machines à vapeur, sont obligées de s'en passer, ne pouvant supporter ce surcroît de dépenses, encore augmenté par la cherté de la houille et de tout combustible.

Ainsi le gouvernement dit aux raffineurs : — Supportez pour l'exportation la concurrence des raffineurs anglais, quoiqu'ils aient le combustible à bon compte et d'excellentes machines à vapeur, et lorsque moi, gouvernement, je vous prive de machines et j'enchéris le combustible que vous employez.

Ainsi le gouvernement dit aux fabricants de draps : — Supportez pour l'exportation la concurrence des fabricants belges et anglais, quoique je vous prive à la fois des laines convenables, des machines à vapeur et du combustible dont ils sont en possession.

Ainsi le gouvernement dit aux marins français : — Imitez l'activité des étrangers, établissez des communications rapides sur nos côtes; mais passez-vous pour cela des machines à vapeur et des combustibles qui vous sont indispensables. Ou bien encore, employez les mauvaises machines de mes protégés, et quand vous serez assaillis d'une tempête, noyez-vous, vous et vos équipages, si elles ne fonctionnent pas convenablement. Ainsi de suite, car il serait trop long de faire la nomenclature générale de tous les admirables effets de cette prohibition.

Passons aux chaînes-câbles. Cet article a l'air peu important, cependant aucun article ne fait ressortir avec autant d'évidence le système de déception et d'étourderie qui a présidé à la rédaction de notre tarif de douanes. Ici l'aberration et le contre-sens sont tellement à découvert, que très-certainement M. Thiers, lorsqu'il présenta en 1834 son projet de loi sur ce sujet, n'avait point rédigé cette partie de son discours. Il a trop d'esprit et de tact pour cela. Il prit ce passage du travail des mains de quelque employé, qui, pour motiver un prétendu relâchement dans la prohibition des chaînes-câbles, avait saisi le premier mauvais prétexte venu, sans songer seulement aux conséquences.

Effectivement, l'exposé des motifs prétendait que les chaînes-câbles françaises étaient si perfectionnées, qu'elles n'avaient plus besoin d'être protégées par la prohibition, comme par le passé. Cependant, dans le passé, il avouait que, malgré la prohibition légale, la force des choses avait obligé l'administration à tolérer que chaque navire prît au moins une chaîne-câble anglaise, sauf à payer le droit des fers étirés, soit 55 fr. par quintal métrique.

Et il ajoutait que maintenant il rendait cette facilité légale, en autorisant l'admission des chaînes-câbles anglaises, avec le droit de 55 fr. !....

Or, pourquoi la force des choses avait-elle contraint l'administration à violer elle-même sa loi prohibitive des chaînes-câbles anglaises, et à permettre à chaque navire d'en prendre au moins une?...... C'est que l'infériorité des chaînes-câbles françaises était tellement constatée, qu'un reste de pudeur obligeait la prohibition à transiger avec elle-même. Si elle avait eu la franchise de confesser sa pensée, voici ce qu'elle aurait dit : — Vous avez besoin de bonnes chaînes-câbles pour mouiller dans un gros temps à la barbe des récifs et des brisants; si la chaîne-câble casse, équipage, vaisseau, cargaison, tout est perdu. Pre-

nez-donc une bonne chaîne; mais à condition que vous
paierez 55 fr. de droit par quintal métrique. — Mais,
comme l'humanité ne peut pas me faire revenir tout-à-fait
au sens commun, toutes vos autres chaînes-câbles, je vous
oblige à les prendre en qualité inférieure : si elles vous
font noyer, tant pis pour vous. Je m'en lave les mains,
car il faut que je protége ceux qui les fabriquent.

Or, on prétendait que ceux qui les fabriquaient faisaient
de si excellentes chaînes en France, qu'elles pouvaient se
passer de la prohibition des chaînes anglaises, et on léga-
lisait tout juste la même facilité que la mauvaise qualité
des chaînes françaises avait forcé de consentir, malgré la
loi..... Est-il possible d'être aussi incommensurablement
inconséquent? — Mais s'il était vrai que les chaînes françaises fussent aussi perfectionnées, quel aurait été l'arma-
teur assez fou pour payer 55 fr. de droit par quintal de
fer pour avoir une chaîne anglaise? Ici, le système prohibitif se mentait à lui-même avec une rare naïveté; car,
évidemment, c'était l'immense supériorité des chaînes anglaises qui seule pouvait faire consentir à les acheter en
payant un droit aussi prodigieux, relativement à la valeur. Et ce droit quel était-il?.... C'est une prime imposée sur la vie des marins. — C'était comme si on leur
disait : — Si vous n'avez pas 55 fr. à payer par quintal,
si votre fortune ne vous le permet pas, renoncez à avoir
de bonnes chaînes-câbles et noyez-vous à la première occasion périlleuse où vous en auriez besoin.

Voyez ici l'inconséquence du système à découvert! Tra-
duisez-le en bon français, voici ce qu'il dit : — Tant que
les chaînes françaises étaient inférieures, je vous ai obligé
à les prendre par la prohibition, afin de vous faire noyer.

— A présent que les chaînes françaises sont excellentes, je vous permets de ne pas les employer ; — de sorte que le motif qui avait fait établir la prohibition était précisément celui qui en faisait tout le danger et qui aurait dû la faire abolir alors ; et on disait qu'on la détruisait alors parce que ce motif n'existait plus !... S'il y avait un brevet de perfection à donner aux progrès de l'absurde et de l'inhumanité, certainement l'administration l'aurait bien gagné en cette circonstance. Jamais on n'a écrit rien de plus barbare et de plus anti-commercial à la fois que ce passage de l'exposé des motifs de 1834 que nous examinons. Il est bien visible que le motif qu'on y donnait pour l'abolition de la prohibition des chaînes anglaises, étaient tout l'opposé du motif réel, et que le ministre n'avait pas voulu avouer l'iniquité du système prohibitif, pour ne pas convenir du démenti qu'il donnait par le fait à cette hideuse théorie, qu'il violait si formellement lui-même.

§ VIII.

Des droits sur les machines à vapeur.

Cette question des machines démontre trop nettement l'absurdité du système protecteur, pour que je ne croie point utile d'y revenir.

En outre de son importance spéciale, qui est immense, elle fournit une occasion toute naturelle de prouver, par les faits, la vérité de nos doctrines commerciales, et de mettre à nu les déplorables contre-sens du système prohibitif.

Ce système, sous quelque face qu'on l'envisage, réalise dans ses effets l'iniquité de son principe. Partout, à chaque pas, se manifeste le mensonge sur lequel il est basé ; partout, à chaque pas, des faits irréfutables prouvent qu'il ruine l'industrie au lieu de la protéger. Si je ne craignais de fatiguer mes lecteurs, je pourrais écrire tous les jours sur les déplorables effets de cette conception ruineuse, sans jamais épuiser la matière. Mais, en vérité, j'ai déjà si souvent traité ce sujet, que je ne vois plus à quoi peut servir de répéter encore des vérités que tous les pouvoirs ont juré de ne pas entendre. Je me sens surtout profondément dégoûté quand je réfléchis que le mal s'est tellement augmenté par sa durée, et que ses développements primitifs ont pris eux-mêmes tant de développement, à mesure que l'ensemble du travail français s'engageait dans cette voie forcée, que la difficulté d'y porter remède devient elle-même effrayante.

Si le système prohibitif était, comme il le dit, temporaire ; s'il ne protégeait que les industries qui, dans un temps donné, peuvent acquérir un perfectionnement suffisant aux besoins nationaux ; si ce temps de protection, ce stage de privilége pour l'industrie protégée, n'était pas exorbitant et ne portait pas un trop grand préjudice aux autres producteurs français et aux consommateurs, eh bien ! nous pourrions en prendre notre parti. Ce serait un mal passager ; nous tâcherions de le guérir, de l'adoucir au moins, et nous attendrions l'époque de notre libération avec impatience sans doute, mais avec résignation.

Mais il n'en est point ainsi ; j'ai déjà dit pourquoi, je l'ai prouvé incontestablement en réfutant le fameux exposé prohibitif de M. Thiers, quand il était ministre des travaux publics. Je ne rentrerai donc plus dans la théorie; je prends un des faits prohibitifs et je l'examine.

Qu'a-t-on dit quand on a frappé d'un droit de 33 pour cent l'introduction des machines à vapeur anglaises?

On a dit que les fabricants français étaient habiles, industrieux; qu'ils ne pouvaient, il est vrai, arriver du premier coup à la perfection que les Anglais avaient acquise par une longue expérience; mais qu'en les protégeant, en leur conservant le marché français avec un bénéfice suffisant, au moyen d'un droit protecteur qui élèverait le prix de vente au niveau du coût de leur production, ils acquerraient rapidement assez d'expérience et d'économie dans leurs moyens de fabrication, pour fournir à toutes les industries françaises des machines à vapeur aussi bonnes que celles des Anglais.

Nous répondîmes à l'instant que c'était une dérision, que cet argument était faux par tous les bouts. Voici ce que nous disions :

Pour protéger une seule industrie, celle de la fabrication des machines à vapeur, vous frappez toutes les industries françaises qui emploient la vapeur pour moteur de leur mécanisme; vous en frappez même quelques-unes mortellement, et pour toutes vous renchérissez tellement le prix de leur production, qu'elles ne pourront plus supporter, chacune dans son genre, la concurrence de l'étranger. Votre protection donc, au lieu de protéger, détruit.

Nous ajoutions : vous ne protégez même pas vos fabricants de machines à vapeur dans un des principaux emplois de leurs produits. Car si, pour ne pas payer trente-trois pour cent de droit, certaines industries françaises

consentent et peuvent consentir à employer des machines
françaises, il en est une, celle qui précisément est la plus
intéressée à se servir de l'amélioration que le système de
la vapeur apporte dans son exploitation, qui aimera
mieux payer le droit et avoir des machines anglaises, que
d'acheter celles de vos fabricants nationaux. — Nous
parlons de la marine, de la navigation, de la grande navigation surtout. — Et la raison en est simple; dans
une filature, dans une raffinerie, dans toute industrie
qui s'exerce en terre ferme, on peut à la rigueur ne
pas être si exigeant sur la perfection des machines à vapeur qu'on emploie. Si quelque chose se dérange, eh bien,
on y supplée, on le répare, et dans tous les cas ce n'est
qu'un retard, une perte de force qui n'entraîne ni la
perte du capital, ni la destruction de l'usine, ni la mort
des ouvriers. — Mais à la mer, au milieu d'une tempête,
dans un grand voyage, quand il faut lutter contre les vagues et l'ouragan, une machine qui se dérange ou qui
ne donne pas la force d'action qu'on s'en était promis et
qui est indispensable, peut entraîner la perte du vaisseau, la destruction du capital, la mort de tout l'équipage
et des passagers.

Ne croyez donc pas que, pour épargner trente-trois
pour cent, la grande navigation à vapeur achètera vos
machines françaises; il faudrait qu'elle ne sût ni calculer ni réfléchir. Plus vous élevez le droit sur les machines anglaises, plus vous prouvez que, d'après votre propre
évaluation, les machines françaises leur sont inférieures;
car vous élevez la protection que vous accordez à vos fabricants, précisément en raison de l'infériorité de leurs
produits. Cela est de la dernière évidence; c'est la base

même de l'échelle que vous adoptez pour régler votre tarif. Or, pour la grande navigation, il vaut mieux avoir trente-trois pour cent de plus dans la qualité, dans la bonté, dans la solidité des machines et payer cette supériorité, que d'avoir trente-trois pour cent de moins en qualité, en bonté, en solidité, pour économiser une valeur pareille sur le prix : votre droit absurde, insensé, anti-national, ruinera donc le commerce et la marine française, et dans aucun cas ne pourra protéger vos fabricants, ni leur faire vendre leurs machines.

La qualité étant indispensable pour la navigation à vapeur, il est donc évident qu'elle prendrait les machines anglaises, malgré le droit, ou que si elle ne pouvait supporter le droit, elle renoncerait à ses entreprises.

Voilà ce que j'imprimai alors. Les évènements ont confirmé mes paroles. Et qu'a-t-on fait à cette époque? M. Arago, le libéral M. Arago, l'un des chefs les plus éminents de ce côté gauche qui, si on l'écoute, doit donner tant de liberté à la France et à l'industrie, a déclaré que le droit de trente-trois pour cent n'était pas suffisant, et il a demandé qu'on l'augmentât! Et lui, ce grand calculateur, il ne s'apercevait pas que si on eût augmenté le droit, on eût, par le fait seul, appris à toutes les industries que l'infériorité des machines françaises était de plus de trente-trois pour cent, puisqu'un droit de trente-trois pour cent ne les protégeait pas suffisamment, et que, par conséquent, en augmentant le droit, on tuait un peu plus les industries françaises qui emploient la vapeur, sans les déterminer pour cela à employer les machines françaises; au contraire, on les en détournait davantage.

Heureusement pour tout le monde, la proposition de M. Arago ne fut pas adoptée.

Je ne dis pas tout ceci pour la première fois. J'ai démontré jusqu'à l'évidence, que les droits sur la houille et sur les machines à vapeur étaient une double persécution contre la marine française, et qu'on la ruinait, sans aucun profit pour ceux qu'on voulait protéger. J'en ai dit autant relativement aux chaînes-câbles.

Le droit sur la houille a cessé heureusement d'accabler notre navigation. Mais le droit sur les machines est toujours là, pour notre ruine, aussi inefficace pour les fabricants, qu'onéreux pour la navigation et le commerce.

Ici, je dois insister avec toute la force qui est en moi, sur le mensonge du système prohibitif, lorsqu'il se déclare temporaire et provisoire.

S'il avait réellement pour but de protéger provisoirement une industrie jusqu'à ce qu'elle fût suffisamment développée, il ne protégerait que les industries susceptibles de progrès, de progrès appréciables, de progrès satisfaisants.

Alors il suivrait de là, qu'on devrait établir un tarif décroissant dans la proportion présumée des progrès de l'industrie protégée.

Car si on a un tarif fixe, et qu'elle fasse des progrès, il est bien évident que le tarif qui la protégeait suffisamment le premier jour, la protége ensuite d'une manière exorbitante. Son infériorité n'étant plus la même relativement aux produits étrangers, la protection qui lui est accordée doit être diminuée d'autant; sans quoi, on grève outre mesure et inutilement toutes les autres industries françaises à son profit.

D'où j'établis ce dilemne, que je base non pas sur mes

doctrines, — car, moi, je n'aurais mis aucun droit sur l'entrée des machines anglaises, — mais que je base sur les doctrines du système prohibitif lui-même :

Si la fabrication des machines à vapeur, en France, n'était pas susceptible de progrès appréciables, satisfaisants, il ne fallait pas la protéger, il fallait laisser entrer librement les machines anglaises;

Si elle était susceptible d'un progrès appréciable et satisfaisant, il fallait apprécier ce progrès, l'imposer à son labeur comme le prix de la protection qu'elle réclamait, lui déclarer qu'on ne la protégeait qu'à condition qu'elle ferait ce progrès, et établir une décroissance proportionnée dans le droit protecteur.

Voilà ce que ferait le système prohibitif, s'il était de bonne foi.

Il aurait dit aux fabricants : Vous demandez trente-trois pour cent de droit sur les machines anglaises? — Je vous les accorde.

Mais moi, je veux, j'ai droit de vouloir, et je vous impose, au nom de toutes les industries françaises qui vont souffrir et payer la protection que je vous accorde, la condition de faire un pour cent de progrès par an.

Alors, la première année je vous protégerai par 33 pour cent de droit sur les machines anglaises; la seconde, par 32 pour cent; — la troisième, par 31 pour cent. — Ainsi de suite, en diminuant chaque année le droit d'un pour cent, jusqu'à ce que vous ayez égalé les machines anglaises, et pour cela je vous accorde ainsi un temps plus que raisonnable. Alors, quand votre industrie sera arrivée à ce degré, le droit protecteur se trouvera naturellement supprimé.

Voilà ce qu'aurait fait le système prohibitif s'il eût été basé sur une théorie sincère et de bonne foi. — Et si les fabricants avaient objecté qu'avec la protection de 33 pour cent, ils ne pouvaient pas faire un progrès d'un pour cent par an, et que, par conséquent, ils ne pourraient résister à la décroissance annuelle d'un pour cent dans le 'tarif, alors on leur aurait répondu qu'ils signaient ainsi leur propre condamnation; que s'ils n'étaient pas suscep‑ tibles de faire un progrès d'un pour cent par an, ils n'é‑ taient pas dignes qu'on les protégeât, et qu'on sacrifiât à leur inhabileté avouée tout le reste des industries natio‑ nales, pour un temps indéfini.

Mais, au contraire, qu'a-t-on fait? On a établi un droit de 33 pour cent, et il est censé qu'on le détruira ou qu'on le modifiera quand les machines à vapeur fran‑ çaises pourront supporter la concurrence des machines anglaises.

Mais c'est absurde, profondément absurde! — Quoi donc! sera-ce tout-à-coup, du jour au lendemain, que ce progrès s'accomplira? Verrons-nous la qualité des ma‑ chines françaises s'améliorer en vingt-quatre heures? Au‑ jourd'hui avoir besoin de 33 pour cent de protection, et demain pouvoir s'en passer! Vraiment, vous vous êtes bien moqués de nous en parlant ainsi.

Ce n'est pas tout-à-coup que peut se faire cette amélio‑ ration, c'est progressivement; donc, c'est progressivement aussi que la diminution du droit aurait dû être stipulée.

Alors les fabricants, avertis d'avance de cette nécessité, auraient redoublé d'efforts pour que les progrès de leur fabrication égalassent la décroissance du tarif.

Mais si, après avoir établi un droit qui protége le producteur privilégié sur le marché français, vous attendez qu'il ait égalé l'industrie étrangère pour diminuer le tarif, ce moment n'arrivera jamais ; car alors le producteur français n'est plus intéressé à faire des progrès. Au contraire, il est intéressé à rester dans l'infériorité qui lui garantit une protection qu'il perdrait s'il égalait l'industrie étrangère. Il répond comme un fabricant de poterie auquel on reprochait l'état stationnaire de son industrie à la dernière enquête française, et qui disait : — Que voulez-vous? pourquoi nous fatiguer dans des efforts coûteux pour améliorer nos produits? Tels qu'ils sont, ils nous assurent un honnête bénéfice sous l'abri de l'arbre prohibitif! Admirable métaphore où s'est fait jour la force de la vérité. — Dire aux industriels français : Nous admettrons les produits étrangers quand vous les égalerez ; jusque-là, nous vous protégerons contre leur concurrence, n'est-ce pas les engager à ne pas se hasarder à des travaux dispendieux pour acquérir une perfection qui les exposerait à la concurrence qu'ils veulent éviter, et qui les priverait des bénéfices commodes que la prohibition assure à leur inhabileté?

En récapitulant tous ces motifs, voyez combien la taxation exorbitante qui frappe les machines anglaises est odieuse, ruineuse, insoutenable, nuisible à tous, ne protégeant pas l'industrie qu'elle veut soutenir, et détruisant toutes les autres.

C'est que le système prohibitif qui, nous dit-on, a pour but de protéger le travail national, de favoriser ses développements, de lui garantir des acheteurs pour ses produits, étouffe le travail national, arrête ses développements, enchérit tellement ses produits, que les acheteurs leur manquent, parce que les moyens pécuniaires des consommateurs ne se trouvent plus au niveau du prix des objets de consommation.

De sorte que par la protection prétendue du régime prohibitif, tout l'ensemble du travail national est faussé, l'injustice règne dans l'intérieur au profit du fort contre le faible, tandis que les relations françaises avec les nations commerçantes souffrent de toutes parts.

Ainsi, quelle est la première matière de presque tous les travaux, de presque tous les instruments, quel est l'ingrédient le plus généralement nécessaire à toutes constructions ? — Le fer.

Le système restrictif prohibe le fer.

Quel est le premier agent de l'industrie dans toutes ses ramifications ? — Les machines.

Le système restrictif prohibe les machines.

Et lorsque tous les objets produits sont ainsi enchéris sur tout le sol par ces deux prohibitions, et par bien d'autres que je pourrais citer, alors il prohibe tous les produits analogues de l'étranger, afin de maintenir en France les prix de tous les produits de l'industrie indigène assez élevés pour équilibrer les mauvaises conditions de travail où il a successivement placé tous les travailleurs.

Et par l'effet de ce double mécanisme, la consommation des objets produits se trouve restreinte en France, pendant que leur exportation devient impossible à l'étranger. — Ensuite on s'étonne des crises qui frappent, par intervalles successifs, l'industrie française et le crédit, forcément poussés l'un et l'autre dans cette fausse combinaison.

Certes, c'est précisément du contraire qu'il faudrait s'étonner !

Il faut s'étonner surtout que l'agriculture vinicole, elle que rien ne protége, elle que tout frappe et dévore, elle qui paie des droits énormes de consommation en France, elle qui voit ses produits prohibés à l'extérieur par un système de représailles, elle qui supporte ensuite, dans les prix que le propriétaire paie pour tous ses achats de consommation, le paiement de toutes les primes que le système prohibitif assure aux industries privilégiées, il faut s'étonner surtout, dis-je, que l'agriculture vinicole, cette grande fabrication si éminemment productive et nationale, ne soit pas plus souffrante, plus délaissée, plus anéantie. — Ce qui m'étonne, moi, c'est qu'avec un tel système de destruction, elle puisse exister encore.

Ainsi donc, pour protéger l'industrie, on prohibe l'entrée des machines dont l'industrie ne peut se passer.

Pour protéger le travail, on prohibe le premier levier, le premier moteur, le premier instrument du travail !

En admettant ce système pour sincère, c'est cependant tout le contraire qui devrait avoir lieu.

Ainsi, je concevrais, moi, en entrant un instant dans les idées des prohibitionistes, je concevrais que l'Angleterre, jalouse de garder pour elle seule l'avantage de ses machines, en prohibât la sortie, afin que les autres nations ne pussent pas employer, dans leurs diverses industries, les moyens dont elle se sert et qui ont assuré sa supériorité.

Je concevrais que l'Angleterre, par cette prohibition de sortie, s'assurât le monopole de ses moyens industriels, comme par une sorte de brevet d'invention qu'elle s'adjugerait elle-même; qu'elle fît ce que font en France les inventeurs d'un procédé, qui s'en réservent exclusivement l'application ; et c'est effectivement ce que l'Angleterre faisait quand elle vivait sous le régime des idées prohibitives.

Par le même motif, et toujours en me plaçant au même point de vue, je concevrais que, pendant que l'Angleterre prohiberait la sortie de ses machines, la France cherchât, par tous les moyens possibles, par des primes même, s'il était nécessaire, à encourager l'importation des machines anglaises, et qu'elle s'efforçât de procurer, à tout prix, aux industriels français les moyens de perfectionner ainsi tous leurs produits.

Eh bien ! point du tout, c'est tout le contraire qui a lieu ; c'est l'Angleterre qui, revenue à des idées plus saines, dont l'expérience lui a fait reconnaître la nécessité, consent à l'exportation de ses machines, et qui nous livre elle-même les moyens qu'elle emploie pour ses propres industries. —Et c'est la France qui refuse ! C'est la France qui, pour accorder une protection prétendue aux machines qu'elle-même ne fabrique pas, accable et ruine toutes ses industries nationales, et particulièrement l'industrie maritime et commerciale, en les obligeant à payer un droit énorme, qui grève d'un capital improductif toutes les grandes opérations que le commerce français pourrait entreprendre, qui en ruine la plupart, et qui empêche les autres de naître !...

Véritablement, il est impossible de comprendre un tel délire.

Voyez pour ce qui concerne la navigation maritime.

Parlerons-nous de la construction à mâts et à voiles ?

L'enchérissement du fer la frappe, en premier lieu, d'une manière désastreuse, car le fer entre pour un cinquième dans les constructions navales. Puis le droit sur les lins, sur les chanvres, sur les cordages par conséquent, sur tous les matériaux ; puis l'enchérissement de la main-d'œuvre par l'enchérissement de tous les objets de consommation, que le système prohibitif protége spécialement dans chaque genre d'industrie qui les produit.

Parlerons-nous de la navigation à vapeur? — Ici l'exemple est frappant ; la navigation à vapeur, en effet, supporte d'abord l'enchérissement de la construction navale, ainsi que la navigation à mâts et à voiles. Puis vient le droit sur les machines. Supposez une entreprise ayant besoin de trois paquebots pour le service du Havre à Bordeaux, par exemple ; les machines de ces paquebots à vapeur seront d'une force de 150 chevaux. A trente-trois pour cent de droit, c'est cent vingt mille francs dont cette entreprise sera grevée sur ses trois paquebots, ce qui représente environ la valeur capitale de la construction d'un des paquebots.

Parlerons-nous de l'opération des paquebots transatlantiques? — Ici le vice est le même, mais dans une dimension plus élevée. Les machines devront avoir 450 chevaux de force. Donc, à trente-trois pour cent, elles paieront, par paquebot, deux cent mille francs ; et dans quel but? Pour protéger les fabricants français qui sont dans l'impossibilité complète de fournir ces machines (1).

Nous le demandons derechef, un pareil état de choses est-il tolérable? Ne devons-nous pas réunir tous nos ef-

---

1: Ces lignes ont été écrites en 1838.

forts pour le faire cesser? Pouvons-nous cesser de nous plaindre tant que l'on fera peser sur nous une pareille calamité?

Que si l'on répète cette promesse dérisoire de supprimer le droit protecteur des machines françaises quand celles-ci égaleront les machines anglaises, aux raisonnements que j'ai employés dans le précédent paragraphe, pour prouver la fausseté de cette promesse, j'ajoute une assertion de fait irrésistible : c'est que les Anglais eux-mêmes ne sont pas stationnaires dans la fabrication des machines à vapeur. Bien loin de là, ils progressent bien plus rapidement que nos fabricants français, et la raison en est simple; c'est qu'il y a en Angleterre un immense développement de travail dans cette partie, parce que la navigation à vapeur est immense elle-même. Alors, la fabrication des machines s'y fait en grand, attire de grands capitaux, est le foyer d'une grande activité d'essais et de perfectionnements. — De sorte que plus nous allons, plus la supériorité des machines anglaises est incontestable et dans une plus grande proportion; il ne faut que comparer les machines récemment importées, à celles que l'on a fait venir d'Angleterre il y a deux ou trois ans.

Les fabricants français, au contraire, ne peuvent pas progresser. Ce n'est pas faute d'intelligence, c'est faute d'usage, d'expérience, de pratique. C'est le système prohibitif qui les en empêche. En effet, la cherté du droit a empêché la navigation à vapeur de se développer en France sur une grande échelle. Nous avons peu de bateaux à vapeur, par conséquent peu de travail dans cette branche d'industrie, par conséquent pas d'aliments suffisants pour de grands ateliers, employant de grands capitaux, pouvant salarier des ouvriers habiles ; par conséquent pas de moyens pour fabriquer les machines dans les fortes dimensions.

Il est donc impossible, avec le système qu'on suit, que la fabrication des machines progresse rapidement en France et qu'elle atteigne la fabrication anglaise, qui se perfectionne avec une prodigieuse ardeur. Donc, si dans un laps de temps indéfini, les fabriques françaises peuvent fournir à notre navigation les machines de forte dimension, elles n'égaleront pas l'industrie anglaise ; donc, le moment où l'on nous promet d'abolir le droit protecteur de trente-trois pour cent n'arrivera jamais, et c'est une déception évidente dont nous sommes les victimes.

Pour protéger les fabricants français d'une manière efficace, pour accélérer le progrès de leur industrie en France, il fallait faire tout le contraire ; il fallait faire ce qu'ont fait les Américains ; il fallait permettre, encourager la libre introduction des machines anglaises. Alors, nous aurions eu en France un grand nombre de bateaux à vapeur ; alors de grands capitaux, de grands intérêts, de grandes combinaisons se seraient tournés vers ces opérations ; alors, pour l'entretien, la réparation de cette masse de machines, il aurait fallu de grands ateliers, et ces ateliers auraient eu de l'emploi ; alors, les fabricants, excités par la vue de ce développement de navigation à vapeur, voyant qu'elle leur offrait un aliment suffisant à leurs travaux, à leurs capitaux, auraient redoublé d'efforts et auraient rapidement suivi les progrès de l'industrie anglaise. Mais, au contraire, dans l'état actuel des choses, comment les fabricants français se décideraient-ils à faire de grandes machines pour la navigation maritime qui leur offre si peu

d'emploi, lorsque, eux-mêmes, n'ayant pas eu l'espoir
fondé d'utiliser leur travail en ce genre, n'ont pas des ateliers montés sur d'assez grandes dimensions?... Cela n'est
pas possible. Ils aiment mieux faire pour l'industrie manufacturière, qui leur offre un débouché courant, des petites machines de 20 , 30 , 40 chevaux, qu'ils ont les moyens
de confectionner facilement et qui leur assurent un bénéfice convenable, sans qu'ils soient exposés aux chances et
aux débours de ces grandes, de ces colossales machines,
nécessaires pour lutter, à la mer, contre les vagues et
l'ouragan.

Donc le système prohibitif, en arrêtant le développement de la navigation à vapeur en France, a arrêté le développement de la construction des machines qu'il voulait
protéger. Donc, en restant dans ce système, il n'y a pas
d'issue, il n'y a pas de soulagement à espérer ; donc, le
progrès ne peut pas s'accomplir sous ce régime insensé;
si on continue à le suivre, et la navigation à la vapeur
et la construction des machines françaises languiront également, et nous n'obtiendrons jamais l'affranchissement
qu'on nous promet, parce qu'il est impossible que, dans
cette voie, nos machines égalent jamais celles des Anglais,
qui se perfectionnent tous les jours.

Car, je le dis ici à l'honneur de l'industrie nationale,
ce n'est pas l'intelligence, l'instruction, l'habileté qui manquent à nos fabricants ; c'est le système prohibitif lui-même
qui leur a fermé la carrière où toutes leurs qualités se
seraient développées; c'est le système prohibitif qui, en
engourdissant le mouvement de la navigation à vapeur,
n'a pas donné à la production des machines une assez
grande perspective, des emplois assez assurés, des déve-

loppements d'étendue suffisants à ses progrès. Les fabricants français n'ont d'avantage qu'à fabriquer des petites
machines pour l'industrie manufacturière. Ils se bornent
à ces dimensions. Si on leur avait ouvert une perspective
plus étendue, ils y seraient entrés. C'est ce qui est arrivé
aux États-Unis, et voilà la millième preuve que le système
prohibitif est un système fatal, calculé à contre-sens, qui
arrête partout à la fois les développements de l'industrie
et le bien-être de l'humanité.

§ IX.

De la prétendue nationalité du Système prohibitif et de sa justice.

Le système protecteur est une grande source de richesse, même pour nous qui nous en plaignons, ingrats
que nous sommes! Et l'on va voir comment cette conso-
lante vérité a été établie par M. de Villèle et M. de Saint-
Cricq, et nous sommes, à regret, forcés de prédire à tous
nos hommes d'État qu'ils seront réduits à employer les
mêmes raisonnements que leurs prédécesseurs, s'ils persistent dans le fatal système des priviléges commerciaux
qui nous ont été légués par la Restauration.

Vous vous plaiguez, nous dit-on, qu'en repoussant les
produits exotiques, le système prohibitif vous empêche
de vendre aux étrangers vos productions françaises en
échange des leurs?... Mais, mon Dieu, comprenez donc
mieux vos intérêts! tout est national dans le système pro-

hibitif. Par exemple , si vous achetiez les fers étrangers, les étrangers vous achèteraient vos vins en échange de leurs fers.—Eh bien ! vous achèterez les fers français, et les producteurs de ces fers français achèteront vos vins en échange. Autre exemple : si vous achetiez les sucres étrangers, les producteurs de ces sucres achèteraient vos soieries.—Eh bien ! vous achèterez les sucres de betteraves, et les producteurs des sucres de betteraves achèteront vos soieries en échange. —Cela ne revient-il pas au même ? Mais nous sommes trop modestes de dire que cela revient au même : cela vaut bien mieux vraiment ! Car alors tout reste en France; aucune portion de notre capital ne passe aux étrangers et ne sert à les enrichir. Ainsi, nous cesserons d'être leurs tributaires en quoi que ce soit.

Ah ! que c'est puissamment raisonner, Messieurs les directeurs du commerce ! Comme vous comprenez bien la question ! Comme la France commerciale est heureuse d'avoir remis ses intérêts entre vos mains ! Continuez, continuez le système dont vous faites un si bel éloge ; si vous parvenez à faire pour tous les produits ce que vous faites pour les fers et pour les sucres, il en résultera que la France n'aura plus ni marine, ni commerce, et que vous aurez ressuscité en pleine paix tous les bienfaits de la guerre universelle.

Mais il me prend envie de porter le scalpel de l'analyse dans vos raisonnements, et de vous prouver qu'ils ne sont qu'un contre-sens palpable, un sophisme creux et fatal. Voyons donc.—Le public jugera entre nous.

Admettons que les producteurs de sucre de betterave (1)

─────────────────────────

(1) Je prends les sucres de betteraves pour exemple, parce qu'on tend évidemment à les substituer au privilége colonial. D'ailleurs tout ceci s'applique égale-

prennent nos vins ou nos soieries en échange de leurs sucres, ainsi que les producteurs étrangers pourraient les
prendre s'ils étaient admis chez nous, croyez-vous que,
dans les deux hypothèses, le résultat et les conditions de
cet échange de produits soient les mêmes?—Pas du tout,
en vérité.

Exemple. Les sucres en pain fabriqués avec des sucres
bruts étrangers, nous coûteraient en France 7 ou 8 sous
la livre (1); les sucres en pain faits avec le sucre brut de
betteraves, nous coûte 20 sous la livre. — 1° Différence à
notre détriment de 12 sous par livres, soit 60 fr. par
quintal, soit 120 fr. par 100 kilo.—Tout juste le montant de la prime d'exportation inventée pour fournir bon
marché à nos voisins de Suisse, de Hollande et d'Italie,
les raffinés qu'on nous fait payer si cher.

Maintenant répondez. — Qui fera prospérer les fabriques de betteraves? Qui enrichira leurs entrepreneurs?..
Précisément ce surcroît de prix de 12 sous par livre que
le système prohibitif puise adroitement dans notre caisse
pour le transporter dans la leur, et en définitive tous ces
surcroîts de prix payés par nous, et successivement accu-
mulés dans leurs mains, les rendant millionnaires, ils
nous achèteront nos produits avec le capital qu'ils nous auront pris, tandis que les étrangers nous les auraient achetés
avec leurs propres capitaux. Ne sommes-nous pas fort
heureux d'être d'abord dépouillés de notre fortune, pour

---

ment aux sucres coloniaux. C'est avec nos propres capitaux, que, grâce aux sur-
taxes sur le sucre étranger, les colons paient nos exportations.

(1) Nous vendons au même prix pour l'exportation le raffiné fait avec les bruts
coloniaux français, quoiqu'il coûte plus cher, parce que la prime de 120 fr. compense la plus-value.

qu'avec cette fortune on nous paie ensuite nos marchandises? En vérité, c'est un bel avenir que vous nous offrez !

Bien ! — Mais ce n'est pas tout : les étrangers admis chez nous feraient concurrence avec les consommateurs nationaux de nos produits, et en conséquence nous les vendrions à leur juste valeur commerciale. Mais une fois les étrangers et leurs marchandises repoussés de chez nous, nous restons placés sous la volonté absolue de vos fabricants privilégiés, qui, après nous avoir fait payer leurs fers ou leurs sucres le double de ce qu'ils valent, nous achèteront nos vins à moitié prix de leur valeur réelle ; car ils n'auront de concurrence à supporter ni pour leurs ventes, ni pour leurs achats. C'est un double monopole que vous leur accordez contre nous. — Ne pensez-vous pas, Messieurs, que nous devions en avoir une grande reconnaissance ?

Vous nous dites que, dans votre système, aucune partie du capital français ne passe à l'étranger, que tout reste en France?... En êtes-vous encore là? Croyez-vous encore à la balance du commerce? Croyez-vous qu'entre nations commerciales on donne quelque chose pour rien? Ne savez-vous pas que rien ne sort sans contre-valeur, et que, si un pays s'appauvrit, c'est parce que, faute d'activité ou d'économie, il ne produit pas assez ou dépense trop; de sorte que pour vivre, il se voit forcé d'entamer son capital, comme ferait un simple particulier ?

Mais encore même l'hypothèse dont vous tirez une si fausse conséquence n'est-elle pas vraie en elle-même? Non, dans votre système tout le capital français ne reste pas en France; au contraire, grâce à vous, une partie de ce capital français se détruit en France. Et je vais vous le prouver.

Au lieu de payer 8 sous les raffinés faits avec les sucres bruts étrangers, nous payons 20 sous les raffinés de betteraves. C'est bien 12 sous par livre que nous perdons.

Mais les producteurs de sucre de betteraves auxquels ces 12 sous sont transportés, ne les gagnent pas en totalité, parce qu'ils produisent plus chèrement que l'étranger. Il faut donc que cette plus grande cherté de leurs frais de production soit déduite de l'augmentation de 12 sous que la prohibition les autorise à prélever sur nous... De sorte qu'en définitive, quoiqu'ils s'enrichissent de nos pertes, ils gagnent moins que nous ne perdons. Or, comme le capital national se compose de toutes les fortunes particulières, ce capital perd plus d'un côté qu'il ne gagne de l'autre; donc vous travaillez à le détruire, au lieu de l'augmenter. — Admirable effet de vos savants calculs !

Mais sur les 12 sous que nous perdons, la portion que les fabricants de betteraves ne gagneront pas, sera employée, dira-t-on, à compenser la cherté de leurs frais de production, et par conséquent profitera aux ouvriers qu'ils emploient. — Et croyez-vous que si cet argent était resté entre nos mains, au lieu de nous être légalement escamoté, il n'aurait pas servi à payer nos ouvriers, nos marins, nos voiliers, tous les nombreux agents du commerce? Votre objection ne change rien à la question; car sans votre système oppressif, cet argent serait resté entre les mains de ses vrais propriétaires, au lieu de passer entre les mains des privilégiés qui le leur ôtent, et aurait servi à activer une production favorable par le bon mar-

ché, au lieu d'activer une production nuisible par sa
cherté.

Mais il y a , dans le système prohibitif, des choses encore
plus ridicules et plus odieuses. Car enfin , si la surtaxe des
sucres étrangers nous empêche d'avoir les raffinés à bon
marché, au moins nous aurons du sucre raffiné de better-
raves, qui , quoique moins corsé et plus léger, sucre à peu
près de même notre thé ou notre café. Nous payons plus
cher, voilà tout.

C'est sans doute un grand mal ; mais que dire de cette
portion du système prohibitif qui protége ce que nos fabricants ne savent ni ne peuvent fabriquer ?.... Cela est,
ce me semble, encore plus merveilleux.—Or, voilà où
nous en sommes pour la production du fer, et plus particulièrement pour les machines à vapeur.

Que l'on me permette de répéter encore un argument
que j'ai déjà fait valoir.—Il fut un temps où les Anglais
prohibaient la sortie de leurs machines de diverses sortes.
Quiconque s'introduisait dans les ateliers anglais pour en
surprendre le secret, était condamné à Botany-Bay. Je
crois même qu'en cas de récidive, la peine aurait été plus
forte. — Maintenant, les Anglais consentent à nous envoyer leurs machines ; eh bien ! voilà que nos grands gé-
nies prohibitifs ne veulent pas les recevoir, afin de protéger nos fabricants qui ne peuvent ou ne savent pas les
faire. Je dis qu'on ne veut pas les recevoir, car les droits,
ainsi que je l'ai démontré, rendent évidemment l'importation si onéreuse, qu'elle est impossible pour les quatre-
vingt-dix-neuf centièmes des Français qui voudraient employer ces machines.

Ainsi les raffineurs, les fabricants de drap , supportent

la surcharge de 33 p. 100, s'ils veulent se servir de machines à vapeur. Remarquez que les fabricants de draps ont encore à supporter 33 p. 100 de droit sur des sortes de laines que les producteurs indigènes ne peuvent pas leur fournir !.... Si l'on voulait faire un tableau de tout ce que le système protecteur coûte à la France, ce serait à ne jamais finir. — Et pour ne parler que des paquebots à vapeur, n'est-il pas évident que la civilisation française trouvant le principal obstacle à ses développements dans le manque de communications promptes et rapides, ces entreprises mériteraient d'être puissamment encouragées par le gouvernement?—Mais non !.. il préfère protéger, au détriment général, des fabricants privilégiés qui ne peuvent produire les machines dont nous avons besoin, plutôt que d'affranchir d'un lourd et injuste tribut les entreprises éminemment utiles. — Je l'ai déjà dit : la condition essentielle du système prohibitif, c'est de protéger les mauvaises industries aux dépens des bonnes !

§ X.

La liberté protége mieux que la prohibition.

Pendant long-temps les réclamations économiques ont eu peu de retentissement. On les étouffait par le silence. Nos adversaires, à la fois monopoleurs de la presse et de l'industrie, s'exaltaient eux-mêmes et se glorifiaient aux yeux du pays. Mais le temps a brisé cette centralisation d'un nouveau genre. Alors les industriels prohibitifs ont

senti que l'opinion chancelait, qu'ils avaient encore la
force matérielle que leur prête la complicité de certaines
influences gouvernementales, mais que leur force morale
était attaquée au cœur.

Alors ils ont voulu réagir, eux aussi, sur l'opinion.
Ecrivant pour des contrées de la France où la question
commerciale est presque entièrement inconnue, ils se sont
mis à l'aise, et ont placé les bases de leur polémique sur
de vieux arguments déjà réfutés vingt fois, par les raisonnements qui précédèrent la législation qui nous op-
prime, par les résultats qui ont suivi cette législation, et
par les déductions logiques que nous avons tirées de
ces résultats comparés aux prévisions par lesquelles nous
avions d'avance flétri la législation.

Il y a dans la tactique des monopoleurs un certain
degré d'habileté dont nous ne serons pas dupes. Ils veulent nous entraîner en arrière, reculer le champ de bataille,
et obscurcir, par des arguties, des vérités déjà si palpables,
qu'elles ne sont contestées que par les passions intéressées
à les anéantir. Mais dussent leurs erreurs dominer long-
temps encore, cela ne nous découragera pas. Nous évite-
rons le plus possible de donner trop d'importance à des
publications prohibitives, qui en elles-mêmes ont peu de
portée, et qui réchauffent seulement d'une vie factice les
préjugés auxquels elles s'adressent. Que la chambre de
commerce d'Amiens nous annonce que le progrès du travail manufacturier, protégé par la prohibition, procure
un grand débouché aux produits non protégés, à nos vins,
par exemple, il n'est personne qui ne sache, en point de
fait, que, depuis cet accroissement prétendu de consommation intérieure, les conditions en ont été telles que

notre fortune vinicole a suivi précisément la même gradation, mais en sens inverse. Elle a décru de tout ce dont
l'accroissement manufacturier se gonflait. Et sous le point
de vue théorique, il a été facile d'expliquer pourquoi :
c'est que, d'un côté, la vente était protégée par un privilége
qui lui adjugeait une forte prime, et que, de l'autre, la
vente était frappée par un droit intérieur et par la diminution relative des débouchés extérieurs. De sorte que
la population manufacturière s'enrichissait doublement à
nos dépens, en nous vendant ses produits, d'abord, en
achetant les nôtres ensuite.

Que M. Mathieu de Dombasle nous assure gravement
que le commerce extérieur doit décroître et mourir à mesure que la civilisation s'avance, et qu'il en cite pour
preuve que, sous l'empire du système prohibitif généralement établi, la chose se passe ainsi, nous nous permet-
trons de lui répondre en souriant, qu'il serait aussi sensé
de dire à un homme : La preuve que vous ne pouviez
pas vivre plus long-temps, que vous n'aviez pas en vous-
même une source de vitalité suffisante, c'est que vous
êtes mort d'un coup de poignard que je vous ai donné au
cœur. — Que si le même écrivain ajoute que la liberté
du commerce ruinerait la France comme elle a ruiné le
Portugal, nous lui répondrons, sans attacher la moindre
importance à son objection, que le Portugal n'a jamais
eu la liberté du commerce; que son infériorité, relativement à l'Angleterre, ne naît même pas des traités
égoïstes imposés par cette nation, mais des causes de fanatisme et d'ignorance, qui ont arrêté le développement
du peuple ibérique, et qui ont ruiné l'Espagne au moins
autant que le Portugal, quoiqu'elle n'eût pas, elle, de

traité de Méthuen. Nous pourrions même, en allant un plus profondément dans la question, prouver que si la civilisation portugaise est plus avancée que celle de l'Espagne, c'est précisément en raison de ces relations commerciales avec l'Angleterre, quoique certainement ces relations ne fussent pas ce qu'on peut appeler la liberté du commerce.

Mais nous ne voulons pas donner trop d'importance à des écrits qui n'en méritent pas ; nous aimons mieux marcher devant nous et ne pas nous laisser enlacer par les piéges d'une telle tactique. Nos adversaires savent bien que nous avons réfuté vingt fois tout ce qu'ils répètent aujourd'hui, et que nous le réfuterions facilement de nouveau ; mais, pendant ce temps, la question n'avancerait pas, et se débattrait encore sur les vieux errements de cette polémique périmée. Nous avons des vérités à proclamer : eux, ils ont des erreurs à défendre. Nous avons notre bien-être à reconquérir ; eux, ils ont leurs usurpations à conserver. Ils veulent porter la guerre sur notre terrain pour nous empêcher de les attaquer sur le leur ; ils n'y réussiront pas, au moins pour ce qui me concerne. — Avançons vers l'avenir et laissons-les se débattre dans un passé qu'ils se flattent vainement d'éterniser.

Le régime prohibitif s'est montré dans l'enquête commerciale de 1834 odieusement égoïste. Nous le connaissions pour tel ; mais nous supposions qu'il déguiserait un peu mieux ses pensées. Non, il s'est mis à découvert avec une naïveté dont nous devons être reconnaissants. Voici la base de ses prétentions :

Si nous ne sommes pas protégés, ont dit les producteurs prohibitifs, par la prohibition, ou par un droit suffisant, c'est-à-dire par un droit qui prohibe, nous ne vendrons pas le produit de notre travail ce qu'il nous coûte.

Vous pouvez donc permettre à la nation française d'acheter aux étrangers ce qu'ils produisent plus chèrement ou plus mal que nous.

Mais vous devez l'empêcher d'acheter au-dehors les objets similaires que nous produisons plus mal ou plus chèrement que l'étranger.

Et en même temps, comme le marché intérieur de la France ne nous suffit plus, il faut que vous procuriez des débouchés à nos produits chez l'étranger. — Ainsi, par exemple, ne nous obligez pas à poinçonner nos marchandises de manière à les faire reconnaître pour françaises, afin que nous puissions les vendre en Italie par contrebande, malgré les prohibitions de l'Autriche; car il n'est rien de plus juste que de fermer l'entrée de la France aux produits des étrangers, et de faire la contrebande chez eux pour mieux vendre les nôtres.

Voilà l'économie nationale des industriels prohibitifs. Dépouiller d'abord le consommateur français et cette grande partie des producteurs nationaux qui ne sont protégés par aucun tarif, étant au contraire frappés de forts droits sur leurs produits ; puis, faire la fraude chez l'étranger.

Nous pourrions faire quelques réflexions sur cette morale politique, bien digne de l'économie qui lui sert d'appui. Mais la réprobation publique en a fait justice d'avance.

Si cette iniquité législative faisait gagner aux indus-

triels prohibitifs une somme égale à ce qu'elle nous fait
perdre; s'ils s'enrichissaient de tout ce qu'ils nous arrachent, et si, en outre, en empêchant la France d'acheter
à l'étranger, ils pouvaient cependant arranger les choses
de manière que l'étranger achetât à la France, certes nous
trouverions toujours cette législation commerciale pleine
d'injustice et d'oppression : toutefois, nous conviendrions
alors que la France pourrait gagner à ce honteux calcul.
Nous seuls serions à plaindre. On nous immolerait sans
pitié; nous serions l'holocauste offert au Moloch prohibitif, jusqu'au moment où l'humanité révoltée briserait
le nationalisme dont on aurait fait un tyran, de paternel
et civique qu'il devait être.—Mais le mal est encore plus
grand, car les industries protégées ne gagnent pas la
moitié de ce qu'elles nous font perdre, et si elles s'enrichissent, c'est en détruisant le progrès de la fortune publique.

Que l'on me permette de reproduire ici un raisonnement dont je me suis servi plusieurs fois déjà, et qui ré-
sume toute la question : Le droit protecteur est toujours
plus élevé que la différence des prix de production ; sans
cela, il ne protégerait pas.

Si donc l'étranger peut nous vendre un objet quelconque
pour trente francs, et que le producteur français dépense
quarante francs pour fabriquer un objet semblable, un
droit de dix francs sur le produit étranger ne sera pas
suffisant pour le fabricant français; car alors il serait évidemment au pair et atteint par la concurrence étrangère.
Pour rendre sa position plus favorable, il faut que le droit
soit de plus de dix francs; mettez-le à quinze francs, par
exemple. Eh bien, alors qu'arrivera-t-il? Le consomma-

teur français paiera l'objet produit, non pas quarante-cinq francs, mais quarante-deux ou quarante-trois francs, le fabricant ne pouvant élever son prix jusqu'au taux où le droit porte la marchandise étrangère; ce qui l'exposerait de nouveau à la concurrence qu'il veut éviter. —Alors, il vend donc 42 à 43 fr. ce que nous pourrions acheter à 30 fr. au-dehors. Il gagne seulement 2 ou 3 fr., et le consommateur en perd 12 ou 13. — Perte pour le pays, dans son ensemble, 10 fr. —Donc, l'on voit que la France, sous le régime prohibitif, perd toujours une somme égale à la différence des prix de production.

Mais résulte-t-il de là au moins une protection qui puisse soutenir efficacement l'industrie dite nationale?

Point du tout. Cette protection ne peut la servir que pendant un temps fort borné, et ensuite doit la tuer, sans pouvoir rendre au pays ce qu'elle lui a fait perdre.

En effet, la concurrence s'établit dans l'intérieur entre les fabricants protégés. Les diverses productions s'enchérissent mutuellement par leurs protections opposées, tandis que les productions non protégées souffrent en rapport composé de toutes les protections qu'elles doivent payer. Les industries protégées produisent plus que le pays ne peut consommer. L'exportation leur devient alors indispensable; mais l'étranger a fermé ses ports, parce que vous avez fermé les vôtres. Alors la concurrence intérieure, malgré la protection, oblige souvent à vendre au-dessous du prix de revient. Au lieu de 40 fr. que l'objet coûte à produire, le fabricant ne pourra le vendre que 37 fr.— Alors la perte se partage ainsi : 3 fr. perdus par le vendeur, 7 fr. perdus par le consommateur, qui paie encore 37 ce qu'il pourrait avoir à 30 fr. s'il l'achetait à l'étranger. De sorte que, dans ce stupide résultat, tout le monde perd à la fois.

C'est à ce terme inévitable que le système prohibitif doit conduire, s'il ne s'arrête pas en route et s'il suit logiquement ses principes. Alors, que font les producteurs protégés?—Ils demandent un surcroît de protection. C'est ce que nous avons déjà vu plusieurs fois; et comme il arrive un terme où l'on ne peut plus le leur accorder, ils se ruinent après avoir ruiné leurs concitoyens opprimés. C'est ainsi que nos colonies vont à leur perte inévitable, tout en ruinant le commerce français.

La protection prohibitive ne protége donc l'industrie que temporairement et mal. — Ajoutez à cela que, faute de stimulant, faute de modèle meilleur que les leurs, faute d'émulation éclairée, et comptant toujours sur les effets de la protection à mesure que ses effets périssent, les fabricants faisant peu de progrès réels, et payant les matières premières trop cher, par l'effet même des prohibitions, sont toujours sous le coup de la concurrence de la fraude, et ne peuvent jamais égaler les produits étrangers.

Ce système, dira-t-on, n'a pas produit cet effet sur l'Angleterre.—Mais pourquoi? C'est qu'elle l'a employé la première, et qu'étant plus avancée que les autres nations, elle profitait plus d'un côté qu'elle ne perdait de l'autre. Mais à présent que la réciprocité s'établit, elle voit bien le vice du système. Quand le régime prohibitif sera de plus en plus généralisé, le mal augmentera, et le bien diminuera proportionnellement à l'extension du système lui-même; et si enfin il atteint toutes les nations, il fera du mal à toutes et partout à la fois, sans faire aucun bien nulle part; car il excitera partout la race humaine à produire dans chaque état et à consommer exclusivement ce qu'elle fabriquera plus mal et plus chèrement que dans les autres états. — Bel avenir pour l'humanité! Admirable progrès pour la civilisation!... Ajoutez-y l'antagonisme de tous les pays les uns pour les autres, leurs jalouses rivalités excitées, leurs relations anéanties, et vous aurez le beau idéal de l'industrie protégée par la prohibition!

Le résultat inévitable de ce système, qui emploie les capitaux et les bras en sens contraire des indications de la nature, c'est de diminuer dans l'ensemble la production générale de l'humanité, — par conséquent de diminuer la somme totale de son bien-être. Car si partout à la fois vous employez 40 fr. de main-d'œuvre et de capital à produire ce que vous pouvez avoir pour 30 fr., — c'est dans l'ensemble une diminution d'un quart sur la production totale. — Par conséquent le système prohibitif est directement opposé à l'amélioration du sort de la race humaine. — Que de développements effrayants je pourrais donner à cette pensée, si je voulais la suivre jusque dans ses dernières et inévitables conséquences!

Mais c'est assez pour le moment. Nous avons vu comment la prohibition protége. — Voyons maintenant comment protége la liberté commerciale.

Voici mon but, indiqué par le titre de ce paragraphe : c'est de prouver que *la liberté commerciale protége efficacement et définitivement l'industrie, que la prohibition anime seulement d'une vie temporaire pour aboutir à un abîme.*

A l'appui de cette grande thèse j'appellerai le raisonnement et les faits.

Je m'arrêterai peu au raisonnement, afin de ne pas répéter ce que j'ai déjà démontré vingt fois.

Sans la prohibition, il est bien évident que les industries factices, celles qui produisent moins qu'elles ne coûtent, et qui n'ont de bénéfices que dans la prime forcée qu'elles arrachent aux autres producteurs, n'auraient point pris, aux dépens de la France, le développement à contresens où nous les voyons parvenues. Mais la main-d'œuvre n'étant point enchérie, les matières premières n'étant point enchéries, les outils et les machines n'étant point enchéris, le travail national, avec toutes ses ressources non altérées, se serait dirigé dans une voie facile et féconde, où nulle catastrophe ne serait à craindre. Il n'aurait pas besoin, pour se soutenir, de ruiner la moitié de la France au profit de l'autre moitié. Les industries vraiment productives auraient gagné en développement réel bien plus que n'ont acquis de développements factices et précaires les industries prohibitives. Au lieu d'être chaque année à la veille d'une crise qui tôt ou tard atteindra nos producteurs privilégiés, ils auraient un état normal de production et de consommation, d'exportation et d'importation, qui n'aurait point de péripétie fatale à redouter, parce qu'il serait basé sur la nature même des choses.

Lorsque nous avons donné à ces vérités les développements rationnels dont elles sont susceptibles, on nous a dédaigneusement accusé de nous repaître de chimères ; on nous a dit que l'expérience démentait nos raisonnements, puisque tous les peuples, d'abord successivement, et aujourd'hui simultanément, protégeaient leur industrie par des lois prohibitives, et qu'ils s'en trouvaient bien. Nous prétendons, nous, au contraire, que l'expérience prouve qu'ils s'en trouvent mal et fort mal. Et puisqu'on veut en appeler aux faits, nous allons, nous aussi, invoquer des faits : — des faits anciens et des faits récents à l'appui de nos doctrines de liberté.

Nous pouvons prouver d'abord, l'histoire en main, que, même en Angleterre, les premiers priviléges, les premiers monopoles commerciaux, n'ont pas été établis pour protéger l'industrie, mais comme moyen fiscaux, pour procurer à la couronne, d'une manière indirecte, les subsides que le parlement lui refusait. Les rois et les reines prenaient ce détour pour se faire payer des tributs qu'ils appelaient commerciaux, en échange des priviléges qu'ils concédaient ; de sorte que ne considérant pas ce paiement comme un impôt véritable, ils croyaient pouvoir se passer du vote parlementaire. — Puis, la protection s'est greffée sur la fiscalité.

Le même fait se reproduit dans d'autres histoires.

Si nous arrivons au système impérial, nous verrons que la prohibition n'en fut que l'instrument obligé, mais non pas le but. Nous verrons que même alors l'immense étendue de l'empire français détruisait en partie les vices du système, car lorsqu'il aurait eu envahi l'Europe entière, tous ses états auraient été en communauté industriels, sans barrières et sans prohibition entre eux. Il avait commencé par l'oppression industrielle, il aurait fini par la liberté commerciale. Le système des douanes impériales aurait fait alors pour l'Europe ce que le système des douanes prussiennes fait aujourd'hui pour l'union allemande. Et en définitive on verra que les prohibitions impériales n'étaient point un système d'économie, mais une machine de guerre dirigée exclusivement contre l'Angleterre.

Cependant, lorsque Napoléon est tombé, quoique cette machine de guerre ne pût désormais agir qu'en contre-sens de sa création, vu le morcellement subit de l'orga-nisme politique européen, on s'obstina à conserver par-tout, pendant la paix, l'instrument de la guerre ; partout l'industrie s'enrégimenta en camps rivaux jusqu'à l'hos-tilité. Les gouvernements ne pouvant plus tuer les sujets de leurs voisins, cherchèrent les moyens de tuer ou de di-minuer le plus possible leur industrie, imaginant folle-ment que chaque peuple profitait de ce que les autres per-daient ! Vieille erreur anti-sociale qui, depuis des siècles, arrête les progrès de la civilisation, et que nous avons la douleur de voir soutenir aujourd'hui pour les colonies par des hommes que nous avions cru partisans du progrès social !

Avant de faire voir en détail tous les malheurs pro-duits par cette direction fatale, nous devons arrêter l'es-prit de nos lecteurs sur deux faits essentiels et consolants, qui leur feront voir comment la liberté commerciale au-rait agi, si les politiques industriels ne l'avaient instan-tanément étouffée sous les débris du colosse impérial.

Pendant qu'après sa chute tous les états de l'Europe se parquaient dans l'enceinte armée de leurs douanes prohi-bitives, deux nations seules ont fait exception, — deux nations manufacturières : — la Saxe et la Suisse. — Eh bien ! ces deux sages contrées qui, à la chute du système continental, échappèrent à la protection, à la prohibition, aux tarifs, aux douanes enfin, ont vu leur fabrique pren-dre, depuis cette époque le plus grand développement. Ce sont celles de l'Europe qui ont le plus prospéré, et dont la concurrence est maintenant la plus redoutable. Or, elles n'ont aucune protection !

Cette observation est la première, parmi les faits libéraux et commerciaux, dont nous allons soumettre à nos lecteurs la série imposante. Nous avons sous les yeux un document précieux. C'est le travail composé sur les manufactures de soierie étrangère, par M. Arlès-Dufour, membre de la chambre de commerce de Lyon, et rédacteur de l'excellente réponse faite, au nom de cette chambre, aux premières demandes du ministère, en 1834. Cet ouvrage se distingue par des principes parfaits, par une grande lucidité de déduction, par une réunion de faits habilement observés, non-seulement en France, mais en Suisse, en Saxe, en Allemagne, en Angleterre, et qui tous prouvent, par des exemples concluants, les vices inhérents à l'esprit de prohibition, et les immenses avantages de la liberté commerciale qui seule peut offrir à l'industrie, non-seulement son salut dans le présent, mais aussi sa sécurité dans l'avenir.

C'est dans l'ouvrage de M. Arlès-Dufour que nous puiserons les exemples et les faits que nous voulons citer à l'appui de nos théories de liberté. C'est pour nous un plaisir et un devoir d'appeler sur cette excellente production l'estime, et, nous dirons plus, la reconnaissance de nos concitoyens ; car c'est un service rendu à la cause de la patrie et de l'humanité. C'est un arsenal où les amis de la liberté commerciale trouveront les armes offensives qui jusqu'à présent leur avaient manqué en grande partie, pour assaillir le camp retranché des monopoleurs industriels.

Ce qui nous frappe d'abord dans l'ouvrage de M. Arlès-Dufour, c'est la noble et généreuse tendance commerciale de la ville de Lyon, cette grande cité industrielle, la plus productive et la plus riche de France. Non-seulement cette grande cité ne réclame ni protection, ni privilége, ni prohibition; non-seulement, l'histoire à la main, elle prouve que dès la création de sa puissante industrie, elle s'est opposée à l'établissement du régime prohibitif quand les autres industriels le réclamaient ardemment; mais aujourd'hui même, au moment où l'industrie des soieries prend un développement si grand et si rapide chez les autres peuples de l'Europe, la ville de Lyon persiste dans cette honorable et sociale direction. « L'indus- » trie lyonnaise, dit M. Arlès-Dufour, est presque la » seule des industries françaises qui ne demande pour » prospérer et enrichir le pays aucune subvention, au- » cune protection onéreuse. Elle ne réclame que l'aboli- » tion sagement progressive des priviléges et des mono- » poles qui, sous la forme de droits protecteurs, dimi- » nuent l'importance des débouchés, renchérissent les » matières premières, les frais d'existence, et par consé- » quent la production. »

Les vœux de la ville de Lyon sont précisément les mêmes que ceux du commerce bordelais et de l'industrie vinicole. Forts de nos propres moyens de succès, de la fertilité de notre sol, de l'activité de nos concitoyens, de leur courage, de leur esprit d'entreprise et de travail, nous ne demandons au gouvernement ni protection ni privilége. Si, dans l'ensemble prohibitif, il se trouve quelque dérisoire et mesquine protection pour nous, nous en faisons volontiers l'abandon sans attendre qu'on nous l'arrache; mais nous voulons, et nous avons droit de vouloir que la règle industrielle soit la même pour tous les Français, et qu'on n'accorde plus à tant d'autres industries une protection onéreuse, dont presque seuls nous supportons exclusivement le poids. Nous ne demandons point un bouleversement subit, ainsi qu'on nous le reproche avec tant de mauvaise foi, dans l'organisme industriel de la France; mais nous voulons une transition sage, graduelle, qui rétablisse peu à peu l'équilibre commercial entièrement détruit dans le pays par l'inique système de nos lois de douanes.—Or, voilà précisément ce qui irrite vivement nos adversaires. Ils voudraient bien que nous fissions les demandes folles qu'ils nous attribuent, afin d'exciter contre nous l'opinion du pays! Digne tactique des défenseurs d'un tel système!... Mais ce qu'ils ne veulent pas, ce qui les suffoque, ce qui les exaspère, c'est la crainte qu'ils ont qu'on ne fasse enfin un premier pas, si faible qu'il fût, dans la voie de la liberté commerciale. Ils savent bien que la marche graduelle des esprits ira, lentement peut-être, mais infailliblement, à la liberté, et que le seul moyen de retarder indéfiniment notre succès, c'est d'empêcher que le premier pas ne soit fait. C'est donc nous qui voulons un affranchissement modéré, graduel, sagement établi. C'est nous qui disons : *Marchez si lentement que vous voudrez, mais enfin marchez !*.. Et ce sont eux qui veulent intégralement le maintien stationnaire du système protecteur, et s'opposent à toute gradation successive d'affranchissement. En un mot, ils ne veulent pas faire le premier pas, parce qu'ils veulent qu'on n'arrive pas au but. Nous verrons si, nouveaux Josué, ces obscurs prophètes arrêteront la marche du soleil et du monde !

§ XI.

Continuation du même sujet.

—

Dans le paragraphe précédent, j'ai dit que le régime prohibitif devenait de plus en plus fatal à mesure qu'il était adopté par un plus grand nombre de nations, et qu'il n'aurait plus pour elle que des maux sans aucune compensation, quand il serait adopté par toutes.

Il n'en était point entièrement ainsi sous le régime impérial, et cela n'implique en rien contradiction. J'ai indiqué pourquoi. C'est qu'alors le système politique s'a-grandissant à mesure que le système prohibitif s'étendait, celui-ci perdait par cela seul une partie de ses vices. Quand l'Europe n'aurait plus formé qu'un seul et grand empire, la liberté commerciale aurait par le fait régné sur tout le continent. Mais depuis il n'en est plus de même. Le système prohibitif atteint successivement des nations distinc-tes et séparées par leur gouvernement et par leur admi-nistration. Alors elles réagissent les unes contre les au-tres, au lieu de suivre la même loi et de vivre en com-munauté industrielle. Le système prohibitif divise de plus en plus ce que sous le régime impérial il aurait uni, et de là vient qu'il s'aggrave au lieu de s'améliorer à mesure qu'il s'étend et se propage.

A cela il y avait deux remèdes, après la chute de Na-poléon :

Ou établir la liberté commerciale;

Ou chercher à former un nouveau centre d'unité poli-

tique européenne, pour amortir les effets de la prohibition, en agrandissant le cercle qu'elle aurait à circonscrire.

Ce dernier moyen était impraticable. Au joug glorieux
et pesant de Napoléon, aucun joug unitaire ne pouvait
succéder. Tous les états avaient soif d'indépendance et
d'isolement politique, pour se délasser de leur longue
compression. La Prusse tente aujourd'hui un essai partiel
d'union douanière (1), qui réussit parce qu'il est basé sur
une échelle bien plus bornée. Mais si elle eût essayé de
faire en 1814 ce qu'elle effectue aujourd'hui, je crois
pouvoir dire qu'elle aurait complètement échoué.

Restait donc la liberté commerciale.... Je suis convaincu que par son application immédiate, elle aurait
guéri de grandes plaies, et prévenu une grande partie
des difficultés commerciales que le monde supporte aujourd'hui. Mais il ne suffit pas qu'un remède soit bon.
Il faut encore que le malade consente à le prendre; et
quand c'est une mesure qui a besoin de crédit et de confiance pour être efficace, il faut encore qu'elle ait l'appro-
bation des peuples, il faut qu'on croie à son succès, pour
qu'elle réussisse en effet. —Or, au moment de la chute im-
périale, l'Europe était évidemment peu disposée à pratiquer la liberté commerciale. Il y avait encore une trop
grande irritation de nationalisme entre les peuples, qui,
les armes à la main, venaient de mettre pendant quinze
ans le monde à feu et à sang.

Nous devons déplorer cette impossibilité morale, car
en analysant l'histoire industrielle de l'Europe depuis cette

_____

(1) Ces lignes ont été écrites en 1835.

époque, en montrant les résultats heureux des essais de
liberté commerciale qui ont surgi de distance en distance,
nous pouvons prouver que si les peuples eussent alors
voulu l'accueillir, elle les aurait rendus heureux et prospère : s'il en est ainsi, maintenant que leurs haines sont
éteintes, pourquoi n'auraient-ils pas recours à ce grand et
universel remède de leurs dissentiments nationaux et de
leurs souffrances intérieures; à cette tutélaire liberté d'industrie, affranchissement définitif de toutes les facultés de
l'homme, qui garantirait tout à la fois, la fortune, la paix,
et les progrès moraux de l'humanité?

C'est pour arriver à cette conclusion que je vais exposer les faits suivants :

Lors de la paix de 1814, la Suisse et la Saxe n'eurent
plus ni douanes ni protection.

Voyons quels en ont été les résultats.

En 1814, le canton de Zurich, quoique depuis long-
temps renommé par son industrie et son commerce, ne
comptait qu'environ quatre mille métiers de soie, dont la
production se bornait à du florence et à quelques articles
légers, pour la consommation de la Suisse et de l'Allemagne.

Depuis cette époque jusqu'en 1833, et sous un régime
complet de liberté, le nombre des métiers s'est élevé jusqu'à dix mille, et leurs produits variés ont été expédiés
en Russie, en Italie, en Amérique, en Angleterre, et même
en France, malgré les droits.

L'industrie de la soie n'est pas la seule qui se soit développée dans ce canton : il faut citer encore celle du coton et de la filature, et cela sans lois de protection contre
la concurrence de l'Angleterre. Lorsque Lyon, par son

goût et par son influence dans le monde fashionable, crée et fait prendre quelque article en soie et coton, Zurich s'en empare aussitôt, et recueille, pour ainsi dire, ce que Lyon a semé.

Il en est de même du canton de Bâle, surtout pour la fabrication des rubans unis.

Sans doute, en outre de la liberté du commerce, d'autres motifs concourent au progrès des fabriques de la Suisse; mais la liberté y contribue pour beaucoup, et n'y met aucun obstacle. Ainsi, si les fabricants suisses avaient été protégés par la prohibition contre les fabricants de Lyon et d'Angleterre, croit-on qu'ils eussent apporté, dans l'économie administrative de leurs procédés, toute l'intelligence, tous les soins et tous les perfectionnements dont M. Arlès-Dufour expose les détails? Non, sans doute; à l'abri de cet arbre, comme disent poétiquement nos industriels prohibitifs, ils auraient reposé leur incurie, leur routine, et maintenant, loin de pouvoir supporter la concurrence de la France et de l'Angleterre, ils demanderaient un redoublement de protection, afin de continuer à s'enrichir aux dépens de leurs concitoyens!...

Une cause spéciale peut être cependant citée en faveur de la Suisse, c'est l'abondance des capitaux. — Mais cette abondance elle-même a été créée par les habitudes de perfectionnement et d'économie qu'enfante la concurrence, et qui s'éteignent sous l'aristocratie de la prohibition. D'ailleurs, en examinant aussi la France sous le rapport des capitaux, nous verrons bien plutôt un mauvais régime organique éloigner les capitaux de l'industrie, et séparer l'industrie des capitaux, que nous ne verrons les capitaux manquer réellement au pays. Il y a au contraire en

France une grande masse de capitaux oisifs, parce que
les mauvaises bases de notre organisation commerciale ne
leur offrent pas bon emploi et garantie suffisante, et de
là vient, sans aucun doute, une partie de la hausse cons-
tante de nos fonds publics, vers lesquels se jettent, à titre
de placement, les capitaux sans emplois. Tout le monde
sait à quel taux est l'intérêt des capitaux sur la place de
Bordeaux, et combien il est difficile de les placer même à
vil prix. Et nous sommes fondés à dire que sous notre
esclavage commercial, ce ne sont pas les capitaux qui manquent aux affaires, mais bien plutôt les affaires qui manquent aux capitaux.

Je sais que des économistes distingués pensent que cette
séparation fatale des capitaux et des affaires provient de
ce que l'imperfection de nos institutions de crédit ne favorise pas assez leur rapprochement, et ne donne pas à l'industrie le moyen de les attirer facilement. Je crois que
c'est une illusion, une véritable pétition de principe. Je
crois que si la condition économique du commerce ne
changeait pas, toutes les facilités possibles qu'on lui donnerait de se procurer des capitaux, n'amélioreraient point
sa position, parce que l'emploi avantageux de ces capitaux lui manquerait. Or, avec notre organisation mortelle de l'industrie et du commerce, je ne vois pas du tout
comment une surabondance de capitaux fictifs ouvrirait
à l'industrie de nouvelles voies, et je vois que dans les
circonstances actuelles il n'y a même pas l'emploi des capitaux existants. Si donc l'on créait une grande masse de
capitaux fictifs, il est à craindre qu'ils ne fissent qu'encourager des entreprises imprudentes, qui n'aboutiraient qu'à
de nouvelles pertes.

C'est précisément ce que j'ai objecté toutes les fois qu'on m'a présenté quelques projets de crédit pour la propriété foncière : j'ai toujours répondu que les projets les mieux calculés ne pouvaient réussir, parce que la propriété manque de crédit, non point à cause des rigueurs hypothécaires du code, comme on l'a dit si souvent, mais parce qu'elle manque de revenu ; et elle manque de revenu, parce que notre régime de fiscalité et de prohibition la tue. Vous lui donneriez les moyens d'emprunter plus facilement que vous ne lui fourniriez autre chose que l'occasion de se ruiner plus vite. On est trop séduit par ce qui s'est passé aux États-Unis, où les banques ont rendu de si grands services. Notre économie sociale est toute différente en ce moment, et ne comporte rien de semblable.

Ainsi, dans un seul des arrondissements de la Gironde, à combien croit-on que s'élève le chiffre des créances inscrites hypothécairement sur la terre ? Je puis le dire, d'après un relevé authentique. Il s'élève à 42 millions !.... Vous voyez donc que la propriété n'est pas ruinée parce qu'elle a manqué de moyens d'emprunt ; mais bien parce que, faute de revenus, elle n'a pu payer ses frais de culture, et faire vivre le propriétaire. Où donc trouverait-elle de quoi rembourser le capital emprunté ? Comment seulement pourrait-elle en payer les intérêts, même à un taux modéré ? Comment sauveriez-vous la propriété vinicole de sa ruine totale, en lui donnant plus de facilité pour contracter de nouveaux emprunts ?... Dans un pays où la prospérité décroît faute de revenu pour la propriété, ou faute de bénéfice dans les affaires, perfectionner les moyens de crédit, est un remède illusoire parce qu'il manquerait d'application, ou ne serait appliqué qu'à contre-sens.

On comprend peu cela dans le nord de la France, et la raison en est simple. C'est que là, la protection assure un revenu à l'industrie, habile ou non, et que la prospérité de la branche principale assure la consommation des produits de la branche accessoire à des prix avantageux. C'est nous, consommateurs et producteurs éloignés, qui en supportons tout le poids. Aussi les hypothèques ne sont pas dans le nord de la France un signe de ruine comme dans nos départements vinicoles : dans le nord de la France, la plupart des hypothèques représentent les sommes empruntées pour fournir des capitaux aux entreprises industrielles. Elles représentent donc des capitaux, non pas détruits, mais au contraire employés et circulant dans des entreprises prospères, et prospères parce qu'elles sont protégées aux dépens du reste du pays. — Chez nous, les hypothèques représentent des capitaux prêtés à la terre, engloutis dans la terre, et perdus pour toujours, parce que la terre, quoique féconde et bien cultivée, voit tous ses produits frappés de non-valeur et de néant par une oppression fiscale et industrielle sans exemple dans le monde entier. — On aura beau faire des brochures et des discours de tribune, voilà des faits qui parlent plus haut encore, au moins à ceux qui veulent les examiner de bonne foi. —quarante-deux millions hypothéqués dans un seul arrondissement de la Gironde ! Et M. Mathieu de Dombasle nous dit sérieusement que si nous avions la liberté du commerce, nos vignobles passeraient entre les mains des Anglais comme ceux du Portugal !... Etrange aberration d'un homme d'esprit ! C'est-à-dire que, selon lui, nous aliénerions le fonds, quand il nous donnerait un grand et bon revenu!... Eh! qui ne voit que c'est précisément tout le contraire! Qui ne voit que le fonds se consume et s'aliène tous les jours, faute de revenus! Qui ne voit que déjà jusqu'à concurrence de 42 millions dans un seul arrondissement, la terre n'appartient plus aux propriétaires apparents, mais bien aux créanciers!.. Est-ce là ce qu'en langage de vaudeville, M. Mathieu de Dombasle appelle des Anglais?.... Mais il peut être sûr qu'en ce cas la liberté du commerce, loin de leur livrer nos terres, nous fournirait au contraire les moyens de les racheter de leurs mains.

Je demande pardon à mes lecteurs de cette digression, elle est si intimement liée à notre sujet, que je n'ai pu m'en défendre.

Nous venons de voir comment les fabriques suisses prospèrent sans aucune protection de douanes; passons maintenant à la Saxe. — Ici l'instruction sera plus complète encore.

La Saxe ne comprend que quatorze cent mille habitants. Et, depuis quelques années, depuis qu'elle vit sous un régime complet de liberté commerciale, sa réputation industrielle s'est répandue en Europe et dans les Amériques.

M. Arlès-Dufour nous apprend qu'à l'époque de la chute du système continental, qui semblait seul soutenir les modestes fabriques de la Saxe, on crut un moment qu'elles seraient anéanties pour toujours, car les fabriques anglaises, dont les produits inondèrent alors librement tous les marchés de l'Allemagne, avaient acquis une supériorité incontestable.

Mais il n'en a point été ainsi : au contraire. Dans une position si éminemment critique, la Saxe a eu l'instinct admirable de n'établir aucune loi prohibitive, et de se fier de son avenir industriel à l'économie, au travail, à l'émulation de ses citoyens, soumis à toutes les chances de la libre concurrence.

Eh bien! c'est précisément de cette époque que date le grand développement de ses fabriques ; elles se relevèrent promptement et prirent un essor qui a dépassé toutes les prévisions. Depuis dix ans, ses bas de coton se vendent en Amérique en concurrence avec les bas anglais, et ils obtiennent sur eux une préférence marquée. — Et ce qui prouve encore mieux ses immenses progrès, ajoute M. Arlès-Dufour, c'est qu'en 1828 et en 1829, des bas et des articles de coton de Saxe se sont vendus avec bénéfice en Angleterre, malgré des droits de quinze pour cent.

Les fabriques de soie ne datent en Saxe que de quelques années, et déjà, malgré la concurrence des produits de cette industrie si perfectionnée en Europe, les produits des fabriques de la Saxe prouvent qu'elles pourront facilement acquérir l'importance qui leur manque encore.

Maintenant la Saxe, qui, du régime prohibitif de l'empire, est passée à une liberté commerciale complète depuis 1814, va faire une autre expérience. Elle vient d'adhérer au système des douanes prussiennes, système qui est un progrès pour les États antérieurement prohibitifs qui l'ont adopté, mais qui, tout modéré qu'il est, est pour la Saxe une marche rétrograde qui la fait reculer de la liberté complète vers une protection modérée. — Là, comme ailleurs, les fabricants ont été aveuglés par leur intérêt du moment, et dans leur ingratitude pour la liberté

commerciale qui les avait seule conduits à leur haute
prospérité, ils ont poussé leur gouvernement à adopter le
tarif prussien. Mais je me joins à M. Arlès-Dufour, pour
croire et dire qu'en cela ils n'ont pas compris les conséquences de cet acte, et qu'ils ont sacrifié leur avenir à la
fausse et précaire protection d'un tarif qui profitera certainement plus à la Prusse qu'à la Saxe elle-même.

Ici serait incontestablement le lieu d'examiner le système
des douanes prussiennes et de l'union allemande ; ici, nous
pourrions montrer combien le système prohibitif de l'Angleterre, et de la France surtout, est cruellement puni,
par cette représaille juste, modérée et libérale dans ses
restrictions elle-mêmes. On pourra juger du tarif prussien
par le simple exposé de ses quatre principes.

1° Aucun article n'est prohibé ;

2° Tous les droits sont perçus sur le poids des marchandises ;

3° Les droits ne doivent jamais dépasser dix pour cent
de la valeur ;

4° Afin de maintenir les droits dans la proportion de
dix pour cent de la valeur, le tarif des droits doit être
soumis à de fréquentes révisions.

Bon Dieu !.... Que dirait M. Saint-Cricq-Cazeaux (1),
si le système protecteur des douanes françaises était basé
sur de pareils principes ? — Il crierait à haute et douloureuse voix qu'on le ruine et qu'on ne veut pas lui laisser
vendre ses assiettes ! Ce serait bien malheureux sans doute ;
mais pour lui éviter ce malheur, nous verrons les peu-

---

(1) M. Saint-Cricq-Cazeaux était alors propriétaire de la manufacture de por-
celaine opaque de Creil, et il se fit remarquer, dans l'enquête de 1834, par ses doctrines ultra-prohibitives.   *(Note de l'Éditeur).*

ples européens adhérer à l'alliance prussienne et laisser la France s'épuiser orgueilleusement dans l'isolement et la solitude, afin d'avoir l'honneur de payer les assiettes de M. Saint-Cricq-Cazeaux deux ou trois fois ce qu'elles valent. — Il me semble qu'il n'y a pas compensation.

Mais quelque intéressant qu'il puisse être d'examiner en détail cette grande affaire des douanes prussiennes, nous sommes forcés d'y renoncer. Terminons par l'exposé de quelques autres faits, témoignages incontestables en faveur de la liberté du commerce.

Si nous examinons d'abord l'état de la Prusse rhénane, nous verrons que l'industrie y est régie par la protection modérée du tarif prussien dont nous venons de faire connaître les conditions. Nous y verrons, en outre, que la main-d'œuvre et l'existence y sont plus chères qu'en Suisse et en Saxe, à peu près au même taux qu'à Lyon.

Eh bien, dans ces circonstances, les fabriques de la Prusse rhénane ont acquis une telle supériorité, qu'elles font concurrence aux produits des fabriques françaises, sur nos propres marchés, et malgré nos droits protecteurs de 15 à 20 pour cent.

Pendant la guerre continentale, ces fabriques fournissaient l'immense empire français, de velours et de rubans de velours. Elles avaient donc déjà un grand développement. Mais depuis la destruction du système prohibitif, et sous la simple protection d'un droit de dix pour cent, le nombre des fabricants et des métiers a presque doublé dans la Prusse rhénane. —Remarquons, en passant, qu'en Saxe et en Prusse il n'y a pas un ouvrier qui ne sache lire et écrire.

L'ancienne Prusse était presque sans industrie jusqu'au

moment où la révocation de l'édit de Nantes envoya à la
Prusse, nos capitaux, nos ouvriers et nos fabricants. Il
faut voir dans l'écrit de M. Arlès-Dufour les résultats de
cette expatriation forcée, véritable suicide de l'industrie
et de la liberté française.

Mais Frédéric - Guillaume, et après lui Frédéric-le-
Grand, ayant voulu, par des protections factices, violen-
ter la nature, leurs volontés furent impuissantes. Malgré
les encouragements et les prohibitions prodigués, par Frédéric II et ses successeurs, à l'industrie de la soie, elle se
traîna long-temps à peu près dans l'état où la révocation
de l'édit de Nantes l'avait portée tout à coup à l'aide de
notre expérience et de nos travailleurs. Quant à la culture du mûrier, il n'en reste plus de trace en Prusse.

C'est, comme l'observe fort judicieusement M. Arlès-
Dufour, que les cultivateurs prussiens ont plus d'avantages à planter des pins, à cultiver des navets et des pom-
mes de terre qui viennent naturellement, que des mûriers
auxquels le climat et le sol ne conviennent pas.

Ainsi, dit-il, des récompenses, des prix, et peut-être
des prohibitions, avaient autrefois provoqué la culture
de la vigne en Prusse; et l'on y récoltait du vin dont le
climat a fait bonne justice, à la grande satisfaction des
malheureux habitants que les droits imposés sur les vins
étrangers, forçaient à le boire (1).

N'est-il pas curieux de voir le système prohibitif s'efforcer de tuer en France la culture de la vigne, après

---

(1) La Prusse rhénane et les pays allemands du sud ont augmenté, depuis 1835,
la culture de la vigne, grâce à l'énorme protection accordée aux vins *nationaux*
dans ces contrées; il en résulte que l'on boit aujourd'hui en Allemagne du vin
national très-cher et très-mauvais.   (*Note de l'Éditeur.*)

s'être efforcé de l'établir par force en Prusse, malgré le climat? C'est le peindre d'un seul trait de plume.

Enfin, depuis 1797, où il y avait à Berlin 2,316 métiers à soie, jusqu'en 1819, le système de prohibition et de restriction n'a cessé d'agir et de régir l'économie commerciale du pays. Aussi ses fabriques sont-elles restées dans une grande infériorité relativement à celles de la Saxe. — Ce n'est que depuis 1819, c'est-à-dire depuis l'établissement du tarif modéré dont nous avons ci-dessus exposé les quatre principes, que cette industrie commence à prendre une nouvelle vie, et surtout depuis quelques années. Alors, des fabricants actifs et intelligents, pressés par la concurrence, ont quitté la ville, où la vie est trop chère, et sont allés s'établir dans la campagne et dans les petites villes où la vie est également à bon marché. Depuis cette époque, leurs produits rivalisent avec les marchandises françaises sur les marchés étrangers. Les fabriques de Zullicau, de Brandebourg, sont de date récente.

Pendant que la Prusse se relève ainsi par la modération de son tarif, une prohibition absolue protége les fabriques de l'Autriche. Aussi leurs progrès sont fort douteux, et leurs produits mélangés laine et soie, qu'elles vendaient autrefois aux foires d'Allemagne, ne peuvent plus soutenir la concurrence des produits analogues de la Saxe, de la Prusse et de l'Angleterre. Leurs châles de laine sont presque le seul article qui se vende hors de leur empire; et depuis la paix, le nombre des métiers a plutôt diminué qu'augmenté.

En cet état de choses, M. Arlès-Dufour pense qu'il est matériellement impossible que les fabriques autrichiennes fournissent seules à la consommation des soieries dans l'immense empire de l'Autriche. Les fabriques de la Lombardie, depuis qu'elles sont considérées comme nationales, participent bien à l'approvisionnement de l'Autriche, mais la plus grande part est à la contrebande, qui se fait d'une manière très-active et très-étendue, car partout prohibition et contrebande sont synonymes, inséparables : encore faut-il remarquer que l'Autriche, dans la mauvaise voie où elle s'enfonce à l'exemple de la France et de l'Angleterre, est cependant moins déraisonnable que ces deux puissances ; car en prohibant les objets manufacturés, elle affranchit presque de tous droits les matières premières.

§ XII.

Continuation du même sujet.

En continuant la démonstration de l'axiome qui sert de titre à cet article, je rencontre certains points que M. Arlès-Dufour a traité avec tant de lucidité et de précision, que je n'ai rien de mieux à faire que de le citer textuellement.

« La Russie, dit-il, qui manque de bras pour fertiliser son vaste territoire, et dont l'agriculture devrait être la principale industrie, la Russie n'a pu se soustraire à l'influence des idées continentales ; et, méconnaissant sa vocation naturelle qui devait la pousser à développer les ressources du sol, elle cherche, par les moyens les plus artificiels et les plus onéreux, à développer l'industrie manufacturière.

» Par des droits énormes, par des prohibitions, par des restrictions plus ridicules encore que les prohibitions, elle espère se rendre indépendante, se soustraire, comme l'on dit, au tribut payé aux fabriques étrangères.

» Elle ne comprend pas, et comment le comprendrait-elle, puisque nous ne le comprenons pas encore, que les prohibitions, les restrictions et les droits pèsent en définitive sur les consommateurs, et, par conséquent, sur l'État (1); que si elle arrivait, à force de sacrifices, à ne plus avoir besoin des marchandises que les autres peuples lui donnent en paiement des produits qu'ils reçoivent d'elle, il en résulterait que ces peuples, ne pouvant plus payer avec les produits de leur travail, n'achèteraient plus les produits de son sol.—La Russie croit encore que l'on peut vendre sans acheter.

» Eh bien, tous ses efforts, tous ses sacrifices n'ont amené que de faibles résultats, et les fabriques russes se traînent parce qu'elles ne vivent que d'une vie artificielle.

» Au dix-septième siècle, Moscow avait déjà des fabriques de soieries où l'on faisait des velours, des peluches, des petits droguets, des damas, des mouchoirs et des bas; mais, dit l'auteur qui parle de ces produits, toutes ces étoffes sont de la médiocrité la plus marquée.

» Ce qu'on disait au dix-septième siècle des produits manufacturés russes, on peut le dire encore aujourd'hui.

» En Hollande, la révocation de l'édit de Nantes produisit le même effet que dans le reste de l'Europe. Nos

---

(1) N'oublions pas ce que j'ai démontré mathématiquement dans les premiers paragraphes, que les droits protecteurs font perdre aux consommateurs beaucoup, et beaucoup plus que le fabricant ne peut gagner.

industries s'y acclimatèrent tout-à-coup par l'exil de nos travailleurs, de nos fabricants et de nos capitaux.

» Aussi, à Harlem, à Amsterdam, existe-t-il des manufactures de soieries qui rivalisèrent long-temps avec celles de Lyon et de Tours.

» Cependant, malgré l'abondance et le bas prix des capitaux, l'économie proverbiale des Hollandais et la protection qui ne leur a pas manqué, ces manufactures ont peu à peu disparu, et il n'en reste que quelques métiers qui travaillent pour des consommations toutes locales.

» C'est, dit M. Arlès-Dufour, que dans la grande division du travail, la vocation de la Hollande était plutôt commerciale que manufacturière (1); celle de la Belgique est toute contraire, et c'est à la différence de leurs natures, qu'on voulait assujétir à une même direction, qu'il faut sans doute attribuer l'antipathie qu'elles ont l'une pour l'autre. »

Ici, M. Arlès-Dufour cite un fait bien digne de remarque et très-concluant dans la questoin : c'est que nos lois de douanes, qui ont eu pour but de protéger nos soieries, ont justement contribué à faire établir en Belgique, particulièrement à Bruxelles, des fabriques de soieries.

La prohibition des tissus-foulards non imprimés, en privant Lyon d'une branche importante et complémentaire de son industrie, n'a servi qu'à développer cette branche

---

(1) De même, c'est parce que la vocation de la Gironde est agricole et commerciale, que ce serait folie de vouloir la rendre manufacturière. Ceux qui nous proposent cette transformation industrielle pour remédier à nos maux, nous indiquent justement le moyen de les combler et de les rendre irréparables.—C'est ce que je me propose de prouver quand le moment sera venu.

en Angleterre et en Belgique : ces pays, après avoir ajouté plusieurs mains-d'œuvre aux tissus, les vendent en grande quantité à la France.

Depuis, les tissus-foulards ont été admis avec 15 p. 100 de droit; mais le droit, trop élevé, neutralise le bienfait de l'admission : c'est une contradiction manifeste. Ce tissu devait être considéré comme une matière première dont il faudrait plutôt encourager que gêner l'arrivage. — Il fallait, tout au plus, le frapper d'un droit fiscal de 5 p. 100, et non pas d'un droit protecteur de 15 p. 100.

En Italie, on trouve des exemples non moins frappants de cette vérité, que la liberté protége mieux que la prohibition.

La Toscane, qui ne prohibe rien, comptait en 1834 près de 4,000 métiers à soie, qui exportaient à peu près les deux tiers de leurs produits. — A Naples, où la prohibition est en honneur, on comptait, à la même époque, trois à quatre cents métiers chez les particuliers, et cent trente à la fabrique royale. Vingt à vingt-cinq de ces derniers seulement travaillaient au moment où la brochure de M. Arlès-Dufour a été écrite, et cela parce que la fabrique n'avait plus de soie. — Or, il faut savoir que cette fabrique royale ne travaille qu'avec les soies qu'elle récolte, et que son réglement veut qu'elle s'arrête lorsqu'elles sont épuisées. Quand donc la récolte est mauvaise, les trois quarts de ses ouvriers se croisent les bras, quoique la soie ne manque pas à Naples.

C'est là un raffinement du système exclusif qui est bien propre à en faire ressortir la profonde absurdité. Car, enfin, la fabrique royale de Naples ne fabricant que les soies de sa récolte, c'est, en petit, la France ne voulant filer et tisser que les laines nationales. En industrie, l'un est tout aussi ridicule que l'autre, et la prétention de ne travailler que la laine des moutons *nationaux* français, vaut bien celle de ne filer que les cocons *royaux* napolitains!

L'Espagne a été, de tout temps, la terre promise du système prohibitif : voyons ce que son industrie est devenue sous ce régime protecteur !

Au quinzième et au seizième siècle, on comptait, à Séville, seize mille métiers à soie, qui, en moyenne, consommaient 260 à 300 onces de soie par an, dont le produit total s'élevait à onze millions de piastres (cinquante-cinq millions de francs à peu près).

Que reste-t-il de cette ancienne industrie?—Quelques rares manufactures dans le royaume de Valence et la Catalogne, qui ne peuvent empêcher la vente des produits étrangers de même nature, malgré les énormes droits et les restrictions tracassières qui entravent le commerce de ceux-ci.

C'est de l'édit de Nantes que date le grand essor de l'industrie de la soie en Angleterre. Près de cinquante mille Français cherchèrent alors un refuge en Angleterre.—Beaucoup d'entr'eux qui, à Lyon ou dans le Midi de la France, avaient été employés dans la fabrication des soieries, s'établirent à Spitafields.

A cette époque, les soieries étrangères entraient librement, ce qui n'empêcha point les fabriques anglaises de prospérer. Mais, en 1697, les réfugiés français demandèrent et obtinrent la prohibition des soieries de France et d'Europe en général; en 1701, ils firent étendre ces prohibitions aux soieries des Indes et de la Chine.

Depuis cette époque jusqu'en 1820, l'industrie de la

soie a végété sous la protection funeste des monopoles, des priviléges, des tarifs de façons et de prohibitions.

En 1824, M. Huskisson abolit les anciens tarifs, et rentra avec modération et mesure dans la voie de la liberté commerciale.

Depuis lors, malgré la libre entrée des soieries étrangères, le nombre des métiers a considérablement augmenté, et des fabriques de soieries se sont établies sur tous les points de la Grande-Bretagne. — M. Arlès-Dufour ne croit point exagérer en portant à soixante-dix mille, le nombre des métiers qui étaient employés dans ce pays, en 1834, soit à la fabrication des soieries, soit à celle des rubans et des articles mélangés soie et laine, ou soie et coton.

N'est-il pas permis de conclure de tous ces faits observés dans l'industrie de la soie, et de ce qui s'est passé en Saxe et en Suisse, que la liberté protége mieux que la prohibition, et qu'elle seule produit des progrès véritables, en excitant l'esprit des fabricants par l'exemple et par la concurrence étrangère?

§ XIII.

Si le Système Protecteur est transitoire comme le prétendent ses adeptes.

J'ai déjà traité ce point de la question, mais l'on m'excusera sans doute d'y revenir : les préjugés prohibitifs sont tellement répandus en France, ils ont été si soigneusement et si longuement enseignés à nos populations, qu'il

ne faut pas se lasser de les combattre, et qu'il vaut mieux
s'exposer à quelques redites, que de laisser un seul argument du système protecteur sans réfutation.

Le système protecteur n'est, dit-on, que transitoire;
c'est un sacrifice momentané imposé au pays pour en obtenir un avantage durable. Au moyen de cet encouragement, le travail augmente, les procédés se simplifient, les
produits se perfectionnent, et les prix baissent. Par l'effet
de nos tarifs, un moment viendra où nous pourrons supporter la concurrence étrangère; alors nous rentrerons
dans la liberté du commerce, et tout le monde sera satis-
fait : de la patience, encore quelques sacrifices, et nous
arriverons à cet admirable résultat.

Et moi, je réponds que l'on n'y arrivera jamais.

On n'y arrivera point, car, ainsi que je l'ai déjà dit,
plus on prohibera, plus on tombera dans la nécessité de
prohiber encore, jusqu'au moment où la prohibition, devenant impossible et inefficace par l'effet de la réciprocité
entre les nations, l'édifice élevé avec tant de perte s'écroulera au milieu d'épouvantables catastrophes! Par un encouragement factice, on développe plus de travail, on pousse
plus de capitaux dans telle ou telle industrie qu'elle n'en
peut naturellement supporter; et quand les travailleurs
y seront acclimatés, quand les capitaux y seront engagés,
on ne voudra plus leur retirer cette protection, que la nécessité qu'elle a créée leur rendra indispensable. Plus
l'industrie sera ainsi développée, moins elle pourra se suffire à elle-même; à chaque nouvelle entreprise, les industriels élèveront de nouvelles exigences pour obtenir de
nouvelles primes sur les consommateurs. C'est ce que
nous prouve l'expérience de chaque jour, et ce que ne dé-

truit nullement l'exemple de l'Angleterre. Dans cette
guerre insensée, chacun ne compte que les blessures qu'il
fait à ses adversaires, et c'est de ces maux réciproques
que l'on veut composer le bonheur commun! Cependant,
malgré ces attaques mutuelles, de part et d'autre on fait
à peu près les mêmes progrès, de sorte que dans dix ans,
dans vingt ans, dans trente ans, la proportion sera la
même qu'aujourd'hui, et l'on aura les mêmes motifs de
maintenir l'esclavage du commerce; remarquez ceci de
très-caractéristique : c'est que le système protecteur de
l'industrie se trouve nécessairement dirigé contre le peuple le plus industriel, à tel point que, plus on fait de
progrès, plus on doit être hostilement traité par les autres. Ne voilà-t-il pas un beau moyen de protéger l'a-
mélioration de la race humaine!

　Voyez si les faits ne justifient pas mes paroles : certes,
sous le gouvernement impérial, les prohibitions protégè-
rent puissamment l'industrie française. Ce système, mauvais en lui-même, était alors conséquent, parce qu'il se
liait à une grande entreprise politique. Continué maintenant, il est tout aussi mauvais en principe, et, de plus,
il est inconséquent, puisque l'on applique à l'état de paix
d'un territoire rapetissé ce qui était un mobile de guerre
pour un empire immense; mais enfin, à tort ou à raison,
on a maintenu ce système; en 1822 et en 1823, on lui a
donné de nouveaux développements. Les résultats, dit-on,
sont magnifiques : les fabrications ont doublé, ont triplé :
les expositions étalent des merveilles que l'étranger nous
envie; nos prix baissent, et nos consommations augmentent; le système protecteur remplit donc son but, et sans

doute nous pouvons supporter, au moins partiellement, la concurrence étrangère?

Eh bien! pas du tout : sous ce point de vue, nous ne sommes pas plus avancés qu'au moment du départ. Dans la séance du 21 mai 1829, pour motiver le maintien du système exclusif, M. de Saint-Cricq a affirmé, de la manière la plus ferme et la plus positive, « qu'aucune de nos industries manufacturières protégées n'était en état de soutenir la concurrence des industries étrangères analogues, » et nos industriels affirment encore la même chose en demandant le maintien de toutes les prohibitions; d'où il résulte que tant de sacrifices imposés aux propriétaires consommateurs, en faveur des industriels, n'ont eu d'autres résultats que d'enrichir ceux-ci en appauvrissant les premiers, et de rendre de nouveaux sacrifices absolument indispensables! Vous êtes donc des protecteurs bien impuissants, ou vos protégés sont bien inhabiles, puisqu'après tant d'efforts, vous déclarez vous-mêmes qu'aucun d'entre eux ne peut soutenir la concurrence de ses rivaux étrangers! — Dites-nous donc enfin à quel point vous vous arrêterez? — Quant à moi, je vous le prédis clairement, vous êtes sur un plan incliné; vous ne vous arrêterez jamais qu'au moment où vous tomberez dans l'abîme où l'Angleterre descendra peut-être avant vous, et où vous aurez la folie de la suivre! (1)

En effet, pour quelles raisons les prix de vos produits fabriqués baissent-ils? Ils baissent non-seulement à cause de l'amélioration des procédés, mais bien plus encore par

---

(1) Ceci a été écrit en 1829; depuis lors l'Angleterre s'est arrêtée, la France sera-t-elle assez sage pour suivre son exemple? *Note de l'Edit.*

l'action de la concurrence qui s'établit entre vos producteurs protégés. La prime que vous leur accordez par vos
prohibitions les pousse et les accumule dans la carrière
industrielle : ils redoublent d'efforts pour se surpasser : ils
produisent plus que le pays ne peut consommer ; ils comp-
taient sur les exportations, mais elles deviennent insuffisantes, car dans votre système elles doivent se détruire
tôt ou tard ; et d'ailleurs il est et sera toujours impossible
que les débouchés croissent aussi rapidement que les produits d'un travail si violemment excité. Les fabriques
s'engorgent ; les chefs d'entreprises, pour faire honneur à
leurs engagements, sacrifient leurs marchandises. Les prix
baissent forcément : alors l'industriel vend à perte, et finit
par se ruiner précisément parce qu'en commençant vous
l'avez injustement enrichi ; il meurt de votre protection
même. C'est ainsi qu'en Angleterre il y a eu six mille
faillites en quinze mois, malgré les débouchés des nouvelles républiques américaines ; et, il faut le dire en passant, le monde ne s'agrandira pas tout exprès pour suffire
à son ambition, et doit inévitablement un jour lui manquer sous les pieds. C'est encore ainsi que s'explique la
dernière crise soufferte par les manufacturiers de l'Alsace.

Or, je le demande, viendra-t-on nous dire maintenant
que, pour admettre les étrangers, on attend que les prix
de nos produits nationaux aient baissé ? Quoi ! ce serait
le moment où nos industriels souffrent, parce qu'ils ne
peuvent supporter leur propre concurrence, que l'on choi-
sirait pour les soumettre à la concurrence étrangère ? Eh !
c'est précisément alors que l'on pourra moins que jamais
lever les prohibitions ! Au contraire, nos fabricants déses-
pérés, pour suppléer à l'insuffisance des tarifs, réclame-

ront alors des lois plus fortes contre la fraude, et des primes directes en leur faveur, ainsi que déjà deux fois l'ont fait les habitants de Saint-Quentin. Les sacrifices imposés jusque-là aux consommateurs seront perdus pour eux, et, qui pis est, les industriels n'en profiteront plus; les prix baisseront donc sans que le pays arrive jamais à la liberté commerciale qu'on lui fait espérer dans l'avenir, et qui recule sans cesse devant nous, semblable à ces rivages enchantés que poursuivaient vainement les voyageurs de la Fable, dont les voiles allaient se perdre au sein d'une mer inconnue!

Nos hommes d'État persistent cependant dans leurs chimères; ils répètent qu'ils s'arrêteront et qu'ils admettront les étrangers quand notre industrie sera tellement perfectionnée qu'elle ne redoutera plus la concurrence de la leur. Oh! l'admirable réponse! C'est-à-dire, qu'on les recevra chez nous quand ils n'auront plus aucun intérêt à y venir. Soyez donc plus francs, et convenez, tout d'abord, que le système de protection implique nécessairement et pour toujours la destruction des liaisons commerciales des peuples; conception profondément immorale, car en instruisant les nations à se passer de leurs secours et de leurs industries mutuelles, elle détruit leur parenté originelle, elle rompt ces pacifiques entraves que les mille rapports du commerce opposent à l'ambition des conquérants. — Lorsque, par ce système, on impose aux peuples, pendant la paix, l'isolement que la guerre seule devrait leur faire éprouver, la guerre ou la paix ne leur importent guère, et souvent même ils appelleront de leurs vœux une rupture politique, espérant qu'au milieu de ses désordres, ils

pourront retrouver quelques parcelles des rapports supprimés par la prohibition !

On ajoute encore, que si les nations s'excluant ainsi
réciproquement perdent le marché extérieur, elles s'attribuent au moins exclusivement leur marché intérieur,
bien plus important; et, chose étrange, on cite, à l'appui
de ces paroles, l'Angleterre enrichie, si l'on en croit les
prohibitionistes, par son système prohibitif. J'ai prouvé
combien on se trompe à cet égard, et j'y reviendrai. Mais
que l'on observe, pour le moment, combien la théorie du
marché intérieur (empruntée du reste aux économistes)
est fausse et contradictoire. Ne voit-on pas que l'Angleterre, essentiellement prohibitive et industrielle, ne vit
précisément que par son marché extérieur; qu'elle a tout
sacrifié, justice, humanité, bonne foi, pour étendre ses
exportations au monde entier? Certes, le blocus continental de Napoléon l'a mise à deux doigts de sa ruine, tout
inexactement exécuté qu'il était. S'il avait pu être rigoureusement maintenu, l'Angleterre était radicalement perdue, et cependant ne lui laissait-il pas intact le libre monopole de sa consommation, de son marché intérieur?

Que l'on ne nous vante donc plus, avec tant d'emphase,
le marché intérieur, car il ne peut suffire à ceux qui
l'exaltent; et cependant le système industriel prohibitif,
par sa réciprocité, tend inévitablement à détruire, un
jour, le marché extérieur, dont il peut se passer moins
que tout autre, puisqu'il produit dix fois plus qu'il ne
peut consommer. Ce système est encore mauvais, parce
que son succès n'est possible que dans un temps d'ignorance où les nations rivales manquent d'industrie. Appliqué successivement à toutes, il se dévore lui-même, et

laissera tôt ou tard sans ressources les immenses populations qu'il aura créées, luttant entre les convulsions de la
guerre civile et de la faim. Tel est l'avenir de l'Angleterre, si elle ne s'arrête dans la voie où elle est entrée ; tel
est le modèle que l'on nous offre. Un peuple agricole a
sans doute besoin aussi d'exportation, mais il ne tend pas,
par son régime, à les rendre impossible ; et si par malheur
elles venaient à lui manquer, sa situation serait bien
moins désastreuse que celle de ses rivaux industriels ; d'a-
bord, parce qu'il n'aurait pas aussi follement augmenté
sa population ; ensuite, parce qu'il vivrait plus facilement
de ses denrées qu'un peuple qui produit des boucles d'a-
cier et des tissus de coton : et le système prohibitif industriel est encore plus immoral que mauvais, parce que
la nation qui le pratique est nécessairement hostile aux
progrès du genre humain tout entier. Vainement son intérêt la porte à déguiser cette haine ; elle perce à tout instant : de là, le repoussement universel et constant qui ac-
cueille le gouvernement britannique, même chez ses alliés.
Dieu préserve la France de l'imiter !

§ XIV.

Injustice du Système prohibitif ou protecteur.

Il est bien facile de montrer que le système protecteur
est faux ou injuste.

Ce système est faux, car il protége constamment un intérêt au détriment des autres ; de sorte que si tous les producteurs sont également protégés, ces protections con-

traires se neutralisent et se détruisent; que si, au contraire, cette protection n'est pas égale pour tous, elle devient injuste; car, les producteurs que l'on favorise le
moins, sont évidemment sacrifiés à ceux que l'on protége le plus.

Ainsi, par exemple, comme producteurs, les propriétaires de vignobles ne sont en rien protégés par le système protecteur; et cependant, comme consommateurs,
ils paient à tous les producteurs protégés la prime que le
système exclusif établit en faveur des autres industries.

Il y a donc ici, dans l'ensemble du système, injustice
flagrante et notoire. Que nous importe, à nous méridio-
naux, cette protection que l'on fait sonner si haut, et qui
constamment dirigée contre nous, n'agit jamais en notre
faveur? Et comment s'étonner de la véhémence de nos
plaintes, quand, à cet insoutenable fardeau, l'on ajoute le
fardeau plus pesant encore des droits de consommation
intérieure, qui nous imposent, dans les charges publiques, un tribut dix fois plus fort que celui demandé aux
autres industries! De sorte que l'on détruit pour nous, et
le marché extérieur, et le marché intérieur. Voilà la protection que l'on nous accorde!

Mais, en outre de tous ces vices, ce système en a encore
un autre qui est presque identique et qui s'y rattache
par mille liens invisibles : c'est le monopole qu'il crée en
faveur de ses protégés. Ici les arguments de nos contradicteurs doivent être examinés de près.

Effectivement, ils ne comprennent pas, disent-ils, cette
objection qui leur paraît éminemment ridicule : *Les pro-*
tections, même exagérées, ne créent point le monopole, parce
que l'exclusif lui-même, appliqué à trente millions de con-

sommateurs, libres de devenir aussi producteurs, n'est point un monopole (1).

Traduisons, en français plus clair, cette phrase écrite en style quelque peu inintelligible. Elle signifie que la protection accordée aux maîtres de forges, par exemple, n'établit pas un monopole en leur faveur contre nous, car chacun de nous, parmi les trente millions de consommateurs français, peut devenir maître de forges, si la fantaisie lui en prend.

Sans doute, je ne connais pas de loi qui empêche un propriétaire de vignes de vendre son héritage et d'établir une forge; mais, de bonne foi, en a-t-il la possibilité morale et physique? Quoi ! il dépend des planteurs de vignes de la Gironde de se faire maîtres de forges? Et comment s'il vous plaît? Comment réaliser leur capital, puisque le motif même qui les obligerait de vendre leur propriété, crée une cause de défaveur qui en éloignerait tous les acheteurs, même au plus vil prix? Comment déserter leurs habitudes, entreprendre un métier qu'ils ne connaissent pas, y soutenir, inexpérimentés et faibles de moyens, la concurrence des premiers occupants? Si cette transmutation était possible pour un très-petit nombre d'individus, elle ne pourrait s'opérer qu'en faveur des capitaux mobiles, et jamais pour ceux qui sont fixés dans la terre. Ne voit-on pas, d'ailleurs, que le petit propriétaire, celui qui souffre le plus, celui qui habite les champs, et n'a aucune connaissance des transactions et des marchés commerciaux, que celui-là, dis-je, par l'inévitable loi des destinées humaines, ne doit, et ne peut jamais être que ce

_____

(1) Discours de M. de Saint-Cricq, séance du 5 avril 1826.

qu'il est déjà; et que ces monopoles que l'on nie vainement, pèsent sur lui avec d'autant plus de force qu'il lui
sera éternellement impossible d'y prendre part? Oh! la
plaisante consolation à donner aux propriétaires de la Gironde, que la faculté de devenir maîtres de forges à leur
tour! Quant à moi, je ne puis concevoir qu'on ait sérieusement débité un pareil argument à la tribune nationale! (1)

Plus je réfléchis sur ces doctrines, plus je les trouve
contradictoires. Entr'autres belles choses mises en avant
sur ce sujet, j'ai remarqué celle-ci: — On fait observer que
les exportations industrielles croissent bien plus rapidement que celle de nos vignobles. Et voici la consé-
quense que l'on tire de ce fait : Si vos exportations de
vin ne sont pas suffisantes à l'écoulement de vos récoltes, nous dit-on, ce n'est pas la faute du système protecteur, car il n'empêche pas les exportations industrielles de s'accroître rapidement. L'étranger demande
les produits fabriqués, pourquoi? parce qu'ils lui conviennent. Il ne demande pas les vins qui vous restent
en sus de la consommation de la France, pourquoi? parce
que vous produisez trop, ou parce que les nations européenne n'aiment plus le vin.

Je reviendrai sur ce dilemme; je me borne à répondre,
quant à présent; qu'il est dans la nature des choses que
les échanges entre les peuples aient lieu pour des objets
de genres différents; si les prohibitions portaient sur les

---

(1) Ce monopole ne cesse que lorsque les industriels se ruinent par leur propre concurrence. Alors les sacrifices supportés sont perdus pour tout le monde ;
et c'est le pire de tous les cas.

produits ruraux, c'est l'exportation des fabriques qui diminuerait. En prohibant au contraire les objets fabriqués, c'est l'exportation de nos produits agricoles que vous gênez. Il n'y a là rien que de très-naturel. L'Angleterre souffre beaucoup moins que nous d'un tel système, à cause de la différence du territoire des deux nations. Le fait que l'on cite pour repousser nos plaintes, nous servira donc au contraire de raison péremptoire pour les motiver.

Et, cependant, quelle n'est pas à ce sujet la contradiction où tombent nos adversaires? Quoi! vous nous vantez votre immense exportation industrielle, qui provient dites-vous, de l'influence salutaire de vos tarifs, et au même instant vous réclamez le maintien des prohibitions, parce que vous affirmez qu'aucune de nos industries protégées ne peut soutenir en France la concurrence étrangère?

Mais, de grâce, une fois pour toutes, tâchez donc d'être d'accord avec vous-mêmes! Si nos produits fabriqués sont assez perfectionnés pour fournir à de telles exportations, et pour soutenir, malgré les frais du transport, la concurrence des étrangers sur les marchés extérieurs, comment sont-ils impuissants à soutenir cette même concurrence dans l'intérieur du royaume? Ou s'ils sont impuissants à soutenir cette concurrence sur notre propre sol, comment peuvent-ils la supporter au-delà des mers où on les exporte, en présence de l'Angleterre qui y est plus favorisée que nous?

Dira-t-on que les produits fabriqués que nous exportons ne sont pas les mêmes en faveur desquels vous réclamez le maintien des prohibitions? D'abord, ce serait une grave erreur; car, les tableaux officiels à la main, je

. prouverais facilement que, dans ces exportations, figurent, pour des sommes très-considérables, les tissus de coton, les tissus de laine, les tissus de chanvre, de lin, et pour des sommes plus considérables encore les soieries, que cependant l'on prétend ne pouvoir soutenir, en France, la concurrence des soieries de l'Inde. L'explication ne vaudrait donc rien; mais, lors même que je l'admettrais pour bonne et valable, mes contradicteurs n'en seraient pas plus avancés, et ils sortiraient d'une contradiction pour tomber dans une contradiction nouvelle; car si les produits fabriqués exportés n'étaient pas dûs aux industries protégées par les tarifs, ce ne serait donc pas à l'action actuelle de ces tarifs qu'il faudrait en attribuer l'avantage, et ce ne pourrait être un motif de les maintenir. Dans le premier cas, la protection est gratuitement nuisible aux intérêts généraux du pays; dans le second cas, elle serait aujourd'hui tout-à-fait étrangère aux exportations obtenues. Pourquoi donc y persister?

Sans doute, le monopole de la consommation intérieure est plus avantageux à nos fabriques, que la concurrence étrangère. En tout état de choses, dans quelques circonstances que ce soit, il est plus avantageux à un vendeur de vendre seul, que d'avoir des rivaux. Mais est-ce donc là toute la question? N'est-il pas évident aussi que, sur les marchés extérieurs, le monopole serait également plus avantageux à nos industriels, que la concurrence? Cependant, ils sont bien obligés de s'y passer du monopole et d'y souffrir la concurrence; et, d'après les protectionistes eux-mêmes, cette concurrence ne les empêche pas d'y vendre des quantités considérables de leurs produits. Il en serait de même en France, à plus forte raison. Sans doute ils gagneraient moins; mais l'ensemble du pays gagnerait bien au-delà des bénéfices illégitimes qu'ils cesseraient de lui arracher. Sans doute aussi l'industrie manufacturière mettrait à l'avenir moins d'ardeur et plus de prudence à ses développements, et ce serait un grand bonheur pour elle aussi bien que pour nous, car sans cela elle se ruinera après nous avoir ruinés !

Mais, nous dit-on, le système protecteur active le travail, seul producteur des richesses : cette augmentation de travail crée une nouvelle fortune, et par conséquent de nouveaux consommateurs. Croyez-vous que les 400 mille ouvriers des forges (1) ne consomment pas de vin ? Plus les fabriques de toutes sortes occuperont de bras, plus vous vendrez facilement les produits de vos vignobles. Au lieu d'écrire contre le système protecteur, vous devez donc l'appuyer de tous vos vœux, car son développement vous procurera les consommateurs dont vous avez besoin pour vos vins.

Je n'aime pas que les esprits ingénieux épuisent leur finesse en arguments contre l'évidence. Les faits sont là. Ils attestent que le travail et la fortune industrielle, grâce aux prohibitions, se sont énormément accrus depuis 1814, et que précisément, dans une même proportion, la fortune des vignobles a décru et s'est détruite. C'est donc une folie de nous montrer comme devant terminer nos maux, le développement du système par l'effet duquel notre ruine a commencé et s'achève.

---

(1) Fonfrède a été induit en erreur sur le nombre d'ouvriers employés aux forges, par les assertions répétées des producteurs de fer; on sait aujourd'hui, par des documents officiels, que le nombre de ces ouvriers s'élève à 46,000 seulement. *(Note de l'Éditeur).*

Il y a donc, dans le raisonnement de nos adversaires, un vice caché, car leur théorie générale est vraie. Oui, je proclame, comme eux, que la prospérité de l'industrie doit faciliter celle de l'agriculture, et réciproquement; mais l'application qu'ils font de ce principe, très-vrai en lui-même, est fausse, parce que les prohibitions créent un déplacement bien plus qu'une augmentation de fortune, ce qui dénature la question.

Lorsque l'industrie prospère par la liberté, par son seul travail, c'est bien; elle crée ce qu'elle gagne, et avec la fortune qu'elle a créée, elle offre des débouchés aux produits ruraux; mais, sous les prohibitions, l'industriel acquiert à nos dépens; il nous fait payer six francs, ce que le commerce libre nous fournirait à trois francs; avec l'argent que nous perdons ainsi et qu'il gagne, il achète une quantité équivalente de nos vins, et les achète à vil prix, parce qu'il est sans concurrents. — De cette sorte, créant nous-mêmes, et l'objet que nous vendons et le prix qu'on nous rend en échange, il est évident que plus l'industrie protégée persiste dans ce manége, mieux nous marchons à notre infaillible ruine. Nous vendrons, dira-t-on, nous trouverons des acheteurs à nos produits! Fort bien, mais à quelles conditions?.... C'est en partant de cet aperçu, que je ferai voir l'énorme bévue de certains prohibitionistes, lorsqu'ils ont cru trouver dans la quantité de vins vendus à la consommation intérieure, la réfutation de nos plaintes. Ils n'ont pas vu que, grâce à eux, notre sort ressemble à celui de ce marchand qui vendait ses denrées à perte, et qui, disait-on, se sauvait sur la quantité!

Reste maintenant, pour le maintien du système protecteur, une considération d'humanité en faveur des populations qu'il a compromises et qu'il a précipitées vers un accroissement et dans une direction qu'un changement de législation devrait nécessairement modérer : ceci, j'en conviens, est un malheur, et j'en gémis; mais puisque, dans l'un ou l'autre cas, il est inévitable qu'une partie de la population souffre, consultez les règles de la justice.

La justice vous répondra que nous ne réclamons pour vivre que la liberté, et que nos contradicteurs réclament le privilége; que nous ne demandons pas leurs dépouilles, et qu'eux, au contraire, ces orateurs si libéraux en théorie, demandent la continuation d'un monopole qui prend dans nos poches les capitaux dont ils s'enrichissent. Ne nous protégez pas contre eux, mais ne les protégez plus contre nous: laissez leur travail et le nôtre également libres, et s'ils souffrent, ce ne sera ni à vous, ni à nous qu'ils devront s'en prendre, mais à leur propre incapacité.

Cette transaction, ce déplacement, disons mieux, cette restitution de capital qui vous effraie, plus vous attendrez, plus vous en serez épouvantés. Nous vous l'avons prouvé cent fois : à mesure que l'avenir se développe, il vous sera de plus en plus difficile de sortir de l'ornière où vous êtes engagés; chaque instant rend votre injustice plus dangereuse et plus irrémédiable; repousser aujourd'hui nos justes plaintes, c'est nous dire que vous ne les accueillerez jamais !

Voici qu'une troupe d'honnêtes gens, établis au coin d'un bois, s'adressent aux passants : « Messieurs, leur disent-ils, il vous faut des habits, des bas, des chemises, des instruments de fer; en voilà, prenez et payez. La marchandise est belle et n'est pas chère.—Pardon, répliquent les voyageurs; mais, à la ville prochaine, nous pouvons acheter les objets que vous nous offrez, à bien meilleur marché : vous n'aurez donc pas la préférence. — Nous l'aurons, Messieurs; nous l'aurons incontestablement, reprennent les vendeurs; car, voyez nos protecteurs sur la lisière du bois…. Si vous n'achetez pas volontairement nos marchandises, ils vous y contraindront par la force. » Les passants cèdent à la nécessité : ils s'approvisionnent et paient.

Arrivés à la ville voisine, ils demandent justice. Les honnêtes vendeurs comparaissent. « Magistrats, disent-ils, nous sommes des laborieux et pauvres pères de famille; nous avons fabriqué tous les objets que nous avons vendus à ces Messieurs, un peu forcément à la vérité. Voici nos livres : vous voyez que nous ne pouvons donner nos produits à meilleur marché, et si nous ne les vendons pas, nos enfants manqueront de pain ! »

« C'est fort bien, répliquent les acheteurs; mais, nous aussi nous avons une famille à nourrir. Si vous êtes des maladroits, est-ce à nous de porter la peine de votre maladresse? L'argent que vous nous avez pris en sus de la valeur véritable des objets que vous nous avez forcés d'acheter, était précisément destiné à soutenir l'existence de nos enfants. Quel droit avez-vous de nourrir votre race au détriment de la nôtre? »

Or, je le demande aux prohibitionistes eux-mêmes, est-il un tribunal qui balançât un instant, et qui n'ordonnât la résiliation du marché? Et cependant, grâce au système protecteur, que faisons-nous d'un bout d'année à l'autre, nous propriétaires de vignes, que supporter forcément des marchés semblables, qu'une administration enrégimentée et payée à nos dépens, nous con-

traint à tenir, comme s'ils eussent été librement consentis?

— — ———◆——— — —

§ XV.

De la valeur des Statistiques officielles, et de la Balance du Commerce.

—

Les statistiques officielles publiées par les divers gouvernements, sont un arsenal dont usent et abusent les
prohibitionistes; il n'est donc pas sans quelqu'intérêt d'examiner la valeur réelle des chiffres qu'elles fournissent.

D'abord, jusqu'à quel point doit-on ajouter foi aux
évaluations officielles de ces tableaux?

Quant aux valeurs, il est facile de voir que les erreurs
y sont inévitables; et de plus, dans un moment de crise,
quand il s'agit, pour un système, d'être ou de ne pas être,
il n'est pas bien certain que leurs rédacteurs, malgré
leur impartialité, ne soient pas influencés par leurs opinions personnelles, et qu'entre plusieurs documents différents, entre plusieurs témoignages contradictoires, ils ne
puissent se laisser aller à adopter de préférence ceux qui
conviennent le mieux à leurs idées? Dans tous les cas,
quel moyen de contrôle et de vérification a-t-on sur ces
chiffres.

Pour ce motif, lorsque de prétendus résultats statistiques contrarient la nature des causes et l'évidence des
résultats, j'avoue que j'en fais très-peu de cas. Nous savons tous comment les tableaux statistiques sont tracés,
et j'ai toujours admiré que certains savants aient con-

senti à prendre de pareilles bases pour leurs calculs. Ceci me rappelle une anecdote que je veux citer : Trois médecins avaient soigné un malade; il mourut : la famille demanda l'ouverture du cadavre. Inspection faite des organes, les trois docteurs virent qu'ils s'étaient trompés sur la cause du mal; un d'entre eux, le plus jeune, confus et désolé, s'écria : Qu'allons-nous répondre aux parents?... Ce que nous voudrons, répliqua le plus ancien; vieux routier accoutumé à ces inévitables accidents. —La France est le patient; il est fort malade; les médecins sont nos ministres. N'attendons pas, pour nous plaindre, qu'elle meure entre leurs mains, et ne leur permettons pas, surtout, de nous répondre ce qu'ils veulent.

Mais en admettant la bonne foi complète des calculs et l'exactitude rigoureuse des chiffres, on ne doit pas croire que ce soient là des arguments sans réplique; les mouvements d'entrée et de sortie ne sont que l'apparence du commerce, et si l'on veut juger avec connaissance de cause, il ne faut pas s'arrêter à cette apparence, il faut aller au fond des choses.

En 1829, j'eus à répondre au discours d'un ministre défenseur de la prohibition, et je suivis la méthode que j'indique. — Il ne sera pas sans intérêt de reproduire ce travail, qui, ce me semble, donne de sûres indications pour apprécier la valeur des statistiques douanières.

D'après des tableaux d'exportation et d'importation, M. Roy annonçait que la Suède avait importé en France, en 1827, pour 9,960,759 fr., et ne nous avait acheté que pour 2,713,636 fr. de nos produits; d'où son excellence concluait deux choses :

D'abord, que le commerce de la Suède avec nous opérait à son profit, et qu'il s'était beaucoup augmenté depuis 1789 ;

Ensuite que, puisqu'elle importait en France sept millions de marchandises de plus qu'elle ne nous en achetait, ce n'est pas faute de moyens d'échange qu'elle ne nous demandait pas une plus grande quantité de vins.

Je nie l'une et l'autre assertions.

La première est une hérésie notoire en économie : que la Suède ait porté en France plus de marchandises qu'elle n'en a retirées, cela ne prouve pas du tout que le commerce opère à son profit.

En effet, le profit ne se règle pas sur le plus ou le moins de marchandises qu'on vend ou qu'on achète, mais sur le bénéfice qu'on fait dans les achats et dans les ventes : la Suède pourrait envoyer en France 20 millions de marchandises au lieu de 9, et ne pas nous demander pour une obole de marchandises françaises ; et il serait cependant évident que, si elle vendait en France ses marchandises moins qu'elles ne lui ont coûté à produire ou à acheter, elle perdrait ; dans ce cas même, plus elle en aurait envoyé, plus sa perte serait forte.

Ce n'est donc pas dans le rapport des exportations aux importations, que l'on peut voir ce que les nations gagnent ou perdent.

Cela va paraître clairement.

Une nation nous envoie sept millions de marchandises, et ne nous achète rien ; admettez qu'elle vende mal en France, et que les comptes de vente de tous ses envois ne s'élèvent qu'à six millions : elle perd un million ; elle ne nous achète rien ; donc, nous ne perdons ni ne gagnons rien avec elle (1).

Quant à nous, le bénéfice ou la perte que nous ferons, dépendra de l'emploi que nous aurons des marchandises que nous lui avons achetées : si nous les employons avantageusement, nous pouvons y gagner plus même encore qu'elle n'y a perdu ; dans le cas contraire, nous y perdrons, mais cela sera notre faute, et non la sienne. Admettons maintenant que nous ne fournissions que deux millions de nos produits à cette nation : si nous les lui vendons 500,000 fr. de plus qu'ils ne coûtent à la France, il est évident que la France gagne ces 500,000 fr., quoiqu'elle ait moins exporté qu'on n'a importé chez elle.

L'étranger, dit-on, emporte six millions d'argent. Eh bien ! je vous l'ai déjà dit, qu'importe ? Six millions d'argent ne valent pas plus que six millions de bois, que six millions de fers, que six millions de chanvre, et puisque nous avons acheté ses marchandises six millions, c'est qu'elles les valaient réellement pour nous, car personne ne nous forçait à les lui payer ce prix.

Mais nos correspondants emporteront-ils réellement six millions d'argent ? Cela est très-peu probable. Nous leur fournirons en paiement du papier sur une place de banque française ou étrangère. Dans le premier cas, si nous leur donnons du papier sur Paris, par exemple, ils s'en serviront pour payer leurs achats en Angleterre ou dans le nord de l'Allemagne, qui s'en serviront à leur tour

(1) Sauf, cependant, le grand et inévitable bénéfice que nous faisons sur l'importation quand ses envois sont consignés à la vente chez nous, ainsi qu'il sera expliqué plus loin.

pour payer leurs achats en France. S'ils prennent du papier sur une place étrangère, cela revient au même, car nous en ferons les fonds ou avec les marchandises que le ressort de cette place nous demandera, ou, à défaut de demande, dans le premier comme dans le second cas, avec la valeur des marchandises que les importeurs nous ont laissées en sus de la valeur de leurs achats des nôtres. Tôt ou tard l'équilibre doit se rétablir en contre-valeurs de crédit, d'argent ou de marchandises; et il ne reste de plus ou de moins chez chaque nation, par l'effet du commerce, que ce qu'elle a gagné ou perdu sur ses achats et ses ventes. Il n'est qu'un cas où nous décroîtrions; ce serait celui où la France deviendrait inerte, paresseuse, monacale, ennemie du travail; alors elle se ruinerait comme le Portugal et l'Espagne; mais ce ne serait pas faute d'argent métallique, ce serait par l'influence des vices que je viens d'énumérer. Dans l'état actuel des choses et depuis l'institution des banques, il est presque impossible que la circulation soit gênée en France, faute d'argent métallique, si ce n'est d'une manière locale; elle ne sera jamais gênée que faute de travail ou de consommation, ce que l'on peut très-facilement confondre. Dans tous les cas, vouloir établir l'équilibre de l'argent par une prohibition de sortie directe ou indirecte serait une haute et impuissante folie.

Je suis bien aise d'avoir l'occasion de publier ces principes qui ne sont pas assez répandus, et sans lesquels on ne pourra jamais bien comprendre ce qui se rattache au commerce extérieur.

A cet égard, rien n'égale généralement l'ignorance de l'administration; elle arrive avec ses tableaux d'entrée et de sortie : Bordeaux a expédié 400 bâtiments telle année ; l'année suivante, 500 ; donc, dit-elle, le commerce prospère dans la même proportion ; mais ne sait-elle pas qu'un négociant peut s'enrichir avec une seule cargaison, et se ruiner avec dix armements ? Combien d'exemples n'en avons-nous pas ? Et comme la fortune du pays n'est que la collection de toutes les fortunes particulières, il faudrait que l'administration sût ce que chacun gagne ou perd, pour avoir une idée approximative du résultat.

Or, cela lui sera éternellement impossible.

Ses tableaux d'importation peuvent, à la rigueur, lui apprendre très-imparfaitement ce que l'étranger vend ses cargaisons en France ; mais elle ne sait pas ce qu'elles lui coûtent.

Ses tableaux d'exportation peuvent, à la rigueur, lui apprendre, plus imparfaitement encore, le cours des marchandises qui sortent ; mais elle ne sait pas ce qu'elles se vendent à leur destination.

D'où je conclus, que les ministres du commerce qui règlent leurs calculs sur leurs tableaux d'exportation et d'importation, sont complètement ignorants du résultat des échanges sur la fortune du pays, et qu'un simple négociant, sur une grande place, avec des relations étendues, en sait plus que tous les ministres ensemble.

La seconde assertion de M. Roy était une hérésie de fait, aussi forte que l'hérésie théorique que je viens de lui reprocher.

Effectivement donc, parce que la Suède envoie neuf millions de marchandises en France et n'en demande que pour deux, suit-il de là que notre système de douanes ne la prive d'aucun moyen d'échange avec nous ? Point du

tout : au lieu de neuf millions de marchandises, sans les
lois prohibitives, elle nous en enverrait peut-être quinze,
peut-être vingt. Ce que vous empêchez le commerce de
faire en plus est une influence défavorable pour lui, tout
aussi bien que ce que vous lui ôteriez des facultés qu'il a
déjà. Il n'est pas question de savoir si nous faisons plus
ou moins d'affaires avec la Suède qu'en 1789, mais de
savoir si, sans vos détestables prohibitions, nous n'en
ferions pas davantage que nous n'en faisons aujourd'hui.
Or, le fait est incontestable.

Cette augmentation des envois de la Suède nous serait-elle avantageuse? Très-certainement, car si elle envoyait plus de ses marchandises que nous n'en avons besoin, tant pis pour elle, nous n'en prendrions jamais que
ce qu'il nous en faudrait, et nous aurions occasion de les
acheter à plus bas prix. Ici tout l'avantage est pour nous,
et vous le reconnaissez vous-même, en disant que si la
Suède importe plus en France qu'en 1789, c'est à cause
du développement progressif de la France, développement qui augmente nos besoins et nos moyens; que si la
Suède ne demande pas autant de marchandises françaises,
c'est qu'elle-même n'est pas aussi progressive dans sa fortune. La plus grande importation des marchandises étrangères se lie donc à notre prospérité; c'est pour nous qu'est
le profit, et il serait bien plus grand si vous ne nous em-
pêchiez pas d'acheter tout ce qui nous convient à ceux
qui peuvent nous le fournir économiquement. Quoi!
vous reconnaissez que les besoins de notre civilisation
nous rendent nécessaire une plus grande quantité de produits suédois, et c'est pour cela précisément, dites-vous,
que vous nous empêchez de les recevoir!.... Ah! Mon-

seigneur, je vous le demande, qui jamais a raisonné comme vous?

Ici, permettez-moi de vous apprendre une chose décisive que vous ignorez, sans doute, comme tout ce qui concerne le commerce extérieur.

Il y a deux sortes d'importations : celle qui provient des achats qu'on fait faire chez l'étranger, voilà la bonne pour lui ; et celle qui provient des consignations qu'il nous adresse lui-même à la vente, voilà la bonne pour nous.

De même, il y a deux sortes d'exportations : celle qui provient des ordres d'achats que l'étranger nous donne pour son compte, voilà la bonne pour nous ; et celle qui provient des marchandises que, pour notre compte, au contraire, nous lui consignons pour les vendre chez lui, voilà la bonne pour lui.

Voilà ce que les tableaux de douanes n'indiquent pas, et ce qui cependant décide toute la question. On va le voir.

Par la nature même des choses, et sauf les cas exceptionnels, en très-petit nombre s'il en existe, nous ne donnons pas d'ordre d'achats en Suède, mais les produits suédois viennent en consignation chez nous, et s'y vendent pour compte des expéditeurs.

De là, double bénéfice à les laisser entrer abondamment, car la concurrence étant alors entre les vendeurs étrangers, non-seulement nous acquérons toutes les choses qu'il nous faut et qu'ils peuvent nous fournir, mais encore nous les achetons d'autant meilleur marché, qu'il en est entré davantage ; et comme la transaction commerciale a lieu en France, la France profite de tous les bénéfices accessoires. Le négociant gagne sa commission de vente et garantie, et l'intérêt des fonds par lui avancés sans risques; les propriétaires, la location de leurs magasins; les gabarriers, le transport par eau; les portefaix, tous les transports par terre, placements, déplacements, livraisons; les courtiers, leur courtage, etc., etc., toutes choses payées par les importations de l'étranger. Si on en connaissait le total, on verrait que, sous ce seul point de vue, le profit de la France sur ces importations est toujours infaillible, et souvent beaucoup plus grand que celui des expéditeurs; loin donc de les repousser comme on le fait, on les inviterait à venir chez nous.

Et, par un effet tout contraire, sous un commerce libre, ce sont les Suédois qui donnent ordre d'acheter nos vins ici. Alors, nouveaux avantages pour nous : concurrence entre les acheteurs, donc chance de hausse pour les propriétaires de vignobles; transaction commerciale conclue chez nous, donc commissions, courtages, magasinages, main-d'œuvre de toutes sortes, travail des tonneliers, des gabarriers, des hisseurs, des arrimeurs, et enfin mille bénéfices trop longs à énumérer, et toujours payés à la France par l'étranger. Voilà ce que le système prohibitif nous fait perdre par contre-coup !

Il est vrai que les importations et les exportations sont effectuées souvent par la marine étrangère; mais c'est aussi l'étranger qui la paie, puisque, dans l'un et l'autre cas, les transports ont lieu pour son compte. — Et cependant, il faut encore faire attention que pendant le séjour des bâtiments étrangers dans notre port, leur entretien et leurs réparations sont une nouvelle source de travail pour les charpentiers, pour les voiliers, pour les cordiers, pour les

forgerons, enfin, pour toutes les industries qui se rattachent à la marine.

Il faut donc reconnaître que ce sont les profits de la
France que l'on détruit, en détruisant l'exportation des
produits suédois.

———⟐———

§ XVI.

Du Système économique et politique de l'Empire.

—

J'ai toujours professé une grande admiration pour le
génie organisateur et pour l'instinct monarchique de Napoléon, mais je ne prétends point cependant diviniser
l'empereur et lui accorder un brevet d'infaillibilité. L'infaillibilité n'est pas dans la nature humaine. Napoléon
était un grand homme : donc il était homme; donc il était
faillible; donc il devait avoir, comme l'humanité toute
entière, les qualités de ses défauts et les défauts de ses
qualités.

Sans doute, la grandeur de ses vues, la force de sa volonté, l'impérieux élan de son génie, l'ont entraîné trop
loin, au dedans et au dehors : — Au dedans, en tendant
trop fortement les rênes centralisatrices de l'État; au dehors, en voulant faire violence à la marche du temps
comme à la volonté des hommes, et accomplir, avec la
rapidité de l'éclair, une réorganisation européenne qui
n'était pas encore mûre, et qui exigeait un nombre d'années double de celui qu'il voulait y employer.

Tout cela ne change pas l'état de la question; car si
Bonaparte n'avait pas eu cette force de volonté et cette

dictature d'esprit dont il abusa plus tard, il n'aurait pas
pu s'en servir d'abord pour sauver la France de ses ennemis étrangers, et pour l'arracher dans l'intérieur à l'a-
narchie qui la dévorait. Pour vaincre les obstacles qu'il
avait à surmonter depuis son retour d'Egypte jusqu'à la
bataille d'Austerlitz, il fallait une force d'esprit et d'action presque surhumaine : de sorte qu'après en avoir re-
cueilli les immenses avantages, la France était exposée à
subir les inconvénients éventuels de cette action rénova-
trice. Mais comme, avant tout, son premier intérêt était
de ne pas périr sous l'invasion de l'étranger et sous l'action dévorante de l'anarchie intérieure, la mission de
Bonaparte, depuis son retour d'Egypte jusqu'à la bataille
d'Austerlitz, fut une grande œuvre providentielle, à laquelle toute la France doit admiration et respect. Les
fautes et les erreurs qui ont suivi ont atténué le bienfait,
mais ne l'ont pas anéanti, et ne l'anéantiront jamais. Le
passage de l'aigle aura laissé partout des traces profondes, et le sillon qu'il a tracé ne sera pas comblé. La
France est trop monarchique dans ses intérêts et dans ses
mœurs pour laisser dominer l'égarement des opinions démocratiques sur la salutaire influence des doctrines sociales. La monarchie de Juillet, la dynastie d'Orléans,
fondée et dirigée par le génie vaste et pacifique du Roi,
reprendra l'œuvre au point où le génie vaste et guerrier
de Napoléon l'avait portée avant ses fautes, et le duc d'Orléans, qui sera le roi continué (1), aura peut-être pour
mission d'accomplir à la fois l'œuvre guerrière et l'orga-

_____

(1) Ceci a été écrit en 1839.

nisation pacifique : car la France ne peut pas mentir à sa destinée.

La même connexité de grandeur et d'abus se trouve dans le système économique de l'empereur. Nous nous sommes élevés cent fois, nous nous élèverons toujours contre le système prohibitif. — Mais qu'il y a loin de ce système, tel que l'empereur le concevait et l'employait, au misérable régime que les aberrations démocratiques y substituent de plus en plus ! — Lisez les prohibitionistes de notre temps, même ceux qui se disent les grands patriarches du libéralisme.... Sans doute, vous trouverez de temps en temps dans leurs écrits des déclamations vulgaires en faveur de la liberté du commerce : mais toutes les fois qu'il s'agit de l'application à des faits spéciaux, vous les trouverez réclamant à grands cris le système protecteur pour les betteraves, pour la filature des lins, pour les fers, pour tout; vous les trouverez toujours faisant des sophismes à perdre haleine pour prouver qu'il faut réserver le marché français aux produits français, ce qui nécessite forcément la prohibition des produits étrangers et la mort du commerce maritime. Au sujet des lins filés, l'un d'eux était dernièrement un modèle de restriction et de prohibition; mais il déclarait qu'il ne s'opposerait pas à la liberté d'introduction, quand nos lins filés seraient arrivés au point de perfection des lins étrangers, — c'est-à-dire, quand nous n'aurions plus aucun intérêt à recevoir les lins étrangers, et quand les étrangers n'auraient plus aucun intérêt à nous les apporter? Tout le reste est de la même force !...

Mais que le système de Napoléon était bien autre ! Fondateur, dans sa pensée, d'une monarchie européenne, dont la France aurait été le sommet et la couronne, la prohibition était un levier de guerre, un moyen d'affaiblissement pour ses rivaux, et d'agrandissement pour lui. Mais les barrières prohibitives tombaient à chaque pas de ses conquêtes. Plus il agrandissait le cercle, plus la prohibition s'éteignait dans son propre succès, et quand l'Europe n'aurait plus fait qu'une grande organisation collective, il n'y aurait plus eu de prohibition entre les états européens soumis à une direction commune et centrale, pas plus qu'il n'y a de prohibition entre les diverses provinces de la France. — Le plan était immense, gigantesque, peut-être au-dessus de la force humaine : mais il était rationnel, socialisateur et logique. —Au lieu de cela, les états européens ayant été de plus en plus fractionnés, divisés, multipliés, depuis la chute de l'empire, le système prohibitif est devenu un contre-sens grossier qui fonctionne d'autant plus rigoureusement, d'autant plus fatalement, que les barrières politiques entre les états ont multiplié les barrières des douanes, et qu'on a fait un levier de morcellement du système que l'empereur avait inventé pour en faire un levier d'assimilation et d'unité. Oh ! que le commerce intérieur de l'empire serait maintenant un commerce extérieur pour les états de l'Europe tels qu'on les a faits depuis !

L'état politique étant changé dans les relations de l'Europe, le système prohibitif devait disparaître : au lieu de cela, on l'a cultivé, fécondé, empiré, et toutes les lois de douanes faites de notre temps, n'ont été que la glorification de ce système fatal et destructeur !

Napoléon faisait naître graduellement la paix com-

merciale de l'extension et du triomphe de la guerre politique.

Depuis, on a fait naître la guerre commerciale, de la
pacification politique de l'Europe.

Immense germe de dissolution ! infaillible cause de la
ruine maritime et commerciale de la France, si l'on persiste quelques années encore dans cette aberration déplorable !

Bref, en nous résumant, nous exprimons notre adhé-
sion à la grande gloire de l'empire, sans déclamer contre
les erreurs inévitables qui s'y sont jointes, mais aussi
sans les approuver. Nous ne voulons être ni apologistes
sans prudence, ni dépréciateurs sans modération : nous
voulons être justes. — Et nous espérons convaincre de
cette vérité quelques dissidents eux-mêmes, qu'un peu de
préoccupation peut-être a momentanément aigris contre
nous ; contre nous, qui ne cesserons jamais de défendre
leurs intérêts, avec eux s'ils y consentent, malgré eux s'ils
s'y opposent : — car notre conviction n'est pas de nature
à fléchir sous un vain désir de popularité.

§ XVII.

Résumé et Conclusion.

La prohibition est en soi tellement honteuse et mauvaise, que ses propres partisans en rougissent et cherchent à la déguiser sous le nom de système protecteur,
restriction temporaire pour encourager une industrie nais-

sante jusqu'à ce qu'elle soit assez forte pour résister, par elle-même, à la concurrence de l'étranger.

Mais il est visible d'abord que tout droit protecteur est essentiellement prohibitif, et non pas restrictif; il ne peut protéger l'industrie, qu'il couvre de son égide, qu'autant qu'il la débarrasse de la concurrence des produits analogues de l'étranger. Si élevé que le fût le droit protecteur, il n'aboutirait à rien s'il n'atteignait la limite d'où résulte la prohibition : cela est évident; et une fois qu'il a atteint cette limite, qu'importe qu'il la dépasse! qu'importe qu'on augmente un droit déjà assez élevé pour rendre l'importation impossible! Quand le commerce d'échange est mort, que servirait de le frapper encore?—Ce serait donner des coups de poignard à un cadavre.

Aussi la modération du système protecteur est admirable : il élève ses droits tout juste à la limite qui établit une prohibition réelle; puis il s'arrête et nous invite à le remercier de ce qu'il ne nous fait pas un mal plus grand, lorsqu'il lui est impossible de nous en faire davantage.

Qu'arrive-t-il alors? — L'industrie protégée, sûre de prélever une prime énorme par le monopole qui lui est alloué, prend des développements immenses; les intérêts et les capitaux s'accumulent vers cette branche de travail, les établissements s'y multiplient, et le gouvernement se félicite en disant : — Voyez le résultat de mon excellente législation!

Et de deux choses l'une, ou l'industrie protégée éprouve de la difficulté à perfectionner ses procédés et ses produits; alors le gouvernement en conclut qu'elle a encore besoin de protection, et qu'il faut la lui continuer : ou bien elle perfectionne ses procédés et ses produits; alors

le gouvernement nous dit que, puisque la protection
amène de si heureux résultats, ce serait folie d'y renoncer. Bon ou mauvais succès, peu importe : il y voit
toujours un motif de continuer ses prohibitions.

Alors, un peu plus tôt, un peu plus tard, l'industrie
privilégiée que protége la prohibition, prenant un accroissement factice, s'engorge elle-même de ses produits, d'autant que l'exportation lui devient successivement interdite
à mesure que les pays rivaux lui opposent le même système. Et lorsque par ses développements forcés elle se fait
dans le pays à elle-même une concurrence qu'elle peut à
peine supporter, croit-on que le gouvernement ira choisir ce
moment de crise pour lever les barrières prohibitives, et
augmenter ainsi, par l'importation étrangère, une concurrence déjà trop grande entre les fabricants qu'il a jusqu'alors protégés par le monopole? Non, sans doute ; la
chose est impossible à supposer. Ainsi la prohibition devient éternelle, et la Providence punit les législateurs du
mal qu'ils ont fait en les obligeant à y persévérer.

Telle est la marche inévitable du système protecteur :
après avoir successivement vexé les industries favorables
au profit des industries coûteuses, il conduit celles-ci à un
degré tel qu'il ne sait plus comment faire, ou pour les
abandonner, ou pour les protéger encore, et le malaise
devient universel.

Pour justifier ce système, on s'est servi d'un aveu fait
par M. J.-B. Say, et d'autres économistes. C'est qu'en certains cas exceptionnels, pour quelques produits indispensables à la défense ou à la subsistance du pays, on peut
les encourager par des mesures prohibitives, parce qu'il
vaut mieux les payer plus chèrement que de s'exposer à

en manquer dans un besoin pressant. Mais cette concession, tout exceptionnelle, on la dénature en la rendant générale, universelle, en en faisant la base fondamentale de la législation commerciale.

Encore n'est-ce pas là la réponse péremptoire que j'ai à leur faire; et celle que je crois sans réplique, la voici:

La prohibition n'étant point, même de l'aveu des ministres, le but définitif de la législation, mais le moyen provisoire qu'elle emploie pour donner à l'industrie qu'elle protége la possibilité de se développer, la loi qui établit la prohibition devait, dès le premier jour, fixer la décroissance future de cette protection, dans un rapport semblable au perfectionnement exigible de l'industrie protégée; car les progrès de cette industrie sont la condition nécessaire, le but avoué de la protection qu'elle réclame.

Pour rendre ceci sensible par des faits, le gouvernement aurait dû dire aux industriels protégés : — Vous ne pouvez fabriquer ni aussi bien ni aussi bon marché que vos concurrents; vous demandez protection contre eux, je vous l'accorde.

Mais en agissant ainsi, je nuis pour vous au reste du pays. Je l'oblige à vous payer, par la cherté du prix, une prime énorme, non pour l'industrie que vous avez, mais pour l'industrie que vous n'avez pas.

Je n'agis point ainsi pour protéger votre manque d'industrie, mais pour vous donner le moyen d'acquérir cette industrie qui vous manque. — Et de deux choses l'une :

Ou vous êtes capables de l'acquérir, ou vous en êtes incapables.

Si vous en êtes incapables, je vous retire à l'instant la protection prohibitive; car elle irait contre mon but : elle grèverait le pays d'un impôt éternel au profit de votre inhabileté.

Si vous en êtes capables, vous y marcherez progressivement, à mesure que vos efforts, votre travail, vos études, vous en découvriront les moyens.

Vous devez donc, tous les ans, diminuer, par vos progrès, la distance qui vous sépare des producteurs étrangers, soit pour le prix, soit pour les qualités.

Eh bien, vous voulez 30 p. 100 de droit, par exemple? Soit, je vous l'accorde; mais par contre, et dans l'intérêt du pays auquel j'impose, en votre faveur, cet énorme sacrifice dont les autres industries et les consommateurs, qui ont besoin des produits étrangers, ne peuvent être éternellement grevés à votre profit, j'établis la présomption légale que, chaque année, vous diminuerez par vos progrès la différence qui vous sépare des fabricants étrangers, et je fixe ce progrès annuel à un dixième de cette différence. Telle est la condition que je mets au privilége que vous demandez. En conséquence, je diminuerai tous les ans d'un dixième le droit d'entrée sur les produits similaires : il sera de 27 p. 100 la seconde année, 24 p. 100 la troisième, 21 p. 100 la quatrième, ainsi de suite. Voilà toute la protection que je puis vous accorder, parce que je ne veux pas sacrifier éternellement à vos intérêts les intérêts de toutes les autres indurtries. Vous voilà prévenus : travaillez en conséquence.

Alors, sans approuver le fond du système, nous aurions pu dire : Voilà une législation franche, de bonne foi, conçue dans l'intérêt général. Nous aurions pu voir, dans cette exception à la liberté du commerce, un sacrifice temporaire, et chacun de nous, prévoyant le terme de ce sacrifice, s'y serait soumis. Alors les fabricants eux-mêmes, au lieu de s'engourdir dans la torpeur et la routine qu'enfante la perspective d'un indélébile monopole, auraient activé leurs travaux, redoublé d'efforts, d'expériences, se seraient ingéniés de toutes manières pour obtenir un progrès annuel équivalent au dixième, qui aurait été annuellement diminué sur les droits d'entrée des marchandises étrangères; en même temps, les hommes peu inventifs, peu capables, étant avertis des difficultés de la carrière, ne s'y seraient point hasardés.

On sent facilement la différence des deux positions; car au lieu de cela, voici ce qu'on a fait. On a dit : Nous établissons un droit prohibitif. —Quand le supprimerons-nous? Quand l'industrie qu'il protége pourra s'en passer. —Ah ! c'est ainsi, a pensé cette industrie; eh bien, si on me conserve cette protection tant que j'en aurai besoin, me voilà bien à l'aise; je puis forcer mes développements en quantité de produits, sans m'occuper principalement de la qualité et du prix. Il n'y aura pas d'autres denrées que les miennes, il faudra bien qu'on les prenne; et puisqu'on maintiendra la prohibition des produits étrangers tant que les miens seront plus chers, j'ai plutôt intérêt à maintenir mes prix au-dessus de ces produits qu'à les faire baisser au-dessous.

Tout le monde comprendra combien le système que je propose, poussait la production nationale dans une véritable voie de progrès, qui, momentanément exceptionnelle à la liberté commerciale, devait cependant y conduire; tandis que le système adopté par nos hommes d'État tend constamment à nous en écarter; car il donne aux fabricants la présomption légale que la prohibition sera continuée tant qu'elle leur sera nécessaire, et chaque fois qu'on voudra y toucher, ils s'écrieront qu'on les a induits en erreur, qu'on aurait dû les prévenir, et qu'alors ils n'auraient pas hasardé dans leurs entreprises une si grande masse de capitaux; qu'ils auraient travaillé sur d'autres bases, et ne se seraient pas exposés à la ruine qui va les accabler, si la législation prohibitive est rapportée.

Eh bien! ce qu'on n'a pas fait en commençant, qu'on le fasse aujourd'hui : qu'on jette un voile sur le passé, qu'on alloue aux producteurs privilégiés tous les profits, réellement illégitimes, qu'ils ont faits aux dépens du pays. Qu'on les traite, eux, producteurs déjà perfectionnés par des travaux dès long-temps protégés, eux, producteurs déjà enrichis par d'immanquables spéculations dont les lois prohibitives leur ont fourni les bases certaines, qu'on les traite avec autant de faveur que de simples débutants, non encore protégés, non encore enrichis, et qu'on leur tienne le langage dont j'ai tracé le cadre ci-dessus. — Aux fabricants de machines à vapeur : Nous vous donnons dix ans pour égaler les fabricants anglais, et tous les ans nous diminuerons de 3 pour cent le droit de 30 pour cent sur l'entrée des machines anglaises. — Arrangez-vous comme vous voudrez : économisez, industriez-vous, perfectionnez vos moyens de travail, ou diminuez vos frais. Si vous réussissez, tant mieux. Si vous ne réussissez pas, si vous êtes incapables, après toutes les protections que vous avez déjà eues, de diminuer chaque année d'un dixième la différence qui vous sépare des fabricants anglais, soit pour le prix, soit pour la qualité, alors votre inhabileté est irrémédiable; il serait absurde de vous inféoder éternellement les ressources du pays, de vous sacrifier tous les autres intérêts, et nos industriels achèteront aux Anglais ce que vous êtes incapables de leur fournir.

Qu'on tienne à toutes les industries protégées un langage semblable, en mesurant les délais et la diminution successivement annuelle des droits, annoncés d'avance, sur des calculs équitables et sages. Alors, excités par cette perspective, tous les arts redoubleront de progrès, et l'on verra l'industrie rentrer enfin dans la véritable carrière, dans la carrière d'où jamais elle n'aurait dû sortir. —Bientôt les droits de douanes cesseront d'être une barrière insurmontable entre les échanges des nations; après quelques années de transition, ils seront arrêtés à de simples droits de consommation sur les produits indigènes ou exotiques analogues, qu'ils frapperont également. — Il n'est pas d'autres moyens pour revenir aux vrais principes et pour fixer la prospérité commerciale du monde sur des bases larges et durables. Si l'on ne prend pas une résolution de ce genre, le système actuel, vieux corps sans cesse démentelé pour être réparé sans cesse, lésardé, récrépi, ébranlé de toutes parts, en butte aux malédictions universelles des mille intérêts qu'il froisse, fiscal, prohibitif, illibéral, rétrograde, vieille macédoine de toutes les erreurs financières et industrielles du passé, finira par s'entrouvrir et s'écrouler sur la tête même de ceux qu'il protége. — J'ignore alors, et je crois que les plus habiles ignorent comme moi quels seront le terme et les effets d'une telle convulsion commerciale. Il serait sage de la prévenir. J'engage tous les esprits philanthropes et nationaux à y songer.

Déjà d'autres écrivains patriotes ont eu des idées semblables; je me joins à eux, et je renouvellerai, sans me laisser décourager par les obstacles, des réclamations que, depuis dix ans, j'ai renouvelées vingt fois, et qui finiront par triompher, si le commerce de France n'est pas destiné à périr.

FIN DU SEPTIÈME VOLUME.

TABLE ET SOMMAIRES

Questions d'Économie publique.

PREMIÈRE PARTIE.

414)

416)

FIN DE LA TABLE DU SEPTIÈME VOLUME.

www.ingramcontent.com/pod-product-compliance
Lightning Source LLC
Chambersburg PA
CBHW050742030726
47505CB00002B/350